旅游文学写作教程

Lüyou Wenxue Xiezuo Jiaocheng

（第二版）

黄卓才　邢维　编著

·广州·

版权所有　翻印必究

图书在版编目（CIP）数据

旅游文学写作教程/黄卓才，邢维编著．—2 版．—广州：中山大学出版社，2019.5

ISBN 978 - 7 - 306 - 06529 - 2

Ⅰ.①旅…　Ⅱ.①黄…②邢…　Ⅲ.①旅游—文学创作—高等学校—教材　Ⅳ.①I04

中国版本图书馆 CIP 数据核字（2018）第 300536 号

出 版 人：	王天琪
策划编辑：	蔡浩然
责任编辑：	蔡浩然
封面设计：	林绵华
责任校对：	高　洵
责任技编：	何雅涛
出版发行：	中山大学出版社
电　　话：	编辑部 020 - 84110771，84110283，84111997，84110779
	发行部 020 - 84111998，84111981，84111160
地　　址：	广州市新港西路 135 号
邮　　编：	510275　传　真：020 - 84036565
网　　址：	http://www.zsup.com.cn　E-mail：zdcbs@mail.sysu.edu.cn
印 刷 者：	广州市怡升印刷有限公司
规　　格：	787mm×1092mm　1/16　21.125 印张　418 千字
版次印次：	2007 年 12 月第 1 版　2019 年 5 月第 2 版　2019 年 5 月第 2 次印刷
印　　数：	4001—6000 册　定　价：45.00 元

如发现本书因印装质量影响阅读，请与出版社发行部联系调换

第二版前言

推出本书第二版的动力，首先来自图书市场的呼唤。

2007年前，我和合作伙伴在两家出版社推出了一套旅游写作系列教材、教参，共五种，其中一种，就是中山大学出版社出版的这本《旅游文学写作教程》。

《旅游文学写作教程》首印4000册，销售得不错。很快就有读者发表书评："很多教材都比较单调枯燥，而这本教材完全不同，让人读起来轻松自如。关键是它做到理论与实践相结合，写作与阅读相统一。学习加欣赏，理论加实践是这本教材的突出亮点……"（豆瓣读书）但也许是遇到图书市场纸质出版物销售整体转淡，出版社没有及时加印。

其后，好些网上书店打出"绝版书""缺货""来货登记"的广告。在孔夫子旧书店和当当、京东、淘宝等网站偶有二手书应市，即成抢手货。八九成新的，标价百元以上，甚至有标到160多元的，相当于原书价29.90元五倍多，成为网上书市的一个奇观。

及至最近，光是淘宝旗下，就先后出现不少于十家网店销售此书的影印版。店家或者盗印厂家做违法事是为了赚钱，当然是费了心思的。我网购了三册，是从安徽、湖北、湖南不同店铺发货的，每一册都有它自己的"特色"：有的把七彩封面改成双色，以至暗淡无光；有的故意不印书脊，不印封底；有的缩小版心，字变得很小，墨色又淡，读起来十分吃力；有的短张缺页，去头截尾，尤其是刻意删去版权页……

一个真正爱书的读书人，翻开盗版书时，总会觉得很别扭。盗印者的小聪明不值得点赞，他们侵犯版权的行为应当根据《中华人民共和国著作权法》加以制止和处罚。但有一点我想肯定的，是他们猎犬一样敏锐的嗅觉和眼光，能够在无边的书海里发现哪一本是有盗印价值的书，然后像豹子一样迅猛出击，捕捉商机……

最近六年，我国旅游业发展势头极好，据原国家旅游局的数据，游客数量每年以三亿多人次的速度递增，从2012年的29.97亿人次增加到2017年的50亿人次。现在，有志于修习提高写作水平的旅游爱好者、文学爱好者更多了；已经开设或准备开设旅游文学写作课程的文、史、哲、经、管、旅游及新闻传播等高等院校、专业和培训机构也更多了。我们应重视市场的需求！

现编著者和中山大学出版社推出《旅游文学写作教程》（第二版），读者可以买到内容经过更新、以先进的设备和上好纸质印制的书；任课老师和选修这门课的学生，也可以用上赏心悦目的正版教材了。

亲爱的读者，让我们一起分享阅读和收藏正版书的快乐吧！

黄卓才
2018 年 10 月于暨南大学羊城苑

目 录

第一章 绪论 (1)
第一节 旅游文学的兴盛及其原因 (2)
一、旅游文学盛况空前 (2)
二、旅游文学兴盛的原因 (3)
第二节 旅游文学的特征 (9)
一、真实性 (9)
二、形象性 (12)
三、地域性 (14)
第三节 怎样学习旅游文学写作 (15)
一、走出书斋,向闭门造车的写作方式挑战 (15)
二、读万卷书,出游前做好功课 (16)
三、多写多练,不断提高 (17)

第二章 旅游散文 (21)
第一节 旅游抒情散文 (22)
一、旅游抒情散文的含义和分类 (22)
二、旅游抒情散文的特点 (23)
三、旅游抒情散文的写作 (27)
第二节 旅游叙事散文 (32)
一、旅游叙事散文的含义 (32)
二、旅游叙事散文的特点 (32)
三、旅游叙事散文的写作 (33)

第三章 游记 (41)
第一节 游记概述 (42)
一、游记的含义和发展 (42)
二、游记的特点 (43)
三、游记的功能 (46)

第二节　游记写作 ·· (48)
　一、善于发现，抓住景物特点 ······························· (48)
　二、情景交融，营造动人意境 ······························· (51)
　三、锤炼语言，巧用多种技法 ······························· (52)
　四、立意高远，透出时代气息 ······························· (53)

第四章　旅游笔记 ··· (57)
　第一节　人物记 ··· (58)
　　一、人物记的含义 ··· (58)
　　二、人物记的分类 ··· (58)
　　三、人物记的写作 ··· (60)
　第二节　文物记 ··· (64)
　　一、文物记的含义 ··· (64)
　　二、文物记的特点 ··· (64)
　　三、文物记的写作 ··· (67)

第五章　旅游日记与旅游书信 ··································· (73)
　第一节　旅游日记 ·· (74)
　　一、旅游日记的含义 ·· (74)
　　二、旅游日记的特点 ·· (74)
　　三、旅游日记的写作 ·· (77)
　第二节　旅游书信 ·· (81)
　　一、旅游书信的含义 ·· (81)
　　二、旅游书信的特点 ·· (81)
　　三、旅游书信的写作 ·· (84)

第六章　旅游随笔与旅游小品 ··································· (91)
　第一节　旅游随笔 ·· (92)
　　一、旅游随笔的含义 ·· (92)
　　二、旅游随笔的特点 ·· (92)
　　三、旅游随笔的写作 ·· (94)
　第二节　旅游小品 ·· (99)
　　一、小品的由来与发展 ······································· (99)
　　二、旅游小品的含义 ··· (100)

三、旅游小品的特点 …………………………………… (100)
　　四、旅游小品的写作 …………………………………… (103)

第七章　旅游杂文 …………………………………………… (109)
　第一节　旅游杂文概述 ……………………………………… (110)
　　一、旅游杂文的含义 …………………………………… (110)
　　二、旅游杂文的渊源 …………………………………… (110)
　　三、旅游杂文的分类 …………………………………… (111)
　　四、旅游杂文的特点 …………………………………… (112)
　第二节　旅游杂文写作 ……………………………………… (116)
　　一、大中取小，以小见大 ……………………………… (116)
　　二、由实论虚，形象说理 ……………………………… (117)
　　三、结构章节，合理安排 ……………………………… (119)
　　四、语言幽默，有"杂文味" …………………………… (121)

第八章　旅游抒情诗 ………………………………………… (125)
　第一节　旅游抒情诗概述 …………………………………… (126)
　　一、旅游抒情诗的含义 ………………………………… (126)
　　二、旅游抒情诗的艺术特征 …………………………… (127)
　第二节　旅游抒情诗写作 …………………………………… (137)
　　一、激活新的灵感 ……………………………………… (137)
　　二、张开想象之翼 ……………………………………… (140)
　　三、寻觅感情突破 ……………………………………… (142)
　　四、精心营造意境 ……………………………………… (143)
　　五、巧妙运用修辞手法 ………………………………… (145)

第九章　旅游叙事诗 ………………………………………… (151)
　第一节　旅游叙事诗概述 …………………………………… (152)
　　一、旅游叙事诗的含义 ………………………………… (152)
　　二、旅游叙事诗的特征 ………………………………… (152)
　第二节　旅游叙事诗写作 …………………………………… (157)
　　一、发现和挖掘闪光的东西 …………………………… (157)
　　二、运用最佳的叙事方式 ……………………………… (159)
　　三、重视细节描写 ……………………………………… (164)

四、抓住人物某些特征 …………………………………… (166)
　　五、通过叙事来抒情 ……………………………………… (167)
　　六、适当借用创作技法 …………………………………… (168)

第十章　旅游散文诗 ……………………………………… (175)
第一节　旅游散文诗概述 ………………………………… (176)
　　一、散文诗与诗歌、散文的比较 ………………………… (176)
　　二、旅游散文诗的含义 …………………………………… (177)
　　三、旅游散文诗的特点 …………………………………… (177)
第二节　旅游散文诗写作 ………………………………… (182)
　　一、捕捉诗意，挖掘诗情 ………………………………… (182)
　　二、运用各种艺术技巧 …………………………………… (185)
　　三、巧妙安排，结构和谐 ………………………………… (187)
　　四、构建意境，诗的情趣 ………………………………… (188)
　　五、语言清新，行云流水 ………………………………… (190)

第十一章　旅游歌词 ……………………………………… (193)
第一节　旅游歌词概述 …………………………………… (194)
　　一、旅游与旅游歌曲 ……………………………………… (194)
　　二、旅游歌词的含义 ……………………………………… (196)
　　三、旅游歌词的特点 ……………………………………… (197)
第二节　旅游歌词写作 …………………………………… (200)
　　一、立意与构思 …………………………………………… (200)
　　二、精心安排结构 ………………………………………… (204)
　　三、把握好节奏 …………………………………………… (205)
　　四、语言简洁有音韵 ……………………………………… (207)
　　五、修辞手法的运用 ……………………………………… (209)

第十二章　旅游对联 ……………………………………… (213)
第一节　旅游对联概述 …………………………………… (214)
　　一、旅游对联的含义 ……………………………………… (214)
　　二、旅游对联的起源和发展 ……………………………… (214)
　　三、旅游对联的分类 ……………………………………… (216)
　　四、旅游对联的形式和特点 ……………………………… (221)

五、旅游对联的功用 …………………………………… (224)
　第二节　旅游对联写作 …………………………………… (227)
　　一、怎样学写旅游对联 …………………………………… (227)
　　二、写旅游对联的几种方法 ……………………………… (232)
　　三、旅游对联的写作要求 ………………………………… (235)

第十三章　旅游报告文学 …………………………………… (239)
　第一节　旅游报告文学概述 ……………………………… (240)
　　一、报告文学简说 ………………………………………… (240)
　　二、旅游报告文学的含义 ………………………………… (241)
　　三、旅游报告文学的分类 ………………………………… (241)
　　四、旅游报告文学的特点 ………………………………… (244)
　第二节　旅游报告文学写作 ……………………………… (250)
　　一、材料的选择和获取 …………………………………… (250)
　　二、着力刻画人物 ………………………………………… (253)
　　三、巧妙安排结构 ………………………………………… (256)
　　四、刻意描绘景物 ………………………………………… (257)
　　五、写好精彩议论 ………………………………………… (259)

第十四章　旅游传记文学 …………………………………… (263)
　第一节　旅游传记文学概述 ……………………………… (264)
　　一、传记文学的渊源 ……………………………………… (264)
　　二、旅游传记文学的含义和分类 ………………………… (265)
　　三、旅游传记为谁立传 …………………………………… (265)
　　四、旅游传记文学的特征 ………………………………… (267)
　第二节　旅游传记文学写作 ……………………………… (271)
　　一、材料的获得与取舍 …………………………………… (271)
　　二、合理想象与适当虚构 ………………………………… (274)
　　三、精心刻画传主形象 …………………………………… (275)
　　四、细节描写是传记的法宝 ……………………………… (277)

第十五章　旅游小小说 ……………………………………… (279)
　第一节　旅游小小说概述 ………………………………… (280)
　　一、旅游小小说的含义 …………………………………… (280)

二、旅游小小说的特点 …………………………………… (281)
　第二节　旅游小小说写作 ……………………………………… (287)
　　一、立意要新 ……………………………………………… (287)
　　二、选材要精 ……………………………………………… (289)
　　三、构思要巧 ……………………………………………… (291)
　　四、语言要简洁 …………………………………………… (292)
　　五、巧妙选用技巧 ………………………………………… (294)

第十六章　旅游电视片解说词 ……………………………………… (301)
　第一节　旅游电视片解说词概述 ……………………………… (302)
　　一、解说词的含义 ………………………………………… (302)
　　二、解说词的分类 ………………………………………… (303)
　　三、解说词的特点 ………………………………………… (303)
　　四、解说词的作用 ………………………………………… (307)
　第二节　旅游电视片解说词写作 ……………………………… (313)
　　一、解说词的构思 ………………………………………… (313)
　　二、解说词的结构 ………………………………………… (314)
　　三、借助文学修辞手法 …………………………………… (318)
　　四、巧用细节描写 ………………………………………… (320)
　　五、解说词语言有特殊要求 ……………………………… (321)
　　六、段落要短小 …………………………………………… (324)

主要参考书目 ……………………………………………………… (326)

第一章 绪论

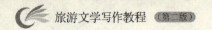

本章学习目标
- 了解旅游文学的发展态势。
- 掌握旅游文学的基本特征。
- 探索提高旅游文学写作水平的途径。

我们正处在一个扩大开放、深化改革的伟大时代，躬逢旅游文学大发展的盛世，碰到了难得的历史机遇。恰似春光明媚，正是旅游爱好者和文学爱好者尽情挥洒笔墨的时候。

旅游文学是旅行者旅游经历的曼妙乐章，是创作主体行走于天地人间，用形象和艺术语言将所见、所闻、所感、所思通过语言艺术再现出来的一个文学类别。它既可以怡情养性、愉悦身心、交流思想和心得，又可以为旅游事业的发展锦上添花。它既可以是旅游工作者的专业写作，也可以是广大旅行者和文学爱好者的休闲写作。这是一块宜于耕耘的文化沃土，一切有志者都可以在这方沃土上栽培出美丽的花果。

认真学习旅游文学写作，写出更多更好的作品来！

第一节 旅游文学的兴盛及其原因

一、旅游文学盛况空前

改革开放以来，我国文坛上最为可喜的现象之一，就是旅游文学的崛起，成绩辉煌。到实体和网络书店里去看看吧，此类作品琳琅满目。许多作家纷纷走出书斋，到祖国和世界各地去旅游，去考察，去探险，去调查，甚至去流浪，去漂泊……边走边写，先走后写。于是，出现了"行走写作""用脚写作"的创作新方式，出现了余秋雨、梁衡、马丽华、刘亮程等当代著名的旅游文学作家，出现了《文化苦旅》《名山大川》《走进西藏》《一个人的村庄》等一大批受到读者追捧的旅游文学作品。在网络世界为数众多的旅游网站和微信群里，旅游爱好者和文学爱好者拿出来交流、分享的作品，很多都是旅游文学习作。这些作品虽然水平参差不齐，但都忠实于作者的观察和感受，大都能以真实感人，以真诚动人，以新知授人，给读者带来健康向上的气息和高尚的审美享受。

在此同时，外国优秀的旅游文学作品也陆续被引进。例如，2016年世界读书日网上推介的《老巴塔哥尼亚快车》《骑乘铁公鸡：搭火车横越中国》《夜航西飞》《世界：半个世纪的行走与书写》《爱尔兰之旅》《沿岸航行：英伦三岛私密记忆之旅》《在路上》《小不列颠札记》《火车大巴扎》《前往阿姆河之乡》等，一看书名，就觉得旅游味十足，急欲先睹为快。

对于旅游文学的兴盛，有学者认为，"20世纪90年代初，随着'散文热'的出现，旅游文学从乡土游记转向文化游记，从平面单调的江山歌颂转向现代人心灵的多元感悟，从表面的写景抒情转向对人与自然的深沉关怀，旅游文学注入了新的人文内涵和文学品格，其质量水平已大大超过五六十年代，是继'五四'以来的又一个大突变、大丰收时期"，并把这种兴盛景象比拟成崛起的高塔，"基座很大，塔尖很高"。"所谓'基座很大'，是指参与旅游文学创作的作者数量众多，形成了一个巨大的基座；所谓'塔尖很高'，是指一部分作家的旅游文学创作很突出，几乎在散文创作领域起到引领作用，把旅游文学推向了文坛的塔尖。"[①]

这个论断不仅相当准确地描述了旅游散文写作的状况，实际上也反映了整个旅游文学创作令人鼓舞的发展态势。

二、旅游文学兴盛的原因

旅游文学创作的繁荣，主要原因有下列几个方面。

（一）历史文化的继承和创作传统的发扬

1. 历史文化的继承

旅游文学是历史最为悠久、最富于生命力的文学种类之一。在中国文学几千年的发展长河中，产生过许多旅游文学名家名作。《诗经》《楚辞》已有旅游吟咏。汉代的司马迁年少时即喜欢出游，20岁以后有目的地周游名山大川，考察风土人情，采访故迹史实，后又随汉武帝巡游漠北、山东等地，并受命巡察西南诸夷，几乎走遍了当时汉朝的版图，成为名副其实的走遍中国第一人。他收集的大量资料及丰富的见闻，为写作《史记》奠定了坚实的基础。他以文学笔法书写历史，使这本书成为垂范千秋的文史名著。司马迁是一个"行万里路"的身体力行的作家，开创了旅游文学的先河。其后，又有北魏的郦

[①] 喻子涵：《旅游文学创作的现状与问题》，载《贵州民族学院学报（哲学社会科学版）》2007年第6期。

道元带着明确目的考察了全国的江河湖泊,写成《水经注》一书。此书既是一部内容丰富的历史、地理著作,也是一部优秀的山水散文集,堪称我国游记文学的典范,《三峡》篇便是其中脍炙人口的散文佳作。唐代柳宗元深受《水经注》的影响,他的不朽游记散文系列《永州八记》直接受到了该书的滋养。诗仙李白的作品中有大量的山水诗,他是一位陶醉于大自然的诗人。明代旅行家徐弘祖30余年游历半个中国,成就了一部影响整个世界的伟大著作——《徐霞客游记》,达到了"旅游写作"的一个光辉顶点。此外,唐代王勃的《滕王阁序》、北宋范仲淹的《岳阳楼记》、苏东坡的前后《赤壁赋》和《念奴娇·大江东去》、清代姚鼐的《登泰山记》等,历代不朽的旅游文学佳作不胜枚举。

这一传统在西方也源远流长,历届诺贝尔文学奖的获得者中不乏旅游文学作家。中国读者熟悉的美国作家海明威的《老人与海》,英国著名旅行作家埃瑞克·纽比的《走过兴都库什山》,智利诗人聂鲁达的《大地上的居所》,丹麦旅行作家、童话作家、留下"旅游就是生活"格言的安徒生的欧游札记系列,意大利旅行家马可·波罗的《马可·波罗游记》,俄国旅游作家冈察洛夫的《环球航海游记》,等等,都是"行走文学"的名著。美国作家杰克·凯鲁亚克1957年出版的旅游小说《在路上》,至今仍然是许多年轻旅人带着上路的"旅伴"。

2. 创作传统的发扬

20世纪初到五六十年代,随着交通的发达,人们活动范围扩大了,许多旅游文学名家名篇相继产生,比如朱自清的系列游记散文《温州的踪迹》《欧游杂记》、巴金的《海上日出》、刘白羽的《长江三日》《日出》、徐迟的《黄山记》、李健吾的《雨中登泰山》、杨朔的《香山红叶》……七八十年代,以旅游文学作品著称的作家也为数众多。台湾女作家三毛,年轻时在欧洲游学,1973年到撒哈拉沙漠,将所见所闻写成一篇篇游记散文寄回台北,发表之后吸引了众多的读者,一举成名。她将那些散文结集出版,名为《撒哈拉的故事》《哭泣的骆驼》等。1981年她又去中南美洲旅行,边走边写,她把对异国他乡历史文化、风土人情、自然景观的描写穿插在游记散文中,使作品呈现出一种浓郁的异国情调,这就是她后期的代表作散文集《万水千山走遍》。

改革开放以来,我国旅游文学的兴盛,是历史文化的继承,也是创作传统的发扬,完全是水到渠成的事情。

（二）旅游业的发展和作家个性的彰显

1. 旅游业发展为文学铺设平台

21世纪头20年，是中国全面建设小康社会、加快推进社会主义现代化的重要战略机遇期，也是中国旅游业大发展的有利时期。作为国民经济的新兴行业，中国旅游业一方面坚持对外开放，广泛吸引海内外各界资金；另一方面，充分利用社会资源，鼓励国家、集体、个人投资建设旅游项目，同时吸引外商投资。这种开放的投资方针推动了中国旅游投资市场的活跃和旅游接待能力的提高，为旅游业的繁荣发展创造了条件。尽管中国旅游业的发展仍存在诸多问题和困难，特别是旅游业管理体制和投资机制的市场化程度较低，但从总体上看，中国旅游业的投资环境呈不断优化的趋势。2006年，我国已经由世界旅游资源大国变成了旅游大国。据国家旅游局的统计数据，自2008年起，游客旅游人次数的增速开始明显上行，从2008年的6.34%上升到2011年的25.58%。之后国内旅游游客的人次数增速开始逐步趋缓，最近几年增速基本维持在10.5%左右。2017年是旅游年，各种冰雪旅游、特色小镇旅游、山地户外游等更是层出不穷。各式各样的旅游活动及景点不仅带动了国内居民的旅游热情，更是吸引了越来越多的外国游客入境旅游，入境旅游市场也是一片欣欣向荣的景象。

旅游业的发展为文学创作铺设了大平台。写作作为一种长效的传播工具，可以为旅游业的发展插上有力的翅膀，文学写作的力量尤其巨大。而旅游文学写作一旦成为一种文化，其潜移默化的力量就更加无与伦比。旅游热是旅游文化兴盛的直接动力，而旅游文化建设中最有朝气、最富有创造性的生力军不是别人，正是旅游者自己。作为旅游文化的一个重要组成部分，近20多年来旅游文学作品的数量呈几何级数增长，质量不断提高，也就成了必然。

2. 作家张扬个性

扩大开放、深化改革和谐社会建设的发展势态，为旅游文学创作创设了宽松的环境。中国文学史上曾经出现由唐代山水游记散文到宋代哲理游记散文的转变，旅游诗歌体裁也同时发生了由唐诗（律诗）向宋词（长短句）的变化。在当今大发展、大变革的时代，人心思变，作家头脑里的创意层出不穷，旅游者的全身心投入，充分呼唤内心的激情，个性的彰显成了创作主体的内在需求，他们的创作为文坛注入了新活力、新格调。比如散文，现时之所以有"旅游文化散文""山水散文""人类学旅游散文"或"民族旅游散文""诗性旅游散文"或"乡村旅游散文"等差异，就是作家彰显个性的表现。其结果就是旅游散文的不断创新，异彩纷呈。其他体裁的作品也是如此。特别是旅游诗歌、旅游报告文学、旅游影视作品、旅游对联等，繁花似锦，争妍斗丽，作家和文学爱好者在不同的文学体裁中找到了表现个性和风格创新的天地。

宽广的创作天地，使为数众多的作家在旅游文学爱好者中茁壮成长起来。在文学界，不时闪现出耀眼的旅游文学明星，而他们往往在此不久前还默默无闻。贵州作家王大卫当过知青、工人、干部，几年前获准退休，成为自由撰稿人。他认为充分人性化、自由化的时空环境，更能创造生命价值。凭此信念，他以半个多世纪前美籍奥地利植物学家、探险家、学者约瑟夫·洛克那种崇敬、神秘的心境，不畏艰险，甚至冒着生命危险，前后四次沿着洛克当年走过的路线，自费考察了同样令他敬畏和神往的云南三江并流区域的自然和人文生态，与随行摄影师一道，用笔和光如实展现了这个地区的瑰丽风光，叙述了凝聚着中华民族岁月沧桑、积淀成人文活化石的民俗风情。作家好奇而去，沉重而归，依然落后尘封了曾经的辉煌，心灵的震撼使考察成了"处江湖之远而忧其民"的"心灵苦旅"。他的长篇记游报告文学《天地无极》于是成了知识分子痛苦思考社会、思考人生、表现个性的真实记录。凭着这本书，以及先前和其后来出版的同类作品《寻找天堂》《中国石门》，王大卫一举成为知名作家。

旅游创作已经不再是作家的专利。不少旅游和文学爱好者带着文学的梦去旅游，"我行我思"，把理想和志趣寄于笔端，收获丰厚。如一位叫作关山的年轻人写出《一路奔走》这本书，他的奔走和某些出版社组织起若干文坛名角"走西藏"啊、"走云南"啊之类的创意有着根本上的不同，是一种自费旅行访问，目的是"倾听当代中国底层最真实的声音"。"奔走"时间为1999年整整一年，其间与数百人谈话，做了有效录音的有200人。60%以上的被采访者来自社会底层，他们有上百种职业和身份。旅行访问结束时，关山的行囊里满载着长度超过9000分钟的录音资料、逾百万字的文字资料和笔记，以及千余幅彩色或黑白照片……2001年，他的书得以出版，独具个性的文学梦想成真。近几年，像这样在行走写作中涌现出来的青年作家并非个别，而在博客上受到追捧的作者就更多了。

（三）政府部门和传媒的助力

1. 政府的推动

旅游文学虽说是一种精神产品、高雅的艺术，但它在旅游营销中完全可以成为一种实用的工具。它不像实用文体（如旅游广告、导游词等）那样旗帜鲜明地亮出自己的功利目的，却能以潜移默化的方式感染和影响读者，所以能够获得更好的宣传效果。因为一首绝句或一篇游记的传播，使旅游景点一夜之间扬名天下的故事实在太多。如姚鼐的《登泰山记》、李白的《蜀道难》、崔颢的《黄鹤楼》使泰山、蜀道、黄鹤楼成为人们向往的旅游热点。欧阳修的《醉翁亭记》使滁县闻名遐迩，张继的《枫桥夜泊》使苏州寒山寺名扬四海，范仲淹的《岳阳楼记》更是使岳阳楼流芳百世。现当代李大钊的《五峰游记》，朱自清、俞平伯的同名散文《桨声灯影里的秦淮河》，叶圣陶的《黄山三天》，等等，无不使那里的自然景观和人文景观名声大噪；鲁迅的小说《阿Q正传》不但使绍兴名扬四海，连江南水乡新旅游点周庄也从中得益；沈从文的小说《边城》不但营造了湖南旅游名胜凤凰城，就连附近的张家界、袁家界也声名鹊起。电影《刘三姐》《五朵金花》《阿诗玛》《庐山恋》《少林寺》《巴山夜雨》《大红灯笼高高挂》，以及电视剧《关中往事》《湘西剿匪记》《似水年华》《三国演义》《乔家大院》等背景拍摄地都吸引着成千上万的游客争相前去欣赏游览。有的景点也许原来鲜为人知，名不见经传，但一经名家张扬，往往誉满海内外。巴金早年经过广东新会县（现为江门市新会区），看见一棵大榕树上百鸟归巢，其乐无穷，写了一篇《鸟的天堂》的散文。随着作品的广泛传播和当地旅游部门的精心策划经营，这棵大树竟成了闻名中外的旅游景观。湖南原来默默无闻的芙蓉镇，因同名电影出了名，成为当今旅游热点，也是典型例子之一。

　　正因为优秀作品发挥了强大的潜移默化功能，旅游业从中受益，文学创作和旅游营销出现了双赢局面，旅游文学创作自然得到各方面的积极支持。近几年，许多地方的政府都把大力推动旅游产业作为发展经济的重要工作，利用文学艺术打造文化品牌，发掘地方特色，突出民情民俗或民族风情，是普遍采用的手法。我国第一旅游大省广东由政府主导，编辑出版"珠江文化丛书"；全国第一侨乡江门市（五邑地区）由党政宣传部门出马，组编图文并茂、印刷精美的"五邑名人写五邑"的侨乡文化精品散文集《情牵五邑》；广西的桂林市举行旅游文学创作研讨会，湖南省的张家界建立了旅游文学创作基地，江苏的南通市主办旅游文学论坛，并由市政府出资设立了"徐霞客旅游文学奖"……在这些"舞文学妙笔，铸旅游华章"的活动中，作家协会、文联、旅游协会等组织也积极参与其中。贵州省的旅游文学创作和研究远远跑在全国的前列。该省拥有800多位各行各业会员的写作学会，2001年、2006年先后两次举行以"旅游与写作"为主题的学术年会，探讨有关问题。其间，组织会员（包括大学和中学教师、各行各业的作家和业余文学爱好者）深入县市采写旅游散文，实施"520行走写作工程"（用五年时间为20个旅游县市采写并出版20本精美的散文集），至2006年，"走遍夜郎故土"书系已出版了《名城遵义》《神奇赤水》等20多本以游记为主的散文集，深受广大读者、网民，尤其是游客的喜爱。会员个人的著作除上面介绍的王大卫的长篇记游报告文学外，还有小说、电视剧本和诗歌等，都为贵州旅游发展做出了贡献。在学会的推动下，该省将有一批高校陆续开设旅游写作课程，着力培养旅游实用写作和文学创作的专门人才。

2. 传媒的助力

此外，作家创作热情的高涨和旅游图书销售畅旺，给出版商注入了兴奋剂。21世纪以来，眼光独到的编辑纷纷策划旅游文学选题，组织作家写作和进行电视拍摄，推出一套又一套旅游文学艺术丛书，抢占市场先机。"千禧之旅""走进西藏""解读云南""走马黄河""游牧新疆""人与自然旅行家传记系列"……光看这些充满动感的名目，我们就可以感受到旅游文学创作的强烈脉动。在这个新的文学浪潮中，媒体和出版商无疑起着推动的作用。在台湾和香港地区，我们看到同样的情况。旅游文学研讨会的陆续举行、华人旅游文学征文活动的开展，乃至由传媒和大学主导的"世界华文旅游文学联会"组织的成立，都对旅游文学发展产生巨大的推动力。

虽然功利性会侵蚀文学的素质，不应该过分追求，但旅游文学的特有影响力实在难以阻挡，政府部门和传媒出于某种功利目的予以倡导可以理解，关键是写作者要坚持文学的基本原则，尤其是真实原则。

（四）读者求知及审美的需求

1. 求知欲望

面对着大千世界，一个人的生活圈子再大，知识再多，也总是有限的。当今传播媒介虽然已经非常发达，相当多样化，人们可以借助于多种传播手段了解信息，获得自己所需要的知识。但是，旅游文学作为一种传统的知识载体，至今依然是读者求知的重要渠道。阅读旅游文学作品，"卧游"天下，无论登高山，入大海，进深山老林，过沙漠草原，闯南极北极，上宇宙太空……没有什么地方是当今人类不能到的，历史、地理、民俗、民风等多方面的知识处处可见。文学的形象性、富于感情和创新追求，使读者不但可以身临其境地获知和感受自然的、社会的新知识，甚至可以认识和感悟未知的世界。在知识需要迅速增长和更新的年代，旅游文学正好在某种程度上满足了读者强烈的求知欲望。

2. 审美需求

读者阅读旅游文学作品，还出于审美的需要。旅游文学具有全方位的审美功能，可以欣赏自然美（包括自然景观的形式美、动态美、象征美）、艺术美（包括绘画美、书法美、音乐美和建筑美等）和社会美（包括行为美、人情美、风俗美等），这就足以适应不同类型读者多方面的审美需求。以文学体裁而论，诗歌、散文、小说、戏剧，没有哪一个种类的作品是旅游文学所或缺的；就文学内容和形式而论，一切美感都在旅游文学作品中得到充分的反映，读者还可以调动自己的生活阅历，借助文学的艺术语言和文学想象的魅力，拓展审美空间，获得超乎作品本身的美感享受。具体地说，旅行固然可以实地欣赏自然美、艺术美和社会美，旅游文学则更能够帮助读者揭示其美感特征和本质。而"卧游"者则可以通过文学鉴赏，形象地感受某个地区和国家的自然风光、文化艺术和民情风俗美的精髓，加深对人类文明美的体验，得到比一般旅行者更深层的美感享受和审美熏陶。

正因为这样，旅游文学的兴盛也就成为必然了。

第二节 旅游文学的特征

关于旅游文学的特征，由于文学理论界的研究工作才刚刚起步，至今见诸文字的深入论述还不多。以我们的看法，主要是真实性、形象性和地域性。

一、真实性

真实性是一切文学作品的共性，只不过所谓的真实性，除了生活的真实外，更多的是指"艺术的真实"——经过集中、提炼、升华，即典型化艺术加工的真实。作家追求的是比生活真实还要真实的"本质真实"。

旅游文学的真实性完全具有这种共性，但它还有自己的个性，那就是纪实性、亲历性、回述性。

（一）纪实性

所谓纪实性，是指旅游文学具有纪行、叙景、述物等纪实特征。在游记和旅游散文、记游诗词和对联、旅游报告文学、旅游人物传记、旅游纪实影视作品等体裁中，它要求旅游写作者首先保证对旅游生活的描写符合生活的真实。尤其是游记，不但要写得美，而且要写得真。因为人们读游记，除了要从中获得美感享受之外，还要借以增长知识，开拓视野，并透过这面景物和世态的折光镜，寻觅时代的影子。因此，不仅自然风光、人物和事件要真实，作者的观感也要真实，不能有任何的虚情假意。而在另一类旅游文学作品中，比如旅游小说、戏剧、影视故事片等题材中，真实的要求则像一般文学作品那样包含着两个方面：一是人物、行程、场景的生活真实，二是故事情节、典型形象的艺术真实。

在散文创作中，20世纪五六十年代曾经流行过"杨朔模式"。杨朔是把散文"当诗一样写"的散文家，善于在对普通劳动者和平凡事物的描写中"创造意境，深化主题"，从而创造出一种为现实生活唱赞歌并被广为仿效的散文写作模式。"杨朔模式"是特殊历史条件下的产物，其要害是"假"。不是吗？意境经过他那么"创造"（掺假），主题经过他那么"深化"（拔高），生活美是"美"了许多，但与实际已经相去甚远。杨朔的代表作《荔枝蜜》《蓬莱仙境》《雪浪花》《香山红叶》《画山绣水》《茶花赋》《海市》等多属旅游抒情散文，普遍存在严重失实的问题。20世纪80年代以来，文学界（包括原来我们这些杨朔崇拜者）经过深刻反思，已经认识到这种虚浮文风的负面影响。我们今天从事旅游文学写作，可以从中吸取教训。

（二）亲历性

所谓亲历性，是指旅游文学写作主体（作者）所写的旅游生活（尤其是纪实作品）必须是亲身经历过的，必须是先游后记，亲见真闻。

亲见真闻强调的不只是目睹和亲耳听闻，而且要深入调查研究，剔除表面现象，探究事物本质。因为有时候旅游者看到的只是一时一事、一鳞半爪，听到的只是片言只语、一家之言，并不完全可靠，所以必须多做分析，去伪存真。

著名旅游散文家梁衡是最早对"杨朔模式"说"不"的作家之一。他把真实性付诸创作实践。《长岛读海》写他8月里在烟台对面的长岛开会，有幸坐船游海，时间地点写得十分清楚。然后具体写了游海的经历，一开始快艇"高高地昂起头在海上划了一道雪白的浪沟"，片刻就脱离了陆地。先到了庙岛，看了海神庙，接着向外海方向驶去，在海上颠来倒去走了约半小时到龙爪山、宝塔礁，下午去了九丈崖，从崖下走一遍。这就是整个游程。下面一段文字是写宝塔礁的："离开龙爪山我们破浪来到宝塔礁。这是一块突出于海中的礁石，有六七层楼高，酷似一座宝塔。海水将礁石冲刷出一道道的横向凹槽，石块层层相叠如人工所垒，底座微收，远看好像风都可以刮倒，近看却硬如钢浇铁铸。……石上云纹横出，水流东西，风起林涛，万壑松声，若人之思绪起伏不平，难以名状。脚下一块大石斜铺水面，简直就是一块刚洗完正在晾晒的扎染布。"这是对宝塔礁和礁上石块的正面描写。另有一段是侧面描写："我们像一个婴儿被巨人高高地抛向天空，心中一惊，又被轻轻接住。但也有接不住的时候，船就摔在水上，炸开水花，船体一阵震颤，像要散架。大海的涌波越来越急,我们被推来搡去,像一个刚学步的小孩在犁沟里蹒跚地行走,又像是一只爬在被单上的小瓢虫,主人铺床时不经意地轻轻一抖,我们就慌得不知所措。"如无亲身经历,不可能真实地再现岛上景物以及在坐船在海风海浪里拼搏的感受,也不会生发出"人的藐小,自然的伟大"的感慨。

(三) 回述性

回述不是简单地回顾和讲述,而是对旅游生活素材的整理,以及旅游体验的总结和升华。

回述是在旅游过后进行的。过后可以是近期的,也可以是远期的。电脑写作为即游即记带来了便利,但旅游途中所记的一般只是素材,至于作品的完成,还是旅游之后经过充分酝酿构思,然后着笔为妙。

笔者有篇抒情散文《金枫碧水话名城》①,是多次到加拿大金斯顿探亲旅游而又过了四年才写的。之所以迟迟不动笔,是因为需要深入思考。金斯顿这个只有六万人口的西方小城,它的特点是什么,美在哪里,要怎样写才能表达出来……大概因为太熟悉了,一时反而不好把握。这就叫作"不识庐山真面目,只缘身在此山中"吧。后来,笔者游了更多的小城,通过比较终于让它的特色在头脑里清晰起来——这是一个充满异国情调的美丽小城,既是一个宁静的大学城,又是一个著名的历史名城和旅游名城。"金枫"(初秋金色的枫叶)、"碧水"(安大略湖和美丽的千岛旅游区)、"历史名人"(加拿大开国元勋约翰·亚历山大·麦当劳的故居和雕像)这几点最能表现这个名城形象的特征。这样,文章才写出来了。

回述有利于整理印象,营造意境,提炼主题,有利于用更准确、更精练的语言来表达。比如写"金枫":

> 春天的鹅黄,夏天的翠绿,秋天的金黄和火红,冬天一望无垠的皑皑白雪,金斯顿一年四季的景色都是那么迷人。但我最喜欢的是深秋。这时候,枫叶由墨绿转成金黄,然后再变成朱红。湖畔国王路旁那一行行高大的枫树,在波光粼粼的湖水衬托下,就像从万顷银海冲天而起的排排火柱;而郊外公主路边山坡上的枫林,则像一只硕大无比、翩翩起舞的火凤凰。寒风乍吹中的金枫红叶,不但尽显王者气派,而且令人暖意融融。有缘秋访金斯顿的人,最能领略"枫叶之国"的至美景象。

---

① 黄卓才:《金枫碧水话名城》,见《水上仙境》,广州出版社2004年版。

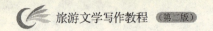

这样的文字，只有思绪经过充分整理后的回述才能更准确地写出来。

但回述也有个弱点。"印象"经过一段时间后可能变得模糊，某些具体材料的记忆也会发生偏差，这就是某些旅游文学作品细节失真的原因之一。克服的办法是旅游时做好笔记。

二、形象性

形象性是一切文学作品的基本特点，当然也是旅游文学的基本特点。它主要包括具象性和抒情性两个方面。

（一）具象性

形象是能引起人的思想或感情活动的具体形状或姿态，是文学作品中创造出来的生动具体的生活图画。

请看，肖复兴的《楠溪江》里一段写江水"清澈"的文字是这样的："水透明得已经没有了深度，水底的鹅卵石、水草和小鱼，仿佛就在眼前，伸手摸它们，其实还在很深的地方。"另一段写水之"清白"："阳光不仅仅照射在水面上，能一下子照射在水底，反射上来，和阳光逗着玩，闪烁着迷离跳跃的光斑，只有它不为所动，依然是那样透明干净，气定神闲，宁静致远。"清澈、清白到底是什么样子的呢？这两段文字突出描写了江水的"透明"，水中鱼草一目了然，阳光可以一直照射到水底，水面闪烁着迷离的光斑，这些都形象地表现了水的清澈、清白，让人如临其境。旅游文学之所以引人注目，让读者爱不释手，其形象性的特点功不可没。

具象性要求旅游文学作品通过形象地描写和刻画，具体生动地反映旅游生活。旅游文学中无论是诗歌、散文、小说，作品中对景观、事件、人物以及五彩缤纷的生活画面的描写叙述，都是立体的、可感的，使读者如闻其声、如见其人、如临其境。有时作者就像导游，带领读者一起观山赏水，触摸旅途中的点点滴滴。人们踏上旅途不一定都是为了欣赏美景，也许有的为生存，有的为发展，有的为寻梦，但不管怎样，他们的外貌、行为、动作、性格、语言都是旅游文学表现的内容。而对自然风物的描述，也应当是具体的、栩栩如生的。比如，要写出它的形态、场景、变化等。文学作品与一般的旅游介绍、旅游说明书的区别之一，就在于是否运用了形象化的表现手法。形象性特点使文学作品和其他笼统叙述或抽象说理的文章明显地区别开来。俄国19世纪文艺理论家别林斯基说："哲学家用三段论法，诗人则用形象和图画说话，然而他们所说的都是同一件事。"有两位旅游爱好者走遍欧美和亚非不少国家，自费出了一本《环球之旅》的"散文集"，遗憾的是他们的作品仅仅是旅游见闻的流水账，让人觉得只是把沿途的景观说明书或旅游指南收集起来，稍为改动人称、时间而已。这显然是缺少文学味的，原因就是他们还没有掌握文学写作具象性的基本要领。

旅游文学用"形象与图画"反映生活，但这种反映不是被动消极、机械刻板的，而是主动积极地对生活进行集中和概括。它比实际生活更高、更强烈、更集中、更典型，因此就更带有普遍性。这就是文学理论上的"典型化"。

旅游文学的典型化，指的是创造典型形象的方法和过程。具体地说，即创作主体对所拥有的生活素材进行加工提炼，使一般的人物形象转化或提升为具有独特个性和典型意义的艺术形象。

典型化的过程可视为概括化与个性化统一进行的过程。所谓概括化，就是创作主体根据具体的创作主旨，将众多的同类或相似的生活素材，按照表现主题的需要加以选择、提炼、加工、概括，把体现着某种共同本质特征的同类人物、事件、情节、场面等集中和凝聚起来，或使之具有量的普遍性，或具有质的必然性，进而求得更深广地反映社会生活的内在本质特征和规律，赋予艺术形象以更丰富的蕴含，收到更好的艺术效果。所谓个性化，就是在创作中，创作者通过包括概括虚构在内的艺术手法，努力赋予人物和事物形象以鲜明生动的个性特征的过程。在旅游文学写作中，典型化的方法更适用于并非完全写实的旅游小说、戏剧、影视故事片等品种。

（二）抒情性

抒情是指通过形象的语言来表现个人内心喜、怒、哀、乐情感的一类文学活动，它与叙事相对，具有主观性、个性化和诗意化等特征。作为一种特殊的文学表现方式，抒情主要反映社会生活的精神方面，并通过在意识中对现实的审美改造，达到心灵的自由。抒情是个性与社会性的辩证统一，也是情感释放与情感构造、审美创造的辩证统一。

抒情性是文学创作的特性之一。"情动于中而形于言。"抒情是文章打动读者、感染读者的重要手段。广义上说，一切文学作品，包括所有的旅游文学作品都具有抒情的特征。这个特征在历代山水诗和旅游抒情散文中表现最明显。抒情诗歌也描写景色，或是借景抒情，或是因景生情，它不注重叙事和情节，而是着重表现诗人的主观情绪和心态。山水或景观仅仅是一点因由，通过这点因由来抒发诗人内心奔涌的情感和对客观事物的种种感受。读者从中不但能领略景象的独特风韵，而且更领略了诗人感情的丰富多彩。

抒情性具有鲜明的主观色彩。主观体验和感受及其形成的情感倾向，即所谓"意"。旅游文学作品（如诗歌、散文、对联等）特别重视意境的创造。意境之中包含"意"的主观成分，其最高形式是"诗化"。"诗化"是旅游文学用诗一样深刻美妙的意境传达出作者对自然与人生的独特感受与哲理思考。古人所说的"天人合一""神与物游"，都是强调哲理思辨和心领神会。有了这种独特的感受和思索，抒情才不至于空泛肤浅，才能升华到"诗化"的境界。

如苏轼的《念奴娇·赤壁怀古》，借遥想古代英雄，表现自己渴望为国家建功立业的抱负和志向。全词意境宏大，风格豪放，被誉为千古绝唱。台湾诗人余光中有着深深的故乡情结，多次往返于两岸之间。当他第一次看到黄河，触摸到黄河水时，禁不住热血沸腾起来，在散文《黄河一掬》[①]中进行大段的抒情议论："一刹那，我的热血触到了黄河的体温，凉凉的，令人兴奋。古老的黄河，从史前的洪荒里已经失踪的星宿海里四千六百里，绕河套、撞龙门、过英雄进进出出的潼关一路朝山东奔来，从斛律金的牧歌李白的乐府里日夜流来，你饮过多少英雄的血难民的泪，改过多少次道啊发过多少次泛滥，二十四史，哪一页没有你浊浪的回声？几曾见天下太平啊让河水终于澄清？流到我手边你已经奔波了几亿年了，那么长的生命我不过触到你一息的脉搏。无论我握得有多紧你都会从我的拳里挣脱。就算如此吧，这一瞬我已经等了七十几年了，绝对值得。不到黄河心不死，到了黄河又如何？又如何呢，至少我指隙曾流过黄河。"这段文字喊出了作者的心声和感受，喊出了海外赤子热爱黄河、热爱祖国的肺腑之情。"华夏子孙对黄河的感情，正如胎记一般地不可磨灭！"

为了避免重蹈"杨朔模式"一类的覆辙，我们要注意把主观性建立在客观性和真实性的基础上。

三、地域性

地域性的特征是旅游文学区别于其他文学的最明显的标志。所谓地域性，是指旅游文学通过旅游者（作者）的游程游踪所表现的不同地方的地理特征。

（一）地理特征

地理特征包括地形地貌、气候特点、自然风光、地方风物、民情风俗等。

地理特征是吸引旅游者的重要因素之一。广东人、香港人喜欢去哈尔滨看冰雕，领略千里冰封、万里雪飘的北国风光，而新疆、内蒙古、青海等内陆地区的游客则很喜欢到广东、海南去看大海，享受海水、沙滩、阳光和椰林的风韵。云南、贵州有数十个少数民族，西藏有雪山、哈达，杭州有西湖、龙井，

[①] 王剑冰主编：《2002年中国散文年度排行榜》，长江文艺出版社2003年版。

北京有天安门、故宫、八达岭长城，上海有南京路、外滩、黄浦江；国外的异乡风情更是各具特色，古巴的音乐、加拿大的枫叶、俄罗斯的冬宫夏宫、埃及的金字塔、缅甸的庙宇……没有哪一处是相同的。

文学史上许多优秀旅游纪实作品其实都是可以作为地理知识读物来阅读的。之所以如此，是因为地理特征的记叙特别具有科学的真实。明朝的《徐霞客游记》因记载翔实准确，有地形、地貌、水文、气象等地理资料和社会风貌、风土人情等内容，当然也有清新流利、绚丽多彩的文笔，所以，被评论家称为"世间真文字、奇文字""古今记游第一"的不朽之作。英国皇家学会李约瑟教授20世纪80年代的巨著《中国科学技术史》充分肯定《徐霞客游记》的科学性："读来并不像是17世纪的学者所写的东西，倒像是一位20世纪的野外勘测家所写的考察记录。"

（二）游程游踪特征

旅游文学往往要记下作者的游程、游踪，并且常常还以它作为组织材料、安排结构的线索，所以，在作品中游程和游踪特别突出。这也是地域性的表现。

刘白羽的散文《长江三日》就是很好的说明：第一日，写江轮有由重庆开出，而未入三峡的一段历程。先写中午江面"云雾迷蒙"，再写下午三时以后"天转开朗"的景色，跟着写长江夜景。第二日，写江轮穿过三峡的惊险情状。由瞿塘峡，而至巫峡、西陵峡，时间推移，江轮行进，千姿百态、色彩绚烂大三峡奇景依次展现。第三日，描述出峡后直至到武汉这一段江面"楚地阔无边，苍茫万顷连"的壮观景象，以及船上读书思索、做笔记的情形。这一章，作品结构方式虽有变化，但从早到晚、从西至东，游程历历在目，游踪清晰可见。这篇作品写于20世纪60年代初，时隔50多年，如今长江由于筑坝截留发电等建设工程，三峡的景观已经发生很大变化，但我们还可以跟随作品再次神游被作品保留下来的旧长江、旧三峡。

第三节　怎样学习旅游文学写作

一、走出书斋，向闭门造车的写作方式挑战

生活是写作的唯一源泉，这是一条颠扑不破的真理。作品是客观事物在作者头脑中的反映，不管写哪种体裁，都必须深入生活、了解生活，从中获得取

之不尽、用之不竭的创作材料，引发思如泉涌的创作灵感。同样地，生活也是旅游文学写作的源泉。生活每天都给我们一个新鲜的太阳。正因为如此，旅游文学写作才会源远流长，旅游文学才能常写常新。

然而，旅游写作是"行走写作"和"用脚写作"。写作者要走出书斋，走向大自然，走向异国他乡，用一种审慎的眼光去观察生活，用一种敏锐的触觉去了解世界，而又用哲理的审美思辨和充沛的激情去呼唤诗意。这对于习惯了"躲进小楼成一统"的私人化写作的作家，对于习惯于"自我表现""孤芳自赏"的文艺习作者，以及不太善于亲自深入旅游景区调查考察的旅游宣传工作者，无疑都是一种挑战。

走出书斋，外出旅游，深入社会，感受自然，体验生活，虽然前人已有许多值得借鉴的实践经验，但对于只认为"三同""蹲点"才是深入生活的文艺工作者，却还是一种体验生活的全新方式。文学创作者的旅游，不是一般的游山玩水，吃喝玩乐，不是单纯的猎奇和历险，只有全情关注，全身心地投入，从中吸取生活的养分，体味新鲜的气息，才能写出令人满意的作品。

走出书斋，外出旅游需要具备一定的条件，包括吃苦耐劳的身体素质和意志力、一定的财力或沿途谋生的能力。因此，自费旅游者不必以里程多少论成败。其实旅游有长途、短途之分，"一天游"也是游，我们身边也有旅游生活。比如说你既然是黄山、黄河的旅游工作者，天天在游黄山、游黄河，你对它了如指掌，体验很深，你为什么不可以写黄山、黄河呢？

又比如成名后被称为"西部旅游作家"的刘亮程，编辑是这样介绍他的："1962年出生在新疆古尔班通古特沙漠边缘沙湾县的一个小村庄里，长大后种过地、放过羊，当过十几年乡农机管理员。劳动之余写点文字。大多写自己生活多年的一个村子。在这个人畜共居的村庄里，房子被风吹旧，太阳将人和牲畜晒老，所有事物都按自然的意志伸叶展枝。作者在不慌不忙中叙述着一种人类久违的自然生存。"由此可见，写自己的村庄、身边的风景，也可以成为很好的旅游文学作品。走出书斋，向闭门造车的写作方式挑战，可以不拘一格。

二、读万卷书，出游前做好功课

广泛阅读，可以开阔视野，积累各种知识，通过阅读向前人借鉴，向优秀的作品借鉴。这里有一个潜移默化的作用，慢慢积累多了，借鉴多了，就会融化为自己的东西。

古今中外一些大学问家、大作家都非常重视读书的作用。胡适说："为什么要读书？有三点可以讲：第一，因为书是过去已经知道的知识学问和经验的一种记录，我们读书便是要接受这人类的遗产；第二，为要读书而读书，读了书便可以多读书;第三,读书可以帮助我们解决困难,应付环境,并可获得思想材料的来源。"①

沈从文曾说过:"一个懂创作的人,他应当看许多书,但并不须记忆一段两段书。他不必会作批评文字……他最要紧的是从无数小说中,明白如何写就可以成为小说,且明白一个小说许可他怎么样写。""一个创作者在那么情形下看各种各样的书,他一面看书,一面就在那里学习体验那本书上的一切人生。放下了书本,他便去想。走出门外去,他又仍然与看书同样的安静,同样的发生兴味,去看万汇百物在一分习惯下所发生的一切。"② 文学前辈从他们的创作经验中告诉我们读书对创作的重要作用值得我们借鉴。

多读书,可以了解历史,间接地接触更多的人、更多的事,当你在现实中遇到相同、相似、相反的人和事,就能触类旁通,举一反三,由此及彼地掌握事理的真谛。多读书,还可以从古今中外浩瀚的作品中汲取丰富的营养。读到不同时代、不同国家、不同体裁、不同风格的文章,会使你融会贯通,掌握技巧,由模仿而创新,由继承而发展。不但多读,而且要多写。一定要把理论和实践结合起来,不断学不断练,不断失败,最后达到成功。写作是踏踏实实的事,好高骛远,贪大求洋,想一口吃成一个胖子是不行的。只有老老实实地从头学起,才能不断进步,不断成长。

出游之前的速读,是必要的功课。你要到斯里兰卡、尼泊尔去旅游,还想写点游记,而这些地方都是先前不太熟悉的,就应该赶快读有关的地理、历史、政治、宗教、文学书籍,还有报纸、杂志和网络上可以找到的相关文字资料、图片,并且做好笔记。速读不但数量要多,而且范围要广、要杂,古今中外和正面反面的都要读读,然后从中获得有用的知识。

三、多写多练,不断提高

下苦功多写多练是写作的一条捷径,也是学会写作的最好方法。

(一) 多写多练可以熟悉技巧

技巧是作者身上表现出来的一种心理结构和能力,是写作主体的艺术修养、写作经验以及对生活感受方式的一种反映。正如王朝闻所说:"所谓技巧,是一种在艺术上反映生活和表达思想感情的能力。这种能力,不可以离开

---

① 胡适:《为什么要读书》,见黎先耀主编《读书美谈》,重庆出版社1998年版,第8页。
② 沈从文:《谈创作》,见吾人选编《倾听沈从文》,中国广播电视出版社2002年版,第215、216页。

认识生活的立场观点,不是有绝对的独立性的东西。"在旅游文学写作中,各种文体都离不开技巧的使用。如选材上的点与面、多与少,立意上的正与反、实与虚、显与隐、伏与起,笔调上的乐与哀、热与冷,风格上的柔与刚、庄与谐,表达上的密与疏、繁与简、静与动、淡与浓、粗与精,等等。技巧的学习非一日之功,有志于旅游文学写作的人,要遵照写作的规律和要求,在继承中吸收,在观察中思考,在实践中体味,以取得预期的效果。

(二) 多写多练可以掌握规律

世间万事万物都有规律,旅游文学写作过程同样也存在着内部的本质的必然的联系。掌握规律,是学习旅游文学写作的关键。旅游文学写作规律是旅游创作经验的概括和总结,掌握这些规律可以使学习少走弯路,少犯错误,用理论指导实践,尽快提高写作水平。

旅游文学各种文体的创作规定和要求,是从另外一个角度对旅游文学规律的总结。小说、散文、杂文如何开头,如何结尾,怎样保持文脉贯通,语言有什么特点,怎样用好照应和过渡,如何使文笔通畅,等等,都是有一定规律和要求的,了解、熟悉、掌握并且自觉运用这些要求,在学习旅游文学创作过程中可收到事半功倍之效。

旅游文学品种众多,光是本书讲到的,就有15大类数十种体裁。旅游文学作者,即使是大作家,也不可能样样精通,也没必要样样尝试。作为旅游文学爱好者、初学者,最好从游记、散文入手,然后选择自己爱好的体裁,逐步摸索、提高。

(三) 多写多练可以修炼语言

语言表达能力在文学创作中至关重要。文学作为一种艺术,主要是语言艺术。学习语言有多种渠道,从生活中学习人民群众鲜活的语言是主渠道,而从优秀作品中学,通过语言科学学习语法、修辞,也是求得流畅通达和增加文采的门路。而最有效的方法,则是在不断的写作练习、不断的修改中提高自己。

初学写作者练笔,最好从游记、散文入手。

山水诗和游记文,传统上被认为是旅游文学的正宗,而散文(特别是游记)又是最适宜于习作者入门的品种。这一方面固然是因为散文、游记侧重于自己的见闻和感受,只要描述真实、感情自然、语言顺畅即可达到基本要求;多注意形象描述,灌注激情,创造意境,就具有文学性。另一方面,它篇幅短小,可以一气呵成,费时不多,成文难度相对较小。这当然不是说散文、游记很容易写好,但它毕竟不像诗歌(包括词、曲)那样需要进行反复的琢磨和吟咏，也不需要像小说那样精心构思故事情节和塑造人物形象。而旅游戏剧（如话剧、歌剧、舞剧和地方剧等），至今还是比较冷门的品种，可资借鉴的范本不易寻找。旅游影视片产量虽然逐年增多，影视文学剧本也有公开出版，但其创作的特殊要求较多，初学写作者不易掌握。

本教材受到教时和教学对象限制，同时考虑到一般旅游、文学爱好者和旅游工作者的实际需求，着重介绍比较常用又易于上手的 22 个文学样式。读者只要认真学习，就可以打好旅游文学写作的知识基础。至于创作，一个旅游文学爱好者，甚至作家，都不可能样样精通，专心写好三两种文体，就很不错了。

本章小结

全章三节。第一节描述旅游文学空前繁荣的景象，并指出其原因；第二节分析旅游文学真实性、形象性和地域性的总体特征；第三节对怎样学习旅游文学写作提出三点指导性意见。

本章知识重点在第二节，但第一、第三节对写作实践有指引作用。

关键词

旅游文学　发展　特征　写作

思考与练习

1. 你是怎样感受到旅游文学的魅力的？结合自己的阅读、写作经历加以说明。

2. 你怎样理解旅游文学真实性的特征？真实性是不是要求所有的旅游文学作品都不掺入虚构成分？说说你的理解。

3. 找出你自己近期写作的一两篇旅游文学作品（习作），并保存下来，待学习完本教程之后，再与新作对照，看看自己的写作水平是否有所提高。如果还没写，请写一篇游记。

第二章 旅游散文

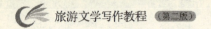

本章学习目标
- 了解旅游抒情散文、旅游叙事散文的联系和区别。
- 掌握旅游抒情散文写作的抒情方法。
- 掌握旅游叙事散文写作的叙事要领。

散文是与小说、诗歌、戏剧并列的四大文学体裁之一，它是一种有着强烈主体意识、篇幅短小、自由灵活、文情并茂的文学样式。

旅游散文是散文这个大家族的一支生力军。它是人们在旅游活动中，以真实、自由的笔墨表现旅游见闻和自我感受的散文，与一般散文在取材范围和反映对象上有所区别，动感特别强烈。它通过叙事记人、写景状物、抒情议论来表达作者具有个性特色的观点与感受。它比其他文学样式更为自由灵活，和社会生活的关系也更为密切。

旅游散文包括抒情散文、叙事散文、游记三大类别。本章讲述抒情散文和叙事散文，游记另章讲述。

第一节　旅游抒情散文

一、旅游抒情散文的含义和分类

（一）旅游抒情散文的含义

旅游抒情散文是指以抒情为主的旅游散文，它也写景、写人、写事、写物，但这些景、人、事、物只是一个触媒、一个引发点，由此引发心中奔涌的感情。

（二）旅游抒情散文的分类

不同的角度有不同的分类。我们从内容的角度来分，可把旅游抒情散文分为写景抒情散文、记事抒情散文、写人抒情散文、咏物抒情散文四类。

1. 写景抒情散文

这是以写景记景引发的抒情，所谓"借景抒情"或"触景生情"。抒情散文中以写景抒情散文为多，如《春游颐和园》（沈从文）、《站立海边》（陈原）、《碧云寺的秋色》（钟敬文）、《花潮》（李广田）等。

2. 记事抒情散文

通过叙事来抒情，如《望截流》（刘真）、《小鸟，你飞向何方》（赵丽宏）、《我在大山里的日子》（何申）等。

3. 写人抒情散文

通过写人来抒情，所谓"因人生情"。如《如山如水》（昌永）、《沧海日出》（峻青）、《绝版的周庄》（王剑冰）等。

4. 咏物抒情散文

是因物而引发的情思，也称"托物言志"或"睹物思情"。如《广玉兰赞》（荒煤）、《松树的风格》（陶铸）等。

二、旅游抒情散文的特点

旅游散文具有题材广阔、写法自如、语言优美、主观色彩浓重等特征。抒情散文是旅游散文中比较常见的一种散文，它具有旅游散文的一切特点。

（一）题材丰富，写法灵活

抒情并不是盲目地抒发，而是有特定的范围，也就是说不能脱离旅途环境来抒情。旅游的天地无限广阔，抒情散文的题材十分丰富多彩。各种旅途见闻，所遇到的人和事，山川之峻、草木之奇、地方建设新貌、古代文明遗址、异域风光、风味小吃、边陲民俗等，包罗万象，无所不可成为作者关注的写作素材。远至北极、赤道，近至郊区乡村，历史沧桑之巨，途中琐事之微，雪山、云海、沙滩、日出、庙宇古刹、小桥流水，只要能吸引你、打动你、激发你创作灵感的，都可入篇。只要有利于你抒发感情，可以任意地选择。比如旅行生活中的一个片断、一片风景、一个场景、一面之交的游客、一闪而过的意念、一个传说、一件文物，甚至是一种色彩、一丝琴音、一首歌曲，都能成为你抒情的由头。

抒情散文题材十分丰富，对题材的选择同样十分自由，在写法上更是舒卷自如、灵活多样。

写法的自由灵活表现在抒情方式、结构形式、表现手法等方面。

抒情散文在抒情方式上有直接抒情和间接抒情两种，或直抒胸臆，或借他事他物曲折委婉地间接抒情。

抒情散文在结构形式上也比较多样，有的感情线索清晰，如刘白羽的《日出》以感情变化为线索；陈原的《站立海边》面对大海，感情汹涌，灵魂碰撞。有的用层层剥笋法来铺展，如峻青的《沧海日出》。有的如串糖葫芦，把一个个景点串联在一起，如赵柏田的《向西，向西》，从西安沿渭河向西一路向西，像一个糖水欲滴的葫芦串，吸引着读者步步向西，一个景点一个景点地流连。有的结构比较复杂，以一种思想、一种诗情、一种思索为中心，联想各种材料（它们之间并不关联）并有机地结合起来，从各个角度来抒情，也称中心辐射式结构，如秦牧的《社稷坛抒情》。

抒情散文的表现手法可以触景生情、睹物思情，也可以因人生情、缘事生情；可以纯粹抒情，也可以抒情与议论相结合；抒情可以放在文首，也可以放在中间或者文尾；可以首尾呼应，也可一唱三叹，反复抒情。就像"想唱就唱，要唱得响亮"一样，作者想在哪儿歌唱就在哪儿歌唱，想在哪儿感叹就在哪儿感叹，没有任何约束，没有什么条条框框，全凭作者表达感情的需要。

（二）文学技法各显神通

各式各样的修辞方式和文学技法可以在抒情散文中大展拳脚各显神通。如拟人、排比、想象、联想、比喻、夸张、抑扬、映衬、照应、渲染等技巧在抒情散文中用得很多。

譬如象征手法是许多散文大家的至爱，茅盾的《白杨礼赞》是用象征手法来写的精品，作者用白杨为象征，热烈礼赞了坚持抗日战争的中国共产党人及其领导下的广大抗日军民；峻青用雄关来象征对祖国、对社会主义、对革命事业的信心（《雄关赋》）；荒煤用广玉兰象征育花人的红心（《广玉兰赞》）；袁鹰用翠竹来象征井冈山人的革命精神面貌和气节（《井冈翠竹》）；冰心用樱花象征中日两国人民的友谊（《樱花赞》）。象征手法的运用可以起深化主题、表达作者思想情感、强化所描写的形象等作用。

王剑冰的《绝版的周庄》[①]用拟人手法，开头这样写道：

> 你可以说不算太美，你是以自然朴实动人的。粗布的灰色上衣，白色的裙裾，缀以些许红色白色的小花及绿色的柳枝。清凌的流水柔成你的肌肤，双桥的钥匙恰到好处地挂在腰间，最紧要的还在于眼睛的窗子，仲春时节半开半闭，掩不住招人的妩媚。仍是明代的晨阳吧，斜斜地照在你的肩头，将你半晦半明地写意出来。

作者把周庄比拟为一个朴实妩媚的女子，比拟成一个江南古典秀女，就像

[①] 此篇和以上提到各篇均见林非编选《中华百年游记精华》，人民文学出版社2001年版。

著名画家陈逸飞笔下手摇团形绢扇身着古装的美丽女子那样，淡淡的，轻轻的，静静向你走来，令人目炫，令人惊艳，令人心动。难怪作者惊呼周庄"你比我想象的还要动人"。峻青的《雄关赋》用排比和复叠手法，通过反复吟咏，一唱三叹，强调山海关的威武、雄伟、坚固如铁，"一人当关，万夫莫开"；他的《沧海日出》采取层层剥笋法引导读者渐入佳境。郭风的《夜宿泉州》也用了大量排比、复叠、照应等手段来反复吟咏，袁鹰的《青山翠竹》联想丰富。

（三）语言优美富有诗意

优美的抒情散文在语言锤炼上很下功夫。语言优美的核心是语言有个性特色，就是准确、鲜明、生动地描景状物，表情达意，就是有节奏美、色彩美和音乐美。散文的语言与表达方式一样多姿多彩，或简洁淳朴，或细腻缠绵，或雄浑磅礴，或幽默风趣，或潇洒自如，或雍容华丽，或纤细婉约，使人欣赏到其中的情韵乐趣和无尽的审美享受。如曹靖华的《洱海一枝春》和冯牧的《澜沧江边的蝴蝶会》都以生动形象富有诗意的语言取胜。

门瑞瑜《乌苏里江抒情》的开头，作者来到乌苏里江畔的一段描写：

> "露从今夜白，月是故乡明。"江上点点渔火和天上闪闪繁星辉映相照。淡蓝色的天幕上，一轮满月银光四射。清新的空气里，散发着泥土和野草的气息。我沿着草丛中撒满露珠的羊肠小路走去……

语言清新自然，让人过目难忘，让人感受到乌苏里江畔夜晚的美丽景象。语言里充满着浓郁的生活气息，并弥漫着一种奇特的神秘色彩。

再如《洱海一枝春——云南抒情之二》中的一段文字：

> 苍山十九峰，自北而南，宛如十九位仙女，比肩并坐，相偎相依，好像在对镜理妆，凝视洱海；又好像在顾盼着苍山下、洱海边的终年盛开的繁花，默默欣赏。
>
> 山巅白雪皑皑，好似一条又细又白的纱巾，披在头顶，显得分外洒脱。

这段对苍山十九峰的描写，美而有诗意。用了比喻手法，把山峰喻为仙女，形象而生动，并坐、理妆、凝视、顾盼、欣赏，一系列的动词，把仙女的姿态写得鲜活入神。再加上山巅白雪的比喻，又给这些仙女增添几分妩媚的神情。

（四）个性化的抒情色彩

与其他旅游散文相比，抒情散文具有浓郁的抒情性，侧重于表现人在旅游过程中的自我感情世界。作者直面丰富多彩的旅游生活，无法控制内心涌动的情思，于是在文章中淋漓尽致地抒我之情，言我之感，个性因此得到更大程度的张扬，人格因此得到更淋漓尽致的表现。俗语说"文如其人"，在文中坦诚心灵十分重要，作者的思想感情、道德修养、志向情操都能从散文中反映出来，读者也可以从散文中找到作者的影子。

首先这种抒情应是真挚的、发自内心的，其次是健康的、积极向上的，最后才是浓郁的。

浓郁的抒情带有明显的个性特色，表达的方式也异彩纷呈。它可以直接抒写个人哲理寻觅、思想探求、刹那情绪、缕缕情愫等真情实感；也可通过营造诗的意境，间接表现复杂微妙的个人情绪。这种浓郁的感情是张扬个性、袒露主体意识的，不同的景色会引起作者不同的感情，不同作者看到同一个景色也会抒发不同的情怀。抒情的品位高低、良莠都与作者的思想素质、文学修养以及个人气质有关。著名诗人郭风写的抒情散文《夜宿泉州》[①]中抒发的情与他的诗一样明快、隽美，表达了对泉州新面貌的赞美和对泉州的热爱之情：

> 古老的城市！南方的四月的夜晚，是多么的甜蜜的呵。这个晚上，我想睡觉了。泉州，让我站立在这窗口，永远守望着你的过去，我千百倍的爱你的今天！……呵，这一切，都是我所爱的，让我歌唱这芬芳的土地上新的爱情，新的建设，树立起来新的纪念碑！让我伸出手来，把你整个抱在我的两臂里：
>
> 泉州！晚安！

笔者创作《早安，古巴》[②]一文，在这方面做了尝试。古巴这个名字大家都不陌生，但因远隔万里，去过的中国人很少。我是侨属，古巴是我的异国故乡。我了解她的困难，知道她的不足，但更看到她的阳光、她的绚丽色彩。一到达哈瓦那，我就打招呼："早安，哈瓦那！早安，古巴！"文章就这样开头了。

[①] 林非编选：《中华百年游记精华》，人民文学出版社2001年版。
[②] 黄卓才：《古巴随笔》，广东高等教育出版社2017年版。

下面,我分四个段落,以所见所闻具体描述古巴的缤纷色彩:"古巴的早晨是绿色的""古巴的早晨是白色的""古巴的早晨是蓝色的""古巴的早晨是红色的",依次抒写自己的见闻和第一印象。在文章结尾,我写道:

> 来古巴之前,我有种种担忧,怕吃不饱、睡不好,怕道路坑洼,交通不便,行动不自由,怕人生地不熟难办事……总之,心目中古巴的色彩是灰暗的,这显然是受了某些传言的影响。来到之后,只需一个早晨,我的感觉全变了,眼前一片绚丽,一片明亮。这也许就是古巴的魅力!多年来,凭78.3岁的预期寿命、99.9%的识字率,古巴的人类发展指数一直维持在高水平。根据世界自然基金会的报告,古巴是全球唯一已实现社会、环境、经济多方面永续发展的国家。亲临其境,切身体验,我相信!
>
> 每天都有一个早晨,而每个早晨都有不同。如果我们不以老眼光看古巴,也许会有更多的发现……

三、旅游抒情散文的写作

(一)寻觅"动情的事"

"动情的事"指在旅行活动中的所见所闻,其中有那么一部分能激发作者的情感,吸引作者的目光,让作者不由得心动的事。寻觅"动情的事"就是寻觅生活中的诗意,发现事物的闪光点,让你的心燃烧、让你的血沸腾的材料。正如杨朔说的那样:"杏花春雨,固然有诗,铁马金戈的英雄气概,更富有鼓舞人心的诗力。你在斗争中,劳动中,生活中,时常会有些东西触动你的心,使你激昂,使你欢乐,使你忧愁,使你深思,这不是诗又是什么?"每一个人都会遇见一些动情的事,说它含有诗意是因为这些动情的事已带上作者的主观色彩,注入作者的情,不再是单纯的所见所闻,而是已经带上主观色彩,融入作者的所感所思了。

"动情的事"不光指事,也包含景和物。有的景或物同样会激发作者的兴奋点,使作者情不自禁,从而成为融入作者情的景或物。"动情的事"有的是作者向往的,有的是作者神交已久的,有的是作者为之挥泪的,有的是作者梦牵魂萦的……是它们使作者动了真情,真的动情。有了它们,抒情散文才能写出诗意,写出意境,写出让读者共鸣的诗情来。

"动情的事"需要带着激情去寻觅、去捕捉,但有时也会偶然"撞在你的枪口上",碰上了就要紧抓不放,赶快将它关进诗意材料的百宝箱里,它会很快变成一篇抒情散文的。号称"天下第一关"的山海关是峻青从小向往的地方,常出现在他童年时的梦中。当他终于登上这"思慕已久"的雄关时,怎能不动心?他用奔放激越的感情一气呵成《雄关赋》,连连赞叹:"嗬,好雄伟的关塞,好险要的去处!"他四处眺望,凭栏遐思,童年的梦复活了!他情不自禁地再三感叹:

> 看着这,一刹那间,我竟然仿佛置身于中世纪的古战场上。一股慷慨悲歌的火辣辣的情感,涌遍了我的全身。
> 啊,雄关!
> 这固若金汤的雄关!
> 这"一夫当关,万夫莫开"的雄关!

然后又悟出一个道理,即雄关的"伟大体魄,忠贞的灵魂"永远刻在人们的心目中。

(二) 精选"寄寓物"

抒情散文里有一类文章是由旅游风物引起的。这个风物使作者动过情,对这个风物的评价和欣赏作者往往不直接表露出来,而是深深地寄寓于他所描述的风物中,让读者去品味,去体会,这就是通常所说的寓意。寓意包含两部分,一是"寓意物",二是作者的情意。正如叶圣陶解释的"这个里头蕴蓄着那个,那个里头蕴蓄着这个","含有象征的意味",也就是人们常说的"托物言志""睹物生情"。

1. 要精心选择"寓意物"

"寓意物"中蕴含着作者的情思,选怎样的"寓意物"最佳呢?

选作者最熟识、最了解、最有体验的事物。如白杨,因为茅盾了解它、熟识它,对它有深刻体验,于是有了《白杨礼赞》。还如《井冈瀑布》中的瀑布、《西海排云》中的排云、《樱花赞》中的樱花,都是作者最有体验的寓意物。

选美好的有意义的事物。如蓝天白云、绿叶红花、青松翠竹、兰花珍珠、瀑布小溪、太阳月亮等,都是十分美好的东西,它们都有自身的寓意和形象,用它们来寓示一种更为深远的意蕴,揭示作者对生活的感受认识和人物精神品格就十分贴切自然,容易被读者接受。相反,夜间飞行的蝙蝠、叫声不吉利的乌鸦、使人压抑的阴霾、造成灾难的洪水、被人遗弃的垃圾等事物本身形象就不那么招人喜欢,不适合当抒情散文的"寓意物"。如洞庭湖盛产珍珠,珍珠本身美丽发光，选珍珠作为"寓意物"就很恰当。谢璞在珍珠中寄寓自己的情思，借珍珠来抒情。他在《珍珠赋》中把堤岸风光比作用珍珠缀成的世界，进而大胆奇特地将洞庭湖比喻成一颗大珍珠，对现实生活的赞美和对祖国建设的热爱之情溢于言表。

又如黄文山的《井冈瀑布》，"寓意物"选得也很准确贴切。该文的"寓意物"是瀑布，作者把一个深刻的道理寄托在瀑布身上。瀑布本身就是奔流不息、不怕曲折艰险的代表，它在山崖跌落下的一刻往往惊心动魄，令人震惊：

> 150米高的瀑布如同一幅巨大的壁挂高悬于天地之间。沿着石砌小道往下走，老远就能听到喧腾的水声，在山谷轰鸣。待走到瀑布近前，更觉得气势不凡。瀑布不是一泻直下，而是折成两叠，上一叠，似乎是斜刺里冲出的一支奇兵，急骤驰骋，势不可当；下一叠，则如千军万马，漫山遍野而下，但见戟戈耀日，烟尘滚滚，盈耳则是风萧马嘶，吼声如雷。

小溪的一跃使它改变了命运，于是出现了奔腾的瀑布和涓涓平静的小溪。作者通过对瀑布的描写来议论抒情：

> 倘若面前没有峭岩悬崖，倘若没有忘我地奋身一跃，自然，也便没有这样一道绚丽的生命华彩。……其实，只要给它们机会，任何一条看似不起眼的小溪，都能将生命化作万丈飞瀑。只不过不是所有的溪流都能拥有这样的瞬间，但也并非所有的溪流都向往这样的辉煌。于是，小溪也罢，瀑布也罢，都以自己的方式生活着，并且丰富着世界。而对大自然来说，只要存在，便是一种美丽。

作者既赞美那"忘我地奋身一跃"的瀑布，也讴歌平凡朴实的小溪，阐述了"辉煌"和"平凡"、"机会"和"瞬间"的关系，字里行间闪烁着哲理之光。

2. 对"寓意物"进行形象描绘

选好了"寓意物"后，应该对它做具体形象的描写。如荒煤《广玉兰赞》中的"寓意物"是广玉兰，作者先闻到广玉兰的幽香，寻踪觅迹发现了香气之源，对广玉兰进行形象地描写：

> 树枝头上，在绿油油的叶丛中，有的玉兰花正在展放。……说它纯白

吧，又似乎有一种淡淡的青绿色渗透出来；说是雪白的吧，它又显得那么厚实，没有任何颗粒感；总之，洁白两个字又不能概括它洁白的全部内涵。……刚开的花朵里往往钻进去六七只蜜蜂，围绕着花蕊飞来飞去……当玉兰花枯萎凋落之后，它的花蕊却变成两寸长的鲜丽的近乎紫红色的颗粒如细珠的圆茎，还毅然独自挺立在枝头！

作者赞美它是因为它从生到死，"一颗红心依然耸立，还在孕育着新芽"。玉兰和红心联系在一起，广玉兰象征有着一颗红心的作家、艺术家，只要红心不死，就能发光发热，点燃人们的希望之火，获得真正的永恒。

（三）抒发健康向上的感情

抒什么样的感情，发什么样的感叹，这是写好抒情散文的关键，有的初学者往往把握不好抒什么情的问题，或者沉湎在个人情感的小圈子里无病呻吟，卿卿我我；或者对"小资"感情津津乐道；或者泄私愤，抒"小家子"恩怨；更有甚者抒发一些低下、庸俗、不健康的感情，这是绝对不应该的。我们提倡抒大情（人民之情），不抒小情（个人私情），提倡健康的积极向上的美好感情，不抒"小资"之情，反对那些庸俗、低下、不健康之情。比如对故国家乡的眷恋、对祖国欣欣向荣面貌的赞美、对仁人志士的敬仰、对大好河山的欣赏、对美好前景的憧憬、对真善美的追求等都是值得我们去大力讴歌的。如《珍珠赋》中热情讴歌洞庭湖是伟大祖国的一颗大珍珠，抒发健康向上的感情："洞庭啊，洞庭！在你这里，天上、地面、水下，处处闪耀着珍珠的异彩，你就是镶嵌在我们伟大祖国土地上的一颗大珍珠！应该挑选天下最鲜艳的油彩，来描绘洞庭的珍珠，因为每一颗珍珠，都沐浴着生养万物的雨露阳光，每一颗珍珠，都是洞庭碧波上开放的瑰丽花朵！"

（四）抒情的两种方式

抒情散文以抒情为主，我们一定要掌握下面两种抒情方式。

1. 直接抒情

直接抒情即直抒胸臆。如《洱海一枝春》的作者曹靖华来到云南大理，被大理的自然美景感染，禁不住直抒胸臆："大理，好一幅风景画。""大理，好一首抒情诗。""大理，这神话之乡，处处皆神话。""不论谁到这儿，都会恍如置身神话境界，禁不住从心坎里发出赞叹：大理好。""大理，它美，美得别致、有情趣。"像这样的赞美之辞文中比比皆是。

2. 间接抒情

间接抒情与直接抒情相反，作者并不直白地表露感情，而是通过他所描写的景观、人物、风物、事物曲折地流露出来。间接抒情有借景抒情、因人生情、睹物思情、缘事生情四种。

例如《绝版的周庄》通过写人来抒情。文中写中国台湾作家三毛对周庄的感觉是相见恨晚，四处浪迹踏遍世界的三毛什么样的景色没见过，可她来到周庄，立即被周庄所感动了："三毛一来到周庄就哭了，三毛搂着周庄像搂着久别的祖母。三毛心里其实很孤独。三毛没日没夜地跟周庄唠叨，吃着周庄做的小吃。三毛说，我还会来的，我一定会来的。三毛是哭着离去的，三毛离去时最后亲了亲黄黄的油菜花，那是周庄递给她的黄手帕。"这里详写了三毛一来周庄就哭，离开时哭着走，日夜陪伴周庄，再三说还要回来，亲吻油菜花等行动举止，委婉地表达了三毛对周庄的深深眷恋之情。三毛走后陷入更大的孤独，只好以死解脱，临死还念叨着周庄。三毛是对周庄动了真情，她爱周庄近乎痴迷。对周庄的爱其实是她对大陆的爱，对故乡的思念。而通过三毛对周庄的这份浓浓的爱又曲折传达出作者对周庄之美、水乡之美、祖国之美的赞叹。

赵丽宏的《小鸟，你飞向何方》通过记事来抒情。作者记述了他在动乱年代的一次邂逅：对泰戈尔的《飞鸟集》情有独钟的作者在一个旧书店意外发现这本诗集，正要伸手去取，恰巧另一双姑娘的手同时伸出要拿这本书。后来小姑娘把《飞鸟集》塞到作者手中，说家里还藏着一本呢，飘然而去。从此小姑娘常常闯到作者的记忆中来了，他关注着和小姑娘一样的年轻人的学习和生活，直至"文革"之后，直至他考上大学。作者写道：

> 历尽了一场肃杀的寒冷，春天来了。经过冰雪的煎熬，经过风暴的洗礼，多少年轻的心灵复苏了，他们告别了愚昧，告别了忧郁，告别了轻狂，向光明的未来迈开了脚步。就像泥土里的种子，悄悄地萌发出水灵灵的嫩芽，使劲顶出地面，在春风春雨里舒展开青翠的枝叶……

这段因事抒情表达了他对"文革"之后祖国未来的殷切期望，对小鸟——年轻人飞向何方的深切关注的感情。该文具有浓厚的诗情、强烈的时代气息、清丽的风格，是记事抒情散文中的佳篇。

第二节 旅游叙事散文

一、旅游叙事散文的含义

叙事散文顾名思义是指以叙述事件为主要内容的散文。这类散文一般都侧重于因事缘情、融情于事,有的以写人为主,有的以记事为主,有的以完整的故事情节取胜,有的则以洋溢在文中内在的浓郁诗情感染读者。如《峨眉山人》(吴泰昌)、《雨雾漓江图》(从维熙)、《洪湖水,浪打浪》(卞毓方)等。

二、旅游叙事散文的特点

叙事散文除了要突出形象性和抒情性外,其显著特点是强调真实性和故事性。

(一) 真实性

叙事散文以反映旅游生活中的事件和人物为主要内容,必须讲求真实性。写真人实事,抒真情实感是旅游散文的特点,也是对旅游叙事散文的严格要求。不论是以"我"为线写所见所闻,还是用第三人物来记事写人,在真实性这一点上要求是共同的。如《土风酒店》[①]写一行人游湘西,中午时分到土风酒店去吃饭,受到店主冯老板热情周到的服务,酒足饭饱满意离开,继续旅程。该文真实地记述了旅途中一次午餐这件事,对酒店周围的环境、店内设施、酒店的风格、何菜何酒都做了如实的描述。最引人注目的是店老板,他既有湘西人朴实憨厚的一面,又有"酒保"快乐风趣的一面。土风酒店离我们远去,可"酒保"的形象却留在我们心中。之所以会达到这个效果,与作者写真记实分不开。越是真实的东西往往越能够感染人、打动人。若是掺了假,那沈从文笔下美丽的风景、湘西的民风民俗,就会变味的。

(二) 故事性

故事由情节和人物构成,故事性强就是情节曲折生动,人物鲜明突出,对读者的吸引力特别强。叙事散文的故事性指记述的事件不但要有头有尾,而且要跌宕起伏,情节有波澜,人物有冲突。故事性越强的叙事散文读者越感兴

---

① 熊召政:《千寻之旅》,广东旅游出版社 2002 年版。

趣，越想知道事情的结尾。如鲍国芳的《永远不能忘却与舍弃的》写当年在内蒙古插队的北京知青的草原之行。文中穿插着一个动人的故事：小萌是女主角，她在草原与牧民儿子恋爱，结婚生子，重返北京把丈夫和儿子带回北京，结果丈夫不适应城市生活又从北京回到草原，这次小萌带着正在谈恋爱的儿子回草原探亲。故事用两条线来兴波助澜，一是小萌命运这条线，一是去草原的大巴爆了胎，两条线互相交织在一起。人们一直在关心小萌的丈夫在草原过得怎么样，小萌和儿子与亲人相逢会有怎样动人的情景；又担心大巴车什么时候修好，在漫漫长夜等待会是什么滋味……这就是故事吸引人读下去的魅力所在。人说会写小说的人最会编故事，会写叙事散文的人要会讲故事，但这故事不是编造的，而是真实的。

三、旅游叙事散文的写作

（一）叙事完整，兴波助澜

1. 事件叙述相对完整

散文中的事件叙述虽然不像小说那样要求完整地把事件发生、发展、高潮、结局的过程叙述出来，但也要求相对完整，使读者对事件有所认识和了解，从中体会作者写这件事的原由和所寄托的情感。事件叙述中一般都会出现人，事和人总是密不可分的。事是人做出来的，人的活动连缀或推动事的发展和结局，没有人，事将毫无生气。

隆振彪的《回家》故事并不复杂：一个在大陆被抓壮丁裹挟去了台湾的老兵一直在思念故乡，等了几十年，临死前嘱咐儿子一定要把他的骨灰带回大陆。结果儿子长大成人后，千方百计地实现了父亲的夙愿。故事交代事件的来龙去脉，有父子两个人物，父亲对故乡的深情，儿子三次回大陆的经过也做了详细的交代，有头有尾，相对完整。作者通过父子两代人的故乡情结，来表达一种强烈的感情：两岸同胞本是同根生，骨肉亲，海水隔不断思乡的情丝，万山挡不住台湾同胞回归祖国的心愿。

当儿子终于带着父亲"回家"时，作者忍不住感叹道："故乡是一个人灵魂的最后的栖息地，游子像飘零的叶片一样，哪怕他浪迹天涯，飘零万里，最后总要落叶归根，回归到生命的本源。"在叙事过程中，浓浓思乡情贯穿"回家"全文，字里行间透出一个深深的"情"字。寓情于事，情随事生，作者正是通过较完整的事来表情达意的。

2. 事件发展要有波澜

事件的叙述既要交代明白，给人完整的印象，又要有生动的细节和情节波澜，让人有兴趣看下去。现实生活中有些事件本身就曲折动人，表现出来当然曲折动人；但有些事平淡无奇，怎么使它打动人呢？需要掀起波澜。如何兴波助澜呢？既不能臆想也不能编造，只能通过叙事手法和描写技巧使情节跌宕起伏、曲折生动。叙事技法有写意法、抑扬法、对比法、渲染法、悬念法、映衬法等。

《回家》用的是映衬法。父亲执着地期盼祖国统一，苦苦等了20年，头发白了才娶亲，生个儿子取名"思源"，意思是饮水思源不忘根本。儿子也一样地执着，为了却父亲的遗愿，不买房子，不找女友，付出了青年人难以舍弃的一切。父亲做梦都想回家，临死前留下遗言；儿子三次回大陆寻求故乡和亲人，安排父亲入土为安。同样的信念，同样的一颗赤子之心，父子两人相映相衬。读这个故事令人心酸，更令人震撼。

玛拉沁夫的《峨眉道上》① 运用了渲染法和对比法。

《峨眉道上》写的是作者一行登峨眉山的事情，登山途中遇见铺路人，引发作者情思。此事本不复杂也无波澜，但作者用了大量笔墨来渲染峨眉山的"险"和上山的"难"，然后引出人，就使事变得曲折生动了。文中一写了上山前下起雨，土黏，路滑难走客观因素；二写了路是用一块一块二尺见方的石板接连起来的阶梯，如"蜀道之难，难于上青天"的自然因素；三写了爬山人太累的人为因素；四写一线天的"险"；五再写十里石梯路的"险"，路面仅宽一米多，旁边是万丈深涧，偶一失足，定将粉身碎骨。就这样层层烘托，步步渲染，营造了一个惊险艰难的环境，为铺路人的出场铺垫架势，所谓"醉翁之意不在酒"矣。接着用对比法，将爬山人和铺路人做比较：爬山人爬得狼狈，身体累乏、情绪紧张，顾不得欣赏风景；铺路人面对山高路险，却是"幽默地答""爽朗地笑"，平静地说，去洪椿坪的一段路被山水冲毁，他们是从十多里以外，开山取石，凿成石板，背上山去，铺修那段被冲毁的路。通过对比，铺路人的精神境界呼之欲出。

悬念法是设悬置疑勾起读者要知下文的兴趣。罗马是世界公认的伟大城市，可罗马却上演一出"空城计"，怎么回事？为什么？《罗马假日》② 开头就写一到罗马，发现是一座空城，商店门紧闭，街上无行人，究竟怎么回事？用的是悬念法。茅盾的《海南杂忆》一开头就说自己有一个习惯，每逢游览名胜古迹，都先要从书中来了解此地的情况，可往往到实地一看，根本不如书中所写，这次游天涯海角就不去看书。这里设了一个小小悬念：不知天涯海角景

---

① 玛拉沁夫：《峨眉道上》，载《散文》1980年第1期。
② 余秋雨：《行者无疆》，华艺出版社2001年版。

色如何？激起读者想知下文的欲望。虽然作者没有先翻书，但脑中仍要做些想象，接着作者却说："但是错了，完全不是那么一回事。"这又是一悬：作者想象那么好，又错在哪里？现实中的天涯海角究竟是怎么回事呢？然后叙述来到天涯海角后的所见所闻，渐渐解开读者心中的疑团。

（二）写真记实，主题积极

写真人真事，抒真情实感，是记事散文应遵循的原则。旅途见闻无论是事还是人、事大事小、情节完整还是片段，都应真实地加以叙述描写。因此，要求作者根据自己敏锐的眼光、准确细致的笔触，展现生活中原有的美好的事物或值得人们深思的现象。长期的写作实践证明，许多掺假的事件或人物总不及生活中的真人真事来得真切、生动、自然。况且一掺假就往往矫揉造作，如东施效颦，适得其反。一旦读者发现其中的虚假成分，就会对整个作品感到失望。

旅游叙事散文不但要记实，而且主题要积极有意义，抒发健康向上的思想感情。

刘真的《望截流》是写作者来到三峡葛洲坝工程，看到大江的截流，那宏伟的场面，那凶猛的浪头，人与恶浪拼死搏斗的情景。当合龙胜利的鞭炮声响起，欢呼的人群变成波涛巨浪时，禁不住要歌颂工地上的这支部队，赞美工人、老兵、三峡，这就是作品的主题：

  三峡呀！望不尽的高山峻岭，你使我们的队伍更新，更大，更有力量了。我们感谢，永远感谢你，崇高的母亲。

  蜀道哇！李白坐在小帆船上，去得更远，更远了。上青天，青天离我们近了。虽然我们还很艰难，但我们有了世界上这最大、最难的截流，就会有更多的截流、工程、桥梁和梯子。我们一支支的先头部队，在冲，爬，上着呢……

《峨眉道上》作者面对"把一块块石板背上山、铺成路、日复一日、年复一年、默默地流汗的铺路人"不由心潮起伏，思绪滚滚："是的，世界上的每条道路，都有它的铺路人；每片田地，都有它的开拓者；每个伟大业绩，都有它的创建家。我们是后来者，应当永远铭记那些铺路人、开拓者、创建家们的历史功勋，永远向他们倾注诚挚的敬重之情。没有他们，便没有我们；没有他们的辛劳与牺牲，便没有我们的欢乐与幸福。啊，铺路人，你们都是无名英雄啊！"作者心中充满对铺路人的敬佩赞美之情。通过对真人真事的描写，热情歌颂铺路人的负重精神和开拓精神,很显然,主题是积极的,能给人深深的启迪。

上文提到的《回家》,主题就是"回家"。作者通过父子两代人的故乡情结,来表达一种强烈的感情:两岸同胞本是同根生,骨肉亲,落叶要归根,台湾要回归。海水隔不断思乡的情丝,万山挡不住台湾同胞回归祖国的心愿。作者在文尾写道:"他也会像父亲那样等待祖国统一,海峡虽有风浪,但,血浓于水,他不会像父亲那样再等待一辈子了。"卒章显志,也表明作者对祖国统一充满期盼又充满信心。这样的主题不但是积极的,而且富有时代意义。

(三) 线索清晰,结构严谨

叙事散文侧重于叙事。一件事往往由片段的、局部的、细微的、原始的材料组成,如果没有一条线索来贯穿它们,就会杂乱无章,一盘散沙。这条贯穿线就是文章的线索。用清晰的线索合理地安排材料,使文章脉络清楚,结构严谨。安排线索的方式很多,主要有三种:一是以事件发生发展过程为线索;二是以物件(特定或泛指的物件)为线索,把发生在不同时间、不同地点或不同人物身上的事件串联起来;三是以人物命运为线索。

例如,赵丽宏的《小鸟,飞向何方》以事件发生过程为线索按时间顺序来写。动乱岁月,喜欢读书的"我"在旧书店遇到另一个也想要泰戈尔《飞鸟集》这本书的女孩,从此常常想起她。这样叙事,有因有果,线索清楚,尤其是那个不知名的小姑娘,她秀丽的外貌、求知好学的神态、轻盈的脚步都给人留下难忘的印象。

梁丽芳的《爱蒙顿散记》,以当地的风俗人情为线索,记载了作者在爱蒙顿的生活琐事。比如"寒流"中作者以为寒流来了,零下46摄氏度,不会有学生来上课,结果到教室一看,学生都来了。"缘"中记述了作者与在升降机中邂逅一位华人的缘分。还有"黑的雪""散步""商场""餐馆""墓地"中分别记述了当地的风土人情,以及所感所受。

海外旅游散文《北美唐人街》以风物为线索来写。文章首句提出"唐人街,西洋风景线上一抹浓烈的东方色彩,吸引着多少人的注意",接着以唐人街为线索,抓住各地唐人街的不同特色,分别叙述了三藩市唐人街的规模、建筑、商店、货物之丰富、餐厅粤菜之美味,多伦多唐人街新旧"埠"的对比,芝加哥唐人街的中华文化氛围等。看似平淡的叙事中揉进了作者浓浓的情思,这种浓郁的思乡之情、爱国之情贯穿全文。"北美唐人街,烙印着华人奋斗的轨迹,闪耀着中华传统的光辉。陈腐与陋习仍在,新的事物却在顽强地崛起。正因此,它让我追怀,让我兴奋,也引我寻思……"结尾以抒情议论点出文章主旨，结构严谨，一气呵成。

（四）注重细节，人物鲜活

叙事散文不管是侧重记事还是侧重写人，都离不开人。因此，要写好叙事散文，一定要注意对人物形象的描写。要写好人物鲜明的个性特点，往往又离不开细节描写。人写"活"了，事件也就"动"了，向前发展了。细节描写在刻画人物性格、突出人物形象上起着十分重要的作用。

如《吐鲁番的歌谣及风情种种》有这样一段人物的描写：

> 赶车的老爹也不急，手里端着杆细长的烟袋锅笑眯眯地瞅着小毛驴，全由着它的性子。女人和孩子们更不管那么多了。她们只是推推搡搡地挤在一起笑着，闹着，高兴得莫名其妙，连身边柳条筐里刚摘下来的葡萄也都莫名其妙地跟着颤巍巍，仿佛活了一样。

这段文字中有多处细节描写。对老爹：手里"端着"烟袋锅，脸上是"笑眯眯"的，由着毛驴淘气使性子，表现出老爹不急不躁，对毛驴的喜爱，对驱车赶集悠然自得的心态。对车上的女人们：她们的动作是"推推搡搡""挤在一起""笑着，闹着"，几个小细节表现了女人们欢畅、无忧无虑的心情，葡萄夏收了，她们对生活充满了喜悦和满足之情。

卞毓方的《洪湖水，浪打浪》写作者回故乡的经历。那天他参加了龙舟赛，独舟游了湖并观看了歌唱洪湖水的晚会。写到在返回之前，他还有一件事儿要做："于是，他弯下腰，从搁在脚旁的手提包里掏出一个信封，从信封中倒出几十粒祖籍洪湖而生长于京城的莲子。他把莲子捧起，仰头，合掌，聊作祷告，随后款款投进湖心。想象它们携带着北国的雨露，并文化的馨香，重新回到天高地迥的故土，一刹那他竟如纵浪大化，飘飘然忘乎南北东西。"

这里是一系列的动作细节描写：掏信封→倒出莲子→手捧莲子→仰头→合掌→投进湖心。这般认真，这般虔诚，这般细致，全是为了表现作者深深的故乡情结。

（五）语言优美，流光溢彩

叙事散文以写人记事为主，但也要注意语言的自然流畅，甚至优美传神，流光溢彩。我们从《洪湖水，浪打浪》中的几段文字就可知道优美语言的重要性了。

千里来寻洪湖，洪湖借与他一叶扁舟，扁舟穿行在亭亭净植的莲田。天蓝蓝，水蓝蓝，云柔柔，风柔柔，午后的秋阳闹闹地照下来，四下里不见一星人影，不闻一丝嘈杂，静谧，犹如太古；偶有鸟啼，偶有鱼跃，啁啾过后泼剌过后须臾跃入更深的清寂。

眸光收回，歌手的魅力激发了他的想象。精灵！对，一支优秀的歌曲。绝对就是一只小精灵！它懂得如何按摩肌肉，漱洗灵魂，征服人心！"洪湖水呀长呀嘛长又长，太阳一出闪呀嘛闪金光……"……河流为之狂喜，田野为之惊呼！一位来自军旅的歌手的清唱，在现场点燃的情感爆炸，绝不亚于上述科幻情节所能引发的哄动。

以上引文第一段是散文开头的文字，简直是太美了，奇句夺目，先声夺人！这段语言有几个特色：第一，写景用重叠字，如"亭亭""蓝蓝""柔柔""闹闹"来加强语言的节奏感、音韵美。第二，用对照的文字，如"一星"对"一丝"，"鸟啼"对"鱼跃"。第三，动静结合：天蓝云柔，没有人影，没有嘈杂，静如太古。扁舟在湖中穿行，偶尔有鸟啼和鱼跃，但动过后是更清寂。第四，多用动词，精用动词。如"寻""借""穿行""照""见""闻""啼""跃"等都十分精确与传神。

第二段文字写听歌的感受，用了想象、联想、意识流、比喻、复叠等手法。革命老歌引起作者想象，把歌曲比喻成"精灵"，想象奇特，比喻新鲜，又联想到《洪湖赤卫队》，韩英和贺老总出现在广场，然后用了两个复叠句加以强调。这段文字想象力丰富，蒙上一层科幻色彩，多种修辞手法的巧妙交错，画面一个个闪回，成功地表现了歌曲的无穷魅力，充满了现场感。

由此可见，精彩的语言除了有营造环境，表现人物思想感情，突出主题，增强叙事功能的效果，还能给人以美感享受，让人久久回味。

本章小结

全章两节。第一节讲旅游抒情散文，第二节讲旅游叙事散文，都是从含义和分类、特点、写作三个方面进行介绍的。

知识重点在两种文体的特点。对于写法的研究，也有参考价值。

关键词

旅游抒情散文　旅游叙事散文　特点　写法

思考与练习

1．旅游抒情散文和旅游叙事散文是两种截然不同的体裁吗？以作品为例具体谈谈你的看法。

2．说说旅游抒情散文的特点。

3．从你近期的旅行经历中取材，写一篇千字左右的叙事散文。

第三章 游记

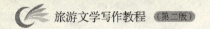

本章学习目标
- 掌握游记的特点。
- 了解景物描写在游记中的重要性。
- 学习"情景交融"的表现技巧。

第一节 游记概述

一、游记的含义和发展

（一）游记的含义

游记是记述旅游活动的见闻和感受的旅游散文，也称记游散文。因其以描摹山水景物为多，又有人称之为山水游记。游记内容纷繁广泛，写法也特别自由灵活。可以突出描述山川自然，也可着重介绍风土人情；可考察现实，可追寻历史；可写人物，可记故事；可描写记述，可说明议论，各种表达方式都能涉及；可以以作者的联想感受来深化文章的主旨，也可以靠文中富有诗情的图画和浓烈的抒情来打动读者。一般的记实性游记只要讲清楚游览、考察的大致过程及具体的见闻感受就行，艺术性较强的游记则要求在此基础上创造意境，也被称为文学游记。本章所讲的，就是这一类游记。

（二）游记的发展

我国游记有着悠久的历史。作为一种独立文体，游记的产生和繁荣比一般的诗文更晚。人们普遍认为游记开始于魏晋，成熟于唐代，繁荣于明清。

游记在散文中占有很重要的位置，历代散文大家都致力于游记写作。郦道元的《水经注》可算是先导性试笔，到唐代中后期得到很大的发展。尤其是柳宗元著《永州八记》，奠定了他在山水游记中的领军地位，后来许多文人都追步柳式游记。宋代《前赤壁赋》（苏轼）、《醉翁亭记》（欧阳修）、《沧浪亭记》（苏舜钦）、《岳阳楼记》（范仲淹），明代《徐霞客游记》（徐弘祖）、《嵩游第一》（袁宏道），清代《登泰山记》（姚鼐）、《游桂林诸山记》（袁牧）等一大批游记佳篇深入人心，流芳百世。现当代，游记得到空前的繁荣和发展。著名的长篇游记有《饿乡纪程》（瞿秋白）、《欧游杂记》（朱自清）、

《冰心游记》（冰心）、《湘行散记》（沈从文）、《访美掠影》（费孝通）、《欧行散记》（丁玲）、《旅途杂记》（巴金）、《万水千山走遍》（三毛）、《西藏见闻录》（殷乃德）等。短篇的更是多如牛毛、不计其数，这里不一一列举。

二、游记的特点

（一）记实性

游记的记实性包括两层意思。

第一是亲见亲闻。可用"第一人称，实地考察，现场速写"12个字概括。没有"游"哪来的"记"？写游记第一必定要"游"，先游后记，作者必须亲临游览地，仔细观察景物，深入了解有关的人和事，在游览中体验游意、游兴、游趣、游情，才能有所感有所知。对于一个作家来说，"只要他肯旅行，就自然有许多可写的事事物物搁在眼前"。"写游记必临水登山，善于使用手中一支笔为山水传神写照，令读者如身莅其境，一心向往……"① 这是著名作家沈从文的经验之谈。"肯旅行""必临水登山"是写游记的首要条件。沈从文的许多游记都离不开水，他说："我虽离开了那条河流，我所写的故事，却多数是水边的故事。故事中我所最满意的文章，常用船上水上作为背景……"② 没有故乡河流的滋养，不去实地考察，是写不出《湘行散记》那样优秀的游记来的。

第二是写真求实。写真指"记"的内容必须真实可靠，求实是指去伪存真，透过现象看本质。无论是自然山川、楼台亭阁，还是民俗民情、饮食起居，都应实记实录，不能虚假。即使是写一块石头、一泓清泉，对其方位、大小、颜色、来由等也要照实笔录，但要注意不要被某些表象所迷惑。如赵丽宏《在风中》③ 记在庐山看到如琴湖的静态和动态的迥然不同。"碧绿的湖面平滑得如同一面巨大的明镜，镜面上没有一丝半点的裂纹和灰尘，这样的静态，简直有些不可思议。湖畔的树木，远方的山影，还有七彩缤纷的晚霞，一无遗漏，全都倒映在这面镜子中。这是一幅宁谧辉煌、略带几分凄凉的画，那种静止的瑰丽和缤纷竟使人感觉到一种虚幻……"可是风来了，湖畔的树木花草开始摇动，枝叶的呼啸和喧哗充满了世界。"再看湖面，波纹已经失去了先前

---

① 沈从文：《谈写游记》，见吾人选编《倾听沈从文》，中国广播电视出版社2002年版，第221、222页。

② 沈从文：《我的写作与水的关系》，见吾人选编《倾听沈从文》，中国广播电视出版社2002年版，第220页。

③ 参见红孩主编《致大海》，学林出版社2006年版。

的优雅，变成了汹涌的波浪。波浪毫无规则地在湖中翻涌起伏，就像有无数被煎煮的鱼儿，正在水下拼命挣扎游蹿……而湖面的画，消失得无影无踪。只有变得浑浊的湖水，翻卷起无数青白色的浪花……"真是湖欲静而风不止啊！两段描写，真实地再现了风的威力和作用，是风改变了湖的形象，打破了湖的静谧，使它充满了兴致勃勃的生命活力。作者让我们领略了风的神奇和魅力。游记只有强调记实性，人们才可将它视为旅游者的朋友和向导。你没去游时它会勾起你去游览的兴趣，你去游览时就给你当导游，你不得成游时它把美景搬到你面前请你欣赏，让你享受"神游""卧游"的另类美妙。

（二）地理性

游记的地理性指它特定的地理风貌。地理风貌包括自然景观和人文景观，山川江河、雪月风花属自然景观，土木建筑、民俗风情属人文景观，两种景观常常表现为结合在一起。地理性特点是游记区别于其他散文最明显的标志。游记中地方特色和地域特征十分重要。一处有一处的风景，一地有一地的习俗，如西藏有西藏的风采，湘西有湘西的特色，傣族人人能歌善舞，南方多小桥流水玲珑园林，各地各处绝不会雷同。在游览时，只要充分注意到游记的地理性特点，哪怕是游同一地同一景，也能写出不同的游记来。

漫游世界的旅行记，每到一国时，作者一般都要介绍该国的地理位置、人口分布、历史沿革等概况，告诉读者有关资料。"到处流浪"的三毛便是如此。她到玻利维亚，介绍该国是高原之国，"是南美洲两个没有海港的国家之一，它的西部是秘鲁与智利，东北部与巴西交界，南边有阿根廷及巴拉圭"①。她到墨西哥，介绍道："墨西哥城是一个方圆两百多平方公里，坐落在海拔两千二百四十公尺高地的一个大都市。""古代的神祇在墨西哥是很多的，可说是一个想象力丰富的多神民族。日神、月神、风神、雨神之外，当然还有许许多多不同的神。"不但介绍了这些国家的地理位置，还介绍了风土人情，充分体现了游记的地理性特点。

（三）抒情性

游记的抒情性是指游记中时时处处流露出的那种个性化的感受和浓浓的情思。作者必须充分投入，寄情山水，做到"我在其中"。游记并不只是着力描绘山川风光的壮美秀丽，而总是把客观环境与主观感受有机结合起来。或借景抒情，或寓情于景，或夹叙夹议，或营造意境，直接或间接地表达作者在特定

---

① 参见《高原的百合花》，广东旅游出版社2001年版。

环境中的思想感情。如果没有"情"的浸染，对景物的叙述便干巴无神，读这样的文字与读一张直白的游览说明书有何两样？

抒情要把握"抒情线索"，即袒露作者心灵的轨迹。无论记事写人还是描景状物，都以情渗透全篇，以情贯穿始终。记事时抒情线索外在结构表现为情随物走，直抒胸臆时抒情线索外在结构表现为物随情走。如马力在《星湖心影》中写了在粤西肇庆星湖游览，观赏了湖中天柱、石室、玉屏、仙掌等诸座高峻的岩峰。游屐经七星岩、石室岩、七星桥、水月宫等景点，时而沉浸在美丽的景致中抒发着情感。下面是其中的两个文段文字：

> 湖上的清波，经风一吹，皱起的几缕浮痕宛若吴姬越女的眼波醉人地一闪，斜逸的绿枝柔条，则漂成湿亮的长睫，极易叫人想到一句"入鬓秋波常似笑"的古诗上去。飞鸟的翅影、游鱼的唼喋和浮藻间嬉水的纵跃，似在尽情地显示生命的欢悦。无语的却只有澹激的星湖。想到它终日把一份平舒与宽和送给世人，消解着烦怨和牢愁，启悟人们学会以宁静的心态去观照万物的真谛，就愈发觉得那清澈的湖水是在浸润我的心。

> 心浸入这长宵的清寂，毫无归意的我，唯恐那依依的月辉落尽。一阵风来，不禁悠然东望，鼎湖山那边，隐约传响庆云古寺夜半的钟磬。
> 秋月如歌。可堪吟味的，是满岸的绿韵红香。
> 夜街在身后渐远了，明灭如漫天彩絮的，全是端州灯火。
> 游尽星湖的晨暮，犹似从一轴古画中走出。清清水浪，溅湿我的砚中的文章。

抒情性在游记中无处不在，无处不有。美景如画，人在画中，无不动情。要抓住这个特点，使游记充满诗情画意，使读者从中获得审美情趣的享受和愉悦。另外要注意，抒情不能单纯抒个人"小情"，亦要抒社会之"大情"，和时代脉搏合拍的游记必定有更深层、更丰富的意蕴。

（四）游程性

一般山水游记多以游踪为主线，娓娓道来，自然随意，构思与技巧倒在其次，因此游记具有游程性特点。要注意"游程"（游览过程）的适当交代。由（何时）何地经何地（何时）到何地，叙述起来井然有序。这也是一条叙述线索，虽然这条线索可以显露，可以隐蔽，灵活处理，但顺序不能乱。要做到步移物迁，抓住各个景点、各种景物的个性特征，才能细细品味个中不同的情趣和美感,也才能写出动态。这是游记与一般写景抒情散文的不同之处。当然,游记不尽是风景描写,其中也有写人记事的部分,应注意写人记事要有特色,要恰如其分,不要因人、事而淹没了游程的叙述,造成本末倒置现象。如贾平凹的《三游华山》写了三次游华山的经历:

> 今年四月里,筹备了好些天,终于在一个天气晴朗的日子去了。一到华阴,远远就看见华山了,矗立群山之上,半截在云里裹着,似露非露,像罩了一层神光灵气。趁着那个方向走去,越来越不见了华山,铁兽似的无名群山直铺了几里远的凉荫,树木一片一片的。偶尔从树林子里漫出一条河来,河里却全都没水,满是石头,大的如一间房的模样,小的也有瓮大的、盆大的、枕大的。颜色一律灰白,远远看去,在绿树林子之下,白花花的耀眼,像天地之间,忽然裸露了一条秘密。这便将我吸引过去。

> 到了五月,我又去了一趟华山。直接搭车在桃枝站下来,步行了七里赶到华山入谷口,忽见谷外有一处院落,很是好看,便抬脚进去,才知道这是华山下名叫"玉泉院"的寺庙。

> 到了六月初,又邀我的一个学生再次去华山,终于进了谷口,逆一条河水深入。走了三里,本应再走十里便可上山了,河水却惹得我放慢了脚步,后来干脆就在水中凸石上坐下。

作者三去华山,却因流连山下风景并没有登上华山,但这三次都体现了游程性的特点。

三、游记的功能

(一)传递信息

《望截流》(刘真)告诉你三峡葛洲坝工程二江合龙的欢欣沸腾的场面,《黑龙江,从我瞳孔里流过》(张爱华)告诉你冰排下来了,春天到来的信息;《星湖心影》(马力)告诉你岭南肇庆的湖山秀异,明漪印月,星湖夜景充满诗情画意;《天目山寻秋》(吕锦华)告诉你天目山之秋的特色是绿得幽,绿得闲,绿得雄奇;《如山如水》(昌永)告诉你阿里山的槟榔树如少女般苗条,袅袅婷婷,绰约多姿,而茶肆的阿里山的姑娘不但美丽惊人,而且心地善良、勤劳孝顺,她冲的高山茶有一股特别的香甜;《西海排云》(朱连庆)告诉你站在黄山西海的排云亭看排云的美妙景况和无以言表的幸福与欢欣……这样的例子不胜枚举，足以证明游记起到了传递信息的作用，无数信息从游记中来。

（二）传播知识

游记中会涉及许多方面的知识，有历史的、文学的、自然科学的、哲学的、地理的，等等，读游记可以学到知识，开阔视野，丰富想象力。如王蒙的《海的颜色》① 就告诉我们海有多少种颜色。一般人都以为海是蓝色的，可是海不仅仅只是蓝色的，而且蓝色还有许多种呢。作者在渤海湾，看到的海是"草绿色"的，阴雨天是"灰蒙蒙"的，浅海处是"黄褐色"的，遇到大风浪就成了"红褐色"。风浪特大的时候，表面是"白色"的泡沫，往下是"红褐色"的海。海的颜色是由于不同的气候、不同的风浪所引起的，而且涨潮退潮也会影响海的颜色。这些知识如果不读王蒙的作品，根本无法理解，海怎么会不是蓝色的呢？

（三）阅读审美

游记有生动形象的景色描写，有游踪性的特点，读者可以跟着旅游者的行踪去领略祖国的峻山碧水。玛拉沁夫的《神女峰遐想》② 开头写道："清晨，在蒙蒙细雨中，我们乘坐的客轮航行在三峡之中的巫峡江面上。我冒雨站在甲板上仰头观望，只见那轻云笼罩的两岸，奇峰挺拔，绝崖壁立，一条条喧声如雷的悬泉飞瀑，从万仞峰顶上倾泻而下，江面越狭窄险曲，水势越峻急奔暴，使人感到森严壮观之外，又有几分神秘而幽深的气氛。"作者边看边抒发情感，一路行一路欣赏千姿百态的巨岩群峰，雨渐小了。"这时，在一座游云缭绕的高峰上，突然出现了耀眼的晨光，峰顶景物，霍然清清楚楚，看去恰似一位神女，从一片轻纱帷幕中显露出秀丽的颜容……"啊，这就是著名的神女峰！由神女峰，作者遐思翩翩，联想到身负和亲重任的王昭君欣然出塞的情景，还想到董必武参观昭君墓、周总理对昭君的历史评价，既讲了历史知识，又讲了现实生活，内容不可谓不丰富多彩。"现在我们的客轮正航行在王昭君的家乡——香溪村前的江面上。""我们顺流东去，离香溪村渐渐远了。"作者不时交代行踪，带着我们游香溪，离香溪，离神女峰远去了。整篇游记语言优美流畅，不但让你享受"神游"之乐趣，而且也得到阅读审美的愉悦。

---

① 参见红孩主编《致大海》，学林出版社2006年版。
② 参见红孩主编《致高山》，学林出版社2006年版。

(四)促进旅游

游记一般都对景区景点的美丽景色做生动细致的描绘,其语言清新典雅,出神入化,使人如见其状,如闻其声,有亲临其境之感。一篇优秀的游记往往使景区景点成为旅游的焦点、热门。我国名胜古迹很多,几乎都有文人足迹、墨迹留下来。如朱自清、俞平伯的同名游记《桨声灯影里的秦淮河》使六朝古都的这条不起眼的河成为去金陵者必游之地;叶君健的《香山的红叶》使本来名气在外的北京香山更加散发出诱人的光彩;还有徐志摩的《泰山日出》、丰子恺的《庐山面目》、汪曾祺的《岳阳楼记》、林非的《九寨沟纪行》等,无不使那里的美山美水人气骤增,节假日更是游人如鲫,尤其是吸引了成千上万的海外朋友前来旅游观光。游记对旅游的促进是不容置疑的。现今,旅游业界也充分看到了文学对旅游的促进作用,更是费尽心机请作家记者到景区去旅游著文广为宣传。或者利用现代化手段,把这些作品制成图文并茂的小册子、影视读物等各种形式的宣传品,使文学艺术作品为发展旅游事业服务。

第二节 游记写作

一、善于发现,抓住景物特点

有人这样断言:"世上没有两片完全相同的叶子。"这是说,世界万事万物都存在着与众不同的特征和个性,山水景物自然也不例外。作者游览过程中的所见所闻,无论是自然山川还是人文景观,又都是客观存在的。景物的这种个性特征和客观性决定了游记作者在写作前要做的两件事:一是选择,二是发现。

(一)选景物,抓特征

客观存在的景物因其太多太杂无法一一罗列,所以取何景何物,全凭作者选择。如同摄影者拍照时挑选镜头一样,作者只有通过认真细致的观察和体会,才能选择那些本身具有固有美的情态和个性特征的景物。张爱华在《黑龙江,从我瞳孔里流过》抓住了北国景物的特征,写了"冰排来了"的动人景象,并运用想象、联想活龙活现地表现"冰排"下来的壮观:

最动心的,是那嘹亮的一声喊:"冰排来喽——"

苍茫天尽头,远远的,耸起一片白旌白桅。渐渐近了,连锁的沉雷在面前的浮流水下回撼,水下的冰面迸裂,撞起,浮凹。那挣断冬之枷锁的身躯有了生气,活了起来,拥拥撞撞,形成一支白盔白甲的哀兵。它们似乎正征讨什么而去。昨天,它们还默默地沉埋在残冬的陵墓里,今天,突然反戈。一块巨大的冰排,叫我想起铠甲上凝着白霜的项羽,勒起高扬的马首。又一块巨大的冰排,使我想到挥动链锤的壮士,正追杀前面一顶白轿。这一江壮碑林立的冰排,俨然是从秦陵方坑里奔腾而出的白色陶俑陶马,既为残冬送终,也为新春开路……

纳兰风清的《那满山遍野的绿色哟》写了兴隆山的绿色"猝不及防地铺天盖地"迎面扑来,重彩浓抹地写,正面描绘侧面烘托,层层渲染,真是把绿色写活了、写尽了、写绝了:

一时间,来不及细想,只感到一跤跌进了绿色的世界里,放眼之处皆为绿色。深深浅浅、浓浓淡淡、郁郁葱葱、苍苍翠翠,绿得那样风情万种,绿得那样千娇百媚,绿得那样惊心动魄,绿得连空气都染上了一抹微绿,绿得人五脏六腑都有了绿意。不禁惊叹这世上竟有这么多种绿色,再高明的丹青手也调配不出,就那么千变万化地参差着,铺展到我们面前,养眼更养心。

接着又写树,因为有树才有绿:

兴隆山整个一个树的世界,着眼处皆是树。高的矮的粗的细的、粗犷的清秀的挺拔的妖娆的,那样的井然有序、错落有致,仿佛押着韵,看着看着心中不由诗声四起。连魂魄似乎也被这满眼的绿色诱出了窍,而乐不思归。

写到此,作者意犹未尽,又写了人对绿的感受,进一步重描绿色:

这里的绿,仿佛绿得有了气味,绿得有了质量,吸一口,满鼻异样的绿香,沁透人的肺腑,掬一捧似可以揣入怀里带回家中,迈开步,仿佛就能踩出绿色的脚印,此时连思绪也染上了绿意。对来自闹市的我们,真是一种奢侈的享受。

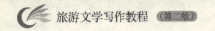

从不知道,绿也似美酒能醉人,那剩下的大半天,我们几人就那么沉醉在这无边的绿色中,连话也很少说,静静地痴痴地为绿色而着迷。

这样写绿色,让读者的视野里也充满了绿意,让绿香也围绕在你书案四周,越聚越浓。

(二) 发现美,捕捉美

法国著名雕塑大师罗丹说:"美到处都有的。对于我们的眼睛,不是缺少美,而是缺少发现。"祖国的大好河山有的是风景如画、令人流连忘返的美景,但也有些景色看上去并不美,甚至平淡无奇、毫无出色之处,这就需要你去发现她固有的原始美和内在美。美需要用心灵去感悟,去追寻,因而发现美,既是一种眼光,也是一种素养。上面提到的兴隆山,名不见经传,实在是一个不起眼的普通小山,可是它却拥有满山遍野的树,满山遍野的绿色!作者发现了它们,并捕捉到如此令人惊心动魄的自然美景。就凭这些树和这些绿,兴隆山就是人间难寻的"世外桃源"。除此之外,作者还有两处对景物不经意的描写:

车正行在四面环山的山谷中间,四周是巧夺天工的层层梯田,田里的麦子还未收割,一块块金灿灿的麦田与满山满谷深深浅浅浓浓淡淡的绿色错落有致地杂陈着,交相辉映,营造出比油画还要美丽鲜亮的景色,美不胜收。

山脚有河,河上有桥,桥旁开满了野花,为兴隆山做了个最诗意的笺注。

前面对树、对绿色的描写是泼墨如云,这两段对梯田和山脚的描写是惜墨如金,点到为止,是对前面描写的前奏和注脚。重要的,是作者发现并及时捕捉到绿树与绿色以外的另类美景,同样能给读者一份新的惊喜。

又如熊召政的《饮一杯衡山的霞汁》[①],写在衡山的望日台观日出的情景:

红日出来了!
时间是六点五十九分。

[①] 熊召政:《千寻之旅》,广东旅游出版社 2002 年版。

只见红霞下的黑云中，钻出一道赤红的弯眉。显然，这时的太阳在我们的视觉中还算不上是雄伟的发光体。它红得那么温柔，仿佛是切开的西瓜，真想上前去咬它一口。从弯眉到半弧、到一圆，不过两三分钟时间，可是眼中的寰宇却起了质的变化。黑的不再黑了，青的还没有青起来。唯有时淡时浓的红，靠着旭日的力量在凝聚自己。但过不多久，它们也消失了，这些曾是迎接黎明的壮士，最终也被强大的光芒吞没。

这段文字细致地描绘了太阳升起时天空颜色的变化，具体到几点几分，从弯眉到整圆需用多少分钟，可见作者通过细致的观察敏锐地捕捉到了美，因此他笔下的日出与众不同，给人留下别一样的鲜明印象。

二、情景交融，营造动人意境

写艺术性游记的作者不但应当具有发现美的眼光，还应具有表现美的能力，才可能将自己眼中之风景、心中之感思，变为笔下之诗情。景物山水的描绘具有相对独立的审美意义。人在美景中，往往会情不自禁，触景生情，融情于景，将外物与内情交融结合，以营造出动人的意境来。正如前人所说的辞以情发，境随情生。描述山水风光人文景观除了突出本身特点，还得充分发挥观赏者自己情感体验的积极加工作用，使意境得到深化和升华。

（一）自然流露，直抒胸臆

最典型的例子莫过于徐志摩在《泰山日出》[①]中的抒情了。他站在泰山顶上看到了太阳升起的全过程，情不自禁地直抒胸臆："歌唱呀，赞美呀，这是东方之复活，这是光明的胜利……""听呀，这普彻的欢声；看呀，这普照的光明！"同样，冯牧在澜沧江看到万千蝴蝶纷飞盘旋的奇景长久地观赏着，赞叹着，简直是流连忘返了。他思想里突然闪过一个念头："难道这不正是过去我们从传说中听到的蝴蝶会么？我完全被这片童话般的自然景象所陶醉了；在我的心里，仅仅是充溢着一种激动而欢乐的情感，并且深深地为了能在我们祖国边疆看到这样奇丽的风光而感到自豪。我们所生活、所劳动、所建设着的土地，是一片多么丰富，多么美丽，多么奇妙的土地啊！"这也是直接抒情。

（二）情景交融，营造意境

古人说，一切景语，皆情语也。在写景的时候，作者常常将"我"化入

[①] 参见林非编选《中华百年游记精华》，人民文学出版社2001年版。

"景"中，使情景纠缠起来，情景交融。这种把内情与外景融合一致而形成的艺术境界，就是所谓"意境"。

创造意境，首先要有能使作者"动情的事"，这"动情的事"泛指外物，它不仅是在游览过程中的见闻，而且是使作者怦然心动确有所感的东西。作者的感受就是"内情"。外物能引起内情波动，要有与心灵碰撞的接触点，即"动情点"。有了动情点，才能使内情有所寄托，才能使外物与内情相结合。为创造意境，作者还应展开想象与联想的翅膀，把动情点所引发的情感同以往的生活积累联系起来，形成物我交融、主客一体的完美艺术境界。

以峻青的《沧海日出》[①]为例，日出的壮美景色让作者动心，这是"动情的事"，后由景及人，陪同老学者的年轻姑娘那充满青春活力美丽的脸，在阳光下像怒放的三月桃花。人比景美，姑娘是"动情点"，由此引发想象，化之浮想万千的人生哲理之境，作者心中腾起生命的朝阳：人生就是奋进！接着写道——

> 金晃晃红彤彤的朝阳和霞光，映照在他们的身上，使得他们的全身也都是金晃晃红彤彤地，煞是好看，他们就在这初升的阳光下安详地坚定地走着，走着，一直走进了那橘红色的山林深处，不见了。仿佛，他们和那金晃晃红彤彤的朝阳和霞光溶化成为一体了。

这是一幅多么美妙的图画啊！三次提到"金晃晃红彤彤"，朝阳和霞光相互映照，情景交融，物神交织，一个立意深邃、联想丰富的动人意境完成了。

三、锤炼语言，巧用多种技法

游记中之所以会出现一幅幅生动形象的自然风光图和人文景观图，和语言上的锤炼分不开。李瑞林的《石海听涛》[②]中的语言经过精心锤炼：

> 此时，日薄西山，霭岚轻合；倦鸟已归，鸣虫四起；山气新而藏药香，林愈静而水声喧。山里的土豆、山里的蘑菇，自有山里的风味。主人捧酒粟米香，游人初识话语长。石海的夜空，让人感受格外的纯净，格外的深远。月瘦星肥清照人，红男绿女排闼来。当晚，躺在主人精心安排的草房里，就有汩汩潺潺的山泉声阵阵入耳。我在大自然的怀抱中沉醉了，

[①] 刘锡庆、张继缅、吴炫编：《精读文萃》，北京师范大学出版社1985年版。
[②] 红孩主编：《致高山》，学林出版社2006年版。

渐渐地进入了梦乡。

　　语言优美，用短句多，像诗一样，句之间注意押韵。如"合""起""菇""里""耳"押"波梭""一七""姑苏"韵，"香""长""乡"押"江阳"韵，读起来抑扬顿挫，琅琅上口，很富节奏感，形成内在的韵律美。还有炼字炼句，如"日薄西山，霭岚轻合""倦鸟已归，鸣虫四起""月瘦星肥""红男绿女"等，使眼前的图画带着色彩，充满生气。

　　运用比喻、拟人、象征、联想、对比等修辞手法使游记更显五彩斑斓。如菡子的《香溪》[①]中用大量比喻来描写水中石、水态、水色、水声：

　　　　溪河里的石头大如巨象，小如卵石。有的垒石成坝，有的自陷为潭，水态因石而异，它冲击巨石，回流逆发；它经石坝自成水帘，急流勇进；有在矗石四周环行，有从叠石中穿行，遇到一段比较平坦的石滩，它们滚滚而去。深处见其绿，浅处如白酒一般，飞溅的水沫如白絮银丝。溪水因地而歌，有如松涛，有如竖琴，雷鸣倾盆之声，铮铮淙淙之音，响彻山林之间。

　　恰如其分地运用修辞手法与写作技巧往往给游记带来一股鲜活清新之风，也给读者一种阅读上的愉悦感和审美情趣上的享受。

　　刘大杰的《巴东三峡》用白描写出大自然的鬼斧神工。赵丽宏的《大戈壁》全篇用欲扬先抑的手法。柯灵的《红》中，红色象征海丰的革命历史，并用红色作为贯穿全文的主线。郑明娳的《把我的根种在九寨沟》开篇设置悬念。季羡林的游记最善用想象了，如《观秦兵马俑》中对兵马俑的想象，《观天池》中对水怪的描写，《石林颂》中对石林的描绘，十分的大胆奇特。

四、立意高远，透出时代气息

　　游记的高下当然与语言结构表达方式有关，但对作品起决定作用的是"神"，是作品中的思想感情。作者的所感所受是立意的基础，这种独特的个性感受常常会升华为精深新颖的主题。

　　主题来源于生活。"寓托"对主题的提炼和升华非常重要。作者的情感常常要寓托在某一事物中，通过对这一事物特点、本质、意义进行分析认识把握，展开联想或想象，找出它的象征意义，再把情与理寓托在这一事物中。

---

① 红孩主编：《致大海》，学林出版社2006年版。

作品的主题或通过选择能反映时代特征的景物来表现，如大戈壁建设者、九寨沟美景、雄伟的山海关；或把思想感情寄托在事、人、景、物上，从中挖掘出本质的东西，如似雨的樱花、井冈山翠竹、香溪、峨眉山背石人；或捕捉事物特点，形成独特的自我感受，如泰山日出、曼哈顿夜景、莫高窟飞天、昆仑飞瀑、长城秋雨；等等。上面提到的《石海听涛》结尾是这样的：

你是"游人"吗？请放轻你的脚步。慢慢走，重在欣赏啊！

你是"游人"吗？那么在你向野花野草伸出手时，在你把大把的野花献给爱人时，不要背对着那一片葱翠中醒目的"石海"！

保护生态，珍爱自然。请只带走美景，只留下脚印。石海有知，可为共勉。

从游览祖国大好山川，引申到不要破坏山川美景，要保护生态，珍爱大自然，在思想感情上有明显的提升，主题也得到升华。这是直接抒情，卒章显志。

徐迟在《黄山记》中写了古人上山之难，古人以为最险的地方，今天已不再是艰险的不可能去的地方了。作者一行人全到了天都峰顶，惊喜发现"千里江山，俱收眼底；黄山奇景，尽踏足下"，由衷发出感叹：

我们这江山，这时代，正是这样，属于少数人的幸福已属于多数人。虽然这里历代有人开山筑道，却只有这时代才开成了山，筑成了道。感谢那些黄山石工，峭壁见他们就退让了，险处见他们就回避了。他们征服了黄山。断崖之间架上了桥梁，正可以观泉赏瀑。险绝处的红漆栏杆，本身便是可美的风景。

胜景已成为公园。绝处已经逢生。看呵，天都峰，莲花峰，玉屏峰，莲蕊峰，光明顶，狮子林，这许多许多佳丽处，都在公园中。看呵，这是何等的公园！

这些抒情议论表达了全文的主题，充满了时代感，是一曲伟大新时代的颂歌。

李存葆在《霍山探泉》中借霍泉现状提出了水资源短缺的世界性灾难的严峻问题，作者的忧患意识贯穿全文。"三西"严重缺水，人与兽与畜争水的悲剧随处可闻；古楼兰城被沙海埋藏，祁连山下居延海的干涸，内蒙古的骆驼们被饥死渴死横尸沙漠，国与国之间也常为河流湖泊而纷争不断……文中写道:"当人造探测器傲慢地登上火星去探索水和生命时,我们却早已弄脏了自己居住的星球。""是呀,我们正处在所有美都最容易被击碎的年代。霍泉,这黄土高原上极为难得的'杯盏'一旦破碎,因了它的存在才有的自然景观美、自然动态美和天籁之美,也将不复存在……我真不知道霍泉还能涌流到何时。"关注地球、关注人类的主题无疑是深刻的,极具现实意义,也是最符合时代主旋律的。

应该指出的是,游记不单纯是描山绘水,也有写人记事方面的内容,尤其是长篇游记,更离不开写人叙事。只不过游记中的写人往往写人的某些侧面或某些生活片段,故事不一定曲折复杂,叙事也不尽完整。游记虽以写景取胜,但切不可忽略对人与事的描述,因为它们可以作为旅程中的小插曲,给游记锦上添花。笔者的《闽南春行散记》《探访女书原乡》① 等,都穿插对探访对象和旅伴等人物的描写,愿与读者交流。

本章小结

全章两节。第一节介绍游记的含义和发展,说明其特点和功能;第二节讲游记的写作。

本章知识重点在第二节——抓住景物特点、营造意境、锤炼语言、写出时代气息,都是至关重要的。

关键词

文学游记 游程性 写景 意境

思考与练习

1. 游记既然兼具抒情散文和叙事散文的特征,为什么又把它列为一种独立的体裁呢?

2. 游记不要记流水账,不要写成平铺直叙的一般记叙文,而要写得有点文学味。为此,你觉得要注意些什么问题?

3. 就你感受最深的一次旅行写一篇游记。

---

① 参见黄卓才主编《一路春色——明湖四子作品选》,安徽师范大学出版社2016年版。

第四章 旅游笔记

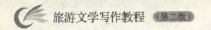

本章学习目标
- 了解人物记的特点。
- 掌握文物记的特点和作用。
- 熟悉文物记的几种常用表现方法。

第一节 人 物 记

一、人物记的含义

这里讲的人物记是指以写人记人为主,寄情于人的旅游散文。与小说不同,人物记不要求塑造人物性格和典型形象,而往往只写人的一件事或性格的某些侧面,甚至某一动作表情、片言只语或生活片段,不拘格式,十分随意。不过,所写人物必须与旅游有关或以旅游活动为背景。

二、人物记的分类

为了更好地理解旅游散文中人物记所写的内容,我们可对人物记中所记的人物进行分类。

(一) 从事旅游事业的人

这是指旅行家、从事与旅游有关职业的人,比如旅游业的广告人员、活动策划者,旅游行业的导游员、管理人员、各类从业人员;专写旅游文章的作家、旅游杂志编辑记者和摄影师;探险队员;等等。"旅行者就如诗人一般,他们从不满足于故乡的所见所闻,尽管他们清楚他乡也并非尽善尽美;他们情绪多变,时而希望满怀,看待世界如孩童般理想,时而绝望无从,愤世悲观。……"有许多人因为职业的需要或为了一种向往或一种追求便常常离开故乡去他乡旅行,把他们的发现和收获传递给更多的人。如《关于旅游这回事》就写了一组旅游活动的行家和积极分子,他们中间有文化策动人、作家、国际名模、建筑建设师、导演等。又如《小米,细节人生》[①] 写的是酷爱旅游的旅行家,涂涛的《想去就去》写的是爱好旅行的摄影记者,文青的《徐海鹏:

---

① 阿蕾:《小米,细节人生》,载《时尚旅游》2005 年第 8 期。

喜爱环绕地球的人》写的是热爱环游世界的人，海岩的《兰卡·扎西》写的是导游员。

（二）旅游过程中接触的人

这部分人是作者在旅游活动中所见所闻的人物，包括的面也很广，如在旅途中结识的旅伴、一面之交者、景点当地的人、对你有过帮助或有过小矛盾的景点人等。如大卫的《在夜行列车上》写作者在旅途中遇到的一个青年，汤宏的《沱沱河之缘》写的是一个在"长江第一桥"沱沱河大桥上守卫边疆的战士，贾平凹的《贾三》写西安名小吃"贾三包子"的创始人贾三的故事，李志雄的《泸沽湖畔的小提琴手》和《西双版纳密林深处的广东女婿》是写景点当地的人，从维熙的《雨雾漓江图》是写漓江边一个普通的摇船人，罗大林的《运河上的船夫》是写苏北运河上船夫的故事。

（三）与名胜古迹有关的古人

凡名胜古迹，总有深厚的文化历史底蕴，总和历史上的名人、文人墨士或民族英雄有关，写这类人实际上是宣传弘扬宝贵的历史文化遗产，使读者对景点的历史文化知识和渊源有进一步了解。如熊召政的《苏舜卿与沧浪亭》①写苏州名胜沧浪亭的建造者苏舜卿的动荡一生；王充闾的《一夜芳邻》写作者到英国哈沃斯旅游，与蜚声世界文坛的勃朗特三姐妹（纪念馆）做了短暂的邻居，由参观纪念馆而写其三姐妹；王旭峰的《张苍水先生祠》《处士林和靖》《少保于谦》也都是写古人、民族英雄。反面人物也可以入记，如敦煌文物大盗英国人斯坦因等。

（四）神话传说中的人

这是指名胜古迹或景点中的民间传说、神话传奇中的人物，他们与景点互衬互补，起到十分重要的作用。如王旭峰的《钱塘苏小小》写的就是传说中的人物。苏小小这个风月的可人儿是传说中南齐的一个歌妓，更可叹她还是一个旅游爱好者，酷爱西湖山水，为行走方便自制油壁车，徜徉在湖光山色之间。还有断桥和许仙、雷峰塔和白娘子、六和塔和花和尚鲁智等，都与杭州名胜古迹有关。奥地利著名的古迹中有一个中世纪的古堡萨尔茨堡，一直和两个传说纠缠在一起供人游览，一个主教一个石匠的故事使古堡成为旅行者追逐的目标。

---

① 参见熊召政《孤山踏雨》，上海古籍出版社2005年版。

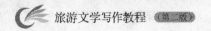

三、人物记的写作

写人的方法很多,有速写式的,有白描式的,有细描式的,有的用第一人称叙述,有的用第三人称叙述,都根据作者的需要来选择。怎样写好人物?写人要注意哪些问题?一般来说要注意以下三个方面。

(一)要突出人物鲜明的个性

世上的人各有各的性格,各有各的命运。有的豪爽,有的文弱;有的粗放,有的细致;有人的命运坎坷,有人却一帆风顺。由于各人的出身家庭、学识修养、生活环境不同,造成这个人与那个人之间的性格差异。所以,写好人物首先要突出人物的个性特色。突出人的鲜明个性就是要抓住特征突出人物性格和精神。如《兰卡·扎西》中的导游兰卡是个藏族小伙子,他的个性特点是"风趣直率又能歌善舞",他工作积极,处处为游客着想,一路上他扶老携幼,奔前忙后,热情周到为游客服务。作者抓住人物的特征,将兰卡的个性十分鲜明地表现出来:他是一个有头脑、有理想、有志气的青年,热情服务又不失原则,性格坦诚磊落,喜好全写在脸上。他的志向是旅游业,他要去读大学,毕业后回来开旅游公司,他的目标一定能实现。

从维熙的《雨雾漓江图》写了漓江上一个摇船人,普通得甚至无名无姓,出场却充满悬念。雨雾,江边,一把伞。作者漫步江边,看到此情此景就推断伞下是一个垂钓者,正等鱼儿上钩呢。近前一看,伞下无人,正要走忽听伞下有稚嫩的童声向他问好,还会吟诗。原来竟是一只鹦鹉所为,这是一奇。作者要走,鸟儿又请他登舟,又是一奇。作者又猜鸟的主人一定是个风趣的摇船人。不仅作者充满好奇,读者也十分好奇:这个调教鸟儿出口成章的是什么样的人呢?一叶木舟现身,主人姗姗来迟。作者坐上了他的小船,想满足自己的好奇。

历经了片刻的等待,他才对我说起他的故事:他自幼残疾,父母生下来就把他抛到江边,是一对在江上摆船的夫妇,把他抱回家里养大成人的。待收养他成人的两个老人先后走了,他不甘心靠吃"社会低保"打发日子,便接过这船这桨,开始了摇船生活。有一天,他到鸟市去买捕鱼的鱼鹰,合适的鱼鹰没有买到,却买回来只有一条腿的鹦鹉。据鸟市上卖鸟的人说,它所以只能"金鸡独立"式地站在笼子里,是当初捕捉它的时候,被猎枪弹丸伤及了腿。他忽然想到那鸟儿与他的命运近似,便把它买了下来。从此,这只鸟儿与他朝夕相伴了。

通过交谈，了解到这个摇船人自幼残疾经历曲折、如何被父母抛弃、如何被好心人养大、如何自谋出路、如何与鸟儿朝夕相处。摇船人身残志不残，不愿吃社会低保，自谋出路养活自己。他风趣乐观、豁达爽朗、诚实待客，脸上不见生活艰辛的愁容。面对一个残疾人和少了一条腿的鸟，作者不由肃然起敬。这是写在旅游景点遇到的当地人，通过语言、行动描写，突出了他的闪光点，因此也能引起读者共鸣。

银笙《一步岩上费思量》是写古人的。一步岩是陕北大地上一处名胜，从一步岩引出韩王庙，引出南宋抗金名将韩世忠。作者抓住人物性格的重要特征来反映人物的精神面貌，写了几件事：一是尚武，练得一身好武功，年轻时降野马斩巨蟒；二是见义勇为，疾恶如仇，好打抱不平，得"泼皮"外号；三是忠心力保大宋江山，多次打败金军，"金人畏他如虎，十多年不敢南犯"；四是与秦桧坚决斗争，当面怒斥秦桧杀害岳飞——他性格中最光彩照人之处。韩王庙中香烟袅袅，寄托着家乡人民对他的思念。作者的情感融入对韩世忠的评价中："他的军事才能是在百战中摸索出来的，是用一滴一滴的鲜血和一块一块的伤疤换来的。……他靠的是惊世骇俗的人格魅力。这种人格魅力正是陕北人的特征：憨厚直爽，勇敢忠勇。"正是看透了皇上和秦桧之流，才做出顺应历史潮流的选择，实现了各自人格的完善，对这样的英雄是应该大大歌赞的，这也是一步岩给作者的启示。

（二）选取典型材料以事显人

要突出人物个性，必定选择典型材料，通过这些生动形象的、典型的材料来凸显人的性格与精神风貌。《小米，细节人生》中小米是意大利人，地质学博士，曾任欧米茄手表第一个非瑞士籍的全球总裁等职务。作者为突出小米酷爱旅行的特点，选择了他的三个典型材料：第一，他走到哪里都随身带着相机，相机带给他许多创作的灵感，每次旅行回来，都有丰厚的收获。比如他对倒影感兴趣，就有了一本叫《反射》的摄影集。第二，小米认为糟糕的旅伴必定伴随着糟糕的旅程。作者选取了两个关于小米旅程中的笑话来说明好旅伴的重要性。一是在华盛顿泊车后找不到车；一是在澳大利亚，看到沙滩上人山人海，办好住宿手续换好游泳衣出来一看，海水没了，人也没了，原来是退潮了。第三，选择小米途中遇到倾盆大雨止行和灿烂阳光下美妙行进的感觉和心情来说明不管怎样的旅行都会让人学到东西。这些典型材料都充分体现小米极喜旅游，游遍世界各地，走到哪里都在关注那里的细节，多才多艺，不愧为摄影高手等特点，这是这位成功人士性格的另一面。

写古人也要选取典型材料，这些材料可从阅读、收集大量书籍和史料中获得，也可根据现场采访了解新材料作为补充，然后运用历史辩证唯物主义观点去伪存真，去粗存精，还古人以历史真面目。熊召政的《苏舜卿与沧浪亭》就是写古人的一个典范。苏是宋朝名倾朝野的诗人，他少年得志，中年置身于权力的漩涡中。虽做过官，但在政治上毫无建树。虽热衷于改革，抨击时政不遗余力，但因不拘小节引祸致身，从此罢官为民，由豪气干云到万念俱灰，由心存社稷到情寄田园。后来他离京到苏州，建起沧浪亭，过起休闲的真正文人生活。为表现苏的性格，作者选择了几方面的典型材料：三次上书，批评朝政；一次喝酒，断送仕途；建沧浪亭，呼朋引伴，名士往来，逍遥自在。这些材料展示了苏舜钦的全貌：才华出众，性格狂放，疾恶如仇，勇于任事，命运多舛。

（三）用多种手段把人写活

写好人物离不开人物的肖像、语言、行动、心理等描写。如王旭烽的《钱塘苏小小》用语言来写个性。苏小小临终遗言说："我生于西泠，死于西泠，埋骨于西泠，庶不负我苏小小山水之癖。"她姨妈哭着怨老天不长眼，苏小小说："这话错了，人要在活得最辉煌的时刻离去，那才是做人的福气。难道让我像残花败柳一般活在人间才好吗？"苏小小虽然有过白马王子，但情人一去不返，她一如既往热恋山水，不为失恋而耿耿于怀，体现她的潇洒明智、自尊自爱的独立女性风采。尤其是后面这些话表明她宁愿痛痛快快活一分钟，也不愿狗苟蝇营过一辈子，宁为西湖死，不为男人亡。难怪作者赞她"真性情也，真见识也"！

除了用肖像、语言、行动、心理来描写人物，还要注意采用多种文学技法来加以描绘。如写意法、白描法、对比法、映衬法、渲染法、照应法、泼墨法、抑扬法、悬念法等。

鲁迅先生说白描是"有真意，去粉饰，少做作，勿卖弄而已"。白描往往用寥寥几笔就能勾勒出事物的本质和精神。贾平凹的《贾三》用白描法。该文只有600多字，篇幅极短，对贾三的外貌、举止、谈吐不做交代，直接写他的精明头脑、战略眼光和改革精神。贾三卖着包子一心想成大事业，去了趟上海，回来就在包子上琢磨事，"数年间，反复试制，把包子皮擀得像纸一样薄，把馅调得五味俱全，又能在包子里灌上汤，使包子既好看又软和可口。"写贾三改革包子的过程只用很少的文字，写贾三成名也是寥寥数语："吃喝是靠吃喝人传播的，贾三的包子有贾三的绝活，他的包子成了名吃，他的店成了名店。"写贾三的贡献仍是几句话："这么多人来到西安就记起了一种小吃，一种小吃能让这么多人记住了西安，这就是贾三对西安的贡献。"

大卫的《在夜行列车上》用悬念法。同在一个卧铺车厢，同是下铺，两人面对面。"那小子"行动怪异，翻来覆去，一会儿睡，一会儿坐，一会儿打开行李包，一会儿吃什么，一会儿就着昏暗灯光写什么——他是什么人？（小偷?）想干什么？（下手?）他吃什么？（毒品?）他写什么？（在开清单?）……"那小子"的一系列表现都令人怀疑，引人联想（以上括号中的皆是联想），这是引用了小说中常用的悬念技法。读者被作者所营造的那种扑朔迷离的氛围所吸引，满脑子的问号要解决，急切想知道答案，一口气读完全文，终于舒了口气："原来是这样！"悬念法的功效正是如此。

廉正祥的《曼景兰，曼景兰》写作者在西双版纳结识的傣族业余画家依艳。

该文开头先不写依艳，宕开一笔写傣族姑娘群体，描写她们的腰肢、身材、服饰、色彩、步姿、说话神情，来展现傣女的风韵和魅力。这是一种外在美，为后文对依艳内在美的发掘营造氛围，打好基础。这也是一种烘托技法，以群体美衬托个体美。

初见依艳，用泼墨法。通过语言、动作描写和肖像的细节描写来表现人物的个性特点和命运。一开始她的出现是先探进半个脸，甜甜地打招呼，可谓先声夺人。接着写她的飘然而至的脚步，"白色圆领窄袖短衫，粉红色筒裙，裙裾上的几只孔雀随她的脚步起舞翩翩，她梳着汉族古典妇女跟日本现代妇女发型相结合的一种发髻，髻上插了几朵小白花"的服饰及"一双大眼睛透出一股灵气，却又是那么亲切"的外貌。她留下画，"向我们三人点头微笑便飘然而去"是写她的动作。然后侧面介绍依艳的名字、身份、文化程度、自学画画等情况。看画展时，依艳的画"使周围的画黯然失色"，却摆放在不显眼的位置，引起作者"真可惜，一颗被埋没的珍珠"的感叹。

第二次见面是去依艳家做客，用白描法。写她的语言神情和动作，"喜出望外"，拿出西瓜、香蕉和人叶茶热情地招待客人，又准备饭菜。由别人来介绍她的身世和从小的喜好；接着用环境描写来烘托，墙上、门帘、走廊墙、神龛附近，室内到处都有依艳的画。作者他们临走时依艳再三挽留，送香蕉和年糕，恋恋不舍。

第一次作者只是旁观者，看依艳，听别人介绍，欣赏她的画；第二次去做客，直接通过人的语言行动来表现人的性格及美好心灵。尽管用白描手法，但与前面的大泼墨法相得益彰，一个酷爱画画、天资聪颖、颇有毅力的傣家少女的鲜明形象亭亭玉立在读者面前。通过步步入胜，处处烘托渲染，作者的抒情水到渠成："世界上还有什么能比人与人之间纯洁的友情更宝贵！曼景兰，曼景兰，迷人的傣乡，我永远怀念你！"

细节描写是小说中塑造人物最有效的手段，在写人的旅游散文中，这种手段也能取得很好的效果。张洁的《依伯》对人物的描写就选取了"蒜头""大碗面"等细节，轻轻点染几下，展现了一颗纯朴美好的心灵、一幅油画般令人难忘的肖像。掩卷沉思，依伯"雪白的头发"，那"宽大的、粗糙的、生满了老茧，很像是木工师傅常用的细砂纸"的手掌久久浮现在眼前。

第二节　文　物　记

一、文物记的含义

在旅游过程中遇见的文物真是太多了，有人旅行就是为了去考察文化探寻文物秘密的。

文物一般解释为埋藏于地下或留在地上的历史文化遗物。包括古代文明遗迹、墓葬，如古城堡废墟；反映古代社会的纪念物、建筑物，如圆明园；各个历史时期的艺术品、工艺品，如古董古玩；出土文物，如断戟残箭、秦兵马俑、金缕玉衣、珠宝钱币、古铜器皿；官方或民间收藏的历代有代表性的各种实物，如圣旨、名人字画；等等。这些文物往往是后人研究当时历史文化的重要依据，其价值极高，有的价值连城甚至无法用金钱衡量。总之，年代越久远，保存越完好的文物，其研究考察、收藏欣赏的价值也越高。

文物记是记述历史文物的散文。如赵致真的《追寻永乐大钟》、梁衡的《晋祠》、康有为的《登铁塔》等。

二、文物记的特点

（一）介绍说明

说明是对事物的性质、状态、特征、作用、种类、结构等进行阐述和解说的一种表达方式。说明具有科学性、真实性的特点。文物记说明性特点是指科学地、真实地反映文物的状态和特征。例如，旅行时在古迹遗址上进行考察，在异国瞻仰某建筑物、名人故居或参观博物馆，对某出土文物的介绍：它的高低尺寸、形状外貌、什么构造、什么质地、保存年代、有何特色、有何看点等，读者通过介绍可对文物有一个大概的了解和认识。如《登铁塔》，作者在法国旅游时对铁塔这样介绍：

铁塔筑于光绪十五年，当西一千八百八十九年。盖见败于德后，民力甫复，因赛会作此塔，以著民物之丰亨光复也。全塔体方，此铁枝凡分三层构成。其下层四脚斜撑于地，而嵌空玲珑，高三百尺。四脚相距亦数百尺，每脚奇大，立于四隅。每隅以四柱上矗，成四大室，方广十余丈，内有机房、办事房及上下机亭，成一座落。由其塔之四脚下插地处，望塔之最下层，已如云表，巍峨无际，盖已在三百尺之上。

这是对巴黎著名的埃菲尔铁塔的细致介绍，包括它何时建、为何建、什么形状、什么结构、多高多大，等等，真实地反映了铁塔的基本面貌和特征。《走近中华世纪坛》开头部分对中华世纪坛的方位、地理位置、总建筑面积、主体结构和附属建筑物，以及入口处的白玉碑的长、高、重、材料质地及题字都做了具体说明与介绍：

中华世纪坛坐落在北京西长安街延长线上，在中国革命军事博物馆和中央电视台之间，北倚风景秀丽的玉渊潭公园，南与北京西客站相望，占地4.5公顷，总建筑面积3.5万平方米，由主体结构、青铜甬道、圣火广场、过街桥、世纪大厅、艺术大厅等组成。

中华世纪坛坐北朝南。最南面入口处，伫立着一块长9米、高1.05米、重34.6吨的汉白玉题字碑，上面刻着江泽民同志的题词"中华世纪坛"。

（二）知识性和趣味性

文物记中除了对文物的特征和状态进行如实的说明讲解之外，往往涉及它的由来、历史典故，甚至有关传说、趣闻，这就是文物记的知识的层面。文物记以其充盈的知识性和趣味性，使读者开阔视野，启思益智。如王旭烽的《西湖塔》中对西湖的保俶塔、雷峰塔、六和塔做了介绍，其中讲到六和塔时除了写它"有五十九点八九公尺高，比保俶塔要高出近十五公尺"外，还写了："从外面看有十三层，其实只有七层。虚心可攀。乾隆登过，还一层取一个名字。底层为初地坚固，二为二谛俱融，三为三明净域，四为四大宝纲，五为五云扶盖，六为六鳌负载，七为七宝庄严。"这后面讲乾隆起名就具有知识性的成分了。再如汪曾祺的《国子监》中讲国子监就是从前的大学，文中除了对国子监进行具体的描述和介绍之外，还讲解了许多关于乾隆重视国子监的故事。请看下面的文字：

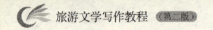

国子监是学校,除了一些大树和石碑之外,主要的是一些作为大学校舍的建筑。这些建筑的规模大概是明朝的永乐所创建的(大体依据洪武帝在南京所创立的国子监,而规模似不如原来之大),清朝又改建或修改过。其中修建最多的,是那位站在大清帝国极盛的峰顶,喜武功亦好文事的乾隆。

一进国子监的大门——集贤门,是一个黄色琉璃牌楼。牌楼之里是一座十分庞大华丽的建筑。这就是辟雍。这是国子监最中心、最突出的一个建筑。这就是乾隆所创建的。……

六堂之中原来排列着一套世界上最重的书,这书一页有三四尺宽,七八尺长,一尺许厚,重不知几千斤。这是一套石刻的十三经,是一个老书生蒋衡一手写出来的。据老董说,这是他默出来的!他把这套书献给皇帝,皇帝接受了,刻在国子监中,作为重要的装点。这皇帝,就是高宗纯皇帝乾隆陛下。

(三) 收藏价值

文物一般都有很高的经济价值(有的无法用金钱衡量),具有收藏价值的特点,其存在的历史越悠久,件数越稀少,就越珍贵,其收藏价值越高。因此,在写文物时,不要为写而写,一定要注意发掘评点文物价值,它的历史价值和艺术价值,以及现实价值(它是市级、省级还是国家级文物保护的地位),这样才能提升文物的内涵价值,使读者对文物有更全面正确的了解。

如我国的长城,世界独一无二;敦煌壁画,举世无双,是名扬四海的艺术珍品。敦煌石窟的雕塑艺术、绘画艺术、色彩处理等技巧以及极高的想象能力,体现了中国的文化渊源悠久绵长、劳动人民的无穷智慧和天才的创造力。如季羡林的《观秦兵马俑》中开头就写出了秦兵马俑的价值:"你说这是一个奇迹吗?我同意。这几乎是全世界到中国来参观兵马俑的外国朋友的一致意见,他们中间有的人甚至说,秦兵马俑这一个奇迹超过了举世闻名的万里长城。"参观了一辆铜车和四匹铜马,啧啧称叹它是"精致绝伦的艺术国宝","想不到宇宙间竟有这样神奇的珍品"!再如翦伯赞的《内蒙访古》中对大青山下昭君墓的评点:

在大青山脚下,只有一个古迹是永远不会废弃的,那就是被称为青冢的昭君墓。因为在内蒙人民的心中,王昭君已经不是一个人物,而是一个象征，一个民族友好的象征；昭君墓也不是一个坟墓，而是一座民族友好的历史纪念塔。

三、文物记的写作

文物记的写法多种多样，归纳起来有概貌介绍、白描勾勒、精雕细描、画龙点睛、互映互衬、托物寄情、重点突出、侧面渲染、烘云托月等多种。这些方法有时可单独使用，有时可多种结合使用。无论是文物记还是记文物，只要是写有关文物的内容，就可以适当地选用其中的方法来写。

（一）概貌介绍式

多用于叙述介绍文物的面貌、特征、历史文化价值，常以确切的数据、朴实的叙述对文物的大小、高低、特点、全貌做概括介绍。

如熊召政《漫步在蛇骨塔下》中对滇西大理古城三塔的描述，把三塔的结构、形状、高度、建筑材料、特色写得准确具体：

> 最中间的大塔，又叫千寻塔，高约七十米。是座方形密檐式砖塔，共有十六层。分立在大塔稍后的南、北两小塔，均高四十二米，是一对十级的八角形砖塔。中间的大塔，造型与西安的小雁塔相似。而一对辅塔，则是滇西南"蛇骨塔"的建筑风格的代表了。这三塔浑然一体，在历史的风风雨雨中，相依为命，送走了一劫又一劫。

又如赵致真的《追寻永乐大钟》对永乐大钟的介绍，把其重量、尺寸、厚度、经文等交代得清楚明白：

> 通高6.75米；口外径3.3米；重46.5吨；上下各处厚度变化有致；洋洋23万字经文铸满了钟体内外。如此巨大的尺寸和重量，如此精美的质地和工艺，即使五百年后的当代铸造技术，面对美轮美奂的永乐大钟也不能不深深鞠躬。

写文物应该注入作者的思想感情和对文物的认识和评价。

（二）白描勾勒式

如用白描的手法寥寥几笔勾勒出事物特征一样，白描勾勒式一般不做形容修饰，而用极简洁质朴的文字来描述事物。如张恨水的《敦煌游记》中对魏朝壁画的勾勒："它这画一律是粗线条，眼睛画两个圈圈，嘴上画一撇，这就是眼睛和嘴。但是画得好，画得刚刚就像嘴和眼睛。其余身上有脱赤膊的，也画几根粗线条，将上下一钩，就两条胳膊出现，这个完全以旷野表示。"壁画中画人用的是白描，叙述的文字同样用白描勾勒，实在很一致。

(三) 精雕细描式

就是对文物古迹的形态、姿势、风格、特色做详尽细腻的描绘，或从上到下，或自左向右，写得十分细致具体，给人留下深刻的印象。如梁思成的《曲阜孔庙》中对大成殿前廊的石柱做精雕细描。文中这样写：

这座殿最引人注意的是它前廊的十根精雕蟠龙石柱。每根柱上雕出"双龙戏珠"。"降龙"由上蟠下来，头向上；"升龙"由下蟠上去，头向下，中间雕出宝珠；还有云焰环绕衬托。柱脚刻出石山，下面由莲瓣柱础承托。这些蟠龙不是一般的浮雕，而是附在柱身上的圆雕。它在阳光闪烁下栩栩如生，是建筑与雕刻相辅相成的杰出的范例。

请看晋台的《平遥古城》，对古城做了详尽细致的描述：

在晋中同蒲路东侧，有一座雄伟的城池，这就是平遥古城。这座富于特色的古城在全国也是罕见的。

平遥城建于周朝，明洪武三年进行了扩建，已有两千多年的历史了。

扩建后的平遥城，规模宏大，雄伟壮观，城周长12.84华里，墙身高三丈二尺，平均宽度一丈五尺，南北城门各一处，东西城门各两道。每道城门都向外突出，有里外二门，呈瓮形，故有"乌龟城"的传说。即南北两门是头尾，东西四门为四脚。南门里外二门直通，好像龟头向外伸出，恰巧南门外又有两眼水井，两井喻为龟眼。而北门的外门向东弯曲，好像龟的尾巴向东甩去。东西四门的外门又分别的向头的方向弯曲，活像龟的四脚向前爬行。此外，六座城门均有数丈高的城门楼，四角又有两丈余高的角楼，每隔五十米左右筑有城台一个（又称马面），城墙上还有小碟楼七十二个，墙顶外侧筑有垛口三千个，传说它是孔子三千弟子、七十二贤人的象征。此外，沿城还修筑了深宽各一丈余的记城壕。明清两代先后维修二十五次之多，形成了一座不畏刀、矛、剑、戟、弓箭的坚实完整的砖石城池，就当时来说，就是驱使火牛、铁骑也难以逾越。数百年来，它在军事防御和防洪挡险等方面发挥了很大的作用。

（四）画龙点睛式

用议论抒情突出文章的主旨，一方面让人认识文物的价值，另一方面抒发作者情思。点睛之笔可以在文中间，也可放在文尾，卒章显志。

梁衡的《长岛读海》中对庙岛上的海神庙和甲午战争时期的大铁锚分别做了描写："庙岛的海神庙依山而筑，山门上大书'显应宫'三个大字，据说十分灵验。山门两侧立哼、哈二将。门庭正中则供着一个当年甲午海战时致远舰上的大铁锚。"下面接着的文字是画龙点睛之笔：

> 这铁锚和致远舰还有舰的主人，带着一个弱国的屈辱和悲愤，以死明志一头撞进敌阵，与敌船同沉海底。半个多世纪后它又显灵于此昭示民族大义。锚重一吨，高二点五米，环大如拳，根壮如股。海风穿山门而过呼呼有声，大锚拥链而坐，锈迹斑斑，如千年老树。……我想这哼、哈二将本是佛教的守护神，因为他们有力便借来护庙；这大铁锚本是海战的遗物，因为它忠毅刚烈也就入庙为神。人们是将与海有关的理想幻化为神，寄之于庙。这庙和海真是古往今来一部书，天上人间一池墨。

前面写海神庙只是寥寥数笔，后面对大铁锚却细致地写了它的重量、高度、结构和形状。然后是议论说明铁锚的历史价值和现实价值，是点睛之笔。接着作者以所思所感，进一步点出庙和海的关系、人和神的关系，理想和现实融合为一体。两处点睛之笔都放在文中间。

（五）重点突出式

在几个或一组或更多文物同时出现的情况下，叙述描写就不能"眉毛胡子一把抓"，而应有重点地写。如蒋孔阳在《伦敦的窗子》中对大英博物馆的叙述便采用此法。博物馆主要收藏古代雕塑和绘画，馆内珍藏之物成千上万，不能一一细说，作者选希腊馆和蜡像馆作为重点；希腊馆收藏的雕塑很多，作者重点说"断残雕像"；断残的雕像很多，作者着重写三种："有的只有一个头，有的只有一截手臂或一条腿，有的什么都没有，只留下几片残缺的衣袂。"然而，这些少而又少的描写已足够表现断残雕塑的"丰满的肌体结构和活跃的生命力"了。蜡像馆也如此，只点了邓小平、列宁、戈尔巴乔夫和契尔年科的形象，还有勃朗特三姐妹、伏尔泰的形象，重点突出。

一篇题为《晋祠》的散文也用重点突出式,该文写晋祠之美,在山美、树美、水美,但重点放在古建筑的"三绝"上。"三绝"分别是圣母殿、殿前柱上的木雕盘龙和殿前的鱼沼飞梁,但重点又对圣母殿为主的建筑群做了详尽的叙述。各建筑及其景色的介绍包括园中许多小品,连假山下的汉白玉石雕小和尚、小溪旁的石雕大虎等都写得神形俱佳,用的是重点突出式和精雕细描式两种方式相结合:

> 比如这假山上本有一挂细泉垂下,而山下却立了一个汉白玉的石雕小和尚,光光的脑门,笑眯眯的眼神,双手齐肩,托着一个石碗,那水正注在碗中,又溅到脚下的潭里,却总不能满碗。和尚就这样,一天一天,傻呵呵地站着。还有清清的小溪旁,突然跑来一只石雕大虎,两只前爪抓着水边的石块,引颈探腰,嘴唇刚好埋入水面,那气势好像要一吸百川。

(六)侧面渲染式

对文物除了正面叙述以外,还适当地通过比喻、想象、拟人等手法进行侧面渲染,突出烘托"这一个"文物。如《西湖塔》中对保俶塔的一段文字:

> 高四十五点三公尺,砖石实心,八棱形,顶部有个钢铁结构的竿柱,下端是个盂状露盘,可对卧二人。这个竿柱叫刹或刹柱,里面藏着一个叫导善的和尚的骨烬。保俶塔从九级变成了只有七级,塔基小,塔身稳而不危,刹下的塔帽,如冠如冕,几乎和地面垂直的抛物线,又构成柔和优美的线条,俏丽得很。虽说远望如美人,在塔下仰视,倒像是一把刺破青天锷未残的利剑。

这里用美人和利剑的比喻来对保俶塔进行渲染烘托。

(七)烘云托月式

通过各种文学手段的描写,加深对文物的印象。

对敦煌壁画描写的文章实在不少,其中,余秋雨写的《莫高窟》想象奇特,别具一格。"飞天舞姿"是敦煌壁画的标志性代表,以人物潇洒优美的舞姿、飘渺轻柔的裙纱、神采奕奕的表情而著称于世。作者不去对一幅幅壁画中的人物景色场面做具体描述,也不去描绘飞天舞姿的美妙,而是用颜色来概括各朝各代的经济、文化及社会风貌,用"色流"来象征和替代朝代更迭:"青褐浑厚的色流,那应该是北魏的遗存","色流开始畅快柔美了,那一定是到了隋文帝统一中国之后","色流猛地一下涡漩卷涌,当然是到了唐代","色流更趋精细,这应是五代","终于有点灰黯了……大宋的国土","色流中很难再找到红色了,那该是到了元代"……人们读了这些文字不会忘却莫高窟壁画的奇特和神秘。

作者的描写往往和抒情结合在一起:"莫高窟可以傲视异邦古迹的地方,就在于它是一千多年的层层累聚。看莫高窟,不是看死了一千年的标本,而是看活了一千年的生命。一千年而始终活着,血脉畅通、呼吸匀停,这是一种何等壮阔的生命!一代又一代艺术家前呼后拥向我们走来,每个艺术家又牵连着喧闹的背景,在这里举行着横跨千年的游行。"这一段文字语言热烈明快,饱含感情色彩,也是作者诗情的袒露。

本章小结

全章两节,分别讲解人物记和文物记。人物记和文物记都属于旅游散文,人物记以写人记人为主,寄情于人,而文物记则是以记述历史文物为主的,重知识性、趣味性。

知识重点是这两种文体的特点和写法。

关键词

人物记　文物记　特点　作用　写法

思考与练习

1. 人物记不同于人物传记,请预习第十三章,并做比较。
2. 找到一篇文物记,分析它的优缺点。
3. 以"我最喜欢的一位导游"或"我的好旅伴"为题,写一篇800字左右的人物记。

第五章 旅游日记与旅游书信

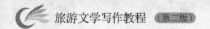

本章学习目标
- 了解旅游日记私密性和自由、真实的特点。
- 理解旅游书信倾诉性和抒情性的特色。
- 熟习旅游书信娓娓道来、亲切自然的语言格调。

第一节 旅游日记

一、旅游日记的含义

日记是人们日常生活中为了交流信息增进感情而经常使用的一种应用文体，但它往往涉及个人隐私，有私密性的特点。这里说的日记和应用文中的日记不同，它是一种以日记为形式的旅游散文，也称为旅游日记。

旅游日记以日记形式记录旅途见闻及感受，它是日记体旅游散文。

旅游日记有一日之记，如熊召政的《黄龙沟一日》；有多日之记，如李健吾的《拿波里漫游短札》、刘白羽的《长江三日》、胡适的《庐山游记》等；也有较长旅程的长篇日记，如余秋雨的《千年一叹》、闾丘露薇的《阿富汗战地日记》等。

二、旅游日记的特点

（一）真实写照

旅游日记是记载旅游活动或旅途中的所见所闻，因此它是旅游生活的真实写照，必须真实记录旅游中所经的时间、地点、景点、游踪，既可描写景色，也可对人物进行速写，更可以对事对物发表评论见解，可谓"描山绣水""指点江山"。但有一点应该时刻遵守，就是要真实，写出真实见闻，抒发真情实感。假如你写的日记有虚假成分，那就不但违背了散文的最基本的原则，也违背了日记最根本的原则。请看胡适《庐山游记》中的一段文字：

  昨夜大雨，终夜听见松涛声与雨声，初不能分别，听久了才分得出有雨时的松涛与雨止时的松涛，声势皆很够震动人心，使我终夜睡眠甚少。
  早起雨已止了，我们就出发。从海会寺到白鹿洞的路上，树木很多，雨后青翠可爱。满山满谷都是杜鹃花，有两种颜色，红的和轻紫的，后者更鲜艳可喜。去年过日本时，樱花已过，正值杜鹃花盛开，颜色种类很多，但多在公园及私人家宅中见之，不如今日满山满谷的气象更可爱。

作者真实地描写了他终夜听松涛声的情景，第二天雨止，他们出发，从何处到何处，路上所见杜鹃花，与在日本所见樱花相比较，感到庐山的杜鹃花颜色更鲜艳，气象更可爱。

（二）题材广泛

旅游日记的内容是非常广泛的。凡途中所见所闻、所思所感，都可以记入日记之中。如旅途自然风光、少数民族风俗人情和风物文物，或者某景区景点为促销旅游所举办的各种文化活动和体育赛事（放风筝、登山），更有异域采风、跨国的文化考察活动，题材不拘一格，叙事写景状物，发议论谈感想，反思、探索、研究、追问和评判，内容丰富多彩。仍以《庐山游记》分析，作者到了白鹿洞，就写了此洞的历史和由来，解述白鹿洞在历史上占有特殊地位的两个原因，实际上已经从游踪这条线上生发开去，写了别的东西。然后又讲了朱子在淳熙己亥（1179年）立白鹿洞的初衷是想从白鹿洞开一个儒门创例来抵制道教，后面又讲到庐山有三处史迹代表三大趋势。这部分内容夹叙夹议，是在讲历史讲史料。后面从白鹿洞到万杉寺，到秀峰寺，到归宗寺，每到一寺都讲了该寺的有关史料和诗词。比如在万杉寺，说宋景德中有大超和尚手种杉树万株，就写南宋张孝祥有诗云：

　　老干参天一万株，庐山佳处着浮图。
　　只因买断山中景，破费神龙百斛珠。

写秀峰寺外有瀑布，就引用古人之诗："徐凝诗'今古长如白练飞，一条界破青山色'，即是咏瀑布水的。李白瀑布泉诗也是指此瀑。旧志载瀑布水的诗甚多，但总没有能使人满意的。"然后笔锋一转，写吃饭，游温泉，等等。同一篇日记中写了多种内容，有描写景色，有史料介绍，有诗词引用，也有吃饭休息日常琐事，这也充分说明了日记的题材是非常广泛的，旅途所见所感，全可写入日记之中。

（三）情感真挚

旅游日记一方面是写给自己看的，所以就十分自然地流露自己的情感，不用装腔也不用作势，没有必要造假自己骗自己吧。另一方面又是写给读者看的，最直接与对方交流，所述的语气往往娓娓动人，亲切诚挚。所以说日记有一种天然的亲和力，特别容易感染对方。但是日记中所流露的感情应该是真挚自然的，千万不能因写给人看就作起秀来，抒情扭捏空洞，或者无病呻吟，或者一个人在那里窃窃私语，完全是抒发个人的小情绪小感情，那就没有什么意义了。

刘白羽的《长江三日》中，写到夜色降临，江风猎猎，一片黑森森的。而他又看到无数道强烈的探照灯光，射向江面，天空江上云雾迷蒙，电光闪闪，风声水声，使人深深体会到"高江急峡雷霆斗"的赫赫声势，觉得自己和大自然那样贴近，就像整个宇宙都罗列在胸前。于是有一种庄严而美好的情感充溢在心灵，作者觉得"这是我所经历的大时代突然一下集中地体现在这奔腾的长江之上。是的，我们的全部生活不就是这样战斗、航进、穿过黑夜走向黎明的吗？……想一想，掌握住舵轮，透过闪闪电炬，从惊涛骇浪之中寻到一条破浪前进的途径，这是多么豪迈的生活啊"！此景此情，正是作者当时的所见所感，是真情的流露，而且是抒大情，抒健康向上之情。

（四）语言自然

语言自然流畅是日记的一大特色。因为日记比较随心所欲，没有结构上的严格要求，随想随记，随见随感，所以特别"原生态"，不需要任何修饰，也不讲究开头结尾和段落过渡。但并不是说日记没有主题，一片散沙地罗列见闻感受，而是仍然需要有一根主线领引，否则就会变得喋喋不休、杂乱无章。

日记的语言有不同的风格，有的细腻婉约，有的流畅简洁，有的直白通晓，有的激情澎湃。如李健吾的《拿波里漫游短札》是直白通晓的，请看文中的一段："你更不会想到我看见水台，是怎样个欢喜。我差不多尽喝水了。赤裸裸的街巷，没有顶的房宇，大太阳烧下来，又不住地走着，热也热坏了人。水台古已有之，不过换上自来水是了。从这里望火山，格外清楚，半山一棵像样儿的树也没有。总算有海风吹了过来，否则苦矣小姐太太们……"

熊召政擅长用细致的笔触描山绘水，他在《黄龙沟一日》中对瀑布的描写也是如此：

瀑布也是一景，叫飞瀑流辉。

水为四叠。岩石突出之处，有厚厚的苔藓。三两棵云锦杜鹃，四五株小小的冷杉，在飞瀑的空隙中，犹自兀兀的绿，绿得那么苍劲。让人感到它们是一片一片的绿色的冰，越冷越有光辉。

瀑布之上，是潋滟湖。

湖狭而长,水底布满茸茸的网状苔丝。阳光铺满湖面,风动处,阳光化作千万条小银蛇,到处窜动。苔丝也闻风而舞,这是一些比较柔顺的小青蛇了。满湖青蛇白蛇的舞蹈,挥彩练而照影,弄玉绳而惊波。湖成了芭蕾的舞台。

斯妤的《武夷日记》中语言又是另一种风格:

更妙的是,我们轻盈的筏儿,这时也一改悠闲飘逸的风度,凌波而起,斑马一般跃过险滩,利箭一般穿过急流,叱咤着、长笑着星驰而下——我恬静柔和的心境,也被这热烈的气氛摇撼了!我击水为戏,握篙为戟,我大声地说着,忘怀地笑着,我将水儿掬入口中,我将足儿伸进溪中——我完完全全回到我无拘的、开放的童年了!

比较以上两个文段的文字,前一个文段的第一段没有任何修饰,简洁而流畅,直白通晓,细致地描写了瀑布的形状和四周树绿色,以及潋滟湖清澈的水底苔丝,经阳光照射形成湖面光驳斑斓,扑朔迷离,用了青蛇白蛇的比喻十分奇特,读后如亲临其境。后一个文段热情奔放,充满了激情,读者自然会被作者的这种热烈而感染而兴奋。

三、旅游日记的写作

写旅游日记时要注意几点。

(一) 抓住要点

切忌记流水账,面面俱到。这个"要点"可以是一天活动最难忘的部分,可以是事件发生发展的转折或高潮,可以是游地典型风光描述、当地水土风俗纪实和重要感受评价,可以是富有生活情趣的琐事,也可以是当地突发事件或意料之外的事情。

《东方狂欢节》通过四天日记记述和描绘了傣族人的民俗风情和幸福生活。过傣历年的节目颇多,有舞蹈游行、划龙舟比赛、彻夜狂欢、风味小吃、抛荷包定情、泼水祝福……真是琳琅满目。作者并没有巨细必录,而是突出重点。傣族舞蹈多多,只重点写男子表演的象脚舞、孔雀舞;风味小吃多多,只重点写竹虫和凉粉;划龙舟比赛场面浩大,作者只写了桨的一起一落:"一声令下,十几条细长的龙舟从对岸驶出来,'哄——窝,哄窝,水水水!'赤膊小伙子手中的桨齐唰唰地一起一落,这船就在水上轻而快地窜过这边岸上来。"寥寥数笔,把比赛的激烈热闹紧张的氛围表现得活龙活现。

《拿波里漫游短札》写三天的游历,第一天重点写了拿波里的居民和胡同喧哗、热闹与龌龊,又看了维苏维火山;第二天主要记游彭贝古城,对这次旅行的感慨;第三天重点记了到城北去爬半山,对着维苏维火山,对着海静坐了两点钟。下山时描绘了所见的黄昏景象,有一段写景,冲淡了一些压抑的心绪,为这次旅行增添了不少亮色:

> 海水远处是油蓝,近处碧绿渐渐随着日光的消逝,变了颜色,水面披了一层灰白的雾縠。海湾点缀满了小帆。维苏维吐出的焰烟起初带红,渐渐也叫黄昏克住,遮在一层灰紫的覆巾后面。最后,一切溶于黄昏的迷蒙之中。

(二) 线索清楚

记日记的线索要清晰,旅程中的日记一般以游踪为线,一篇记一件事或一个人或一处风景,切忌多头齐进,造成顺序颠倒,顾此失彼。

如刘白羽的《长江三日》写 1960 年 11 月 17 日至 19 日游长江三峡的日记,第一天从长江上顺流而下,重点写夜景;第二天进入瞿塘峡、巫峡、西陵峡,写各峡的惊与险;第三天写长江的宁静,看落日,驶近武汉长江大桥。根据游轮行进写沿途景色,借景抒情,线索十分清楚。斯妤的《武夷日记》也写了三天的游程,第一天初进武夷山,住进"九曲宾馆";第二天写游览,登上天游峰;第三天游九曲溪,坐竹筏游山玩水,也是以游踪为线索,记事集中,脉络清晰。

(三) 抒情与哲理相结合

日记中虽然有许多写景记事的内容,但更多的是为了发泄自己的情感,抒发自己情愫。如《武夷日记》的一开头,就明显地表露出了那种浓烈的故乡情感:

十月二十日

生为福建人,未揽武夷胜——此桩憾事早在心头缠绕多年了!

早晨,满怀着期待的激动与不安的我,终于扑进了武夷山的怀抱。

汽车在盘旋曲折的山路上蹒跚地行着。渐渐的，车窗外已不是一色单调的山水了。只见一座座突兀昂立的奇峰，竞相奔入眼底，千姿百态，苍翠逼人。有孤峭如柱的，有壁立如屏的，有尖突如笋的，有浑圆如镜的。一片离合断续的山岚中，不时绕出一曲清流，"汩汩"地淌着，却又忽地一转，呼啸着顺峰直奔而去……车越往高处走，越见山的峭拔，水竟灵巧，碧空下，只一派峰峰水抱流，曲曲山回转的胜景！我的心底，突然涌起了无限的柔情——这是我们的武夷山，我故乡的武夷山呵！

日记体散文光抒发情感还远远不够，应该把旅游见闻和亲历的感受结合起来，将哲理与抒情相交织，使日记给人感染与启迪。如刘长春的《难忘地带》用日记形式写几处难忘的地方，每处都与名人有关，俄罗斯的亚斯亚纳波利亚纳森林（托尔斯泰）和涅瓦大街咖馆（普希金），台州中学的"佩弦楼"（朱自清）和天台县陆蠡故居（陆蠡）。该文最大特色是夹叙夹议，如瞻仰托翁的墓地和故居后作者的两段议论：

只有在托尔斯泰的墓地前，我才真正体会到神圣两个字的千斤重量。没有任何标志，却使我联想起他伟大的一生；没有鲜花簇拥，却让人闻到永久的芳香；用茨威格的话说这是"世上最美的坟墓"。

现在，那棵大树早已被人们命名为"贫者之树"——那是人们给予这位伟大的而又慈善的作家身后的最高褒奖。在这个世界上，有些人为钱财活着，有些人为女人活着，有些人为孩子活着，有些人为名利或是官位活着，也有些人为灵魂活着，而托尔斯泰就是"为灵魂活着"的一个人。

这样富有哲理性的议论在文中很多，将抒情与哲理融为一体，给人一种深深的启迪。余秋雨的《千年一叹》更是如此。作者所到之国的每项考察都融入对文明发生、衍延、繁荣、衰落原因的探讨、思考、反思和领悟，充盈哲理之光，给人知识，引人深思。如10月9日上午写的《巨大的问号》，下午写的《石筑的〈易经〉》，对金字塔有多处议论：对金字塔的联想，对木乃伊的慨叹，对埃及文化的探索，对"永久"的思考。作者的随感好似信手拈来，自然贴切，毫不牵强。如把金字塔比作牛，把统治者比作斗牛士，顺手便对一个斗牛士的形象发通感慨（10月11日记）。他时而用历史资料（10月15日记），时而发议论，人生哲理、警句俯拾皆是；时而抒情，字里行间遍布思想的火花和睿智的结晶（10月13日日记）。

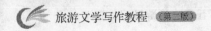

《黄龙沟一日》虽然只写一日的游历,但在描景之后,也把抒情与议论结合在一起:

因此,这是一段纯粹的自然风景。湿红流碧,泻玉飘金,这里真是那个五百岁为一秋的神仙之境了。其实,对于这拒绝人烟的黄龙沟,五百年的秋天仍是那么的短暂。考古家的乐园是废墟,金融家的乐园是华尔街,僧尼的乐园是落叶满阶的古寺,政治家的乐园是议会大厦的主席台,而我的乐园便是漫漫的旅途中这一段的奇异的山水。

从自然风景引申到乐园。什么是乐园,各人有各人的乐园,旅游者的乐园就是山水,字里行间闪烁着哲理的星光,引人深思。

(四)文笔优美流畅

枯燥无味的文字读来如同嚼蜡,优美流畅的文字给人审美的情趣和享受。日记体散文尤要讲究语言的文采。请看斯妤在《武夷日记》中的几段描写:

山头点点,云雾重重。薄薄的、盈盈飘动的白云,波浪似地连绵而去,弥漫了方圆几十里的空间。看不见一个完整的山峦,脚下只白茫茫、飘忽忽的一片。无限苍茫隐约中,前前后后,不时有深褐色的峰尖,这儿那儿地浮着,沉着,退着。仿佛大海中颠簸起伏的船帆,又仿佛仙界里欲露还藏的琼岛。显然,千山万壑尽掩藏在这蒸腾缥缈的云海之下了!

还有,环绕在身边的云彩是多么的亲切!一片片,一缕缕,一团团,冉冉地飘来,拂我的面,亲我的额,围绕我的前后左右!把清新、浩浩、飘逸带给我,把天底下最慈的爱,最柔的情带给我……

溪水又是怎样的动人呵,绿澄澄,清澈澈的。时而清浅如镜,时而厚腻如油,时而潜流如泪,时而飞溅如瀑,此处彼处,远处近处,一片"淙淙淙""湲湲湲""汩汩汩"的水声,汇成了一支最和谐、最优美的曲子。

日记中对山、对云、对水的描写是那样清丽动人,那么的满含感情,那么细腻缠绵,使人久久回味,不忍掩卷离去。

写日记要注意日记的格式。一般都在文前写明年月日,有的还注明天气、驻地等,也有把日期写在文后的。每日所记可独立成篇内容毫不相关,也可围

第五章 旅游日记与旅游书信

绕一个中心事件内容有连续性。每篇日记可用小标题，也可不用。

第二节 旅游书信

一、旅游书信的含义

书信和日记一样，是人们在日常生活中经常接触到的一种应用文体，私人之间的书信往来也有私密性的特点。我们所讲的书信是指用书信的格式讲述旅游见闻和感受的文章，称书信体旅游散文，简称旅游书信。如沈从文的《湘行书简》、谢冰莹的《独秀峰》、周作人的《乌篷船》、孙伏园的《长安道上》、冰心的《寄小读者》、王英琦的《北国书简》、陈杏臻的《在水一方》《那些人那些事》等。

二、旅游书信的特点

（一）亲和力

旅游书信一般以交谈的口吻与对方交流，显得格外自由亲切。在诸多的旅游散文中，书信体散文是对读者最具亲和力的体裁。因为它直接与对方（也就是读者）交流见闻和感受，是"我"和"你"之间的交谈，或"你"先提问题"我"来解答，或"我"有思有感要向"你"传递，像是面对面地聊天一样。

谢冰莹的《独秀峰》是作者在桂林旅游时写的一封书信：

洁妹：

这几天来的生活，实在过的太有趣了！不是穿洞，就是爬山。虽然每天游罢归来，一双腿子酸痛不能举步，但我一句疲倦的话也不敢说，我希望两星期以内把所有桂林的名胜都游遍；不过玩的地方实在太多了，而走马看花又得不到深刻的印象，能否在预定的日子内游完，还没有十分把握。

从前这里是明末桂王的御花园，谁都不能进来。传说有一个"名闻天下"的文学家来游桂林，一切风景都游遍了，只没有看到独秀峰。想尽了方法，总不得其门而入，最后等候了三年，上过不知多少奏章，仍不得允许。乃以数百金收买看门人，不料被上面有司知道，即将看门的革退，于是这位梦想着游独秀峰的文学家，目的没有达到，还得抱头鼠窜。

　　这虽然只是一个故事，但也可见独秀峰在桂林山水中是占如何重要的位置了。

冰　莹
六月二十日于桂林

上面引的两部分文字是书信的开头和结尾部分，一开头就对洁妹说明这次旅游实在太有趣了，以引起对方注意，然后叙述旅游见闻与感受。结尾写一个故事，看似不经意，实际旨在突出独秀峰在桂林山水中的重要位置。另外，此信较好地体现了书信体旅游散文的格式，开头有称呼，结尾有署名和日期，十分规范标准。

（二）自由式

题材不论，结构不严，笔法灵活，任意挥洒，这就是书信的"自由式"特点。一般写信都特别随意，没有严格的要求，似散非散，似闲非闲，在不经意中描写景色，借景抒情，在不知不觉中告诉你一个有趣的故事，或传达某种信息，或就事说理发表评点。

以周作人写的《乌篷船》为例，因为子荣君要到作者的故乡去，向作者要"什么指导"，所以作者就写了此信。他写了乌篷船，先讲了乌篷船的作用和分类，然后宕开一笔，讲起篷的构造、制作材料和特点来：

　　篷是半圆形的，用竹片编成，中夹竹箬，上涂黑油；在两扇"定篷"之间放着一扇遮阳，也是半圆的，木作格子，嵌着一片片的小鱼鳞，径约一寸，颇有点透明，略似玻璃而坚韧耐用，这就称为明瓦。三明瓦者，谓其中舱有两道，后舱有一道明瓦也。船尾用橹，大抵两支，船首有竹篙，用以定船。船头着眉目，状如老虎，但似在微笑，颇滑稽而不可怕，唯白篷船则无之。三道船篷之高大约可以使你直立，舱宽可以放下一顶方桌，四个人坐着打马将——这个恐怕你也已学会了罢？

作者不厌其烦地详细讲解船的形状构造，并讲了船尾用橹船首用竹篙，船头的眉目等，好似离开话题，其实并非闲笔，它正说明书信行文是十分自由的，没有规律、没有约束，全由作者意愿为之。因为接受信的对方从未见过江浙水乡的乌篷船，所以作者详细地描述船的有关知识也不为过，相反予对方非常得益。后面写到夜间坐船的乐趣，忽然笔锋一转，又拐到雇只船到乡下看庙戏上去了："雇一只船到乡下去看庙戏，可以了解中国旧戏的真趣味，而且在船上行动自如，要看就看，要睡就睡，要喝酒就喝酒，我觉得也可以算是理想的行乐法。"作者也不是乱提建议，而是说明这样做的好处是可以了解中国旧戏的真趣味，而且在船上行动自如，不受外界因素拘束。这是作者理想的行乐法，现在讲给对方听，虽是"即兴"发挥，却表露出对过去生活的一种怀念。

（三）倾诉式

写信是为了向对方倾诉，有一种迫切的欲望，要让对方知道自己在旅游活动中看到了什么，听到了什么，有什么感想，有什么启迪。书信体旅游散文这种倾诉性的特点明显区别于其他旅游散文，只是有的作者表现得强烈一些，有的作者表现得婉转一些而已。如王英琦在《北国书简》中写道：

真的，××，请相信我的话，千里塞外，绝不是野草与风沙的代名词。白山黑水，美得很哩！比起我们纤秀的、有着山水林壑之美的江淮大地，东北的自然景物，更有一种天然粗犷的美，更有一种朴素无华的美。它，就像一块不事雕琢的璞玉浑金，毫不炫烨，毫不矫饰，以其本来面目，给人以固有的美感。

读了这些话你就会感到作者一到东北，就发现了东北的美，急切地要告诉某人，有一种强烈的倾诉欲望，如弦上之箭，不得不发，如胸中奔涌激情，不吐不快啊！

还有，旅游时遇到特别美丽的景色，或者是特别有感受的事情，作者也会向对方倾诉。如陈杏臻在《那些人那些事》中看到江南水乡周庄受现代文明冲击发生的变化，有了新的感慨，特别想说给对方听：

冰儿：也许你还不知道，这里虽然流水依旧，却少了些许的野趣，与之相连的青石板小路，四通八达，连着无数的小店，一条宽阔的马路，穿过镇政府一直延伸到外面的世界，再也寻觅不到那灯火点点的野渡情趣了。

面对现代文明的冲击，这小镇也未能逃脱，当我刚刚由车站那条马路上走进老街时，从人们匆匆行走的脚步声中，从那一家家杂乱的店铺里，就已经感到了小镇一种内部的阵痛正在悄悄漫延，一种传统与现代交接时的阵痛。

（四）抒情味

书信的内容往往离不开对景物风光的描绘、对旅途中所遇到有意义的人与事的记述，但并不是为写而写，而是为了表达自己的情感，为了把自己的所思所感与对方分享，所以任何书信都会表现出一种抒情的意味。有的强烈，有的轻淡，有的直露，有的含蓄，只是一个轻重多少不同而已。如《北国书简》的一开头，就明显地表露出了那种浓烈的抒情意味：

××：
　　当北去的夜行车告别首都，缓缓启动时；
　　当雄卧万里的长城，渐渐消失在朦胧的远方时；
　　当车厢内旅人们的鼾声和着车轮声，和谐而富于韵味地起落时……
　　我，双手支颐，瞭望窗外夜幕之中莽苍苍的东北大地，度过了北国之行的第一个不眠之夜……

　　我是在金风送爽的秋季来到东北的。这正是东北最迷人的、抒情诗式的季节。那满眼火红的高粱、犄角般的玉米、沉甸甸的大豆……都使我这江淮女儿沉醉、倾倒，就好像来到了一个陌生、新奇的国度。

书信的结尾部分更是感情汹涌奔腾而出，直抒胸臆：

　　夜，更深了。月，更明了……呵，遥望明月，遥望月色下的北国大地，海涛般的情思在我的胸中奔涌：
　　我爱祖国的每一条河流，每一道山脉；
　　我爱白山黑水的每一寸土地，每一位父老乡亲……

三、旅游书信的写作

书信体旅游散文写作时要注意以下几方面。

（一）重点突出，详略安排得当

重点突出，详略得当是对书信写作的最基本的要求。写书信比较随意，一般是想到什么就写什么，内容很杂，但书信更希望双方之间的交流，所以一定要注意重点突出，详略得当。事无巨细样样说到，实际上是眉毛胡子一把抓，恰恰是适得其反。《北国书简》内容是告诉对方到东北后的见闻和感受，要讲的内容太多了，采取了重点突出的方法。她先写对东北的总印象：秋天的东北是最迷人最抒情的，火红的高粱、犄角般的玉米、沉甸甸的大豆……这么多的景物，具体只描写红高粱惊心动魄的壮景。东北那么多城市只重点介绍哈尔滨、长春、沈阳三个省会城市。三个城市各有特色、各具风采，讲哈尔滨只提城市建筑（俄式风格）、松花江（黎明和夜晚）、没看到的冬景和冰灯（听人介绍）；讲长春只提菜市场，一切蔬菜的"大"，吃的只提烤玉米的香，说花只提君子兰的秉性及其风骨傲节高贵品格；讲沈阳只提游沈阳故宫。最后水到渠成，直接抒情结束全文。

又如《独秀峰》作者向洁妹讲述游桂林山水的经过，对独秀峰描写详略非常得当。开始介绍独秀峰略写，用概貌式，只用"五十余丈高""耸入云霄"些许文字，说峰顶之高用"共有三百零六个石阶"几字。但后来上山时碰上大雨，写雨景用详写，雨后亭中观景物又用略写，再后讲一文学家游桂林传说又用详写。有详有略，详略交叉，曲折有致。加之以作者心理描写为衬托，让人若亲观其景、亲入其境。

（二）借景抒情，情感流露自然

书信中常常通过描绘景色来抒发感情，所谓借景抒情，情从景出。陈杏臻的《在水一方》[①] 就是饱含着情感来描述景物和人，在情景交融的画面中抒情。作者给好友写信讲自己在水乡周庄的见闻感受，说周庄的特色是"水"，"遍览周庄草木，尽读周庄风情，便会由衷慨叹：周庄的景色是水做的，周庄的世界是水的世界"，并深有感触地对好友说："好友：你知道吗？水，是这古镇的象征，是这个镇上人的象征，村姑有着水的外形，有水的美姿，皮肤细腻而显灵光，男子们说话的声调更有水音的清脆，秀中有骨。"

在向好友介绍周庄的地形结构和历史，以及历代文人墨客与水乡的缘分之后，接着讲所看到的风景：

> 这几天，我在水乡，沿着小巷行走，风景画一幅幅变换，水巷深处，石埠头老人们把笑声撒向四野，村姑们将窈窕的倩影投入水面，划桨者使劲地拍打着水波，水波轻轻地洗着木橹，使人情不自禁地深浸在幽深的情

---

① 陈杏臻：《走近周庄》，四川大学出版社1998年版。

景之中。这来自地球母亲心灵的流水,是生命的乳汁。在地上水清,在地下水洁,清纯碧绿,一尘不染,岂有不美之水!岂有不秀之河!在这里我唯一的意愿就是整天与水为友,与河为伴,对水品茗,涉水而歌。

这幅情景交融的图画引起作者思绪翩跹:"水是人类的摇篮,水是生命的源泉,而唯有人是从水中走来,人才渴望滋润,追求圣洁,和万物一样。"至此作者换了个角度借用名人对周庄的评价来写周庄的美(古建筑专家罗哲文、画家吴冠中、台湾作家三毛),将"中国的一个宝""东方威尼斯""我魂牵梦绕的故乡"加在周庄身上一点都不过分。最后作者心中的情感自然流淌:"好友:在这个春暖花开的季节,你就是在这样的一个水乡随便丢下一根枯枝,它也会还你一份新绿,报以一个生命的微笑。"既向好友说明水乡的无限生命力,又表达了自己对水乡的爱恋,对美丽的周庄的赞美之深情。

(三)主题积极,予人启迪思索

旅游书信和其他形式的旅游散文一样,都要求有积极向上的主题,都要求抒健康有益的感情。如果没有健康积极的主题,书信词藻再华丽诱人,"小资"特浓的调情抒发得再真挚,也没有什么现实意义。

王英琦在《北国书简》中说短短的一个月,旋风般地遍游了东北全境,对东北产生深深的爱,忍不住抒发着内心奔涌的激情:

呵,镜泊湖——明镜一样的湖。那绚丽、原始的风光,多少次,把我带到人类的洪荒时代;

呵,太阳岛——诗一样的岛。那聚集在五色纷陈的太阳伞下嬉乐纵欢的男女青年,多少回,撩拨起我蕴藏在心底的爱情琴弦……

呵,朋友,看到这里,你也许会笑话我多情了,像一颗轻浮的"情种",那么快,就对东北产生了爱情。是的。我不否认,从某种意义上来说,我是颗多情的种子。祖国大地无山不青、无水不秀,到处都是蕴育"情种的肥田沃土",我怎能不走到哪里,便把爱的种子撒在哪里呢?

《乌篷船》写了对故乡值得怀恋的一种有趣的东西,那就是乌篷船。文中的感情虽然没有《北国书简》里那样的热烈奔放,但作者用细腻的笔触,为人们描绘出一幅江浙水乡的风情画。如:"你坐在船上,应该是游山的态度,看看四周物色,随处可见的山,岸旁的乌桕,河边的红蓼的白苹,渔舍,各式各样的桥,困倦的时候睡在舱中拿出随笔来看,或者冲一碗清茶喝喝。""夜间睡在舱中，听水声橹声，来往船只的招呼声，以及乡间的犬吠鸡鸣，也都很有意思。"这些流露出作者对已逝去的闲情逸致的向往之情，也不失真切与自然。

（四）娓娓道来，语言细腻亲切

娓娓道来，细腻亲切是最适合书信体的语言，这样的语言体现了一种亲和力，容易与对方心灵沟通，产生共鸣。在旅游书信写作上有突出贡献的是现代著名作家冰心。

冰心1923年至1926年在美国留学期间用通信的形式向国内小朋友介绍美国风土人情及自己的感受，共29篇，结集成书，题为《寄小读者》。这本书信集的最大特点是语言典雅秀丽，飘逸自然。阿英在《谢冰心》中有这样一段话："她的诗似的散文的文字……也引起青年的共鸣与模仿，而隐隐的产生了一种'冰心体'的文字。"可见她的文字在当时影响之深远。先看几段对自然景色的描写：

　　说到朝霞，我要搁笔，只能有无言的赞美。我所能说的就是朝霞的颜色的变换，和晚霞恰恰相反。晚霞的颜色是自淡而浓，自金红而碧紫。朝霞的颜色是自浓而深，自青紫而深红，然后一轮朝日，从松岭捧将上来，大地上一切都从梦中醒觉。（通信十一）

　　青山雪霁，意态十分清冷。廊上无人，只不时的从楼下飞到一两声笑语，真是幽静极了。造物者的意旨，何等的深沉呵！把我从岁暮的尘嚣之中，提将出来，叫我在深山万静之中，来辗转思索。（通信十二）

　　水上的轻风，皱起万叠微波。湖畔再有芊芊的芳草，再有青青的树林，有平坦的道路，有曲折的白色栏杆，黄昏时便是天然的临眺乘凉的所在。湖上落日，更是绝妙的画图。夜中归去，长桥上两串徐徐互相往来移动的灯星，颗颗含着凉意。（通信二十）

　　早起在那里读诗，水声似乎和着诗韵。山雨欲来，湖上漫漫飞卷的白云，亭中尤其看得真切。大雨初过，湖净如镜，山青如洗。云隙中霞光灿然四射，穿入水里，天光水影，一片融化在彩虹里，看不分明。（通信二十六）

前两段一写朝霞和晚霞的颜色变化，细腻而传神；二写青山雪霁的清冷和不时飞出的笑语，动静结合，美极静极。后两段一写晴日薄暮，明媚温馨，一写秋雨间隙，清新迷蒙，文字优美晶莹，如诗如画。冰心生性爱水，曾说过"海好像我的母亲，湖是我的朋友"。处在这样的青山绿水之中，更增添了她的诗思，美化了她的文字。当作者看到湖边的少男少女衣着明艳、笑声轻柔时，立即联想到我国古代人民在暮春时节身着春天的服饰，沐浴着沂水岸边的轻风，歌舞求雨的飘扬风姿。当她闻到海风的腥咸之味，看到海边的卵石时，就忆及童年拾卵石贝壳的光景。这种睹物思乡的情绪，盈溢在给小朋友通讯的各篇中，写来流畅自然，情境交融，使人深切感受到这种乡思发自作者内心深处。这也和作者的文体有关，在淡淡的静静的文字中，把心灵深处一缕深情表露出来。

这种文体还较好地表现"爱的哲学"的内涵。睹物、触景容易引发联想，当作者流连于明媚的湖光、汪洋的大海、葱绿的树林、连阡的芳草之间时，不禁慨叹："我的故乡，我的北京，是一无所有！"借用给母亲的信，进一步抒发对祖国的思绪："北京纵是一无所有，然已有了我的爱。有了我的爱，便是有了一切！……"作者把她所尊崇的"爱的哲学"融入叙事的语言中，形成了独特的抒情气氛。

沈从文的《湘行书简》向"三三"讲述在湘西的经历，语言也是娓娓动听，亲切流畅，如刚到河街写的第一封信中的文字：

  又听到极好的歌声了，真美。这次是小孩子带头的，特别娇，特别美。你若能听到，一辈子也忘不了的。简直是诗，简直是最悦耳的音乐。二哥蠢人，可惜画不出也写不出。
  三三，在这条河上最多的是歌声，麻阳人好像完全吃歌声长大的。我希望下行时坐的是一条较大的船，在船上可以把这歌学会。
十四日下五点十分

普通书信是有固定格式的：开头顶格写对方称谓，结尾要写祝福语。"祝"后面如"身体健康""天天快乐""全家幸福""好"等祝福语要另行顶格写，最后在偏右下方署上写信者名字、日期，就比较完整。书信体散文的格式是区别于其他文体的标志，所以开头称谓一定不可缺，最后的祝福语与署名、日期是否可以省略，不做严格规定。

本章小结

全章包括旅游日记和旅游书信两节,分别从含义、特点、写作三方面进行讲授。

本章知识重点是这两种文体的文学特征。

关键词

旅游日记　旅游书信　特点　写法

思考与练习

1. 旅游日记和旅游书信实际上是日记体、书信体散文,请你结合自己的阅读和写作体会说说这两种体裁的特点。

2. 旅游书信的倾诉内容与倾诉方式应当因致信对象不同而有异,在这方面,你觉得需要特别注意些什么?

3. 用文学的笔调写一封信给你的同学或好友,报告你一次印象深刻的旅行经历。

第六章 旅游随笔与旅游小品

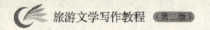

本章学习目标
- 了解旅游随笔的含义。
- 了解旅游小品的特点。
- 学习以小见大、旁征博引的表现技巧。

第一节 旅游随笔

一、旅游随笔的含义

旅游散文是表现旅游活动内容、记录旅途中的见闻和感受的文体，旅游随笔也是把目光投向以旅游生活，随心记录旅游活动中的见闻和感受，当属散文的范畴。

"随笔和散文"常常被连在一起，人们往往分不清随笔和散文有什么区别。有权威人士在评选全国年度最佳散文随笔时这样划分两者的界线："富于形象、侧重情感、工于叙事者多选入散文；而长于感悟，偏于理性，多发议论者多入选随笔。"这样划分容易使人把随笔与散文看成是并列关系而不是包容关系。其实随笔是包含在散文内的，是与叙事散文、游记散文、抒情散文等相并列的一种文体，只是它"长于感悟，偏于理性"而已。当然，随笔也有形象的描写，也有写景、叙事和抒情，也讲究语言的优美，我们不必把随笔和散文分得太清，因为它们本来就是一家。

旅美散文大家刘荒田是随笔小品多产高手。近年新著《刘荒田美国小品》《"仿真洋鬼子"的胡思乱想》《刘荒田美国闲话》《刘荒田随笔精选》《两山笔记》《相当愉快地度日如年》等十分抢眼。刘荒田算不上旅行家，但他出身草根，时常在美国、中国各地行走，观察比对，见闻感受别有洞天。而他又善于抓住一点，深入挖掘、联想丰富，加之旁征博引，文辞优美，知识性、哲理性、趣味性十足，所以深受读者喜爱，国内外报刊都竞相刊发转载。

二、旅游随笔的特点

旅游随笔既具有散文的特点，又具有其自身的特点。

（一）随心笔录

这是指它取材随意，内容原始，写法自由。随笔的题材一般没有限定，和旅游有关的事、人、物、景都可以成为写作的题材。宇宙之巨、芥子之微、春花秋月、小桥流水、市政建设、神话传奇、文物古迹、红尘俗事……凡旅游过程中目之所遇，心之所驰，录之以笔，随心记感，随目赋形，即事抒情，缘物求理，都为"随"笔。它的内容相当原始，只要为之触动，可以不假思索，不需加工，信手拈来。当然并不是"拣到篮里都是菜"，对原始的材料，也要有一定的选择，起码应该选有用的材料。随笔的选材自由，形式自由，写法更自由。旅途匆匆一瞥，是写生；诉说心里点滴感触，是抒情；陈述某些见解感悟，是说理；临摹景点美色，是描写。表达可以不拘一格，不受形式拘束，不受技法制约，想到就说，有感就发。

如熊召政的《孤山踏雨》（上海古籍出版社 2005 年版）中有一篇《关于弥勒佛的对联》的随笔，从寺庙的几副对联说起，取材好像毫不费劲，信手拈来，十分随心所欲。从弥勒的老家在古印度，弥勒的姓氏说到我国五代后梁时的布袋和尚，说到"布袋也有佛心"，有关弥勒佛的对联都是从这六个字生发开来的。又说布袋和尚怎么变成弥勒佛，假戏怎么真做，等等，洋洋洒洒好不随意。最后发一番有关文化的感叹，关于包装的议论也是水到渠成了。

（二）必有所感

这是指它的议论性。随笔侧重于主观感悟，偏重于理性思考，因此遇事遇景遇人，无论谈古论今还是评中品西，无论是赞扬欣赏还是批评规劝，只要有所思有所感就随时发表，或直抒胸臆，或夹叙夹议，总之是言之有物，有的放矢，有感就发，不吐不快。假如随笔单纯为记人叙事或咏物描景而写，那也不称其为随笔了。有见闻必有所思有所感，才会给人启迪引人共鸣，才有意义。当然我们不赞成发那些无病呻吟、矫揉造作、"小情感""淡情绪"式的"感"，而要抒真情写实感，确有所感确有真知灼见。

上面提到的那篇《关于弥勒佛的对联》，几副对联不过是个由头，实际上作者写对联是为了引发感想，就事发表自己的观点和看法："其实，文化这东西就好比衣柜里的衣服，谁都可以穿的。民国初年，街上不是经常可以看到蓄着长辫却穿着西装的人物吗？应记住的是，穿衣服的人才是根本。弥勒佛在中国成了布袋和尚，并且约定俗成，成了'笑'与'容'的典范。起了这种包装作用的，最初，应是江浙文人干的事。不过，这种包装，我以为，更多的是智的成分，至于佛的成分，我以为含蕴得少了。"

（三）似散非散

"散"指结构松散，"非散"指有"神"贯穿。随笔关键是一个"随"字，因是随手记下，信笔由之，一般不会太讲究结构的严谨，看起来似乎很散很杂，但实际上它仍然要求有一根红线来贯穿全文或者说有一件东西来统率全文。"红线"或"东西"就是所谓的"神"，即指作者的思想感情。如于坚的《癸未三峡记》内容庞杂，篇幅很长，从长江说起，东南西北，上下几千年，忽古忽今，忽而现实，忽而回忆，忽而讲文学，忽而讲历史，夹叙夹议，顺江东下，走一路看一路写一路，看似结构松散，其实内中有一条感情红线贯穿，那就是原始生态三峡的情结。

（四）以小见大

优秀的随笔主题往往表达对真善美的追求、对人生价值的维护，或对个体尊严的捍卫、对弱势群体的关怀。以小见大是从一件小事中揭示出生活本质，从一个人身上的微小处来反映他的性格和精神面貌，"一滴水见太阳"的一种主题写作技法。比如人的某些心理变化能反映出特定环境下他的精神面貌，人的一言一行一颦一笑都可表现他个性特征的某些方面。随笔选材虽小，但小题材也有大主题，也应当关注社会，关注现实人生。只有那些摒弃了个人隐私，真正记录心迹的随笔才能赢得人民大众的掌声。

如李国文的《山永远在》写一群盲人登山探险队，虽然没有爬上高峰，但他们去爬过了，由此进行议论，分五层意思来说理：第一层是，"山永远在"是盲人把纸上的计划化为行动的第一步；第二层是，有了这句话，还有攀登的机会；第三层是，仅有"山永远在"的信念还不够；第四层是，有大志向、大雄心还要伴之脚踏实地的决心、小处做起的耐性、水滴石穿的韧劲、沉着冷静的精神；最后第五层是，不要空想，要切实可行地做起来。以事喻理，层层递进，步步深入，讲了十分深刻的道理，点出"山永远在"的信念要和具体行动相结合的主题，事小而意义大，给人以无穷的启迪。

三、旅游随笔的写作

（一）构思新巧，精选视角

随笔虽然随意和自由，但仍要注意选材的视角和下笔前的构思。特殊的视角、新奇巧妙的构思往往能使文章比较轻松自如地完成作者思维的表达或情感的诉说。

鲍国芳的《永远不能忘却与舍弃的——草原之行随笔》①的构思就比较别致，他用了两条线索同时进行：一条是坐空调大巴去内蒙古草原，写车的行驶；另一条是一起在内蒙古的知青的感情纠葛。两条线交叉行进。一会儿写车的行驶，走走停停；一会儿插叙知青小萌插队时和牧民的儿子恋爱的故事，结果她不顾家庭的反对和众人的劝阻，毅然投入他的怀里。但是，婚后差距终于显露出来。接着写车的一条线写车抛锚了，要换轮胎不能再行；知青一条线写小萌回城后，把丈夫和孩子带回了北京，可是丈夫适应不了京城的生活，又返回内蒙古草原放马。这次是小萌带儿子去探亲。当晚他们借宿在一个蒙古包里，虽然草原不再有绿色的草，但是牧民的热情好客让老知青们又像回到了插队的日子。不能忘却和舍弃——卒章显志。天亮了又写车行，小萌回草原探亲之事一笔带过，因为此时已经完成了对主题的表现。

又如刘醒龙的《为哈尔滨寻找北极熊》②构思新巧，以女儿要买北极熊的愿望为线索来贯穿全文，到处寻找，在寻找中展现哈尔滨的种种"摩登"景象，及对无雪的哈尔滨的种种见闻感受，在描写和叙事之间交织着议论，不时迸出思想的火花，闪烁理性的光辉。

（二）分篇缀联，结构灵活

许多随笔都由若干小篇缀连而成，小篇用小标题来揭示内容重点（有的用序号），篇与篇之间一般有内在联系（有的无联系）。如郭鹤鸣的《幽幽基隆河》分篇并用小标题，张燕玲的《此岸·彼岸》分篇但不用小标题。

此岸到彼岸有多长？作者写了自己从此岸到彼岸的旅程。没有具体写游踪，也未对彼岸自然景色着意描绘，而通过五则见闻来发所感。五小篇的内容分别是基隆港的中元节（鬼节）景象、广西老乡曾老伯那颗千疮百痍的心、台湾老兵的思乡情、引用文章论述、由几天见闻引发大段议论。每个小篇字数不等，有叙事，有写人，有描写，有论述，缀连成章就是一篇引人沉思的随笔。要在短篇幅内反映大内容，一般采用"一叶知秋"的技法，从一片树叶的凋落知道秋的到来，如郁达夫所言"在粒沙里见世界，半瓣花上说人情"之意。《此岸·彼岸》中就较好地采用"一叶知秋"法。比如表现台湾老兵对故乡对大陆的思念，只写了曾老伯与当年的新娘见面的"一叶"：

> 54 年后的相逢已是尘满面、鬓如霜了，整整三个小时，两老相顾无

---

① 参见崔恩卿主编《第二届老舍散文奖获奖作品》，台海出版社 2004 年版。
② 参见潘凯雄、王必胜选编《2004 中国最佳随笔》，辽宁人民出版社 2005 年版。

言，执手相看泪眼，竟无语凝噎，惟有泪千行。要开饭了，曾老伯兄弟让女方赶紧悄悄离开。落座时，曾老伯才发现这一切，悲愤交加的老人摔下筷子竟去追赶他的新娘，整整追了五里地，也没能追上他的新娘。

表现老兵是"时代的孤儿"，只写他们钱不多的"一叶"：

> 偶尔也会结伴到以大陆地名命名的风味餐馆茶室坐坐，吃吃乡菜：汕头沙茶、上海卤味、四川抄手、广东老火汤、湖州粽子、北平豌豆黄……有时，只上一碟驴打滚，听听乡音，解一解长长的思乡之情。然而，回到大院，又是一夜一路的乡愁。清晨，如此刻，万物还在沉睡，他们又三三两两，或以老乡为由，或与战友为伴，走走看看，说说话，或者一径沉默。

一个催人泪下的重逢场景，一件喝喝茶吃吃乡菜的小事，反映了这些与我们骨肉相连却苦海无涯的老兵们，被漠视、被遗忘的悲惨现状。

随笔的结构比较灵活，既可采用分篇形式，也可不用分篇，直接从事件或景物说起。

（三）旁征博引，知识丰富

仍以《关于弥勒佛的对联》为例，该文写几处寺庙中的六副对联，从对联讲对联的来源，弥勒的历史和演变，如何从印度弥勒变成中国布袋和尚，讲大肚能容和笑口常开，讲《红楼梦》中的《好了歌》，讲江浙文化，讲明代散文大家张岱的《夜航船》和《陶庵梦忆》，讲佛的精髓，讲虚云和尚的大德……全文充溢着文化、历史、佛教、文学等方面的知识，且环环相扣，用得恰到好处，读后既感到新鲜有趣，又能学到许多知识。

又如《历代名园与旅游》，就讲了中国造园的特色、造园艺术起于何时、古代知识分子的行为取向等许多知识来探讨名园与旅游的关系。请看下面一段文字，充满知识性与趣味性：

> 他们在公务繁忙之余，总希望在自己营造的园林中"独乐""独徘徊""笑傲"。苏舜钦在《沧浪亭记》中描述自己在沧浪亭"箕而浩歌，踞而仰啸，野老不至，鱼鸟共乐"，这种情趣与早期隐士的情怀并无二致。明人汪琬在《再题姜氏艺圃》中道出了古代造园艺术的真谛："隔断城西市语哗，幽栖绝似野人家。"文震亨在《长物志·水石》中也指出：

"石令人古,水令人远,园林水石,最不可无。""古""远"都是通向心灵的两种境界:超逸与淡泊。

以上文字引经据典,引用了文人志士表达对心境超逸和淡泊追求的诗作名句,来说明私家园林是我国古代知识分子隐逸文化的一种现实载体,以及为什么他们会热衷于建造私人园林的深层次原因。

(四)张扬个性,表达倾诉

有的随笔往往突出自我,张扬个性,"我行我素",抒发自我情绪,表达自我意识。当然这个"自我"应该是积极向上的。杨世杰的《随风而逝》以"我"的感情为线索来写对一棵树的怀想。"我"喜欢到大自然中随意行走,认识了那棵树,它的名字、它的高度、它亭亭玉立的风姿、它飘逸的枝叶,"我"被它深深吸引,听它唱歌,对它那么的爱恋。它是一棵南方的树,它是那样的美:

> 我不大清楚在那样的情况下,它怎么能保持那样的沉静。更奇怪的是,当别的树安静下来,或故作娴淑状,一声不吭时,它却开始了小声的吟唱。它的歌声是轻柔的,似乎从来不想在大庭广众之中,让人特别地记住它。

> 南方的阳光穿透它身上那层褐色的纱,让它从那层薄纱后面显现出来,玲珑剔透,比它直接让我看到的更清晰,更诱人。

作者对这棵树的欣赏、赞美、流连、难舍,没有什么理由,只是因为喜欢。就像有人喜欢一片云彩,有人喜欢一座山,我喜欢一棵树,就这么回事。对一棵树的反复描绘完全是随心所动,下笔如行云流水,没有框架约束,笔随情转,作者是在表达自己的审美情趣,需要向人倾诉。本文用拟人手法营造一种美的氛围,描绘中渗透浓郁的感情色彩。

(五)提出问题,呼吁解决

在旅游考察活动期间,不少随笔作者对某些丑恶现象或存在的问题发表自己的看法,提出批评,发表议论,呼吁社会关注。发现问题,提出问题,需要作者有敏锐的观察力和强烈的社会责任感,如《幽幽基隆河》讲台北一条基隆河,源头是清清一汪水,可是流经多个城市,沿途被煤矿厂、各种工厂的废水废弃物严重污染，变得奄奄一息。作者愤然指出："基隆河怎么死的？他是被毒死的，被人们制造出来的垃圾、污水、废水毒死的。"这种强烈的呼声就是为了引起社会重视，以敦促有关当局采取解决问题的措施。文尾表达了作者的愿望："莱茵河曾经死过，现在它已复活。待到几时，我们的基隆河能再恢复泼畅旺的生机？"同时，这也代表了广大民众的愿望。

再如汪丁丁的《杭州，最后的印象》。素有"天堂人间"之美名的杭州城给作者留下的印象并不美丽。他提出三个问题：一是西湖的"小资"格调使杭州人"懒散"，二是"乡村"气息使旅游服务跟不上，三是旅游景观、绿化区域被"灰色水泥"所侵吞。这几个问题好像与旅游无关，但"懒散"的风气、"乡村"气息、技术化掩盖景观等问题其实已经在影响这座旅游城市的形象，应该引起有关部门的关注。更重要的是，这些问题不是"个案"，在其他旅游城市也普遍存在，因此具有重要的现实意义。

（六）语言机趣，透出诙谐

随笔的语言既体现了作者理性的思考、思维方式、对生活的理解，也是作者自我才情的流露和自身价值的诉求。因此，随笔的语言有的酣畅淋漓，有的婉约清丽，有的机智诙谐，有的浸润浓情。从随笔中我们除了了解作者的思想和观点，还能欣赏到带有个人印记和个人体温的话语。这些珠玑文字如大海退潮后留在沙滩上的卵石贝壳一样，五光十色，让拾到彩贝奇石的游人兴奋不已。请看《为哈尔滨寻找北极熊》中几处文字：

在南方，眼际里能见到的尽是妩媚：虞美人，声声慢，鹊踏枝，念奴娇，一剪梅，浣溪沙，水调歌头，蝶恋花。好不容易出现一个冷美人，多半还有若要俏、需戴孝的悲伤和忧郁背景。

想象中这座城市离冻土带很近、离极地极光很近、被萧红的呼兰河所环绕、被迟子建的漠视所烘托的城市，是与铺天盖地的大雪联系在一起的，冰清玉洁！

习惯上将北方当成大雪纷飞极目苍茫的场所，我的足迹新至之处只是离北极熊出没的地方更近一些，因为女儿的愿望，又不仅仅只是女儿的愿望，在南方向往北方，到了北方所向往的当然就比北方更北了。

如此透出机智与诙谐的文字该文中比比皆是，肯定会使作品更加引人入胜。

随笔是一种"性情写作",它随时抓住旅游生活提供的一些材料,随时捕捉到瞬间闪烁的一些思想火花,把自己的"生命感受"随时随地记述下来。因此,随笔形式的包容面很大,杂文、小品、杂记、随记、手记、漫记、散记、笔记等都可归于随笔的麾下。下节我们介绍一下小品文的写作,杂文写作另章讲述。

第二节 旅游小品

一、小品的由来与发展

(一)小品的由来

小品没有固定文章格式,是从中国古典散文演化而来的一种随感式的短文。

"小品"一词,来自佛学,本指佛经的节本。释氏《辨空》有详有略,详者为大品,略者为小品。可见小品是相对大品而言,是篇幅上的区分。"小品"运用到文学上,亦指短篇杂记一类文章。在明代的小品集中,许多文体如尺牍、游记、日记、序数、辞赋等都是小品。

(二)小品的发展

"五四"新文化运动时期,小品文比明清时期有很大发展,小品的自由空间拓宽大了,更具有个人性格特色,也不受任何清规戒律的局限。小品文创作在中国现代文学史上很有成绩,"五四"时期提倡文学革命遭到很多人的攻击和嘲笑。他们认为白话创作写不出好作品,而抒情小品文的出现和成就有力地回击了反对派的谬论,为新文学的建设立下了很大的功劳。它是一种快乐随意的文体,可以嬉笑怒骂,可以恬淡文静,一般都是信手拈来,是当时作家们比较崇尚和喜爱的一种写作文体。因此,许多作家致力于小品文写作,并以小品文的集结成书而成名立业。如冰心的《寄小读者》《往事》歌颂大自然,体现个性,追求人性解放,受到人们特别是青年的推崇。在描写自然山水方面,朱自清与郁达夫也很有影响。朱自清的《绿》《桨声灯影里的秦淮河》、郁达夫的《故都的秋》名噪一时,前者华丽细腻,后者清新流畅充满感情。还有周作人的《乌篷船》、徐志摩的《北戴河海滨的幻想》、沈从文的《云南看云》等大批优秀的小品文涌现。"五四"时期到20世纪30年代,抒情散文得到很大的发展。抗日战争后抒情作品不再是高潮,但也出现过像茅盾的《白杨礼赞》《风景谈》这样杰出的小品散文。

由于国难当头,在小品文发展方向上有不同看法,有人主张"以自我为中心,以闲适为格调",而鲁迅认为:"生存的小品文,必须是匕首,是投枪,能和读者一同杀出一条生存的血路的东西;但自然,它也能给人愉快和休息,然而这并不是'小摆设',更不是抚慰和麻痹,它给人的愉快和休息是休养,是劳作和战斗之前的准备。"他的小品与那些闲适小品不同,其夹杂着深切的爱国思想和关心劳苦大众的情愫。老舍这样评价:"鲁迅先生的最大成就便是小品文。……小品文,在五十年内恐怕没有第二把手,来与他争光。他会怒,越怒,文字越好。文字容易摹仿,怒火可是不易借来。他的旧学问好,新知识广博,他能由旧而新,随手拾掇极精确的字与词,得到惊人的效果。"鲁迅的小品实质上是具有"挣扎和战斗"风格的杂文。

"五四"新文化运动时期曾一度辉煌的小品在中华人民共和国成立后走入低谷,直至现在,经济飞速发展,社会文明进步,人民生活水平极大提高,轻松闲适的旅游活动越来越进入平常百姓家。当代旅游小品以轻、快、短、软的特点应顺现代化通信需求和生活快节奏的潮流,逐渐受到人们的青睐,读小品写小品也成为时尚的事。

二、旅游小品的含义

有学者认为,偏重抒情的抒情散文在文学史上称"小品文",它是一般人讲的狭义的"散文"。这个界定强调小品的抒情性,将它与议论性较强的杂文区别开来。

旅游小品是旅游活动范围内的小品,它是指以旅游生活为反映对象的短小简约、轻松随意、情趣盎然、韵味隽永的一种散文。优秀的旅游小品文能把读者带到幽雅的意境中体验一种人生,领略一种心境,给人一种美的享受。

三、旅游小品的特点

(一)浸润个性,轻松随意

小品完全是个体化的写作,它强调表现自我,表现个人人格和个人性格,写他对一切事物的"情绪的态度"、他的见解、他的哲学,因此,小品中浸润着个性的特征。在众多文学体裁中,小品最能突出反映和揭示作者的思想、情感、心灵和个性，读者在了解作者情感踪迹、心路历程时，也能更深刻、更全面地理解作者的人格性情。洪深在《小品文与漫画·卤》中说小品文是"最富于个人成分"的，他还说，小品文的可爱，就是那每篇所表示的作者个人的人格。不论什么材料，非经通过个人的情绪，就像把材料放进卤汁里渗浸一样，才会"够味儿"，才能出美品珍品。"轻松"指小品不强调文学的"任务""战斗性"，甚至不带任何色彩，它就是作者自然而然表达对生活、对社会认识的记录。"随意"指取材的自由和表达形式的灵便。小品的题材是无限宽广的，旅途中所见所闻，大到旧城改造景点发展，小到吃喝拉撒鸡毛蒜皮；沿途万物，高山流水，鱼虫草木，古宇文庙都是小品的素材；当然，那些不良现象丑陋习俗也是小品涉及的内容。在表达上更是不拘形式，各种表达方式交替运用，各种修辞手段联合出击，十分随意灵活。如许地山的《梨花》、苏绿漪的《溪水》、何其芳的《雨前》、宗璞的《紫藤萝瀑布》等。

楚楚的《山看人》认为"人看山"和"山看人"是不同的，游客在看山的同时，山也在看游客，游客也在看自己。作者看山，看出的山是颇具禅思美感的山：

> 肉眼观武夷，满；心眼观武夷，虚。
> 虚，不是虚假，虚假容不下真正的人性。而虚，使人达到更高的真实。
> 空山是空，以灵为性。
> 空山不空，空的是心。

别人看山看到灵秀，看到雄伟、险峻，作者看山看出了禅意，这就是个人见解、极富个性化的感受。

（二）知识充盈，情趣盎然

许多小品都以丰富的知识取胜，读者能从中吸取大量知识，求知渴望得到满足。如沈从文的《云南看云》、秦牧的《天坛幻想录》《土地》等作品中无不充盈自然科学、社会科学各门类各种丰富的知识，既有诗情又有哲理。下面请欣赏纪谷的《天坛谈天》：

> 北京的天坛公园，原是明、清两代皇帝祭天的地方。在中国古代，把天看作是万物的主宰。皇帝则是天的儿子，"受命于天"。天坛的建筑、园林，具有独特的艺术风格，无论是布局、造型、结构、色彩，集中到一

点,全都是为了象征"天"。

从高处俯视天坛,可以看到,天坛有内、外两重坛墙。在一片苍绿的树海中,从南往北,位于主轴线上的白石大道,连接两组主要建筑——南面的皇穹宇、圜丘坛,北面的祈年殿、皇乾殿。

为了突出一个"天"字,天坛的建筑设计者,费尽心机。在古代,人们由于认识上的局限,认为天是圆的,地是方的。所以天坛的两重坛墙,北面都圆形,南面是方形,表示"天圆地方";北面墙高,南面墙矮,表示"天高地矮"。主轴线上的白石大道,长三百六十六,宽近三十米,高二米五,叫"神道",又名"丹陛桥"或"海墁大道",表示上天要经过漫长的道路。即在今天,游客们登上这条大道,也还有地阔天高,一望无际的感觉。

为了突出"天"的象征,这里主要的坛、殿,共采用了大、小十一个圆形平面。南边祭天的圜丘坛,铺砌了三层白石板的坛面。这所铺的石板、砌的石台阶、竖立的石栏杆的数目,都是九或九的倍数。因为一、三、五、七、九是奇数,又叫阳数。"九"是最大的阳数,叫"极阳数",用来象征"天"。

"神道"北端的祈年殿,也是皇帝祈祷五谷丰登,祭祀"皇天上帝神"的地方。它高三十八米,直径三十米,坐落在三层汉白玉雕栏环绕着的台基上。这座木结构的圆形大殿的造型和色彩的处理,在中国的古建筑中都是罕见的。支撑祈年殿三重殿檐的是二十八根巨大的楠木柱。这些层层排列的楠木柱,也含有"天"的意思。中国最高的四根叫"龙井柱",象征一年四季;中层的十二根叫"金柱",代表十二个月;外层的二十根柱,叫"檐柱",表示子、丑、寅、卯……十二个时辰(中国古代每个时辰为两个小时)。至于天坛许多建筑物上,都用蓝色的琉璃瓦,更是为了符合"天"的颜色。

这是一篇知识性突出的小品文,从天坛的布局、造型、结构、色彩说起,集中到一点,全是象征"天"。文中充盈数学、天文、地理、历史、建筑等多方面的知识,用广博的知识说明天坛与天的关系,使读者开阔视野,获得知识。

(三) 幽默诙谐,优雅精致

小品文的语言优美而精致,人们喜欢读小品往往是喜欢小品中流露出的那种淡淡的、平和的、优雅的情调以及时而幽默诙谐的韵味。如郭风的《桥》、吴伯箫的《天涯》、李广田的《山色》、秦牧的《榕树的美髯》《长街灯语》等，无不文采斐然，具有极高的审美价值。

一株株古老的、盘根错节、桠杈上垂着一簇簇老人胡须似的"气根"的榕树，遍布在一座座村落周围，它们和那水波潋滟的池塘，闪闪发光的晒谷场，精巧雅致的豆棚瓜架，长着两个大角的笨拙的黑水牛，一同构成了南方典型的农村风光。

有一次夜里，我在山道漫步，披着一身月色，听着盈耳的泉声，来到老榕树下，却禁不住错愕地止步了。看着那些老树的气根在和风中飘拂，月光使它们更加碧绿、柔和了。

读着《榕树的美髯》中的文字，慢慢地体味着、咀嚼着、领悟着，你会感到耳边回响着绕梁余韵，你会爱不释手，忍不住被这篇盛赞生命的绝妙小品所感染所震慑。

四、旅游小品的写作

要写作一篇小品文，无非要抓好思想、材料、语言三方面的问题。

（一）思想是小品文的"主心骨"

事物一般都有它的核心，这个核心就是大大小小事物的重心所在，吸引住它周围物质的中心。文章无论长短，也总有它的"核"，也就是它的主题、它的思想。正如著名散文家秦牧所说："思想是主心骨。如果没有这个主心骨，那个作品也就变得松松垮垮不知所云了。思想是统帅，是灵魂，没有正确的政治思想，就像没有灵魂一样。"每一篇小品文，总是在宣传一个什么思想，讲述一个什么道理，表达一个什么情感。或热情讴歌新人新事，或批判讽刺丑恶事物和不良现象，或剖析一个事实，或描绘山水风物，都能帮助人拓宽知识领域，获得美的感受、情操的陶冶。即使是所谓"闲情逸致"的小品，说些巷议街谈、饭余茶后、市井碎语之类，也应有点儿情趣，也应是有益无害的。

小品文的思想就是作者的思想。作者思想状态如何，表现在写作时思想是在燃烧还是处于温热状态，是清醒还是模糊状态。思想健康正确，小品主题就积极向上；思想模糊不清甚至有问题，小品反映出的格调就低下，情感就不那么健康。思想的问题解决了，主题也就解决了，你想反映什么、宣传什么、表达什么、批评什么自然也就清楚了。

构思一个小品立意十分重要。怎样立意？那就是从大处着眼，从小处落笔。在旅途中总能看到许多桥和塔，人们对此司空见惯了，诗人郭风却有独特发现。他在小品《桥》中写到在旅途的烦躁和不安里，突然看到前面出现一座桥，会使旅人的心得到暂时的片刻的慰藉。

从旅中之桥联想到人生旅途之桥，桥永远站在那里，把人的脚步一程一程联系起来。与塔有众多膜拜者、瞻仰者相比，桥却默默无闻、无人关心。桥从不希冀人说一声感谢，而且"有谁来注意桥的坚贞呢？有谁来注意在艰险的溪流上守住最后一刻的木桥的坚贞呢？谁能想象到，那淫雨的夏夜，木桥怎样地和暴涨的洪流抗逆的最后一刻的情景呢"？作者要歌颂一种伟大、坚贞而平凡的品质，是通过对桥的形象品质来表达的，这就是从大处着眼，从小处落笔。

宗璞的《紫藤萝瀑布》以恬淡委婉的笔触描绘了紫藤萝花的形态和神态。看其形，闻其味，吸其香，如临其境。作者描摹了这样一幅图画："过了这么多年，藤萝又开花了，而且开得这样盛，这样密，紫色的瀑布遮住了粗壮的盘虬卧龙般的枝子，不断地流着，流着，流向人的心里。"这个写景小品，不是大题材大主题，但作者对花的情感、对花的参悟同样会给人以宁静的沉思和遐想。

（二）选材要注意真实典型

小品文的题材是多种多样的，但选择怎样的题材却要十分慎重。

选什么样的题材呢？

1. 选有意义的

"对小品文的题材的选择是多方面的。无论是小事情或大事情，都可以成为小品文讨论的对象，问题是：看它有没有一般的社会意义。一个微不足道的小事，也可以产生巨大而重要的思想问题；反之，说到大事情，如果不涉及它的社会意义，写一个字也是浪费。"《马铁丁杂文选》，人民日报出版社1984年版。

2. 选真实的

对真实性有两方面的理解：一方面，小品应该写真人真事。小品的基础是事实，作者绝不能离开事实，或者把自己心造的幻影当作假想的敌人，然后向它开火。但小品并不排斥作者用文艺的手段，加入主观的想象。这种想象并不歪曲事实，而是使事实的本质更集中、更鲜明，从而也表达了作者的思想观点和对这个问题的看法和意见。另一方面是不写真人真事。不写真人真事并不是可以不顾事实，而是不能脱离事实。不写某一个实在的确凿的事实，而是概括了许多事实，并在此基础上做艺术的加工。剔除那些非本质的东西，留下那些本质的具有典型特征的事实。所谓的"问题小品"就是如此。

3. 选"尖端状态"的

秦牧谈选材时用了一个比喻："笋尖比笋身好吃，菜心比菜梗好吃。"也就是说，我们要从众多杂芜无序的材料中选那些"笋尖"和"菜心"来用。用好吃的材料烧出的菜肴当然是美味的。"尖端状态"的材料指突出的、具有较大意义的材料，给人以强烈感和新鲜感的材料。只要你认真观察，旅行生活中也能发现那些独特的、尖端的、强烈的事物，这样的材料最易打动人心，最能感动读者，最能使人产生共鸣。

请看秦牧的小品《长街灯语》。写北京之大、灯之多、灯花样之繁；写街灯的形状、节日的灯、灯光交响乐、灯光的美景……从灯又联想到古代迷信、妇女的地位和红灯照，将历史现实、中国外国、灯光和造灯之人许多真实典型的材料交织在一起。又从灯联想到人的眼睛，人像灯做贡献，发光，驱除黑暗。赞美灯实际是赞美像灯一样的劳动者，是他们创造了美好的景色。以北京街灯的美来衬托北京经济的发展、社会生活的安定。通过尖端的材料描绘出一个个情景交融的画面，给读者以视觉上强烈、新鲜的冲击。

又如澄蓝的《试航》写台湾友人回乡探亲，家乡民航开业，退了火车卧铺换了机票。在候机厅听到广播通知："为了旅客安全，现在领导开始试航，请各位旅客稍候片刻。"结果是试航变味，稍候"片刻"变成了误点八九个小时。这边一大群旅客在等着，那边领导带着太太子女一直试航到终点站杭州，下机"旅客"全部无票。为什么耽搁这么久呢？"据说途中往返四小时，吃饭喝酒两小时，饭后下大雨三小时。待雨小飞回时已到晚上八点了。"表面上叙事，实质上批判领导不正之风、特权思想。下面是该文最后两段文字：

"试航"打破了台湾诗友的计划，到省城时也无人接待了，我只好打电话给诗人孙友田，他说作协秘书长魏毓庆中暑晕倒在机场，正在医院抢救，作协负责人杨旭在机场喝多了伪劣饮料，上吐下泻，也在医院输盐水。并已退掉了预定的"金陵饭店"房间。由于我和友田一无手续二无外币，只好由客人自付房费。原打算上午到达，下午游览的计划完全打消了。于是我们四人逛夜城。在新街口每人吃一碗凉面，又买一些卤蛋等食品边吃边行。

那台湾诗友说："夜逛金陵，太有诗意了！"他的太太说："感谢'试航'给我们创造这么好的机会。"

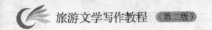

"试航"将一切计划打破,省文联负责接待的作家们焦头烂额,累得病了,房也退了,吃饭也无法讲究了。结尾更是意味深长,台湾诗人和太太的话太幽默了。幽默之中透出不解与无奈。这虽是"问题小品",但选择的材料完全是真实的。

(三)语言简洁精练有文采

一篇小品的优劣、品位的高低,语言的技巧是最重要的。因为小品篇幅短小,要求作者用最简洁、最精练的文字来表达,每一个字都是从河里淘出来的金子,都要发光,都要它们发挥最大的分量,所谓"掷地有声""字字如金"也。批评文字就要"一针见血",不能扭扭捏捏、半遮半掩、不痛不痒;想幽默也不能要那些脱离事实脱离生活的"俏皮"话。小品是特别讲究文采的。做到有文采很不容易,没有丰富的知识和生活经历,写文章就不可能有文采。所以有人呼吁道:"青年同志要刻苦学习,使自己具备古今中外历史的、文化的广泛知识,同时熟悉工农业生产方面的科学语言和人民生活中间精练而又有风趣的语言。只有这样,才能做到'涉笔成趣',以至'下笔如有神'。"

下面我们分析几篇在语言上颇有特色的小品。先看许地山的《梨花》,三四百字的短文,用的是最简洁、最精练的文字。写雨中梨花:"池边梨花的颜色被雨洗得更白净了,但朵朵都懒懒地垂着。"写妹妹摇树枝:"花瓣和水珠纷纷地落下来,铺得银片满地,煞是好玩。"写人走后:"落下来的花瓣,有些被她们的鞋印入泥中;有些粘在妹妹身上,被她带走;有些浮在池面,被鱼儿衔入水里。那多情的燕子不歇把鞋印上的残瓣和软泥一同衔在口中,到梁间去,构成它们的香巢。"作者通过观赏花景,触物生情,流露出惜花爱花的纤细情绪,其语言特点清新、平淡、精湛,泛出点点凄冷的色彩。

苏绿漪的《溪水》又是另一番格调和情趣。林子里的溪水"漾着笑涡",温柔得"像少女般可爱",流入深林,"她的身体便被囚禁在重叠的浓翠中间"。用拟人手法来写溪水心情:

> 早晨时她不能更向玫瑰色的朝阳微笑,夜深时不能和娟娟的月儿谈心,她的明澈莹晶的眼波,渐渐变成忧郁的深蓝色,时时凄咽着幽伤的调子,她是如何的沉闷呵!在夏天的时候。

> 现在,水恢复从前的活泼和快乐了,一面疾忙的向前走着,一面还要和沿途遇见的落叶、枯枝……淘气。

第六章 旅游随笔与旅游小品

接着写小红叶被水捉弄的情景（水活泼调皮的性格），与水被石头阻挡时"娇嗔""怒吼""拍打"的姿态（水奋勇向前的精神）。作者把一条小溪写得如此鲜活充满生机，全凭精湛传神语言的无穷魅力使然。

何其芳的《雨前》用工笔绘景，借景传情，表达心声，突出对"雨"的期盼，语言精巧，富有诗意：

> 我怀想着故乡的雷声和雨声。那隆隆的有力的搏击，从山谷返响到山谷，仿佛春之芽就从冻土里震动，惊醒，而怒茁出来。细草样柔的雨声又以膏脂和温存之手抚摩它，使它簇生油绿的枝叶而开出红色的花。这些怀想如乡愁一样萦绕得使我忧郁了。我心里的气候也和这北方大陆一样缺少雨量，一滴温柔的泪在我枯涩的眼里，如迟疑在这阴沉的天空里的雨点，久不落下。

"在岸上，椰林凌霄，看海里，巨浪排空"，吴伯箫的《天涯》表达爱国之情，语言挥洒自如，老练中透着机巧，庄重中寓着诙谐，通篇荡溢着豪壮之气：

> 就地取材，用海南岛上高耸挺拔的王棕作笔蘸火，我要写的将不是"天涯"，而是洋溢在内心里的真实的颂歌。从此，在天上闪耀着那燃烧的永不消灭的火字，而所有旅居异乡的游客和最远的一代代的子孙，都将欢呼地读着那天上的颂歌。颂歌的最强音，燃烧得最红的火字是："可爱的祖国！"

还有李广田的《山色》，认为昆明的冬天最美：

> 冬天无风无雨，天空最高最蓝，花色最多最妍，滇池五百里，水净沙明，山上无云霭，数峰青碧。说西山如睡美人，也只有这时候最像，偶然一抹微云，恰如一袭轻纱，掩映住它的梦魂，或者如一顶白羽冠冕，罩住它那拖在天边的柔发，只是更显出山色妩媚罢了。

这段文字前面写景简洁而干净，就像昆明的冬天的特色一样，后面用了比喻和拟人手法，把西山比作"睡美人"，微云比作"轻纱"和"白羽冠冕"，掩映它的"梦魂"，罩住它的"柔发"，一下子就使景物充满了生机，鲜活可触，显现出作者在语言上有深厚的功力。

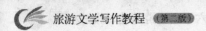

本章小结

本章讲授旅游随笔和旅游小品的含义、特点、写作,其中特别谈到小品的由来与发展。

本章的重点是在写法上。至于含义和特点,重在理解,不必死记。

关键词

旅游随笔　旅游小品　特点　写法

思考与练习

1. 随笔、小品与散文既有联系又有区别,你怎样理解?
2. 一篇旅游随笔,怎样才能写得轻松随意?结合自己的写作谈谈体会。
3. 试写哲理性旅游随笔和写景抒情小品各一篇,力求短小精悍。

第七章 旅游杂文

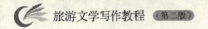

本章学习目标
- 了解旅游杂文的特点。
- 熟悉旅游杂文形象说理的方法。
- 学习旅游杂文幽默、讽刺、善辩的语言艺术。

第一节 旅游杂文概述

一、旅游杂文的含义

什么叫杂文？杂文有广义、狭义之分。鲁迅说："凡有文章，倘若分类，都有类可归，如果编年，那就只按作成的年月，不管文体，各种都夹在一处，于是成了'杂'。"广义的杂文就是指"不管文体，各种都夹在一处"的文章。狭义杂文的含义就是用文艺的笔调，用形象化手法来议论说理的文艺性论文。杂文将说理和形象融为一体，是文学与政论相结合的一种边缘文体。

旅游杂文是以旅游生活为内容，以旅游见闻为反映对象，将形象与说理相结合的议论性散文。旅游杂文兼有文学性和政论性两重因素，它针对旅游过程中的各种现象进行评论，或批判丑恶，或讴歌光明，意在辨明是非，阐明事理，具有评论性；但它又区别于一般的政治评论。它把议论、叙述、抒情等表达方式融合为一，通过形象来说理。它也有景物描写，也有人物勾勒，也有故事叙述和有趣的知识，但它是以事或人或物做由头，借形象议论说理。

二、旅游杂文的渊源

旅游杂文在我国有悠久的传统。鲁迅也说过，其实"杂文"也不是现在的新货色，是"古已有之"的。杂文这个名称据说最早见于晋朝挚虞的《文章流别论》，今人能看到的，是南朝刘勰的《文心雕龙》，但刘勰所说的杂文是指文章的支派而非正宗文章，与现在所谓的杂文是两码事。在古代历朝都出现过不少杂文名篇，如《渔父》（战国·屈原）、《瓜步山楬文》（南朝·鲍照）、《僦舟》（唐·刘禹锡）、《书褒城驿壁》（唐·孙樵）、《书〈洛阳名园记〉后》（宋·李格非）、《复庵记》（清·顾炎武）、《小港渡者》（清·周容）、《醉乡记》（清·戴名世）、《辕马说》（清·方苞）、《徕宁果木记》（清·铁保）等。

"五四"运动前后,小品文特别活跃,由于一些文人的提倡,有的小品则成了闲适的"小摆设"。鲁迅先生为了小品文的生存,呐喊着杀开一条血路,写了大量的"杂感"(后称杂文)。他写火药味十足的杂感,完全是由于斗争的需要:"何况在风沙扑面,狼虎成群的时候,谁还有这许多闲工夫,来赏玩琥珀扇坠,翡翠戒指呢。他们即使要悦目,所要的也是耸立于风沙中的大建筑,要坚固而伟大,不必怎样精;即使要满意,所要的也是匕首和投枪,要锋利而切实,用不着什么雅……"鲁迅倡导的杂文运动,使杂文在中国文坛上占有一席之地,鲁迅也以反封建的檄文奠定了在中国文学史上特殊重要的地位。这个时期,由于政治腐败,社会动荡,旅游杂文很少,如章衣萍的《古庙杂谈》讲无破坏就无建设的道理;林语堂的《孤崖一枝花》以花要开为喻,讲人有话必说之理;孙伏园的《红叶》由个人闲情逸致转入对国家大事、民族命运的忧思。

近一二十年,优秀的旅游杂文大批涌现,如《瘦西湖的联想》《贝壳引起的思考》《挑夫、电缆车及其他》《黄山云》《崎岖山路告诉我》《"造文物"与旅游文化建设》《青海湖是谁的青海湖》等,从标题可以略知都是对旅游物事的议论。

三、旅游杂文的分类

杂文按内容性质,可分为讽刺性杂文、歌颂性杂文、趣味性知识性杂文三类。

(一)讽刺性杂文

讽刺性杂文是以丑恶、落后的事物为对象,以达到揭露、批判、讽刺、批评的目的。讽刺性杂文针砭时弊,指斥腐败,关注民生民情,充满人文精神。这类杂文要分清讽刺对象,对敌人,要用匕首和投枪来战斗。鲁迅杂文时代的大部分杂文都是揭露社会黑暗,对反动政府和封建旧思想进行无情的打击。现在虽然公开的反动阶级没有了,但仍有党内的腐败分子和社会上各种犯罪分子,对此,要发扬鲁迅杂文的批判精神与之进行不懈斗争。对人民内部的缺点和错误、不良现象和封建陋习,则用批评教育的手段去治病救人。如冯越的《饶了那堆青铜吧》、王长宗的《西山观树——藤•大藤峡•藤本人物》《"造文物"与旅游文化建设》等,都是对人民内部的问题和缺点做善意的讽刺批评,使人醒悟。随着社会的富裕,人民生活水平的提高,出国游蔚然成风。但好些旅游者文化素质跟不上,在海外旅游过程中不守规则、占小便宜、污染环境、胡搅蛮缠等不雅行为时有发生,抹黑了中国人的形象。我们应该拿起杂文

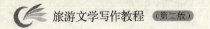

的武器予以严厉批评，讽刺幽默手法亦可用上。

（二）歌颂性杂文

歌颂性杂文是以美好、进步的事物为对象，以达到歌颂、赞扬、宣传、榜样的目的。这类杂文使美好进步的事物得以发扬光大，使人们受到鼓舞，催人奋起。如陶铸的名篇《松树的风格》，从沿途看到的松树下笔，热情地赞美松树不畏风霜，顽强生长，挺拔高洁的品性，讴歌具有松树风格的人们。又如王长宗的《西山观树——崖列万株松》讴歌顶住压力保住一片山林的县委书记的动人事迹；澄蓝的《香港人的生活》则写香港人繁华而快节奏的生活和精神状态，读后使人受到启迪。

（三）趣味性知识性杂文

趣味性杂文往往由一事一景一物引起联想，发出感叹，文字优美流畅、充满情趣，给人美的享受。如王朝闻的《我不知道》写旅途中的困惑，列车上如厕难。事情小得不能再小，但写得真切坦诚而风趣盎然，并从中挖出丰富的内涵，其中有情趣之美、含蓄之美、灵透之美三重美。通过小事进行思考，探寻个中意蕴，从而揭示出旅途生活中的种种矛盾，使人们加深对生活的理解。知识性杂文以谈古论今、求本溯源、旁征博引、引经据典等方式介绍知识，使人从中受益。如牧惠的《华表的沧桑》讲了华表的来历、华表的演变过程、"诽谤"和"诽谤之木"等知识，说明导言者昌、废言者亡的道理。知识性杂文不能只停留在介绍知识上，能通过知识来说明事理的才是佳作。

四、旅游杂文的特点

（一）针对性

杂文的针对性很强，旅游杂文一般都贴近旅游生活"有感而发"，针对性就在这"有感"之中。是冷嘲热讽还是热情歌颂，是横眉冷对还是和风细雨，这全取决于杂文的针对性。所以，杂文都是一刀一枪、一招一式，对准目标，寻找战机，富有战斗力；绝不无病呻吟，无的放矢，体现了它的战斗性。战斗性是杂文的锋芒，锋利泼辣。当前社会有大量丑恶现象，仍需要发扬鲁迅杂文匕首、投枪的功能，不回避问题，不绕开人民群众关注的旅游范畴内的"热点""焦点"，揭露矛盾和问题"一针见血"。无论是制敌死地的匕首、投枪还是治病救人的银针、手术刀，都体现了杂文的战斗性。有了针对性，才可能有战斗性。战斗性就是批判精神，失去了批判精神的杂文是没有生气的。如丘帆的《"造文物"与旅游文化建设》中说了一种丑陋现象：

> 上述事实只能说是迹近"造文物"，而在现实生活中也确有人在"造文物"。三年多前，笔者去某县参观了一回宋陵。这宋陵确实颇有气势，几座耸立在旷地里的山包，据说葬下了北宋王朝几个皇帝的灵柩，宋代名相包拯、寇准也有衣冠冢留此云云。山包前对着陵园门口有两行长达百米的石人、石马、石象，森森然。看过后，我真以为是到了壮观的古代皇帝陵园，只是对它没有一个明确的范围，农民把麦子种到陵园内感到大惑不解。事隔一年之后，偶然在报刊上读了知情人的文章，才知道所谓"宋陵"是当地有关方面为了招徕旅游者，仿明陵修造起来的。明白了真相，顿觉不是滋味。

现实生活中确实存在有些人为了招徕游客，而去造"城隍庙"、造"宋陵"，有的连陵园、陵园门口和达百米的两行石人、石马也是仿明陵修建的。作者针对这种现象尖锐地指出不应该去"造文物"，"各个旅游点还应有自己的特色，又何必一定要劳民伤财地在古人身上做文章，浪费大量人力物力呢"！

针对性的另一层意思是反映及时感应敏锐，直接而迅速地反映社会事实。杂文是"感应的神经"，灵敏地捕捉生活并及时迅速地反映。有人说杂文是"文艺轻骑兵"，就是指它的快捷与敏锐。发现问题及时批评揭露，发现新人新事及时宣传赞扬，抓住机会，该出手时就出手，使有害的东西刚露出苗子就及时制止，先进的事物刚生出萌芽就大力扶持，让它茁壮成长。知人论事，说理警策，启人心智。如司欣的《乌镇居民该不该做传统的活道具》从报上一则乌镇居民要求安装空调的新闻说起，提出古镇保护和居民生活质量的矛盾如何解决的问题，批评有关领导以保持古镇风貌和历史原生态为由而牺牲居民生活质量的做法是缺少人文关怀，是"不作为"，没有管理艺术。议论中肯而针对性强，有普遍意义。

（二）论辩性

一篇杂文赞成什么、反对什么，要旗帜鲜明，义正词严，要善于在思维混乱中找出头绪，在眼花缭乱中找出目标，在迷茫中指出光明。所以要善于说理，注重论辩，通过论辩与分析，摆事实讲道理。但是杂文的论辩不像政论文那样长篇大论，用概念、逻辑、推理来论证观点，而常常要针砭时弊，鞭挞丑恶，明辨是非，所以要说理和剖析，表现出它鲜明的论辩色彩。如鄢烈山的《千城一面惹人厌》论辩的问题与乌镇居民的例子相同，作者重访西安城，也

发现了城市改造与保持古城风貌发生冲突的问题,不同的是作者举了两个双赢的例子:

  鱼与熊掌能够兼得吗?
  其实是可以的。有两个成功的例子。一个是平遥古城的保护。古城依仍旧貌,城外另建新区,宽阔的马路、高峻的宾馆,一切"现代化"的城市要件都可以设计。当然古城里的居民,也一样有下水管网,可以用抽水马桶;一样可以有暖气,一样可以看电视。去年8月,我在平遥古城的一家老字号的客房住过,虽然睡的是北方的大炕席,而不是席梦思,也一样有空调,还是很舒适的。
  另一个成功的例子是丽江古城。玉龙山上的雪水穿城而过,石板街道两旁的房舍一派典雅的古风。时尚的游客坐在水边垂柳下或茶楼里品茗聊天,一点也不会觉得郁闷。
  当然,丽江"古城"有它的特殊经历,它是在大地震之后重建的,几乎等于推倒重来。
  平常的城市改造哪舍得下那么大本钱?但,它的仿古的整新如旧改造成功,也表明,只要有决心,老城区是可以恢复青春活力的;投资虽大,归根结底是划算的买卖。比起泯灭自己的个性、克隆别人的失去自我,不知高明多少倍!

一个是平遥古城依旧又另建新城,一个是丽江古城在大地震后被毁,却仿古的整新如旧改造成功。两个例证有力地说明鱼与熊掌完全能够兼得,最后呼吁用心保护本地的历史文化特色。既有批评又有分析,既有建议又有实例,论辩清晰,说理有力。他的另一篇《为临沂机票定价高辩护》就为照顾临沂乘客飞机飞多了路、飞多了时间,山航才将临沂票价提高的问题进行分析议论,最后得出"临沂人既要维持这个冷冷清清的机场,临沂乘客既要享受直飞本地的便捷,他们就该承受较高的票价"的结论,也是步步为营、言之凿凿的。

(三) 形象性

  杂文说理和一般政论文不同,它不是抽象的议论,而更多的是借助于形象化的东西把议论和思想表现出来;最好的是一句议论不发就把全部思想都表达出来。杂文往往先对事物做生动描绘,对人物做传神勾勒,然后通过这些饱含感情色彩的形象和议论融为一体,相互渗透,相互衬托,使杂文既有说服力又有艺术感染力。杂文的形象化不等于说理加形象,形象化要求把形象"化"

在说理中，给人浑然一体的感觉。形象化的根本目的，不在于使文章显得生动活泼，而在于透过形象的启示，把问题揭示得更加明白、更加透彻。严秀为"江苏杂文十家"丛书作序时指出，"杂文如果失去了它的艺术魅力，即艺术上的感染力，那么也就失去了杂文存在的价值，所谓'杂而不文'"。所以说，高度形象化、艺术化的表现手法，几乎成了一篇杂文成功的决定性因素。

如张成珠的《挑夫、电缆车及其他》写爬泰山的见闻：

> 同挑夫们逐渐拉开了距离，我的眼睛像摄影机似的拍摄他们的背影。乍看，挑夫虽都步履刚健，行速无减，但从细处窥察，他们倒也并不轻松。肩窝被重担压陷，脖颈硬挣挣地拉得老长，腿肚肌腱暴胀着青筋，每迈一步都须运足了力气。身影闪过，便有一串汗珠儿洒落山道……
>
> 正当凝视挑夫们艰难行进的身影，恰遇电缆车从高空索道飞驰而过。一辆辆满载着游客扶摇直上，飘然而下。山路与索道，挑夫与电缆车，两种运载方式的鲜明对比，构成了一幅极不协调的画面。说不清，在这两者之间有多少个世纪的差距，也难以估量其间的功率何等的悬殊？原始与现代化的交织，使得时代的界线混淆不清，生活的节奏仿佛乱了套！

作者从挑夫行走的身影和电缆车高空运行两幅图画中，引起对"破"和"立"关系的议论。泰山和电缆车的合作交替正构成了对立而又和谐的社会，通过形象来说理。

（四）灵活性

杂文篇幅短小，文字精练，通常在几百字、一两千字，但它形式灵活，手法多变。样式有速写式、短评式、随笔式、通信式、札记式、对话式、絮语式、故事式、寓言式等；表达有生动的叙述、形象的描绘，有精辟的议论、浓烈的抒情，甚至有简洁的说明；风格则或尖锐泼辣，或婉转含蓄，或庄重严肃，或幽默诙谐，或热情奔放，或冷峻深沉。总之，笔墨纵横，不拘一格，不落于俗套，形成多姿多彩的杂文天地。

如孙敦修的《旅而不差》中有这么一段文字：

> 古时候，平民百姓奉命跑官差，靠的是两条腿。当官的也只是骑马坐轿。如今，有舟楫、汽车、火车、飞机之方便，还有软席、卧铺、空调之享受，有的人在旅差上打主意了。反正住宿费、车船费等一律由公家报销，怎么优哉游哉就怎么好。本来花一二百元就能办完的事，一场旅行下

来突破了千元大关。此类浪费现象，比比皆是。

全文只有五六百字，但尖锐地批评了借出差机会"公费旅游"的不正之风。

第二节　旅游杂文写作

一、大中取小，以小见大

这是指杂文的选材和立意方法。杂文选材非常广泛，旅游天地，古今中外，宏观微观，无所不谈。"大中取小"就是从纷繁的旅游生活中选取最能反映本质的一个"点"，这个"点"可以是旅途中的一桩小事，也可是对事物的一种看法，或者是人物的一个侧面。"以小见大"就是要从这些具体的事情中，揭示出隐藏在素材中的重大社会意义，提炼出深刻的主题来。

如翟春阳的《青海湖是谁的青海湖》讲青海湖要建造豪华游轮遭到专家反对又"暂停"。豪华游轮将对原来脆弱的青海湖生态构成威胁，这就涉及一个发展旅游和生态保护的矛盾。专家警告说"西部大开发不能以牺牲环境为代价"，因为"青海湖是中国为数不多的、可以说是'仅存'的'生态净土'，一旦遭到破坏，后果不堪设想"。究竟该不该建呢？后又引申出青海湖是青海人民的青海湖，青海湖的生态最应为青海人民造福的观点。从建旅游项目这件小事提出如何开发、利用，如何进行"生态保护"，有赖于科学发展观这个大道理，可谓以小见大。

柳萌的《崎岖山路告诉我》也如此。从一次旅行讲起，先叙云南山路的曲折险峻，再描旅途上的亚热带风光，途中与司机交谈深受启发：

> 我们在这世界上要生活几十年，总不会一生都是平顺的，同样要走过崎岖、艰难的道路。就以我自己来说吧，尽管早年祈盼过道路平坦，实际上却经历了异常的坎坷，那一次次突来的打击，多像山路上不时出现的弯道、陡坡、狭窄地段。但在过去我从未想过这些，几乎是稀里糊涂地熬过那段岁月。

> 经过几天的艰难旅程，我们终于到达目的地。山青、水秀、人美的傣

乡，使我们如醉如痴地倾倒了。这时我不得不暗暗反问自己：假如比这更崎岖山路需要我徒步跋涉攀登，如果当时我失去信心，那么，能有幸领略这美好风光吗？我仿佛听到崎岖山路告诉我：理想佳境永远属于执着的追寻者。

作者以走过的各种路来说明人生道路的坎坷曲折，只有充满信心执着追求，才能领略人生美好的风光。从小事中挖掘出人生大道理，主题博大，给人以启迪和鼓舞。

二、由实论虚，形象说理

所谓"实"就是写的对象很具体，常常是一个人、一件事、一句话、一首诗、一则新闻、一种现象、一段传说等。论"虚"就是善于从这些看似平凡的材料中发现奇崛，看似普通的材料中见出深刻，好像无微言大义，其实是在清淡中闪烁着思想和哲理的光辉。请看郑逸梅的《黄山云》写云的片段：

> 明天夜半起身，登清凉台观日出。等了好半天，东方才透曙光，红红的太阳，从云层中漏露出来，可是云层太厚，且带黝色，太阳初升的一刹那，没有看得真切，大家认为不够满意。正想返室，有人却指着左面说："云海，云海！"我们也就趋向那儿，凭着栏杆，观那云海的奇景。原来我们高高地站在云朵上面，观云不须仰眺，只作俯瞰，那云儿缥缥渺渺，霏霏茫茫，似乎有百千神灵在那儿搓绵扯絮，积玉堆琼一般，天风一吹，云在那儿溶曳起伏，载沉载浮，简直成为汪洋大海，所谓云海，这时才体会到这"海"字下得真有意义，也就想到山石以形象得名的，如"老僧观海""猴子观海"，这所谓的海，不是浩渺的海，而是云幻的海。

作者是善写小品的一位作家，《黄山云》实质上是一则"小品"，洒脱自然地描写景物，体现了杂文的"杂"味。由实论虚，虚实结合即是此文最大特色。首先写黄山石、松是虚，写黄山云是实。对黄山石、松只是素描白描寥寥几笔，而写云则是大笔泼墨，洋洋洒洒。其次描写是实，议论是虚。全文实写黄山云海，叙述所见所闻，议论为虚，只是文末水到渠成式地议上两句："黄山的云海，真足以豁心舒抱啊！"全文无说教之味，却在鲜明生动的描写中、在不动声色的议论抒情中，给人有益的启发。

怎样用形象来说理？

1. 粗笔勾勒

粗笔勾勒,就像戏曲中勾勒脸谱一样,用画漫画的方法给社会上某一类人画像,借以形象地揭露这类人的本质特征。勾勒不求形似而重神似。为求神似,或描述人物,或引用典故逸闻,或用联想类比,或求诸修辞。总之,使抽象的事理具象化,从而启迪读者由表及里,洞察事物的本质。这其实就是典型化手法在杂文中的具体运用,鲁迅说的"砭锢弊常取类型"就是这个意思。如《西山观树》中有两段文字:

> 藤便是藤,它们和别处的藤一样,攀援乔木,缠绕而上,那婆娑的枝叶像在炫耀树有多高,藤有多高。

> 然而从森林保护的角度看,藤就没有那么可爱了,其危害性很明显。人们常见到一株参天大树被藤活活地缠枯了,耐人寻味的是,那藤的枝蔓此时又伸向附近另一棵大树,使人担心那棵树也将成为藤的牺牲品。

生活中的"藤本人物"和作为某种植物茎的藤一样,选择了攀附对象,便不惜血本不择手段去攀附,这类人笃信"要想上得快,不找一个靠山不行"的哲学。藤的胡搅蛮缠正是为"善攀附人"这类人画的像,批判这类人的危害。

2. 寓理于事

寓理于事,就是将理寓于事中,通过叙事来说理,也称缘事说理,由事引发议论,说明一个道理。如《胖者面议》作者一次登狼山,看到有轿夫抬人上山,轿椅上有"胖者面议"的广告牌,由广告引起浮想联翩:轿夫做生意有道;胖者的标准有争议,怎样才算胖?胖者面议,瘦者也应面议才平等。在叙事中说理,正确的做法是具体情况区别对待。

还有一种是借事说理。如冯越的《饶了那堆青铜吧》开头就说一件事:为大连籍"两院"院士立雕塑。这里有许多问题:什么人可立像?贡献怎么比?院士籍贯怎样界定?若被立雕塑者调往异地,怎么处理铜像?广场上的铜像怎么保护?……列出种种弊端进行议论分析,指出不要搞这种崇拜,用最原始的办法表达对最现代科技的景仰,实在是钱多人傻乱折腾!批判犀利尖锐,道理说得非常清楚。

有的通过讲故事、讲新闻来阐述道理。所讲的故事可以是大家熟悉的历史典故、名人逸闻,也可以是创作的,边讲故事边议论,故事讲完,道理也说清了。

3. 巧用比喻

巧用比喻，是指用比喻说理，以读者熟知的事物比喻作者评论的事物，使论理形象化。如《西山观树》系列中就巧用了比喻：

游西山的归途上，我怀着敬慕之情回首那苍翠的山峦，默诵着"崖列万株松"的诗句。心想，这位不知名的书记，不正是党的优秀干部"万株松"的一株吗？他们迎着历史的风雨，挺立于山巅沟壑，将个人得失、进退、恩怨、顺逆置于度外，而唯记党的事业兴旺，唯知万民幸福安泰。

当初一株榕树幼苗，站在巨石的背上，抓住那薄薄一层未被狂风卷走的泥土，吮吸着不断蒸发的雨露，拼命地扎根、生枝、长叶，凭着似乎是很脆弱的生命，战胜烈日的曝晒、风雨的袭击，长成了参天大树……（老陈）不很像这巨石背上的一株榕树幼苗吗？

作者将保护古老松林的县委书记比喻为松树，将勤奋写作自学成才的县文联创作员老陈比作榕根钻缝绕岩的榕树，将善于攀附、巧舌如簧、溜须拍马的那类人比作能绕枯大树的"藤本人物"，都恰如其分地点出了人物的品格和精神。当然，比喻要贴切、新鲜，才能起到效果。如不贴切就讲不清道理，如不新鲜就不会生动。

三、结构章节，合理安排

杂文结构十分灵活，不拘格式。但为了学习方便，可以将结构分为标题、由头、主体三部分。

1. 标题

标题是杂文的眉目，也是结构的重要部分，有的标题就是文章的主旨。标题的要求是贴切、有力、简明、形象。如《饶了那堆青铜吧》《崎岖山路告诉我》《华表的沧桑》《松树的风格》等。

2. 由头

杂文常常在开端部分用个由头，文章缘事而发或借题发挥，往往就从这事、这题说起。这种所缘之事或所借之题，就是写作的事由，或叫"从何说起"。它有时只占一小部分，起到引入议论的作用；有时占去全文的大部分，议论只是三言两语；有时夹叙夹议，事实与议论交替出现。由头是议论事理的出发点和文脉意向的诱发物，又处在开端部分，因此要慎重选择。由头取材广泛、历史典故、名言警句、趣事逸闻或新闻消息等，只要它有一点兴味，都可借用。

如王映明的《贝壳引起的思考》的由头是贝壳：

前不久，我有机会到北戴河海滨览胜。叫我不能忘却的，是海滨沙滩上那些色彩斑斓的贝壳。

这贝壳，是被海水浪潮推到海滩上的。它沿着海水的浪迹，绕着大海排了一条线。我沿着这条线漫步。面对贝壳，我思索：这贝壳是被大海淘汰的残渣，还是大海献出的珍品呢？

作品以作者漫步沙滩发出的疑问开始，然后用三分之二的篇幅做出比较充分的回答。最后说明一个道理："从对贝壳的思索，我联想到许多弃之无用、收之是宝的资源，并且由衷地钦佩那些把废物变成珍品的人们，赞美他们把废物变为珍品的可贵精神。"

《热情难忍》的由头是台湾友人回乡探亲。台湾友人迫切想见母亲，但日程被官方安排得满满的，结果离家40年，与母亲相聚只有10分钟。全文都是叙事，由头占了全文，议论只有文尾一句："如此热情，真是令人难忍。"

3. 主体

议论主体部分的说理可以依时序顺势而下，也可以按方位逐一说来；可以围绕一点层层深入地展开，也可以纵横捭阖，左右勾连，正反对照。无论采取哪一种方法，都要注意形象说理，中心突出，杂而不乱。如《瘦西湖的联想》的作者林帆是专事杂文研究和写作的，他把杂文的笔法分为三种：善纵、善搭、善击。该文用的是"搭"，从那副"借得西湖一角堪夸其瘦，移来金山半点何惜乎小"的对联说开，巧妙地把扬州的一湖一山拟人化，搭得巧妙：

这副对联实在是好，好在恰如其分地表达了这两处胜境的特色。瘦西湖享誉已久，是沪宁线上数得上的一景；它原名炮山湖，又叫保障湖，因为湖身狭长曲折，两岸风景纤丽而改今名。说实在话，比起杭州的西湖和镇江的金山，它们显然要逊色一筹，但可取者，扬长避短；只夸自己的"瘦"，且不惜乎"小"；还直认从人家那里"借得"并"移来"，这就难能可贵了。更堪夸的是，不因其"瘦"且"小"而自卑，又不以自己颇负盛名而妄自尊大。我之所以感到值得称许和借鉴者，正是这一点。

由此提出"学习别人的长处,贵在谦虚谨慎"的论点,引经据典说明要正确对待自己,这就是该文的主题。

但要做到这点,确是不那么容易。我年轻时就有过这样的教训:学到别人一些长处,有了一点成绩,便自以为"青出于蓝"而沾沾自喜;有时候和比自己强的人在一起,则又感到矮了一截,自惭形秽。所以多年来无甚长进。然而仔细分析,问题主要还是由于不够谦虚谨慎。自卑,其实是自尊的另一种表现;或者说,自尊与自卑常常并存。至于一味妄自尊大,目空一切,总以为老子天下第一,那是没有不失败的。

接着是"击"——拿自己不够谦虚谨慎的教训来论证,笔锋一转,鞭挞"帮腔"。前面的"搭"正是为了后面这有力的一"击"。

在章节的安排上要服从内容与论点的需要。杂文要求简练明确,每一个章节有它自己的中心。前一个论点和后一个论点之间既不能混淆又不能孤立。因此,既有独立性又有串连性。要做到各个论点互相关联,层次分明,逐步展开,引向高潮。

四、语言幽默,有"杂文味"

杂文的语言可雅可俗,可浓可淡,老调新腔,灵活多变,方能显出"杂而有文"的特色。优秀的杂文语言求气势,显文采,出警语,或犀利泼辣,或幽默诙谐,或明白晓畅,或恬淡明丽,或含蓄凝练,或富有哲理等。但也要注意对各种句式的巧妙运用,如长句、短句、对偶句、排比句、设问、反问……源源从笔端涌出,使文章腾挪跌宕,波澜起伏,不仅可阅而且可诵。

"杂文味"是有别于其他文体的个性所在,决定于杂文的审美价值。因此语言幽默泼辣,理趣情趣兼而有之,纵横驰骋,走笔不拘一格。有的幽默中包含泼辣,有的说理中饱含激情,有的谈古论今、挥洒自如,有的夹叙夹议、情理相生。

请看《胖者面议》中的几段文字,幽默风趣,令人拍案叫绝:

照理说,抬轿子原应按人计价,不管男女,不分老幼,不计高矮,无论胖瘦,金钱面前,人人平等。再说,所谓胖瘦,究竟什么是标准呢?

再往深处想,问题又来了。既然"胖者面议",那么,瘦子呢?理应酌情减少收款才是。不然,光想在胖子身上打主意,千方百计多捞几个

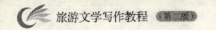

钱;而不愿在瘦子身上体现轿夫们的精神文明和高风亮节,也是不光彩的呀!

如此看来,与其按胖瘦计价,倒不如干脆按斤两收钱。不妨明文规定,坐轿者每斤重按两角钱收费。体重100斤者,上山20元,体重200斤者,上山40元,二二得四,二四得八,如农贸市场上顾客购买猪肉、羊肉一样,这就省了许多麻烦。

《热情难忍》中的语言,幽默中却透出几分无奈,几分酸楚:

台湾诗人一下车,前呼后拥,楼上楼下,人山人海,记者们追踪拍照、摄像,公款大摆宴席数桌,台客为了答谢官方各界,只得设宴回敬。16日官员们陪同台客参观银杏、大蒜、黄花菜,17日畅游大运河。这一片好心,皆为让台湾诗人了解家乡四十年来的巨大变化。

离大陆四十年的诗人第一次回乡,我送其上飞机时,这位诗友说:"为了见娘,一下飞机,我就把自己当成羊了。"同来的太太说:"离家四十年,相聚10分钟,只说了一个字——娘,就分别了。"

《饶了那堆青铜吧》的语言同样幽默诙谐,情趣盎然:

好,一旦有来的,马上给他照着身材浇铸一个塑像;后来他觉得到别的地方更理想,就走了,这铜像可怎么办,打包托运到新地方(谁知那个地方给不给院士立雕像),还是把这堆青铜毁了回炉,重新浇铸点什么别的?天哪,你就饶了那堆青铜吧!

你看那海之韵广场的雕塑,下棋老人,钓鱼老人,女骑警……都已经被人掰掉手指、拽走渔竿、割去马镫了,到底它们都是些抽象的艺术形象,不会有一个具体的人来抗议。如果张院士有一天突然发现,他的雕像腮帮子上被挖掉了一块肉,再有学术修养,他也会忍不住勃然大怒,要求立即修补并严加保护。得,再安排人力天天巡逻吧。

这些令人发出会心笑声的语言绵里藏针,对那些教条主义、好心办坏事的人进行善意的讽刺。

本章小结

全章两节。第一节是旅游杂文概述,讲授这种体裁的含义、渊源、分类和特点;第二节研究旅游杂文的写作。

本章的重点是第二节所讲的以小见大、形象说理、结构合理、语言幽默、有"杂文味"等写作要领。

关键词

旅游杂文　形象说理　幽默　讽刺

思考与练习

1. 哪些题材适宜写旅游杂文?试举例说明。
2. 你怎样理解"杂文味"?旅游杂文怎样才能写得有"杂文味"?
3. 就你旅游途中所见到的某一怪现象,写一篇杂文。

第八章　旅游抒情诗

本章学习目标
- 了解旅游抒情诗的含义。
- 了解旅游抒情诗的艺术特征。
- 学习发现诗意、捕捉灵感。

诗歌是一种最为凝练的语言艺术,是高度集中地反映生活、抒情言志、讲求节奏和声韵的特殊文学样式。

旅游诗歌是诗歌中的一个支流,是指在旅游活动中,以反映旅游见闻和感受为内容、强烈抒情言志、语言极为凝练并有着音乐感的文学样式。因旅游诗歌中有大量描摹山水景物、歌咏名胜古迹的抒怀诗,在古代称之为山水诗。但现代旅游诗歌的题材领域已经大大拓宽,如果再用山水诗的概念就不太准确了。

旅游诗歌就其反映的内容来看,可分为旅游抒情诗和旅游叙事诗两大类。从形式上看,旅游诗歌又可分为格律诗、自由诗、民歌三大类。

词和曲是特殊的格律诗,诗与词原本是一家,本章中讲的旅游诗歌也包括词和曲。

第一节 旅游抒情诗概述

一、旅游抒情诗的含义

旅游抒情诗以抒发思想感情为主,往往直接表现诗人在旅游过程中的主观体验和感受,使客观生活现象带上强烈的主观抒情色彩,其中的事、人、物、景只是抒情言志的一种手段、一种借托,其思想感情常常联系着各种旅游生活现象的轨迹。唐代伟大诗人李白到泾县(今安徽皖南地区)游历时写给当地好友汪伦的一首赠别诗:"李白乘舟将欲行,忽闻岸上踏歌声。桃花潭水深千尺,不及汪伦送我情。"诗中描绘李白乘舟欲行时,汪伦踏歌赶来送行的情景,十分朴素自然地表达出汪伦对朋友那种朴实、真诚的情感。"桃花潭水深千尺,不及汪伦送我情"两句,李白信手拈来,先用"深千尺"赞美桃花潭水的深湛,紧接"不及"两个字笔锋一转,用比较的手法,把无形的情谊化为有形的千尺潭水,形象地表达了汪伦对李白那份真挚深厚的友情。全诗语言清新自然,想象丰富奇特,令人回味无穷。虽仅四句 28 字,却脍炙人口,成为李白诗中流传最广的佳作之一。

抒情诗的抒情方式有两种,一种是直接抒情,一种是间接抒情。

直接抒情是直抒胸臆,直截了当地表达自己的感受和情感。如上述的《赠汪伦》,结尾就是直接抒情。

间接抒情是通过描景、叙事、记人、状物来抒情言志。如唐人陈子昂的《登幽州台歌》:"前不见古人,后不见来者。念天地之悠悠,独怆然而涕下。"只四句,却深刻地表现了诗人怀才不遇、寂寞无奈的情绪。这种感情不是直接抒发出来的,而是通过登台望景,触景生情,联想到自己事业受挫、生不逢时,远眺茫茫宇宙,天长地久,不禁备感孤单寂寞,悲从中来,怆然落泪。时代背景不同,抒发的感情也不同。李文庆的《风入松·踏青有怀》描绘云山袅袅水婷婷的美景,江畔一片莺歌燕舞,诗人由衷赞美江山,祝愿社会飞速发展,"人间喜看龙腾"春天长驻,通过写景抒发明快欢欣之情。

二、旅游抒情诗的艺术特征

(一) 高度凝练浓缩

抒情诗的高度凝练浓缩表现在三个方面。

1. 高度集中反映生活

为了在极有限的篇幅中反映极为丰富的思想内容,作者在取材时总是选择那些最具个性特征的形象、最具典型意义的情节、最能打动人心的瞬间来挖掘较深刻丰富的内涵。比如当前引人关注的人类生存环境危机的问题,在诗人们的笔下有明显反映。秦岭雪的《黄河》[①]就取材于黄河断流的残酷现实:

> 一抹白光
> 照亮十里荒滩
> 大河瘦如渠沟
> 搁浅于朽烂木船
> 嘴上泛苦的游客
> 艰难地
> 咽下了
> 李太白半截诗篇

---

① 黄卓才主编:《一路春色——明湖四子作品选》,安徽师范大学出版社 2016 年版。

诗中描述了断流后的河床的状况：十里荒滩、大河瘦如渠沟、朽烂木船，代替了奔腾咆哮的激流和漩涡。昔日李白描述的宏伟雄壮景象和诗人的豪情没有了，只有嘴上泛苦的游客，艰难吞咽着"黄河之水天上来，奔流到海不复回"的诗句。人们不禁要问：黄河何以会断流？怎样保护人类的生存环境？全诗贯穿着浓烈的忧患意识，蕴含着作者深沉的感慨、深刻的思想和沉重的思考。

要得到生活的真髓，作者还应该关注生活、体验生活，善于透过某些表面现象挖掘本质的东西。请欣赏李曙白的一首短诗《卧铺》：

一张
在大地上移动的床

睡过了浙皖鲁豫
醒来就看见北京的一勾晓月
憔悴如斯

才知道　昨晚
西湖上的月亮一直随我北上
她是走过来的
一夜无眠

短短几行诗，把旅途中人们司空见惯的火车卧铺比喻成"一张在大地上移动的床"。多少人睡过卧铺，半夜睡着时过了浙皖鲁豫，醒来到了北京；可有多少人体会到这张移动的床的神奇和贡献？这张"床"和旅行者之间的关系是那样的亲近和不可离分；旅行者安全舒适地到达目的地，而卧铺却和月亮一样"一夜无眠"。诗人将独到的感受化为典型的形象，有高度概括力，体现了丰富的内涵。

2. 情节和情感的跳跃性

抒情诗歌凝练的艺术特征，决定它不能像旅游散文那样从容地叙事、描景或抒情，而要求作者将无比丰富的生活内容和鲜明的感情加以浓缩、加工，切入简短的诗行中。因此，它不得不大刀阔斧地剪裁、删减，去掉杂芜、烦琐之处，省略不少语言，留下空白让读者去想象补充。这样做也势必造成情节发展上的跳跃及情感表达上的起伏。如林野的《民歌里的西藏》："云层低得像屋檐　碰了手掌/西藏瓦蓝的天空清澈得令人发慌//片片经幡飘摇着　西藏/慈悲

的　佛端坐在露水中央//青稞酒酿了又酿　西藏/醉了的风跌跌绊绊爬过山冈/鹰的盘缠是三只野兔　西藏/喇嘛从来不问狼为什么要吃羊//西藏　经书被太阳晒黄"这首诗是写到西藏后对寺庙的一次朝拜，不写具体过程，先写云和天空，后写经幡与佛，忽而跳过参观朝拜的琐碎事宜，写起青稞酒来。情节跳跃极大。忽而又写起三组毫不相干的意象：风和山冈、鹰和野兔、一心念经的喇嘛，最后用一句"经书被太阳晒黄"结束。其实诗中描写的云低、天蓝、青稞、经幡、经书等全都是西藏最有特色的景物，这些看似零碎的景物组合在一起，就变成一幅西藏永恒而神秘的民俗风情画。

3．千锤百炼的语言

诗歌的语言是最浓缩、最凝练、最精粹的，经过诗人千般淬励万般锻炼才得，所谓"片言纳百意，坐驰役万景"说的就是这个道理。诗应当以最精粹的文字，表现最生动的画面和最丰富的感情。如秦岭雪的《黄果树瀑布》就特别讲究炼字、炼意和炼情：

　　偶然一次失足
　　跌出中国的惊奇

　　……

　　亿万个精灵
　　为了海的痛苦
　　跳成
　　彩虹的绚丽

以上引的仅是该诗的开头和结尾。这一"跌"和一"跳"用字精当，鲜活传神，写出了瀑布的自我牺牲精神，因它的一"跌"，跌出一片美丽的风景；因它的一"跳"，跳出一道绚丽的彩虹。既炼字又炼意，进一步抒发诗人对瀑布的赞美之情。一个普通的自然景观被诗人这么一写，仿佛变得神奇崇高起来。情随物生，情景交融形成意境。语言虽凝练，却包含"万般风情"。

（二）强烈的抒情色彩

强烈的抒情色彩是抒情诗最基本的特征。古代流传于世的旅游诗歌都是以抒情见长的，历来就有"诗缘情""诗言志"之说。感人的诗篇应当像烈火，像醇酒，像勾人心魄的笛声，使人歌，使人醉，使人兴，使人舞。了解诗歌的抒情性特征，写诗时对各种材料的选择、各种艺术手段的运用，都要服从抒情的需要来决定取舍和安排。

1. 要有强烈的感情

抒情是诗人自己的思想感情寄寓于客观景物中加以表现（或者说是艺术形象中蕴含着诗人的情感）的过程。引起诗人抒情的外界因素很多："一纵即逝的情调，内心的欢呼，闪电似的无忧无虑的谑浪笑傲，怅惘，愁怨和哀叹，总之，情感生活的全部浓淡色调，瞬息万变的动态或是由极不同的对象所引起的零星的飘忽的感想，都可以被抒情诗凝定下来，通过表现而变成耐久的艺术作品。"

人们常说最有激情的人肯定是诗人，因为诗人以激情来写诗。有激情的诗才能打动人，没有了激情也就没有了诗歌。当然这种强烈的感情，应该是真实的情、典型的情。因为只有真实的情和典型的情才能产生巨大的感染力，具有真正的审美价值。

有的诗人喜欢直抒胸臆，在诗中直截了当地抒发内心感受。如贺敬之在《桂林山水歌》中，面对如此秀丽的山水，不禁发出由衷的感叹："呵！是梦境呵，是仙境？／此时身在独秀峰！／心是醉呵，还是醒？／水迎山接入画屏！"在景中写情，又于情中写景，在观赏咏赞中忽然发现："呵！桂林的山来漓江的水——／祖国的笑容这样美！"这两句所表达的思想，成了全诗的核心与灵魂。在此思想基础上，诗人的感情步步升华，禁不住唱出："江山多娇人多情，／使我白发永不生！／对此江山人自豪，／使我青春永不老！"

　　——意满怀呵，情满胸，
　　恰似漓江春水浓！

　　呵！汗雨挥洒彩笔画：
　　桂林山水——满天下！……

最后四句直接抒发了诗人奔涌豪放的情怀，闪耀着崇高思想光华。

有的诗人不直接抒情，而是把感情寓托在山水景物身上，通过描写景物来表露思想感情。如《扬子江诗刊》2005年第4期上刊载潘新宁的《秋游天目湖》：

　　陆上轻车水上风，扁舟载我醉湖中。
　　南山竹海千顷绿，西岭残阳一点红。
　　北去群峰松似盖，东来明月玉如弓。

蓬莱仙境从今别,化作秋情万古浓!

前六句全是写景。首两句写湖中泛舟人先醉,中间四句写南西北东四处的风光,两句写竹海、残阳之"色":"千顷绿""一点红",两句写群峰、明月之"形":"松似盖""玉如弓"。好一幅山清水秀的图画!碧波轻舟,竹绿峰青,残阳如血,明月如弓。诗人沉醉在美景中,发出"蓬莱仙境从今别,化作秋情万古浓"的赞叹,读者从如画仙境中无不得到美的享受。

2. 要有深刻的见识

有强烈的感情是远远不够的,还必须对生活有独到的见识和崇高的思想境界。作者的思想境界越高,对事物本质就认识得越深刻,写出的诗也往往越能启迪人,引起读者共鸣。如田禾在《黄河黄》中写道:

黄　只有喝过黄河水的人
才知道　黄
是一种什么滋味
因为每一根血管是弯的
黄河才永远是弯的
因为人种是黄的
黄河才永远是黄的

黄河源远流长,就像中国这个文明古国一样历史悠久。黄河是母亲河,滋养着中华儿女繁衍生息。黄河水黄,水边的儿女是黄皮肤的。"黄"是什么滋味?为什么黄河是弯的?黄河自有答案。全诗紧扣一个"黄"字展开,人死又生,万物变了又变,可"黄"不变,中华民族的精神品格不变,一颗中国心不变。诗人反复咏叹"黄河黄啊黄河黄",通过"黄"来抒发热爱祖国之情。这个"黄"字中包含着丰富深刻的思想内涵。

3. 要抒"大我"之情

表达强烈感情的诗篇,不一定就是受读者普遍欢迎的好诗,还要看这种感情是否传达了广大读者的心声,是否具有深刻的社会意义。"大我"之情代表了人民群众的意愿、追求和审美情趣。余光中的《只为了一首诗——长春赴沈阳途中》中有这样的诗句:"从南边,从抗战的起点来到沈阳/只为了一首歌捶打着童年/捶在童年最深的痛处/召魂一般把我召回来/来梦游歌里的辽河、松花江。"一首"万里长城万里长,长城外面是故乡……"的歌深深地印在童年的记忆中。为了这首歌,诗人从抗战的起点一路北上,是歌谣带着他长途跋涉，是歌唱长城、歌唱故乡的一首诗把他从海外召回。全诗表达了海外赤子思念故乡思念祖国浓烈深沉的感情，反映出人民的意志和愿望，传达出人民的心声。

当然，也有一些诗反映的思想感情看起来似乎只抒发个人情感，不是属于"大我"之情，也不从"火热斗争生活"中来，但它们或是揭示出某些生活真理，或是抒写了某种人生体验，或是即景即情能引起人们的共鸣，虽写"小我"之情，却带普遍性，同样具有一定的审美价值。如宋代李清照《声声慢》（寻寻觅觅）：

寻寻觅觅，冷冷清清，凄凄惨惨戚戚。乍暖还寒时候，最难将息。三杯两盏淡酒，怎敌他、晚来风急！雁过也，正伤心，却是旧时相识。满地黄花堆积，憔悴损，如今有谁堪摘！守着窗儿，独自怎生得黑！梧桐更兼细雨，到黄昏、点点滴滴。这次第，怎一个愁字了得！

这是词人后期代表作之一。当时她遭国破家亡、丈夫新丧，只身流落江浙，晚景十分凄凉。该词就是抒发她晚年孤苦无依的生活境况及其内心深处的一种绝望的哀愁。情调虽然低沉，却反映了当时许多离乡背井、骨肉分离的人的共同感受，有一定的现实意义。词的语言很有特色，大胆运用了"寻寻觅觅"等九组叠字，又采用了"将息""怎生""了得"等口语，富于创新精神，词句朴素浅近又情感真挚，极富艺术感染力。其中"寻寻觅觅，冷冷清清，凄凄惨惨戚戚"已成为写悲愁写孤独的千古绝唱。唐代李商隐《无题》诗中的"相见时难别亦难，东风无力百花残"写出了"别愁"的沉重；颔联"春蚕到死丝方尽，蜡炬成灰泪始干"写春蚕自缚满腹情丝，吐之既尽命亦随之，绛蜡自煎一腔热泪，流之既干身亦成烬，可谓惊风雨的境界，泣鬼神的力量，难怪此诗句成为流传至今的至理名言。

（三）富有建筑美和音乐美的语言

1. 语言的建筑美

抒情诗具有分行排列建筑美的特点。闻一多是现代新格律诗的提倡者，他认为"诗的实力不独包括音乐的美（音节），绘画的美（词藻），并且还有建筑的美（节的匀称和句的均齐）"。诗歌是唯一用分行排列来谋篇布局的文学样式。

分行排列和诗节布局是由诗的抒情性、内容和感情抒发的跳跃性、流动性和波浪感的需要所决定的。古典诗歌大多是整齐的四言、五言、七言，每行字

第八章 旅游抒情诗

数相等,排列起来有一种视觉美的直接形式。现当代诗歌的排列形式丰富多彩,有郭沫若长短不齐的自由式,有马雅可夫斯基的楼梯式,有字数行数大致相等的豆腐块式,也有十四行诗的4-5-5或4-4-3-3等多种多样的排列。请看贺敬之的诗句:

  呵,不是怀古。
  我来三门峡,
    脚踏禹王跃马处:
  看黄水滚滚,
    听钻机突突。
  使我
    满眶
      热泪陡涨,
    周身
      血沸千度!
  呵呵!
  三门峡上——
    紧握
      开天辟地
        英雄手臂;
  三门峡下——
    见万古不移
      中流砥柱!①

  这是长短格楼梯式的排列,大跨度的跳跃式,其诗节也采用错落有致的波浪式。这种排列是由诗的内容壮阔、诗人想象的飞驰跳跃和风起浪涌的激情决定的。它们需要一种短促跳跃的诗行、波浪形推进的诗节,于是就产生了节奏感和建筑上的均衡美。而《桂林山水歌》则采取两行一唱循环复沓的咏叹式,两行一节,两句一韵,句和段大体整齐匀称,语言明丽,音韵节奏和谐。《回延安》用民歌"信天游"的形式,两行一节,每节一韵。这也是诗的节奏美在诗行和诗节上的表现。

  各式各样具有建筑美的诗句都是诗人独创的,带有鲜明的个人风格。如多

---

① 贺敬之:《三门峡歌·中流砥柱》,见《放歌集》,人民文学出版社1961年版。

多的短诗《塔》采用一种倒楼梯式排列，呈现出一种不匀称的建筑美：

> 远处金字塔的轮廓，用人世的全部秘密
> 隐藏某些语言，脚下沙子低吟着
> 这个语言的另一个开端：现实
> 有赖于它。废墟的宁静
> 便与沙漠的宁静
> 和谐了。意思是：
> 还由沉默
> 做主。

2. 语言的音乐美

因诗要传达诗人的感情，音乐美特点使这种感情传达更有力更完美。很多诗人创作时既注意外在音乐性的推敲，也注意内在音乐性的自然律动。外在音乐性指声音的回环，具体有押韵、声调、节奏；内在音乐性指诗人内心情绪的律动，如激昂、沉静、欢乐、悲痛、紧张、松弛、热烈、冷漠等。两者完美结合，便形成有节奏、易吟诵、音乐美的特点。

音乐美就是有韵律，有节奏感，有内在的旋律感。

节奏美除了表现在诗行和诗节的排列上，还表现在诗句中有规律的停顿，音韵的轻重抑扬和押韵的和谐上，使人读来抑扬有致，琅琅上口。音节，又叫音步。古代的五言诗一般是五字三顿，七言诗七字四顿，平仄相间，长短相应，隔句押韵，有的首句入韵。新诗没有严格的音步，也没有平仄和声韵的规定，但好的诗也有较好的声韵美。

古诗特别讲究对仗与押韵，因此音韵美的特征突出。如唐代陈子昂的《登幽州台歌》，在句式上采取长短参错的楚辞体句法，前两句每句五字，三个停顿；后两句每句六字，四个停顿，其节奏句式为：

> 前—不见—古人，后—不见—来者；
> 念—天地—之—悠悠，独—怆然—而—涕下。

前两句音节比较急促，传达了诗人生不逢时、抑郁不平之气；后两句各增加了一个虚字"之"和"而"，多了一个停顿，音节就比较舒徐流畅。且全篇句法长短不齐，音节抑扬变化，节奏感强。

下面我们再看今人诗中的音乐美，请欣赏现代诗人徐志摩的《再别康桥》：

第八章 旅游抒情诗

　　轻轻的我走了,
　　　　正如我轻轻的来;
　　我轻轻的招手,
　　　　作别西天的云彩。

　　那河畔的金柳,
　　　　是夕阳中的新娘;
　　波光里的艳影,
　　　　在我的心头荡漾。

　　软泥上的青荇,
　　　　油油的在水底招摇;
　　在康河的柔波里,
　　　　我甘心做一条水草!

　　那榆荫下的一潭,
　　　　不是清泉,是天上虹,
　　揉碎在浮藻间,
　　　　沉淀着彩虹似的梦。

　　寻梦?撑一支长篙,
　　　　向青草更青处漫溯,
　　满载一船星辉,
　　　　在星辉斑斓里放歌。

　　但我不能放歌,
　　　　悄悄是别离的笙箫;
　　夏虫也为我沉默,
　　　　沉默是今晚的康桥!

　　悄悄的我走了,
　　　　正如我悄悄的来;
　　我挥一挥衣袖,
　　　　不带走一片云彩。

擅长于新格律诗的徐志摩不仅节奏感强,用韵也十分讲究,且手法多变,达到超人水平。著名的《再别康桥》全诗一共七段,用了遥条(第三、六段)、江洋(第二段)、中东(第四段)、波索(第五段)、怀来(第一、七段)、言前(第四段)六种韵。与众不同的是,诗中不仅坚持了"一三五不论,二四六分明"的传统,而且有所发展,用了叠韵和蝉联韵。

叠韵,即一句中两字押韵。例如,"是夕阳中的新娘"句中"阳""娘"押江洋韵,"我甘心做一条水草"句中"条""草"押遥条韵。

蝉联韵,即上句字尾与下句字头押韵。如第二、第三段中,上两句"阳""娘"和"光"蝉联,下两句"摇"与"桥"蝉联。最典型的是诗中第四段:第一句的"潭"、第二句的"泉"、第三句的"间"、第四句的"淀",像四只蝉虫,连在一根枝条上。第五、第六两段也是各句中的"歌""我""默""默",一枝四蝉。

他另一首《沪杭车中》也是如此:

匆匆匆!催催催!
一卷烟,一片山,几点云影,
一道水,一条桥,一支橹声,
一林松,一丛竹,红叶纷纷:

艳色的田野,艳色的秋景,
梦境似的分明,模糊,消隐,——
催催催!是车轮还是光阴?
催老了秋容,催老了人生!

该诗在用韵上有以下特点:

一是全诗押中东韵。如第二句的"影"、第三句的"声"、第五句的"景"、第八句的"生"。

二是句中暗押中东韵。如第一句的"匆"、第四句的"松"、第八句的"容"。

三是句中叠韵。如第二句的"烟"和"山"押言前韵,第六句的"境""明""隐"和第八句的"容"和"生"都押中东韵。

四是蝉联韵,上句的尾字与下句中的字押韵。如第一句的"催"和第三句的"水"、第三句的"声"与第四句的"松"、第五句的"景"与第六句的"明"都蝉联押韵。

第八章 旅游抒情诗

正因为有多种多样的押韵，所以全诗读来节奏感特别强，富有音乐美。另外，首句的"匆匆匆""催催催"和第七句的"催催催"，急促快速，如列车行进时发出的响声，充满动感和节奏感。值得指出的是，徐志摩诗中用韵不是刻意雕琢，而是自然流露，读起来琅琅上口。节奏和韵律的优美提升了徐志摩抒情诗歌的审美价值，也使思想性在审美中得到张扬。

第二节　旅游抒情诗写作

一首好诗的形成过程，应该是主体和客体的高度结合，是诗人心灵和客观事物撞击的结果，是作者思想感情和哲理认识的一个升华。我们把诗人从产生创作冲动到思考酝酿的过程叫艺术构思过程。这个过程大致有以下具体环节：第一，从生活中获得独特感受；第二，激活灵感→展开丰富想象；第三，寻觅突破→精心酿制加工；第四，创造意境。也就是说，作者在观察生活中的某种景物、某一件事、某"一点"时，留下深刻印象，引出独特感受，使他动情、深思，浮想联翩，思绪纷纭。这时作者胸中被一种激情鼓动着、扩展着，不可遏止，脑海里呈现一个诗情澎湃的天地，这个天地被深刻的哲理或真挚的激情主宰着，他必须用凝练精粹的语言表现出来，一首好诗便喷涌而出。

一、激活新的灵感

诗人每时每刻都在感受着生活，体味着生活。四季更替，景色变幻；建设飞跃，家乡巨变；叶落知秋，花红迎春。他可以从客观外物中感受到一种跳动、一种脚步、一种节奏、一种旋律、一种情趣、一种品格、一种爱憎、一种哲理，也可以出主体推已及物及人；可以从微观看到宏观，从宏观看到微观，从形象看到抽象，从现在看到未来……总之，他以最敏锐的触角获取各种独有的、新鲜的感受。

（一）抓住景物的突出特征

火车驶过平原，诗人捕捉那一闪而过的景物特征：

> 远处的山，侧卧着
> 它淡淡地笑一笑
> 稍远的地方，那些树

略为矜持，对我们不太注意
而大片的麦田，真安静啊
黄黄的，一点也不在乎我
只有近处的白杨
它们疯狂地挥手
却一晃就过去了①

远山、树、麦田、白杨是在火车上看到的景物，诗人抓住这一刹那的特征来写。景物的远近和诗人赋予它们的感情不同，它们的状态也不同。远山对我"笑一笑"，树对我"不太注意"，麦田对我"一点也不在乎"，白杨对我"挥手"。白杨最近，给我的感觉是"疯狂"，是欢迎，是热烈，却"一晃"而过。这种感觉真切而准确。

在飞机上俯瞰沙漠，看到的景象是惊异的，"不可思议的雪山／像白云一样／在我颤抖的翅膀下……大漠莽莽的远方／升起比生命更热烈的太阳"。诗人易行感受到太阳升起的宏伟博大，心情明朗、热烈而激动。

春天来了，万物复苏，长得最快的是草。草总是最先迎来春天。骏马也飞快地奔驰，但一棵草让马失了足。"骏马沿着草的方向飞奔／它的速度比时间更快／它就要从时间的断崖上／跌落"，众草旺盛的生命力激活诗人敕勒川新的灵感，所以骏马再快也追赶不上时间，骏马再快也没有众草跑得快，于是产生了《众草飞奔》。

以上例子说明，只有作者对生活、对客观事物有自己的独特见解和感情，才能在构思过程中调动自己以往的生活体验和积累，加深对生活、对客观事物的理解，熔铸自己的理想和爱憎。

（二）从独特感受中挖掘出深刻意蕴

对生活感受有的一般，有的独特。要跳出孤立生活现实的束缚，打破一景一物的局限，才能从一般中挖掘出独特的，从表面生活现象中挖出深藏在其中的意蕴。

诗人李瑛在大西北高原看到一头被杀戮的藏羚羊，血已凝固，呼吸和脉搏已停止，只剩骨架和四蹄。这种现象很多人见过，也许司空见惯而麻木了，但诗人透过这种现象的表面看到问题的本质，保护动物、保护地球是人类面临的严重问题。诗人写下《一只死去的藏羚羊》：

---

① 李尚朝：《火车驶过平原》，载《诗选刊》2003年第4期。

只两只带结节的长角
　　黑亮黑亮的像两把长刃
　　一如它的生命和性格
　　倔强地坚挺在空间
　　成为荒原的新高度
　　使大地更加沉郁和冷峻

　　藏羚羊是国家一级保护动物，藏羚羊被杀这样残酷的景象使人心灵受到震撼。联想到许多动物被非法猎杀，诗人不得不大声疾呼：救救动物，救救人类！此诗对人类生存环境的关注有着深远的现实意义。

　　再看王辽生的《是谁串起了冰糖葫芦》，这是诗人于 2006 年发表在《扬子江诗刊》第 3 期组诗《白日梦与天山之魂》中的一首。"重关叠嶂已无路／是一洞一洞又一洞／列车才畅通无阻"，诗人在天山采风时，看到惊心动魄的乌鞘岭，根本无路可行，但在崩崖欲倾处，列车却进入 20 公里特长的隧道，在黑暗中等待时，自然想到了旅途坎坷，就如这般岿然莫撼的险峻所在。接着诗人内心深处思涛奔涌，从独特的感受中理解和挖掘生活的底蕴：

　　谁果决操纵液压式台车
　　谁创世纪般毅然光顾
　　谁攻克千枚岩变形难题
　　谁贯穿了亚欧大陆桥咽喉
　　又是谁含辛茹苦
　　将三大顽石一一征服
　　一线穿起长短各异的隧道
　　如一串甜心甜魂的冰糖葫芦

（三）唤醒沉睡的灵感

　　作者获得了独特的感受，必定会引发心中强烈的感情，于是产生了灵感。
　　什么叫灵感？艾青说："所谓'灵感'，无非是诗人对事物发生新的激动、突然感到的兴奋、瞬即消逝的心灵的闪耀。所谓'灵感'是诗人的主观世界与客观世界最愉快的邂逅。"
　　徐志摩这样形容灵感："我的诗情真有些像山洪暴发，不分方向地乱冲。那就是我最早写诗那半年，生命受了一种伟大力量的震撼，什么半成熟的未成熟的意念都在指顾间散作缤纷的花雨。"

灵感的产生唤醒了诗人的创作欲望和冲动，他要宣泄胸中奔涌如海的感情，要把自己悟到的人生哲理或生活真理尽快地告诉读者。如胡建文的《天空高远，生命苍茫》，诗人在飞机上俯瞰大地，看到大片大片奔跑的庄稼和云朵，看到"一只小鸟，划出一道有力的弧线"，看到无数块墓碑、在地里劳作着的人，联想到世间万物轮回反复，去与来，人的生与死，引发灵感，发出"天空高远，生命苍茫"这一哲理性的感慨。

有时灵感是一闪念的，具有突发性和不可重复性，必须及时抓住被唤醒的灵感，让它引发作者的想象。有一首题为《草原》的诗，诗人的灵感一定来自一只小鸟。草原辽阔无垠，平静铺开，一只小鸟在花草之间踱步。看到小鸟用嘴啄草上的露珠，诗人心中一动：露珠摇晃，从露珠里看到了摇晃着的草原，多么动人的图景！诗人紧紧抓住这一点点突发的一闪即逝的感觉。于是灵感爆发，诗意滚滚，写出这首意境优美的短诗。

有时灵感需要激活。只要沉在生活底层，细心观察生活中的每一件小事、一个不起眼的物件，甚至一点儿颜色、一个音符，都能使你动情动心，唤醒沉睡的灵感，激活灵感的喷发。如在博物馆里，1300多年前的陶罐引起马利军的浓厚兴趣。他仔细地看，陈列柜里一溜排着几个陶罐，一共三只，提手像耳朵。它们大小不一，耳朵不一，只有诞生的年代同样地久远。"耳朵"引起诗人的灵感，他驰骋想象，由耳朵自然想到"听"。博物馆的静使人联想到只有"耳朵"在听，"三只陶罐，六只耳朵/从唐朝听到今天//博物馆出奇地静/——生怕泄露明天的事情"。最后两句给读者留下想象的空间，一千多岁的陶罐们在听什么？博物馆那么静能听到什么？"明天的事情"又是什么？作者把许多问号交给读者自己去解答。

二、张开想象之翼

想象和联想是一切文学创作都要运用的手段，诗歌尤其如此。诗人在构思的时候，想象就像长了翅膀一样在空中飞翔，不受时空限制，能想千百年前的事情，能看到万里之遥的东西。可上九天揽月，可下五洋捉鳖；天上地下、神话传说、史实典故、现实理想，无所不能。

想象，可以是一种设想。请看刘家魁的《夜宿连云港连岛》："褥雾被云一夜仙，枕山听海辗然眠。醒来未及穿衣履，鸥鸟窗前问早安。"雾做褥，云做被，头枕山，耳听涛，如仙一般地入眠。诗人通过丰富的想象，表达了对连岛优美风光的赞美和旅途中轻松愉快的心情。

如岩鹰的《瀑布之歌》中想象奇特，把读者带入一幅壮美的图画之中：

就让我跌下悬崖
就让我跌进深渊
就让我是一个不听劝阻者
一个不可救药者不被救起
就让我自甘坠落
在坠落中变轻
在坠落中忘记了坠落
就让我像一个失败者
在坠落中充分证明失败
就让我进入更深的深渊
就让我在更深的深渊中
看不清自身
就让我到达深渊的底部
就让我在深渊的底部发不出声音

诗人采用拟人手法，瀑布变成了"我"，让"我"跌下悬崖，跌进深渊，让"我"自甘坠落，在坠落中变轻，让"我"到达深渊的底部，发不出声音。这一连串的想象都是为了歌颂瀑布的奉献精神和视死如归的高尚品格，牺牲一个"我"换来一片绚丽壮观的风景。

想象，也可以是一种联想。为了表情达意的需要，想象与联想往往是交错揉和在一起的。洛夫的《夜宿寒山寺》设想自己在《枫桥夜泊》的诗中过夜，"月亮落在/枫桥荒凉的梦里/我把船泊在/唐诗中那个烟雨朦胧的埠头"，"我"抱着一块石头呼呼入睡。从石头联想到色与空，石头以外的事，和尚打扫院子，石头溶化……似梦非梦，全诗想象如骏马奔驰，接连不断；感情却如山涧小溪，潺潺长流。诗歌的想象天地是十分广阔的，具体运用时又千变万化，很难把设想和联想截然区分开来，它们常常是交错在一起使用的。

丰富的想象和联想还常常与其他艺术手法结合运用。洛夫的另一首《西湖瘦了》就是将想象和拟人、比喻、通感手法结合在一起，如"她确实消瘦了许多/瘦得如夏日细细的蝉鸣""船摇过了二十四桥/也骤然瘦成了舵尾的一道水痕""烟雨三月/仍在橹声之外"等妙句，想象力奇特大胆，加上拟人等多种艺术手法的运用，呈现在我们面前的瘦西湖犹如一个成熟少妇，更见妩媚动人。

一首诗要突破眼前直观生活现象局限性，做到以少胜多，以个别反映一般，具有充分的典型意义，就必须由"一点"生发开去，展开想象和联想，使有限的直观材料和无限的空灵境界衔接起来，使平淡的现象焕发出神奇的光彩。为有限的事实赋予无穷的深意，这是摆脱现实束缚的结果，是想象的功劳，是链接以往生活积累的产品。只有这样，才能"胸中自有竹千枝，笔下挥洒兵百万"，于尺幅之间展现大千世界。

三、寻觅感情突破

抒情诗强烈的抒情性，常要求诗人在作品中鲜明地确立自己抒情主人公的地位，强化主体意识，将客观生活融化在自己的感情世界里，使诗中的一切带上强烈的感情色彩。如何把这种强烈的感情抒发出来，还要寻觅一个突破口，把心中情、脑中思传诸笔端，这个突破口就是选取恰当的表达角度。选取最佳表达角度有三种。

（一）直抒胸臆

主体意识的强大力量有时会促使诗人以直接抒情的自我主人公形象出现。这种"自我"有的是诗人自己的形象，有的是一种"大我"。因为一切感情需要经过"我"的心灵发出。如孙友田的《抗日山》中的抗日山安葬着750多位烈士忠骨，墓碑上镌刻着3500多位烈士英名。为表达对抗日英杰们的敬仰崇拜之强烈感情，诗人采用了直接抒情："只有面对这座大山/才能真正理解/什么是舍生忘死/什么是正气凛然/什么是民族之魂/什么是忠心赤胆/什么是崇高　坚贞/什么是圣洁　庄严""抗日山是一部血与火的杰作/一部反法西斯战争的经典/无论何时阅读/都会肝肠寸断/无论翻到哪一页/都会感慨万千"。

（二）融情于景

通过一个或多个景物来表达，而作者的情直接融入景物中，写景就是为了表情达意。如陈斯高的《林海野趣》：

葱葱树木与天齐，黄雀轻歌乳燕啼。
昨日意杨林里过，笑声惊起野山鸡。

西藏的景色令诗人大饱眼福，胸中奔涌情感自然融入美景之中。如林野的《民歌里的西藏》写了云层、天空、经幡、佛、青稞酒、风、鹰、喇嘛、经书等，用一连串景物构成西藏的神秘而古老的图画。李瑛《到藏北的第一页日记》中这样描述："拂晓，当阳光从天边/射向层层山脊/藏北站起来/在凝云之上/在冰河雪线的条条雪岭之上/流光耀金/朱红、桃红、橘红闪射着/映透天宇"。用一系列色彩鲜艳的景物来勾勒壮丽神奇的藏北日出惊心动魄的美。

（三）托物寄情

将情寄于某一物件中，寄情的所托之物，就成了沟通作者与读者思想感情的桥梁。请欣赏一首古体诗《瓜田落日》："海畔平畴接远山，一天浓绿万瓜圆。尝瓜小伫瓜田晚，落日如瓜种上天。"短短四句，写海边的瓜田，万千的圆瓜簇拥成一天的浓绿，而天边的落日，多像鲜红浑圆的西瓜！这是诗人在海南三亚海棠湾度假时看到的景色，正如诗人在注中说："确是一幕奇景，状难摹之景如在目前。最后一句写出，我高兴了好一阵子。古今诗中曾有此意境吗？无。当时落日很像一瓜，不需借助想象。"诗人把情感寄托在落日身上，营造出一幅绝妙的意境。写落日就是写海棠湾的优美风光，赞颂落日就是赞颂海棠湾。

冯亦同的在《雨花石遐想》中，把对这片多情的土地和奋进着的人民讴歌赞美之情寄托在雨花石上，写雨花石就是在写金陵古都，就是在写勤劳创造的杰出人物：

看粒粒晶莹，变幻一个大千世界
听岁月涛声，在无数斑斓里回响……
哦雨花石，巍峨石头城天生的倩影！
哦雨花石，大自然母亲心花的怒放！
……

你花纹千条，书写地壳的奥秘、冰川的履历
你风情万种，展示岩浆的炽热、江河的奔放
哦雨花石，旅行在茫茫宇宙的徐霞客！
哦雨花石，探索在永恒时空的李四光！
……

四、精心营造意境

何谓意境？近代王国维认为一首好诗必有"境界"，他在《人间词话》中说："喜怒哀乐，亦人心中之一境界。故能写真景物、真感情者，谓之有境界。否则谓之无境界。"对意境的内涵做了规定，诗同时具有真感情和真景物才能产生境界。因此，意境就是情景交融而产生了深层意蕴和韵味的境界。

在诗歌构思的过程中，一定要追求意境的创造，把思想感情浓缩到有限的生活画面中，情景交融，使读者能从画面形象触摸到作者的思想感情。意境是诗的艺术精灵，故优秀的诗人总是把意境创造当作自己最高的目标。

有的意境由景及情，情因景生。这种意境先描绘情感化的景物具象即意象，使读者对意象的自然画面产生美感，进而由景及情，点染景中之情。如顾浩的《御街行　千灯古镇吟》①：

千灯古镇天堂地，脚步举，心潮起。雕梁画栋石板街，名门广宅竞丽。少卿山青，尚书浦绿，尽入秦塔眼底。

时越二十五世纪，风和雨，悲与喜。胜迹遗构丝竹韵，更添金装玉砌。故园欢腾，亭林笑醒，惊呼昔非今比！

诗人站在千灯古镇，环顾四周，雕梁、画栋、广宅、石板、青山、秦塔，古镇风光尽收眼底，更有丝竹声声，如此美景，怎能不叫人动心动情，陶醉其中？最后几句点染全诗，诗人赞美人间天堂，为故园欢腾亭林笑醒沧桑巨变而自豪的心情从美景中充盈而出。

有的意境以情写景，景在情中。这种意境以抒发主观感情为主，把景物融化在情感的流淌之中，以"情之景"取胜。如孙道雄的《农家》②：

红砖小院背依山，绿水弯弯绕寨前。
满坝秧苗青似黛，秋来又是大丰年。

前两句写依山的红砖小院、寨前是弯弯绿水，对自然景物做客观的描述；后两句写满坝秧苗茁壮成长，秋来一定是大丰年。对丰收的期望、对生活的满足、对田园风光的赞美全在景中。诗人欣喜之情难以抑制，他透过满坝如黛的青苗看到秋天金谷满仓的诱人景象。以情写景，景为情生。

有的意境以景为主，寄情景外。这种意境把情感融化在景物具象的描绘中，含而不露，不作情语，寄情于景外，以"景之情"取胜。如傅天琳《雁门关》③中的诗句：

---

① 顾浩：《御街行　千灯古镇吟》，载《扬子江诗刊》2005年第4期。
② 孙道雄：《农家》，载《扬子江诗刊》2005年第3期。
③ 傅天琳：《雁门关》，载《诗刊》（上半月）2004年第10期。

站在雁门关前
一望
那可真叫苍山如海啊
……
从此，雁门关不再有雁
这苍凉的静
透澈的静
蓝天般辽阔的静
没有一只雁会用弧线去划破它
没有一只雁会用嘶叫去洞穿它

所引的是该诗的前三句和后六句。历史上雁门关曾承受了1500多场战争，土地把马匹、刀枪、鲜血、尸骨都收回去了，所以如今的雁门关特别的静。全诗突出一个"静"字，营造了一幅宁静辽阔的塞北风情画，作者的情融化在画中，面对沉重的历史，面对苍山如海，不禁感慨万千。诗人用心创造的意境，是令人震撼、令人动容的。

五、巧妙运用修辞手法

（一）比喻和拟人

比喻是"以彼物比此物"，通过想象，用别的事物来表现诗中所歌咏的事物。比喻的作用有二：一是可以更鲜明更形象地表达作者的思想感情；二是可使较平常的事物变得光彩亮丽，给人带来美感享受。正如秦牧在《譬喻之花》中所说："精警的譬喻真是美妙！它一出现，往往使人精神为之一振，它具有一种奇特的力量，可以使事物清晰起来，复杂的道理突然简洁明了起来，而且形象生动，耐人寻味。"比喻分为单喻和博喻。要注意，本体和喻体必须在整体上、本质上不同；但喻体与本体又必须有相似点，否则就没有可比性。

拟人是把物当成人来描写，赋予其人的思想性格、动作神态，使事物表述得更生动、更鲜明，更便于抒发作者思想感情。诗中的拟人，写物实际是在写人，写物时早已融进作者主观的情和思。拟人技法可用于一句诗，也可用于整首诗，但一定要注意贴切自然。

如庞培的《扬子江的秋天》一诗中，就交替地运用了比喻和拟人的技法，如以下的诗句，"这江面该是已逝的稻浪吧""在我们乡下，扬子江仿佛一个谷仓""这里的黑夜像一个神秘的午后"用比喻，"远方在大地的船舷/喃喃低

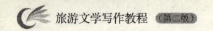

语""秋天沿古运河/到达库房的空地——太湖""孩子们捉住了露水"则用拟人。

秦岭雪的《夕阳》中,"从燃烧的云/射出千万支箭"是单喻;《海潮》中,"从金黄色的沙滩上涌来/从洁白的细线/到无数欢欣跳跃的小精灵/而来到面前的/是森林/是狂飙/是号角/是珍珠/是玛瑙/是阳光在贝壳上的微笑",一口气用了七个比喻,是博喻;李瑛的《在高原看落日》中,落日"带着尊严和死去的痛苦/凝望、亲吻、拥抱、抚摸/怀里这浩瀚的/荒滩、雪巅、草原、大河",是拟人。

（二）象征

象征是通过特定的易于引人联想的具体形象,表现与之相似或相近的概念、思想和感情的技法。象征可用于表现诗中某一形象。冉冉的《火车向北》,全诗共三段,写了三组意象：左边的窗户和右边的窗户、左边的风景和右边的风景、左边的空位和右边的空位。火车的行进象征着人生的旅途,铁轨象征旅行,墓地象征死亡,星辰象征出生,沙粒象征人类。星多如沙,人类不断地生与死,交替轮回。全诗充溢着哲理意味。

有的诗通篇都用象征。如王怀凌的《鹰隼飞升的道路》：

像一座山射向另一座山的子弹。呼啸着
穿过阳光和风暴
在高原上空
拉开与众鸟的距离

这是西海固分娩后的秋天
朔风将云吹散
飞翔把天抬高
寒冷向更西的西边加深
天空因一条不留痕迹的道路而生动①

诗中描写的是高原上空的"鹰",它呼啸着穿过阳光和风暴,气势何等雄伟壮美,速度又何等迅猛激烈。它的飞翔与众鸟拉开距离,把天抬得更高,天空因为它的飞升而生动。诗人笔下的鹰隼搏击风暴,笑迎寒冷,翱翔长空,具

---

① 王怀凌：《鹰隼飞升的道路》,载《诗歌月刊》2003年第5期。

有一往无前的拼搏精神。这是一首对鹰的赞歌,对鹰的个性、鹰的精神、鹰的作风的赞歌。其象征意义也是明显的,象征那些具有鹰的风格和鹰的精神的人,他们的拼搏和飞升使我们的时代变得更加生动精彩。

(三) 通感

通感是指作品中诗人把听觉、视觉、嗅觉、味觉、触觉、意觉的感受互相沟通起来的一种技法。它可以大大加强诗人的想象空间,可以更完整、更生动、更新颖地捕捉意象、创造意境,使诗的容量增大,并有立体的美感。如《西湖瘦了》中"她确实消瘦了许多/瘦得如夏日细细的蝉鸣","瘦"是视觉,"蝉鸣"是听觉。车德旺的《南京之夜》中"人们品尝着古城墙的清凉"句,"品尝"是味觉,"清凉"是触觉。

又如孙汉洲的《乡愁》的开头和结尾两段:

徘徊于江滨桥头,
泪水伴江水共流。
古今中外多少把剪刀,
为什么剪不断缕缕乡愁?
……
人爱江南春,
我爱故乡秋,
任剪刀千把万把无数把,
剪不断缕缕是乡愁……①

剪刀剪乡愁,剪刀是触觉,乡愁是意觉,将触觉与意觉相通,就是通感技法。这样与特别形象,给人酸楚心伤的感受。通感技法运用得当,可使诗的意象更生动新奇,意境更耐人寻味,更能充分显露诗人的审美情趣,也使诗的语言更精练、更精彩。

(四) 复叠

复叠指重复(字和句相同)、重叠(结构与句式相同),诗人用复叠技法是为增强抒情或音律的艺术效果。一般来说,妙用复叠技法可加重诗情的浓度,加重诗意的感染力,增强诗的节奏感、音乐美,增强诗的表现力。

---

① 孙汉洲:《乡愁》,载《扬子江诗刊》2006 年第 4 期。

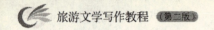

牛庆国的《一切都收获了》中六段诗每段首句都是"一切都收获了",反复吟咏,一唱三叹,前呼后应,彼此映衬,以渲染强调收获后的土地只剩下秋风、几缕青苗、几粒种子,除此之外,颗粒归仓,什么遗憾都没有。

胡建文的《天空高远,生命苍茫》:

　　大地向南,我向北
　　风声向南,我的心音向北
　　大片大片奔跑的水稻,大片大片奔跑的玉米
　　大片大片奔跑的麦子,大片大片奔跑的云朵
　　天空高远,生命苍茫

　　一只小鸟,划出一道有力的弧线
　　一块墓碑,两块墓碑,无数墓碑
　　站立着,深深切入土地的诗篇
　　田间或原野里劳作的人,渐大渐小渐淡渐无
　　天空高远,生命苍茫

　　让我忘记从前,忘记现在和未来
　　忘记所有飞速来临又飞速撤退的事物
　　让我忘记生,忘记死,忘记一切
　　就这样慢慢抬起头来,平视或者仰望——
　　天空高远,生命苍茫

诗人在行进中观察景物,采用复叠技法,有单个字和词组的重复,有句的重复,有句式的重叠。如"向南""向北""大片大片""奔跑""墓碑""渐""飞速""忘记"是字和词组的重复,"天空高远,生命苍茫"是句式和结构的重叠。重复运用某一句式,回环往复,为的是强调某一特定的意义,尽情抒发特别浓郁的感情。重叠的运用使该诗充满节奏感和韵味,突出表达了诗人对景物的感受和深层的思索。

本章小结

全章两节。第一节是概述旅游抒情诗的含义和艺术特征,第二节讲旅游抒情诗的写作,要求作者注意激活新的灵感,寻觅感情突破口,张开想象之翼,精心营造意境和巧妙运用修辞手法。

本章重点是第一节。特别是高度凝练浓缩、强烈抒情、语言富于建筑美和音乐美的艺术特征。

关键词

旅游抒情诗　诗意　灵感　抒情方法

思考与练习

1. 中国山水诗有深厚传统，但这个概念已经不能涵括当代旅游诗歌的形式和内容了，你能说说原因吗？
2. 你认为怎样的旅游抒情诗才是好诗？
3. 尝试旅游抒情诗的创作。写一两首短诗。

第九章 旅游叙事诗

本章学习目标
- 掌握旅游叙事诗的特征。
- 熟悉多种的叙事方式。
- 学习用诗歌语言描写细节。

第一节 旅游叙事诗概述

一、旅游叙事诗的含义

有人对叙事和叙事诗做这样的界定:"叙事:叙述事情。事情:一切活动和所遇到的一切社会现象。叙事诗:以叙述历史和当代的事件为内容的诗篇。事件:不平常的发生。"

旅游叙事诗侧重于旅游活动中的记人叙事,它一般有完整的故事情节和人物形象。它也要抒发感情,但这种感情往往凝铸在事情发生变化的描述中,闪耀在人物形象的内心思想感情的表现中。李白约公元725年到庐山旅游,写下《望庐山瀑布》诗:"日照香炉生紫烟,遥看瀑布挂前川。飞流直下三千尺,疑是银河落九天。"用现代汉语译成散文:香炉峰在阳光的照射下生起紫色烟霞,远远望见瀑布似白色绢绸悬挂在山前。高崖上飞腾直落的瀑布好像有几千尺,让人恍惚以为银河从天上泻落到人间。他写得实在太美了,想象太丰富了,所以世代相传,永为经典。

又如今人于坚的《参观故宫》、李小雨的《台北故宫·白菜蛐蛐》、侯马的《傍晚来到天津》、沈娟蕾的《河上》、梁晓明的《一个人去外地》等旅游诗歌,有的记叙参观过程,有的讲叙一个外乡人到外地遇到的尴尬一幕,有的写在河边看到的情景,有的述说自己的亲人去外地后的生活,都是旅游叙事诗。长篇叙事诗内容宏大,包容面广,又称为史诗。

二、旅游叙事诗的特征

(一) 叙事性

旅游叙事诗一般有完整的故事情节和人物形象,但它在描述事件和刻画人物方面不像小说那样细腻和丰富。如周公度的《正月初五与母亲同游济南郊外神通寺》：

> 公路一侧的山洞里
> 清冷的溪水载着未融的雪
> 逆车行的方向
> 朝下游缓缓流去
> 由青龙山，过柏树林
> 三百米颓毁的山路
> 至涌泉庵，一片竹林
> 涌泉池内游鱼摆尾可数
> 池上　水雾缥柔
>
> 从柳埠林场下山
> 到金舆山麓的一家餐馆
> 吃葱烧豆腐、苜蓿炒肉
> 然后在寺前的广场上
> 看人放鞭炮，和马说话
>
> 我与母亲各掷了一元的飞镖
> 共投中了三个气球
> 在傍晚冷意到来之前
> 站立桥头　等公车回家

诗人写春节期间和母亲一起到济南郊外神通寺游玩，路途看到的景、物和游玩过程写得十分具体，包括吃饭、掷飞镖等活动，叙事性很强。诗中洋溢着春节欢乐喜庆的气氛。

（二）情节的跳跃性

旅游叙事诗具有诗歌高度集中和凝练的特征，因此它的情节不能如一般叙事文那样具体详尽，也不能像小说那样充分展开，有开头、发展、高潮和结尾。叙事诗情节的推进常常是跳跃性的，有时要删除一些过程、因果或琐碎，造成无头无尾或不连贯的感觉。如娜夜的《老家》[①] 中的情节跳跃性就很大：

---

① 载《诗刊》2003 年第 3 期。

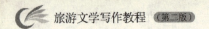

风吹树叶
令童年和成长寂寞的声音
穷孩子胃里装着沙枣核

瘦的胳膊　　瘦的肩膀
更瘦的道路
饥饿时代的人和土地　　饥饿时的
人和人
我试着不去追忆这些……

像一个回家过年的人　　敞开柴门
掏出糖果
牵来孩子
迎接方言和沙枣树的问候

　　写诗人回老家探亲这件事，先追忆童年时的老家、那饥饿的时代，人瘦土地也瘦。然后从追忆中跳回现实，省略了回家的日期、交通、路途等具体琐事，直接写推开老家的柴门，回家后受亲人迎接的情景，情节跳跃极大，但更凝练，既反映出时代的变迁，老家今非昔比，也表达诗人归心似箭、思家迫切之情。又如宋冬游的《在袅袅似烟的黑色狂草中吟唱》[1] 情节更是显得断断续续。一会儿写在黑色的七月一个女人的亲人被"发配"到边疆，把她也带到有雪山的远方；一会儿写她狂躁的心态和无休的诉说；一会儿又回到动乱年代头发被剪去的可怕场景。远方的亲人去了更远的地方，她只能独自哭泣，独自吟唱。从这些不很连贯的情节中，我们可以读出社会动乱给广大人民带来何等深重的灾难。

（三）粗线条勾勒人物

　　旅游叙事诗中出现的人物形象虽然十分鲜明突出，但它没有空间去细致写人，对人物的描写往往是粗线条的、白描式的，用寥寥几笔勾勒出人物的个性与精神面貌。如沈娟蕾的《河上》[2] 中的两个写人的片段：

---

[1] 载《诗歌月刊》2003 年第 2 期。
[2] 载《诗潮》2002 年第 2 期。

第九章 旅游叙事诗

> 载泥的挂机船慢吞吞地，
> 在烟雾里露出船头。
> 船主从下面回头望我，
> 也许我微笑，他就跟我搭话
> 满意地挥手。
> 这位在门口做针线的老奶奶
> 看来能领到退休工资，
> 风从水面上吹过来的时候，
> 她一定感觉了凉快。

该诗叙述诗人骑车到了河边停下观景，至傍晚有人喊他才离开的全过程。诗中出现两个人物，一个是船主，一个是做针线的老奶奶。河上船正在驶过，船主回头望，看到岸边有人对他微笑，就搭话，并挥手道再见。河边的老奶奶在门口做针线活，神情安详满足。几笔勾勒，我们基本可以知道，船主性格开朗，喜欢与人交流，见人自来熟，大大咧咧，无所拘束，这也是长期行走江湖所形成的个性特点。老奶奶怡然自得地在家门口做针线活，说明她心情很好生活幸福。诗人猜测这是因为她有退休工资，衣食无忧老有所依之故。

韩作荣的《毕节》[①] 写旅途中车厢里邂逅一少女：

> 硬座车厢里
> 我的对面坐着一位少女
> 她干净得没有杂质的目光
> 声音的清淳
> 让我面临青春气息的逼迫
> 当列车停靠在另一处站台
> 她下车了
> 车厢顿时暗淡下来
> 我的心里倏然间像丢失了什么

只写她目光"干净得没有杂质"和声音"清淳"，她下车后，车厢顿时"暗淡"下来，我的心像"丢失了什么"。虽然与少女只有一面之交，但人物形象仍十分鲜明，她的青春气息使人永远难忘。

---

① 载《人民文学》2004年第10期。

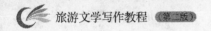

冉仲景的《武陵女孩》① 中对女孩的勾勒也是粗线条的：

> 我可以把她的大眼睛叫做失眠
> 把她的嘴唇叫做沉默
> 我还可以看她灵巧的双手
> 怎样解开毛线上的死结

寥寥几笔，我们可以看到武陵女孩是一个大眼睛、不爱说话、双手灵巧的姑娘，怪不得引得好多人围着她转，争着向她表达情意呢。

（四）有一定的抒情性

"诗人，你的名字叫燃烧。诗人鼓鼓的钱包，装满欢乐与忧伤。"这是王辽生在《扬子江诗刊》2006年第3期上对诗人的描述。我们可以这样来理解，诗人写诗就是燃烧自己，写出生命的欢乐与忧伤，写出对生活的体味和感悟。所以说，不论是抒情诗还是叙事诗，都要抒发诗人的思想感情，只是有的抒情比较直接，有的抒情比较间接罢了。叙事诗一般是通过叙事和记人来抒情的。如十品的《将死的藏羚》②：

> 将死的藏羚，你要
> 把我们带到哪里去
>
> 雪域的高原上没有我们的家
> 只有疲惫的四肢
> 和一把锋利的匕首
> 我们的鞋子还留在
> 陡峭的岩石上
>
> 岩石上的岩画
> 还流着我们的血
> 我们初潮的血呀

---

① 载《诗选刊》2003年第4期。
② 载《扬子江诗刊》2006年第1期。

将死的藏羚,你怎么不走啦
这满天的大雪
是你的遗言吧
你会记住这世界的冷暖

岩画上的血
还在流淌,一千年也不后悔
将死的藏羚出现在山顶
雪域高原的背景骤然凝固
风停了,雪停了,我们的
脚步也停止了
雕像的力量
从山下流向山上

疲惫的天空中有一只鹰
在孤独地盘旋

眼睛如一把
锋利的匕首

读了这首诗,你心里一定很压抑,很沉重,尤其是第四、第五段,因为诗中叙述的藏羚的悲惨遭遇使你震撼,使你惊愕,使你激愤万丈。藏羚是国家一级保护动物,可是却遭到人类无止境地掠杀。长此以往,藏羚将绝灭消逝。诗人通过藏羚被杀的非法捕掠事件,提出严肃的社会问题,就是如何保护动物,保护我们生存的环境?诗人的人声疾呼也表达了人民大众的心声。

第二节　旅游叙事诗写作

一、发现和挖掘闪光的东西

叙事诗不能为叙事而叙事,要从一大堆原生态的生活现象中发现和挖掘出闪光的东西。只有选择有意义的事情和事件来写,才能发现和挖掘出给人美感

和启迪的东西,叙事才能积极向上,有一定社会意义。如彭燕郊的《西班牙小景》①:

> 三个少女从斗牛场出来
> 遇见一个乞丐
> 那乞丐向她们求乞
>
> 第一个少女给他一枚银币
> 他谢过了
> 第二个少女给他两枚银币
> 他谢过了
>
> 第三个少女
> 那最贫穷也最美丽的
> 没有银币
> 在他苍白的脸上
> 轻轻地吻了一下
>
> 正巧有个卖花人从那里经过
> 饥饿者没有说"谢谢……"
> 把刚才讨到的银币
> 买了一束玫瑰
> 送给那个最美丽的少女

三个少女遇见一个乞丐求乞,第一个少女给他一枚银币,第二个少女给他两枚银币,第三个少女没钱,"在他苍白的脸上轻轻的吻了一下",乞丐把讨到的银币买了一束玫瑰送给她。事情虽小,诗人却从中挖掘出闪光的东西,即乞丐认为吻他的少女虽然贫穷,没钱给他,但心灵却最美丽。这也说明人类最需要爱心,精神抚慰、人文关怀往往比金钱更重要。

旅游生活中充满了新奇、神秘和鲜活的感受与美的诱惑,就看你能不能去发现和挖掘了。美国籍诗人奥顿写了一首有关旅行者生活的叙事诗《旅人》(北塔译):

---

① 载《诗歌月刊》2004年第10期。

第九章　旅游叙事诗

在自己的面前高举着远方，
站在那特殊的树下，找寻
那充满敌意的陌生的地方；
没有人会请他去居住的地方

充满新奇，他竭力要找的就是
这份新奇；全力奋斗也一样，
一个人爱上远方的另一个
就有家，就有乃父的名字。

但他一家子到哪儿都受款待；
一下轮船，所有的港口
都赶来亲近，甜蜜而温柔；

城市像簸箕盛放他的感情，
人群悄没声儿地给他让道，
像大地忍受着人类的生命。

一提起旅行者，人们就想象着一群无定居、长期漂泊在外的人，他们的事业就是旅行，就是探险，比如到撒哈拉大沙漠去的三毛。的确如此，该诗中描述的旅人目光总是望着远方，陌生的地方，越充满新奇，他就越是要去寻找、去奋斗。他带着"家"走遍世界各地，抒发着他的感悟和激情，他走到哪儿都能受到人们的热情款待，因为他是一个勇敢的旅行者。这首诗发掘了旅人身上闪光的东西，给读者无限的启迪。

二、运用最佳的叙事方式

叙事诗既以叙事为主，就应该讲究叙事的最佳角度。根据不同的题材和抒情的需要选用不同的叙事方式。下面介绍几种常用的叙事方式。

（一）客观还原式

就是选取生活碎片或一个横断面进行直接陈述，不加色彩，不用艺术手法，不做主观评论，不做精神升华，追求"客观还原"生活的"真实效果"。请看杨克的《天河城广场》[①]中的选段：

---

① 载《诗刊》2000年第1期。

> 而溽热多雨的广州，经济植被疯长
> 这个曾经貌似庄严的词
> 所命名的只不过是一间挺大的商厦
> 多层建筑。九点六万平方米
> 进入广场的都是些慵散平和的人
> 没大出息的人，像我一样
> 生活惬意或者囊中羞涩
> 但他（她）的到来不是被动的
> 渴望与欲念朝着具体的指向
> 他们眼睛盯着的全是实在的东西
> 哪怕挑选一枚发夹，也注意细节

详尽交代广场的历史、地理位置、面积及进入的人群、买卖双方的举止神情和心态，平铺直叙，不加修饰地表现天河城广场的过去和现状。

王夫刚的一首题为《记一次旅行》① 的诗，全诗八句，也采用客观还原式来写旅途生活中的一个横断面：汽车追尾，车辆等候修理，旅行计划被打乱，人们无奈地在等待，修正旅程，生活减速，这是人们在旅行中经常发生的事。

> 一场途中的误会并没有引起格外关注。
> 生活减速，或者像汽车一样抛锚。
> 钢铁们耍脾气，休息，那些等待修理的
> 和正在修理的行程，秩序的另一面
> 被允许呈现。有人喋喋不休
> 有人昏昏欲睡。目的地
> 毫无介意地等候在一折再折的地图里。
> 世界的爱与恨，漫无目的。

（二）单纯即景式

对一事或景做直观即兴的叙述，往往记录瞬间爆发出的情感。如大解的《车过太行山口》② 写旅途中的一个情景：

---

① 载《扬子江诗刊》2006 年第 2 期。
② 载《诗刊》（下半月刊）2004 年第 9 期。

傍晚时分　太行山渐渐暗淡
向后看去　只剩下一个轮廓
层次被阴影填平
我在高速公路上向东行驶
速度超过了西风
在稀薄的云彩下　山丘越来越矮
穿过最后一道斜坡　山口突然张开
华北平原在一分钟内展现出来
远近的楼群隐现在夕光中
而山脉在我的身后悄然合拢
我被眼前的景象所震撼
脱口喊了一声
趁着黄昏尚未到来
我还要大喊　并且打开车窗
让风直接进入我的肺腑
直到涌出眼泪　直到我愿意停下
或者错过目的地　继续前行

在火车穿过最后一个斜坡时，山口突然张开，华北平原展现出来，诗人被眼前的景象所震撼，"脱口喊了一声"，不过瘾，马上打开车窗大喊，直喊到涌出眼泪。人们也常常会碰到这种情况，在激动的时候往往想大喊，不喊如鲠在喉，只有喊出来才痛快淋漓。诗人也是如此来表达心中的激动和兴奋。

（三）新闻报道式

像新闻媒体的报道一样，对旅游过程中的突发事件或重要事情做真实及时的描述。这种叙事方式让事实说话，不多加评论，叙述具体而细致，有近景、有远景，有大特写、有局部细节，充满了现场感、运动感，具有强烈的视觉冲击力。

如非马的《不该停靠的站》中开头几句：

随着碎玻璃飞出窗口的
齐声惨呼
很难听出
竟来自

南腔北调的
咽喉

这是描绘马德里火车爆炸事故中悲惨的一幕，碎玻璃飞出窗口，南腔北调的齐声惨叫，好像电视镜头一样展现在我们眼前，强烈地刺激着人们的视觉神经。

杨邪的在《车祸》中的叙述好像播映着的电视新闻片：

先是耳鼻，不住地淌血
后来她想开口说话
于是更多的鲜血
从她的口中，涌出……

这是个过分漂亮的女人
哪怕血污狼藉
脸蛋还是这么生动娇媚
而紧身的花格子西装，花格子短裙
而仍然完好无损的青灰色丝袜
而两只黑亮的方头时装鞋，仍然穿在她的脚上
——只是，她那别致的坤包
甩在了三米之外
而她那辆雪白的轻骑，仆倒得，更远

而那猥琐的出租司机
面无人色地钻出他的红色桑塔纳
慌得只知道，跑去捡那只坤包
一边反复绝望地哀嚎："太快了——
她真的是太快了，我怎么也来不及……"

而当围观的人群还未合拢之前
差点也成了主角的我，在街心
陀螺般转了几圈，然后跳过去
惊魂未定地抱起了她——
而我听到了两个互相激烈追逐的心跳

同时闻到了血腥和血腥中的芳香

"我来不及了,真的来不及了
……我要给女儿喂奶,她饿呀……
她嚷着要我……要吃奶……"
——这是她芬芳的一句话,好像是说给我听的
而这是她留下的最后一句话,如兰吐气中
我目睹了她的粉红色的美丽胸脯——

她鼓胀的胸口无声息地崩落了
紧身花格子西装的,第一枚纽扣……

开头四句:"先是耳鼻,不住地淌血/后来她想开口说话/于是更多的鲜血/从她的口中,涌出……"就像我们在电视屏幕上看到的特写镜头一样,逼真而刺目。镜头继续从事故现场摇过:女人的娇媚的脸、时髦的服饰、方头时装鞋、别致的坤包、雪白的轻骑……接着是司机惊慌绝望的哀嚎,围观的人群,女人对我说的最后的话……这种画面是残酷无情的,不用加主观评说,车祸本身血淋淋的事实对旅游交通安全就是一种警示。同样题材的《旅行记》也如此:"在凌晨五点的/高速公路上,追尾的快客/被削掉半边车厢:碎片/撒落了路面,光秃秃的车板/和逐渐黯淡的血迹/暗示着刚刚发生的碰撞/一瞬间的意外,有多么惊心动魄……"

这种新闻报道方式往往将突发事件的时间、地点、因果省略,只是强调事件的现场动态。

(四)回顾往事式

这是通过对往事的回顾、倒叙和补叙,来引发感思,也就是通常所说的缘事抒情。这种方式一般都有对过去事件的追忆与回溯,有一定的故事情节,但回顾的目的是引发抒情。有时边叙事边抒情,但两者必须结合得比较和谐。如王燕生的《乘车穿过我开凿的隧道》在题记中就说明:"1959年下连当兵时,曾在湘黔线开凿过平渠越岭隧道,今乘车通过,已时隔45年了。"在诗中,有对过去经历的回顾,通过回忆而抒情:

不错,就在这里
我和战友支架过风枪

力与力的角逐
雄性与雄性的较量
一批批钻头前赴后继
从肩胛到每个骨节
我承受岩石顽强地抵抗
很好　我喜欢大山的刚烈
不然怎能拼出
是山长还是风枪更长

我的战友们啊
你们的手臂
横架于哪座峡谷
你们的歌声
在哪片荒原扎根生长
我听见不息的风枪声
把不朽的军魂唱得嘹亮

诗人在火车经过他曾经开凿过的隧道时，想起 45 年前和战友一起战斗的往事，引发起对战友的深深怀念以及对军队这个锻炼人的大熔炉的难忘热爱之情。

（五）立体扫描式

这种叙事方式适合于容量大、时间跨度大的题材，或者同时说几件事，单纯即景式的叙事方式已无力承担如此重任，便被立体扫描式的叙述和描摹所替代。如李明杰的《梦回边塞》、叶舟的《边疆》（组诗）和杨森君的《在西域》（组诗）等。

《梦回边塞》写走过西部漫长旅程中的所见所闻，内容丰盈，事件繁多，有历史事件的回忆，有民风民俗的描述，有对文化遗址的凭吊，有古代文人的足迹，有事有景，事景融会；有音乐有画面，声画结合；全方位对西部展现，充满立体感、画面感，像一幅宏伟幽远的民族历史画卷。

三、重视细节描写

许多文学体裁都十分注意细节描写，因为细节描写能起到突出主题、推动情节发展、刻画人物性格、营造环境氛围等作用。叙事诗以写人记事为主，因

第九章 旅游叙事诗

此也要重视细节描写。请看一首题为《旅行》的诗写两个相爱的人在列车上的情景：

> 这么多年了，我们还相爱
> 我不信，一定还有别的，让我们
> 形影不离，彼此陪着，这样
> 依偎，像一对亲人
> 火车慢速行驶着，窗外，是开花的原野
> 远处是镶着金边的浮云，模糊的
> 一座陌生的都市，在反光
> 一个杯子里泡着两个人的茶香
> 两个人用同一个杯子
> 这是多年养成的习惯
> 习惯，磨损了什么，我们从不
> 想它，你的脸贴着窗玻璃
> 看什么都新鲜啊，你忘了
> 与我分享，不再像年轻的时候
> 坐在春天刚刚长草的青草地里
> 看见一只蝴蝶都要推醒我
> 这么多年，我们第一次
> 这样离开一个地方，像一对
> 习以为常的亲人

该诗中有几处细节值得注意：

窗外。"是开花的原野/远处是镶着金边的浮云，模糊的/一座陌生的都市，在反光"，这个细节说明列车在行进，窗外的景象在变换，景象既熟悉又陌生。

杯子。"一个杯子里泡着两个人的茶香"，也就是两个人用同一个杯子，已是多年习惯。说明两人感情的深厚，彼此不分你我，相互习惯，相互依赖。

脸贴着窗玻璃。一说明她从不远行，看什么都新鲜；二说明看得专注，顾不得与"我"分享；三引起回忆年轻时的恋爱情节，心里充满甜蜜感。

这几个细节描写几乎构成了诗的全部内容，"这么多年，我们第一次/这样离开一个地方，像一对/习以为常的亲人"，写活了这对夫妻相知相爱、形影不离、相濡以沫的动人黄昏恋。

《颠簸的汽车上》也有突出的细节描写,请看下面的诗句:

> 我的左手死死地攥住椅背
> 右手下意识地去保护身旁的人
> 去抑止弹动
> 可当手掌按住她的大腿
> 我惊呆了,那是我第一次触摸一个女人
> ……
> 她只用手在我的手上轻轻拍了拍
> 并投以感激的一笑

车子非常颠簸,车上的人难免会互相碰撞。诗中对"手"做了细节描写:"我"用左手拉住椅背,右手下意识地去保护身旁的人,不料却无意中按在一个女人的大腿上,"我"害怕而恐惧,甚至等待对方打来的耳光。可是这些没有发生,"她"只用手在"我"手上"轻轻拍了拍","投来感激的一笑",这个"一拍"和"一笑"的细节稀释了"我"的惊恐,化解了误会和怀疑。建立一种相互理解相互关爱的和谐关系正是我们这个社会所需要的风气。

四、抓住人物某些特征

写人物的全貌或侧面,都要抓住这个人某些特点,对你印象最深的一点来写,才能写出个性,写出特色来。

林莽的《心中的阳光》是写人的叙事诗,让我们欣赏一下其中的两段:

> 临行你留下那些紫红色的浆果
> 它们让我想到血
> 你说 那时如果苇岸也知道
> 就不会那么早地离开我们
> 谈话间我观察你的脸色大不如以往
> 手术的创伤使你讲话都减缓了语气

> 那年夏天 在怀柔的深山里
> 你涉过溪水为我们引路
> 也是夏日的阳光
> 你高大 结实 脸上总是憨厚的笑容

> 那时苇岸也在
> 屈指数来　那只是几年前的往事
> 怀柔深山里的树木苍郁
> 潮白河水汹涌地流着
> 而时间总在无情地逝去

写去世文友较完整的形象，抓住他的特征来写：临行时留下紫红色的浆果，去怀柔的时候涉水为我们引路，脸上总是憨厚的笑容……两个善良的人离去了，他们总是让诗人想到明媚的阳光。

孙晓杰的《大路上的人》写人的片段印象，"那个疲惫困窘苦恼着的年轻人""那个朴素甚至灰旧的背影"都是抓住人的共性，人穷志不穷，也许他们就是明天的"天使"。

五、通过叙事来抒情

舒婷的《神女峰》主题是对陈旧的爱情观的大胆背叛，对充满人性关怀的新爱情观向往与呼唤。这种向往和呼唤是通过叙事来表达的。该诗叙述了游三峡时发生的故事：在江轮上初见风雨两千年的神女峰时，谁的手突然收回紧紧捂住自己眼睛，不愿看"神女"风采？人们散去，她还站在船尾。接着写有关神女峰美丽的传说。传说留下了"美丽的忧伤"，可人心不是石头，此事此景使诗人思涛滚滚，喊出"与其在悬崖上展览千年/不如在爱人肩头痛哭一晚"的心声。这是人性的复苏，爱情的回归！

雷抒雁的《灾难航程》记述一次海难：

> 这是一次不曾预谋的出航
> 是一次不约而来的灾难
> 丢失了海图，丢失了罗盘
> 风吹落帆，浪又击折桅杆
>
> 那些以往葬身海底的水手
> 以波涛的嗓音，在漩涡里呼喊
>
> 焦躁的鸟群以钩状的喙俯冲
> 圆睁着滴血的眼

> 把前途交给命运，把命运交给海洋
> 我心平静如纸，沉重的纸镇压着
> 汹涌的波澜

诗人写海难并不是为平实记录，而是想说明自然灾难的不可抗拒性，应该平静面对。"把前途交给命运，把命运交给海洋/我心平静如纸，沉重的纸镇压着/汹涌的波澜"，深刻的思考中包含着人文关怀和深沉的忧患意识。

六、适当借用创作技法

（一）赋

赋是一种直接叙事描景、抒发胸臆的技法。它和比、兴一起被认为是古典诗歌中最常用的技法之一。

先看毛泽东的词《沁园春·长沙》上阕：

> 独立寒秋，
> 湘江北去，
> 桔子洲头。
> 看万山红遍，
> 层林尽染；
> 漫江碧透，
> 百舸争流。
> 鹰击长空，
> 鱼翔浅底，
> 万类霜天竞自由。
> 怅寥廓，
> 问苍茫大地，
> 谁主沉浮？

写湘江秋色，不用比喻、象征，直接铺叙江水、群山、层林、船、鹰、鱼等景物。生机勃勃的晚秋图和大好河山引起诗人的遐想。诗人借景抒情，由自然景物转入对国家命运的思考，抒发了对社会、国家的强烈责任感。赋一般偏重于对景物、事实的客观描写叙述，由景物出发抒发感情。

第九章　旅游叙事诗

再看一首题为《中原》的短诗：

　　玉米刚刚被掰下来
　　堆在一起
　　还没运回家

　　在黄昏的山梁上
　　有两个人并排蹲在那儿抽烟
　　没有一句话
　　像两只静静的鸱鹈在抽烟

对两个庄稼汉劳动之后短暂的歇息做具体描写，不加情语，不做修饰。黄昏的山梁，有一堆玉米，两个抽烟人的背影，四周静静的，多像一幅晚秋山野的水粉画。人们从画中可以体会到收获者恬静满足的心态。

胡杨的《在敦煌沙漠上》① 也用赋：

　　一位老人背柴
　　一道沙梁又一道沙梁上
　　他回来的脚印
　　被风抹平
　　每天，太阳升起的时候
　　敦煌西北的沙漠上
　　可以看见长城
　　可以看见一位老人
　　穿过长城
　　在沙漠上行走
　　这时候，他的羊群
　　在河谷里吃草

　　有什么东西可以在沙漠上
　　像音乐一样动听
　　有什么东西可以在沙漠上

---

① 载《诗歌月刊》2003年第10期。

169

穿行自如
　　是这位老人啊

　　写这样一位老人，每天在沙漠上劳作，"穿行自如"，说明他健壮、乐观、执着、有信念，作者的赞赏之意不言而喻。

（二）兴

　　兴是"先言他物以引起所咏之词也"（朱熹《诗集传》）。它具有引发诗兴、起头、启发的意义，常常安排在一首诗或一段诗的开端。所写景物看似与下文无关，再细细体会，往往可以找到它们的内在联系。如贺敬之的《回延安》，很多地方采用了起兴技法：

　　树梢树枝树根根，
　　亲山亲水有亲人。

　　羊羔羔吃奶眼望着妈
　　小米饭养活我长大。

　　东山的糜子西山的谷，
　　肩膀上的红旗手中的书。

　　树的根、枝、梢虽与亲人没有直接联系，却都反映了一种密不可分的感情。羊羔与母羊、"我"与根据地也是这种关系，暗含着某种比喻和象征意义；东山的糜子、西山的谷与红旗、书本及"我"，则表现了环境与主体之间的关系，在种满谷子和糜子的群山中，"我"边学习边劳动，高举红旗成长壮大。

（三）用典

　　使用典故称用典。用典是借典故来发议论或含蓄地抒发诗人的感情，或引古说今传达人生哲理。用典能使诗词以最少的言语符号负载最多的信息，收到以少胜多的艺术效果，也能使诗的文学（历史）内涵更为丰富。
　　从题材角度分，典故可分为神话典、文学典、历史典三类。
　　毛泽东在诗词中最善于用典，而且自然贴切，好似信手拈来不费功夫。如《浪淘沙·北戴河》中"魏武挥鞭，/东临碣石有遗篇。/萧瑟秋风今又是，/换了人间"用了三典："魏武"指魏武帝曹操，三国时期的著名政治家、军事家和诗人,是历史典;"遗篇"指曹操的诗《观沧海》,是文学典;"萧瑟秋风"倒装《观沧海》中的诗句"秋风萧瑟",是文学典。

又如顾浩的词《庆千秋·古隆中行》:

灵岩圣土,
历千世万古,
为谁隆起?
高冈长枕清流,
龙卧之地。
风雨中、智星孔明,
幽居这里。
躬耕苦读十春秋,
满腹定国大计。

当年茅庐萃聚,
举杯问师友,
锦囊腰系。
渴饮六角井水,心润天霁。
更端坐、抱膝石上,
笑握真谛。
若不是、刘备三顾,
诸葛安得亮矣!

词中"龙卧之地""躬耕苦读""茅庐萃聚""刘备三顾"皆出自《三国演义》中诸葛亮在隆中苦读、满腹定国大计,刘备三顾茅庐,都是文学典。

(四)顶真

顶真是一种较特殊的技法,它要求每句句尾的词是下一句开头的词。顶真用得好,既加强节奏感,增加诗的趣味和韵味,又可在句式上给人视觉上的美感。如唐代岑参的《凉州馆中与诸判官夜集》中前六句:"弯弯月出挂城头,城头月出照凉州。凉州七里十万家,胡人半解弹琵琶。琵琶一曲肠堪断,风萧萧兮夜漫漫。""城头""凉州""琵琶"是顶真,又句句用韵,两句一转,构成轻快咏唱的情调。顶真技法较难掌握,尤其在当前的新诗中很少见。如丛小桦的叙事诗《夜行火车》:

火车穿过夜晚
穿过黑沉沉的原野
带着灯火
火车轰隆隆地行进
迎向另外的灯火
车厢里一些人睡去
另一些人<u>醒着</u>
<u>醒着</u>的人当中
一些人坐着
一些人<u>站着</u>
<u>站着</u>的人当中
一些人在说笑
另一些人始终<u>沉默</u>
<u>沉默</u>的人当中
有一个人在看着窗外
火车正穿过小镇
他看见一个深夜沉沉的原野
把夜晚震动　划伤
带着钢铁的声音和灯火

诗句中的"醒着""站着""沉默"（编者画线）用顶真技法，多层次、多角度地表现夜行火车上旅客的不同姿态和不同心态。

本章小结

全章两节。第一节旅游叙事诗概述，讲含义和叙事性、跳跃性、抒情性等基本特征。第二节分六点说明旅游叙事诗写作的要领。

本章重点是第二节，特别是客观还原式、单纯即景式、新闻报道式、回顾往事式、立体扫描式五种叙事方式的知识。

关键词

旅游叙事诗　叙事方式　细节描写

思考与练习

1. 说说旅游叙事诗怎样处理叙事与抒情的关系。

第九章 旅游叙事诗

2. 旅游生活中有哪些事可以入诗？是不是能写成旅游叙事散文的题材都可以写成诗？

3. 试写一两首旅游叙事小诗，注意形象叙述和灌注激情。

第十章 旅游散文诗

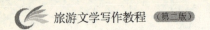

本章学习目标
- 了解旅游散文诗的特点。
- 学习借助构建意境抒发感情的方法。
- 向优秀散文诗学习锤炼语句的功夫。

第一节　旅游散文诗概述

一、散文诗与诗歌、散文的比较

（一）什么是散文诗

散文诗是介于散文与诗之间的一种文体；是诗的散文，散文中的诗；是一种精短的、有着内部韵律的、文字精灵的、富有哲思的文字。近年来散文诗的创作呈蓬勃态势，越来越多的诗歌作者把目光投向散文诗。他们有的在诗坛上耕耘多年，硕果累累，写散文诗只是一种新的尝试；有的则在诗坛上惨淡经营，收获甚微，只好转向。还有许多小说、散文家或文艺理论家也对散文诗显出特别兴趣，并身体力行，给了读者意外的惊喜。

散文诗日趋兴旺还在于市场的因素。诗歌市场尽管还有一些园地，但写诗的人太多，园地拥挤，大多数作者不能大展拳脚。而众多报纸副刊却常常设有散文版面，容纳大量散文及散文诗。那些纯散文杂志中更是刊登许多精短散文或疑似散文的诗歌。散文诗实际上是随着诗歌的萎缩、散文的热闹而走红的一种文体，它在本质上应该属于诗歌。

散文诗作家杨德祥如是说："散文诗是一座鹊桥，一头连着诗歌的客栈，一头通向散文的驿站。"不少学者也认为，散文诗从诗或散文领域中分离出来，是近代文学向更精细的文学体裁发展的一种趋向。诚然，散文诗与诗歌、抒情散文关系密切，甚至血脉相连。有些散文诗很接近抒情散文，而有些自由诗又近似散文诗，很难将它们绝对区别开来。仔细研究，它们之间还是有所区别的。

(二) 散文诗与诗歌的比较

1. 从形式上看

新诗必须分行排列，散文诗不一定分行。

2. 从格律上看

诗讲究押韵，散文诗没有严格的格律要求，不押韵，但有内部韵律。

3. 共同之处

诗和散文诗都要求感情必须强烈，想象必须丰富，意境必须和谐优美。

(三) 散文诗与抒情散文的区别

1. 从篇幅上看

散文诗短小，有一定的字数限制，抒情散文可相对长些。

2. 从意境上看

散文诗要求有浓郁的意境，抒情散文不一定有意境，有的意境也不那么凝聚。

3. 从哲理上看

散文诗隐含寓意和哲理，抒情散文以抒情为主，不一定强调哲理。

二、旅游散文诗的含义

从以上分析比较中我们可以发现，散文诗是摒弃了诗与散文中的一些不足与弊病（如诗的押韵、平仄、格律束缚，散文的过于分散、拖沓等），而汲取了两者的优点（如诗的浓缩、内在节奏，散文的舒展自如、灵便活泼）而发展成熟起来的，它独立于诗与散文之间，又兼有诗与散文的最佳美学特点。

旅游散文诗是散文诗中的一支生力军，它是以旅游活动的所见所闻、所思所感为内容，反映旅游生活的散文诗，它具有散文诗短小精悍、有激情、有哲思、有韵律、语言精美的一切艺术特征。如柯蓝的《瀑布》《枕木》《风》、朱湘的《江行的晨暮》、郭风的《叶笛》、庞培的《小街》、杨德祥的《花果山秋思》《石海观潮》《洪泽湖大堤放歌》、蔡丽双（香港）的《青马大桥畅想》《古井》《远山》、张诗剑（香港）的《周庄，九百岁的青春》《一个仙湖，是一篇绿色的宣言》等都是优秀的旅游散文诗。

三、旅游散文诗的特点

(一) 诗的激情，诗的凝练

诗的激情指强烈的抒情色彩，充满激情，活力四射；诗的凝练指高度集中反映生活、创造意境。如杨德祥《铁锚·红菱》中的诗句：

之一

在天边玩耍的海浪，把夕阳的倒影拉得很长，很长。

晚霞烟波里，船队回港了。一张张白色的帆篷，像牧归的羊群移动在草场上。

泊位上，铁锚争先恐后地下水了。它们发出的音响、它们溅起的水花，给宁静的港湾带来一片欢乐！

一条水上长街，在船舷与船舷之间伸延着……

一座水上城市，在桅灯与桅灯之间闪烁着……

之二

我发现：海防线上的渔港真像我故乡的菱塘！

常听外婆讲：水乡的红菱可爱脚下的土地啦！它一旦长老成熟，就自动脱离菱蓬，靠自身的重量和表层的刺角牢牢地固定在水底，保护幼小的萌芽不至被水流冲走。这样，到了来年，水面又盖满了翡翠……

我爱故乡五月的菱塘呵，那初露水面、铜钱般大小的菱盘，是我童年梦中的星星呀！

我爱故乡七月的菱塘呵，那朵朵白色的菱花，片片油光碧绿的菱叶，是我童年生活的色彩呀！

我爱故乡九月的菱塘呵，那采菱阿姐的菱盆和乡音浓重的《采菱歌》，是我童年的摇篮呀……

在第一节中，诗人描写船队回港，铁锚下水发出的音响，溅起的水花，给宁静的港湾带来了欢乐的诗句，激情洋溢，充满生机活力。一条水上长街，在船舷之间伸延着，一座水上城市，在桅灯之间闪烁着……一幅动人的图画，既美丽而又蒙上神秘色彩，情景交融形成意境，有声有色，回味无穷。第二节写菱塘，最后连用三个排比句式，既写了红菱生长的过程，又回忆了童年生活是和红菱相伴相依，抒发了对红菱的深深爱意和对故乡的思念之情。诗句凝练，抒情色彩浓厚，对生活高度概括与浓缩。

（二）短小灵活，蕴含哲理

短小指散文诗的篇幅短小，灵活指表现手法灵活多变，描写、叙述、抒情等各种表达方式任意选用，比喻、拟人、夸张、排比、复沓、通感等各种艺术技巧交替采用。

散文诗最重要的是有哲思光辉,就是作者要从生活中发现闪光的东西,从表面现象中挖掘出本质的特征,以提炼出人生警句或深刻思想。这些哲思或表达对人生社会的感悟,或体现时代精神,都让人受到启迪,产生共鸣。再短的散文诗也要有哲思才能动人。

如于沙的一组散文诗《雨打芭蕉及其他》[①]:

雨打芭蕉

雨,打在芭蕉上。有人听到的,是响声;有人听到的,是音乐。
耳朵不同,有什么办法呢?

眺　望

再划几桨,就拢岸了。拢岸后,就看见老屋的瓦瓴了。上得岸来,只见母亲在晒坪站成一棵树。
外面的世界再动人,也比不过母亲泪眼的眺望。

井　口

井口,很小很小。但,谁都知道:里面的水,来路很长很长。
底蕴深厚,何须张扬?

每篇都是短短几句,但凝聚着深沉的感情,闪耀着哲理的火花。
又如林园的《天井》:

淙淙的水声,述说着一部部完整的历史。
要问土楼的历史,去问天井吧!
要问天井的情怀,去问井水吧!
你对勤劳的客家人涌泉相报,风雨动摇不了你的心。
历史刻画你的沧桑,干涸的岁月,你创造一个个美丽的神话。
在苦夜里,有善良的凡人,在你的井栏许下美好的愿望。

---

① 载《散文诗》2005 年第 15 期。

> 他们对你寄予殷切的期盼。你说只要天会亮，井水就不会干。
> 你的血，流在客家人的脉管里。

天井里的流水，是一部完整的历史，为什么？因为它映照着土楼的历史，映照着客家人的历史。客家人对它寄予期盼，天井里的流水就像血一样流在客家人的脉管里。一句"只要天会亮，井水就不会干"透出哲理的光辉。

（三）舒卷自如，语言精美

舒卷自如指行文自由流畅，为了表情达意的需要，想抒情就抒情，想描写就描写，想回忆就回忆，想联想就联想，不受任何约束和限制。语言精美不仅指语言上的精雕细琢、炼字炼意，而且也指语言的风格。许多散文诗作者都讲究下笔行云流水，轻描淡写，清新秀美，低吟浅唱，"天然去雕饰"。越是质朴自然的文字，越能散发出迷人的魅力。如无痕的《乌篷船》诗句：

> 河水轻轻地扣动船舷，奏起古老的乡音。
> 黑漆的船，安静地睡去，睡入淡抹的画卷。一幅画中独特的景致，一条河上唯一的古典。
> 摆渡人守候着父亲的执着，用一根鱼竿垂钓着秋水，垂钓一生的青春。岁月的钢喙啄开未愈的伤口，一种隐痛爬成弯弯的皱纹。
> 乌篷船，苦苦的徘徊，依然无法走出命运的迷津。
> ……
> 接近空灵的水，流畅着千年的情结。即便是铁做的汉子，在水的柔情里，依然会潸然落泪。
> 船无法丈量水的深度。唯有水可以纯洁一生的情感。

该诗语言隽美清新，如水般纯真洁净，悠悠流淌。作者不但写出了美丽的水乡风光，而且赋予它无限生命、感情和灵性。结尾一句，蕴含着哲理。

（四）富有音乐美、节奏感

散文诗不像诗歌那样讲究押韵，有平仄，有音节，但具有内部的韵律，通过各种艺术手法表现意绪，创造境界，安排结构，形成内部的节奏感和韵味，使人读起来能感觉到音乐的旋律、诗的舞步。如《国旗，同太阳一道升起》为了达到音乐美的效果，采用了前后呼应、复叠、排比、反复吟咏等表现手法，使全诗读来琅琅上口，字字珠玑，可唱可吟，可歌可诵。

请读其中的两节:

之一
是夜幕最后留下的五颗星座。
是晨空最早升起的一片赤霞。
天安门广场的国旗同太阳一道冉冉升起来了!
她是在紫禁城的中轴线上高高升起来的!
每一扇窗户,每一双眼睛,每一朵朝花,每一只晨鸟,都在向她深情地致注目礼!
共和国的一天开始了。
一个毛茸茸、水灵灵、鸟语花香的早晨,同国旗一道升起来了——
渔帆同她一道升起,大海充满了生机。
风筝同她一道升起,蓝天充满了诗意。
牧歌同她一道升起,田野充满了希冀。
楼群同她一道升起,城市充满了魅力。
枪刺同她一道升起,边关充满了神奇。

之二
是夜幕最后留下的五颗星座。
是晨空最早升起的一片赤霞。
天安门广场的国旗同太阳一道高高升起来了!
高高升起来的——
有我们老一辈的期望。
有我们年轻一代的信念。
还有祖国灿若明霞的前景!

全诗共四节,我们选用两节。第一节中"每一扇窗户,每一……"是复叠,"茸茸""灵灵"是复叠,"渔帆同她一道升起……"第五句是排比,达到反复吟咏、激情澎湃、一气呵成的艺术效果。第一节开头用了"是夜幕最后留下的五颗星座。……"第二节开头也用了这三句,不过第三句中"冉冉"换成"高高",略有变化,前者表现升旗动态,后者表示完成了升旗过程,虽然细微,却能反映全貌。如此就形成了前后呼应、反复吟咏的格局。这无疑是显示全诗音乐美的一个有力的前奏、一个优美的乐章。
萧风的《云龙山水》也如此,诗内在的韵味使人读后感到其中回荡着节奏和音乐：

　　湖，依在山的怀中；
　　水，印在湖的心里。
　　云龙湖波光粼粼，低吟着千年缠绵的呓语；云龙山松涛阵阵，轻唱着万年不变的恋情。
　　山环水，水吻山。
　　游人在湖光中漫步，画舫在山影里穿行。山湖相映，渲染出古城徐州色彩斑斓的诗意。
　　北坡苍松，南湖风荷。
　　东崖古寺，西岸烟柳。
　　阳刚之气蕴于山，柔媚之气藏于水。
　　刚柔相济的云龙山水呵，既具雄奇之魂，又兼秀美之韵，让人流连忘返，陶然而醉。
　　就连当年游兴正浓的东坡先生，如今也醉成一方石刻，醉成了一湖塔影。

第二节　旅游散文诗写作

　　人们都说，散文诗好像诗苑里的一株玉兰，散发出淡淡的清香。如何写散文诗？怎样才能使散文诗优美动人，散发出让人心动的清香呢？

一、捕捉诗意，挖掘诗情

　　"生活中不是缺乏美，而是缺少发现"是大家熟知的一句格言。在旅途中，在旅游景点，在参观考察中，我们要善于从纷纭的旅游生活中寻找有意义的事物，发现闪光点。首先是生活感动了你，然后你才能从中挖掘出事物的本质，感悟蕴含的哲理。有生活就有闪光点，有闪光点就会有诗意，有动情的事就能发掘出诗情。

第十章 旅游散文诗

请欣赏柯蓝的几则散文诗:

瀑 布

从天山下来的流水,停在高高的悬岩上。它在向四处观望,寻找出路。

在这别有路的地方,在这高悬的空处,流水,你要向哪里去呢?

流水没有回答。它昂起了头,挥动着手臂,用尽所有的力气向前跳起来了……

流水朝它所选定的方向冲过去,发出了白色的浪花,散发着白色的烟雾,在山岩上发出了生命的叫喊……那闪闪的白光,那滚滚的浪花,那不散的烟雾,冲向无底的深渊,震撼着万丈岩石。

呵,你这人世的瀑布,你是生活的象征,斗争的象征,永远不灭的象征!你已经流进了我的心底。

——写于石岩瀑布

枕 木

远望无尽的枕木,一根根肩负着漫长而又沉重的铁轨,穿过深山、大江。

枕木是那样平静地站立在自己规定的岗位上。……

日日夜夜站立在空寂的山野上的枕木,仿佛在悄悄私语:接受考验,接受考验。

而当载运亿万吨人民物资的列车,风驰电闪般冲压而来的时候,枕木却是那样的沉静,没有躲闪,没有动摇。他们仿佛在无声地宣誓:"决不动摇,决不后退!"

于是,那载运历史,载运胜利的人民列车,向前冲去,发出雷鸣般的汽笛,在群山之间回响……

我说,这是对枕木兄弟最美好的赞赏。

——写于滇川铁路

风

风在密林的枝叶中,用窃窃私语,显示它对生活的热爱、多情。风在广漠的原野上,用它的呼号,显示它对丑恶的愤怒和狂暴。风在黑暗的冬

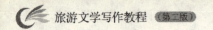

夜中，会为自己的不幸和孤独哀哭。风在闷热的夏日中，却又给人唱着宽慰的欢快之歌。

唯有风在大海和江上，却摈弃了一切拘谨，用它莫测的变幻，显示了它最奔放豪迈的性格，在向一切困难和灾害宣战……

风，如果我是风，那又多好呵！

——写于庐山五老峰

瀑布从悬崖上跌下冲击，本是十分平常的自然景物，诗人却从中看到了一种行动、一种牺牲、一种精神。这就是捕捉到的诗意。同样，诗人从枕木的负重、默默坚守岗位，遇到列车压来不躲开不后退而得到感悟，从风在大海和江上所显示最奔放豪迈的性格得到启迪。歌颂勇往直前的瀑布、决不后退的枕木和向一切困难和灾害宣战的风，都为了歌颂一种精神、一种品格，这种精神和品格令人激励，催人奋进。诗人从旅游生活中发掘出事物的本质意蕴，诗句闪耀着哲理的火花。

又如蔡丽双的《远山》：

在茫茫雾霭中寻找远山。远山，朦胧的轮廓蕴藏着奇妙的倩影。当阳光驱散残雾，远山呈现出雄伟的英姿。

春雨霏霏，清晨眺望，远山，犹如充满魅力的青春玉女；

夏令朝阳下观赏，远山，你变成穿金戴玉的华贵少妇；

秋霞衬托下傍晚瞻仰，远山，胜似金碧辉煌的锦绣画廊；

冬雪飘飘里遥望，远山，天地相连，你成了通往天国圣洁的莽原……

远山，有峥嵘的巉岩和苍翠的树木，有碧绿的草地和烂漫的山花，有幽静的峡谷和跳荡的清泉，还有彩蝶的翩跹和蜜蜂的嗡鸣，那是童话的世界。

远山，离开尘世的喧嚣；大自然的真善美，是我心灵追求的纯洁净土。

让我把颂诗挂在远山的悬崖上随风飘扬，让我将赞歌伴着欢乐的百鸟，鸣啭回荡在山谷中！

远山在茫茫雾霭中，朦胧美妙，阳光驱散残雾，远山便呈现出雄伟的英姿。接着写春、夏、秋、冬四季中的远山的形象，像玉女，似少妇，变画廊，成莽原，诗情盈溢。再进一步写远山的峥嵘岩石、苍翠树木、碧绿草地、烂漫山花、跳荡清泉、翩跹彩蝶、嗡嗡蜜蜂，胜似一个童话世界、人间仙境。诗人从远山中寻找到了诗意，远山是"离开尘世的喧嚣""大自然的真善美"，是"我心灵追求的纯洁净土"。这就是诗人钟情远山、赞美远山的原因。

二、运用各种艺术技巧

为了更好地表现诗意、诗情，必须运用各种艺术技巧。散文诗中运用的技巧很多，可以用丰富的想象和联想，可以用比喻、拟人、夸张、排比、复叠、通感等诗歌与散文中常用的种种技巧，也可借用小说中的渲染、烘托、映衬、对比、照应、铺垫、细节描写等手法。总之散文诗如海纳百川，是最善于借鉴各种文学样式中的技巧和表现手段来包装自己的。

如化明中的《山的尊严》：

孤独地在远方兀立，用盛气凌人的姿态，充实着空洞的表情，鹰翼在上空遮挡七色的阳光，让我在触摸中感到黑暗。

草儿爬满我的肌肤，接受着美的缄默，又要体味践踏的生命，是幸福，还是痛苦？这是它生存的无奈。但我仍渴望那片绿，它填补我灵魂的空白，寒来暑往中，生命不会在记忆中定格。

叽喳的鸟群，肆意地在蓝天欢笑，那种尖锐，使我的表情僵硬。它们不是在向我的命运讥讽？

在欢笑中咀嚼孤独，在理想与现实中坚固自尊，时间的钟摆磨蚀了锋芒的棱角，我才发现我的伟岸。

鸟儿有自由，草儿有生命，山有矗立的威严，一切都亘古不变。

将山拟人化，以第一人称出现，有人的心理活动："仍渴望那片绿，它填补我灵魂的空白""在欢笑中咀嚼孤独，在理想与现实中坚固自尊，时间的钟摆磨蚀了锋芒的棱角，我才发现我的伟岸"。《长安街拾英》中将秋拟人化，秋姑娘漫步街上，"人流里有她飘动的衣裙""灯河里有她闪动的眼睛"。又用比喻，枫叶色彩的红像山楂、柿子、板栗、苹果的色彩。又将少女比喻成"花雨"，将枫叶比喻成"奖章"，想象大胆新奇。

下面一首诗虽然很短，但是用了好几种修辞手法：

屋檐下

屋檐下，倾听土楼的心跳，感知土楼的温度，触摸土楼沧桑的皮肤。

时间，风，雨，凝成了刻刀，在土楼身上刻下很深的皱纹。

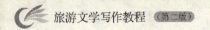

　　拜读客家历史，沿着它一路走过衰败，繁荣，遍地狼烟和满目葱郁……
　　土楼像一位老者坐在岁月的屋檐下，吧嗒地抽着旱烟。
　　目光坚毅成古玉，走向现代……

土楼有心跳，有温度，有皮肤，有皱纹，会抽烟是拟人；风雨成刻刀是比喻，土楼像老人是比喻；目光坚毅成古玉，前者是视觉，后者是触觉，两者相通，是通感技法。

白连春的《故乡》① 在写作上十分注意技巧的运用。先读一下全诗：

　　故乡总是那么远，回故乡的路总是
　　那么长，而且，我们每前进一步故乡就后退十步，百步，千步，万步
　　十万只大雁，再加上十万只大雁，也不能
　　把故乡背到我们的身旁。我们只能在梦里梦到
　　故乡，我们只能在生病的时候靠近故乡，我们只能
　　在客死他乡以后回到故乡。那么多的人试图把故乡
　　揣在身上，那么多的人试图在心里按住故乡
　　那么多的人都为思念故乡而死。故乡啊，你
　　究竟在什么地方，你究竟要让一个人等到什么时候
　　才能看清你的模样。一个人是不是自一出生
　　就离开了故乡。一个人到底有没有故乡
　　一个人除了故乡到底还有没有其他的
　　东西值得珍藏。大地很大，天空很高
　　火车很快。时间很长。最后，我们看到
　　一切事物，都在合谋把一个人
　　害死在一个叫故乡的地方

该诗的主要特色：一是巧用动词，如把故乡"揣"在身上，在心里"按住"故乡。二是用夸张，如"十万只大雁，再加上十万只大雁"。三是想象大胆，如想象一切事物都在合谋把一个人"害死"在叫故乡的地方。通过多种艺术手法来表达一种深刻的思想：故乡是一个人最不可割舍的东西，无论走到哪里，对故乡的那份思念不变，那份向往值得永远珍藏。

---

① 载《诗刊》2004年第18期。

三、巧妙安排，结构和谐

怎样安排结构是作品形成的一种技巧，就是具体组织安排内容，合理取舍材料、合理布局，以构成和谐的艺术整体。如郭风的《叶笛》：

啊，故乡的叶笛。
那只是两片绿叶。把它放在嘴唇上，于是像我们的祖先一样，
吹出了对于乡土的深沉的眷恋，吹出了对于故乡景色的激越的赞美，
吹出了对于生活的爱，吹出了自由的歌，劳动的歌，火焰似的燃烧的青春的歌……

像民歌那么朴素。
像抒情诗那样单纯。
比酒还强烈。

啊，故乡的叶笛。
那只是两片绿叶，把它放在嘴唇上，于是从肺腑里，从心的深处，
吹出了劳动的胜利的激情，吹出了万人的喜悦和对于太阳的赞歌，
吹出了对于人民的权利的礼赞，吹出了光明的歌，幸福的歌，太阳似的升在空中的旗帜的歌！

那笛声里，有故乡绿色的平原上青草的香味，
有四月的龙眼花的香味，
有太阳的光明。

这首散文诗作者原来是作为诗来写的，分行排列。后来觉得不像格律严格的诗，于是按文意加以分段，有些地方仍分行。该诗通过对故土风物的吟咏，歌颂光明，歌颂党的领导和人民的欢情，诗情突出，行文上又有一定的节奏和音乐美。该诗结构也有特色：一共四节，第一、第三两节对称，第二、第四两节对称；每节采用若干排比句，句式大体匀称；但又按照思想感情的自然发展来写。排比句不求整齐，而追求与内在节奏相适应的排列。各节成为既独立又服从全篇的小结构，各自追求自己的匀称和变化。据说作者这样安排结构是从我国古建筑中得到的某种启示，借鉴古代宫殿建筑的前后照应、东西对称、基本整齐又有一定错落的构造体系。

《江南雨》采取层层递进的结构法,写江南多水是因为多雨的缘故。然后讲雨带给江南的四大好处,分四层写:一层是"给江南添了一把琵琶",二层是"给江南添了一双韵脚",三层是"给江南添了一种灵气",四层是"给江南添了一个秘密"。层层递进,环环相扣来突出强调雨的美丽、雨的灵性、雨的好处、雨的贡献,实在是一唱三叹,绕梁三日。

四、构建意境,诗的情趣

散文诗常常通过构建情景交融的意境来抒发思想感情,写出生活中的情趣。仍以《江南雨》为例,请读下面一段诗句:

> 江南雨,是戴着斗笠,披着蓑衣,从泥泞小路上走来的。
> 缠绵的雨、滂沱的雨、温柔的雨、倾盆的雨,每根流丽的雨丝都一样的清明纯净、一样飘逸洒脱。把江南的水乡泽国濯洗得一尘不染——处处滟滟生波,处处耀耀生辉。
> 远山的塔影,总有黛色的烟霭萦绕。
> 湖畔的柳林,总有青翠的雾纱浮动。
> 找不到一片打蔫的叶子!

先用拟人写了雨是怎么走来的,后写雨的各种姿态,怎样把江南洗得一尘不染。然后远山两句写景,融入感情,情景交融,营造成出如诗如画的意境,就像清清淡淡的水墨画。如此美丽清滟的水乡怎不叫人为之魂牵梦绕啊?

朱湘的《江行的晨暮》的意境优美,有声有色,动静结合,情景交融。诗中描绘了两幅图画,情皆在画中。一幅是江上夜景:天与江都暗了,江水浮着黄色,中间一条深黑,是江的南岸。又写众星,长庚星像电灯,一条光带在江上晃动,一盏渔灯是红色。夜行时看到一条趸船,灯、人、一切是模糊的,寂静无声,江心一些帆船像大鸟,也没有声音——夜景的特点是暗、模糊、静。另一幅是商埠晨景:太阳、山岭、水汽、月亮、鸥鸟,动静结合,江边有列树、帆船,江行的色彩多样,黄、铁青、银灰、黑、淡青、米色、苍白、棕黄……特点是明快、美、色彩绚丽。两幅图画中渗透着作者的感情,要说明"美在任何地方,即使是古老的城外,一个轮船码头的上面"的哲思。

亚男《古岩遗址》中的《坡地》,写一束菊,在坡地绽放。坡地上有霞光,有轻风,有青草,坡背后有河水,环绕坡地一片葱绿……。我再回到坡地,将如何采撷一束菊献给母亲。写坡地之美景,融入作者的思乡之情、思母之情。融情于景,情景交融。

第十章 旅游散文诗

成仁明的《西部高原上的传奇》：

> 站在地球隆起的乳尖上，我们那伟大的男人和女人相拥着感受温暖的爱的力量。
> 高原，以她博大而深远的情怀疼爱着女人起伏的酥胸。
> 高原上的云是蓝的，水做成了少女的眼睛，山是男人和女人的永远诱惑。
>
> 西部高原上的男人赶着云彩，就如赶着自家的那群羊，赶着自家的幸福。年轻漂亮的山妹子，挺着丰满的酥胸，哼唱着西部的山水情歌。年轻的山妹子哟，当你的爱人的手轻抚过你的乳尖，西部高原上的爱情，纯朴得就像男人追赶着的牛羊。

这首诗描绘赞美西部高原的风俗人情。男人和女人的爱情，男人的博大、热烈、豪爽，女人的纯情、妩媚、野性。最后一句"西部高原上的爱情，纯朴得就像男人追赶着的牛羊"，描写中充满情趣。

《春回桃花垠》中也有几段意境的描写，让我们采撷如下：

> 让芦花结束苍白的记忆。让蒲草消逝枯黄的风声。
> 水波荡漾时有黄莺呖呖伴唱。云烟氤氲中有紫燕翩翩起舞。
> 桃花垠，开始用嫩绿、鹅黄、淡紫、粉红和浅蓝的语言，把这个传说一遍又一遍地从头叙述……
>
> 看湖对岸，乌油油、青浓浓、绿茵茵的春苗正向桃花垠簇拥而来。近把清翠远收黛绿的春色，一下子把瞻仰者的心窗染透。
> 英灵与春色相辉！春色告慰英灵：在您的身旁，春韭、夏苋、秋茄、冬蕻将永不断茬，这就是家乡人民敬献给您的花环啊！

第一节写水波荡漾，黄莺呖呖，紫燕起舞。这是一幅美丽动人的景象，又用各种颜色的语言来叙述传说，景加上人富有感情色彩的传说，构成了一种意境。第二节写湖岸的绿色，春的到来，英灵与春色相映相辉，既描绘桃花垠的春色，又抒发了人们对英灵的悼念之情，春韭、夏苋、秋茄、冬蕻就是献给英灵的花环。诗人通过精心营建的意境来抒发感受和情感。

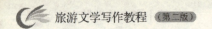

五、语言清新，行云流水

语言是散文诗最能给予读者美感和享受的重要环节。

优秀的散文诗语言如诗一样凝练，又像抒情散文一样舒卷自如，行云流水。不论作者的语言风格如何，他在写散文诗的时候，必定将最优雅、最精彩、最传神、最鲜活的文字倾诸笔端，让那些带露的飘着清香的文字在纸面欢蹦乐跳，可谓呕心沥血、字字珠玑。因此，在写作散文诗时，尤其要追求炼字炼句，在语言上狠下功夫。请看下面一首旅游散文诗：

周庄，九百岁的青春（外一首）

周庄，你为何令人心醉？

因为，你用水酿出了九百岁的青春。

南湖秋月，庄田落雁，景不醉人人自醉；在一幅水墨画卷中，却飘出一叶叶历史的小船。

橘红的灯，醉在古朴的屋檐下，水巷中的光影泛起涟漪，粉墙黛瓦，摇摇晃晃的，也醉了。

古屋、古桥、古船，九百年了还是那个模样；"古"成了周庄彩色斑斓的衣饰，凸显出她的青春。

走进碎石铺成的长街曲巷，我不觉得她老；水巷边的"古月楼"楼古月不古；拱桥映月，月老桥不老。

秋花微笑，古柳拂岸，现代人涌过古桥，涌过水巷，诗意泛舟于小河，既闻丝竹之乐，又听吴侬歌语。

河边洗菜的红衣姑娘，没有受到桃花源之外世俗的利诱，她静静地淘着淘着，淘出莼鲈之思，淘出了故乡的青春柔情。

这是香港诗人张诗剑对周庄赞美的诗篇。写周庄的文章诗歌有多少，恐怕难以计算，可是这篇诗作却是如此让人依恋难忘。其语言精美，舒展自如，就像充满诗情画意的水乡周庄的水一样，清澈明快，潺潺流淌，醉人心扉。优美的语言不但让人养眼，而且有助于构建情景交融的意境，因此，读者不仅可以从中读到漂亮的文字，而且可以欣赏到一幅幅动人的水墨画卷。他的另一首诗作的语言也非常有特色，请欣赏：

一个仙湖，是一篇绿色的宣言

一个仙湖，是一篇绿色的宣言。

宣言的字里行间，充满鸟语，充满花香。这是二十一世纪的环保文献，请大家都来解读这篇惊天的华章。

一个仙湖，是一块晶莹的碧玉。

我走进这块蓝田，见到许多古植物化石。它们在静默沉思中，透出灵气，那山神的眼睛都渴望人们对自然珍惜。

一个仙湖，是一个回归自然的世界。

在那块"中国版图"形的沃野中，我见到一九九七棵长青的"回归树"，那不是一组简单枯燥的数字，它以绿色抚摸着曾经创伤的记忆，宣示着生命平等新组合的价值。

一个仙湖，是一篇绿色的宣言。

绿风鼓吹生态平衡，青鸟鼓吹生态和鸣，绿水渴望生态清清，鲜花渴望生态盈盈。仙湖的绿色宣言，是一幅"天人合一"的理想蓝图。

本章小结

全章两节。第一节首先比较散文诗与诗歌、散文的异同，然后概述散文诗的含义和诗情诗性、短小灵活、语言精美和富于音乐节奏的特点；第二节讲授旅游散文诗写作的方法，着重说明了捕捉诗意、挖掘诗情等五项要领。

本章知识重点是第一节中散文诗的特点。第二节所讲的五项要领，在写作实践上有指导意义。

关键词

旅游散文诗　诗情画意　锤炼语言

思考与练习

1. 你怎样理解散文诗的音乐美？是否需要注意对仗、押韵？
2. 试写一两首旅游散文诗。

第十一章

旅游歌词*

---

* 本章内引用的歌词除了注明出处的外,均选自陈路编著《记忆中的歌》(金盾出版社 2003 年版)和孟欣、何悦主编《同一首歌·民族歌曲》(现代出版社 2003 年版)。

本章学习目标
- 了解旅游歌曲创作的意义。
- 了解旅游歌词的特点。
- 学习歌词语言的节奏和韵律。

第一节　旅游歌词概述

一、旅游与旅游歌曲

（一）旅游歌曲的亮相

旅游歌曲是以旅游业为背景，以提高受众的旅游兴趣，促进旅游消费为目的的歌曲。我国遍布峻山秀水，有数不尽的名胜古迹。大凡景区景点，必定有一些文化内涵，旅游者对景区景点的向往程度，大多取决于景区景点的知名度。而知名度又往往是由文学艺术作品带来的，比如山水诗、游记、楹联，尤其是旅游歌曲带来。如早期的《达板城的姑娘》《洞庭鱼米乡》《乌苏里船歌》《新疆好》《我爱五指山，我爱万泉河》等，以及改革开放以来的《太阳岛上》《请到天涯海角来》《太湖美》《涛声依旧》等都吸引了千万旅游者的目光。虽然有些歌曲在当时并非为旅游而写，可正是因为这些歌曲的大面积流行，使得所唱的景区和景点名噪一时，成为人们旅游的热点。

近十年来，不少旅游景区和旅游企业纷纷出资邀请专业词曲作家创作以旅游文化推广为目的的旅游歌曲。1999年，广东著名音乐人陈小奇等人策划组织了"首届全国旅游歌曲大赛"，首次提出"旅游歌曲"一词，大赛推出一批优秀旅游歌曲，如《大地飞歌》《神奇的九寨》《烟花三月》等已广泛流行。从此，旅游歌曲从自发创作进入自觉创作的轨道，这也表明我国旅游产业化、市场化渐趋成熟。

（二）旅游与旅游歌曲的关系

旅游与旅游歌曲的关系十分密切，它们相辅相成，不可分割。

1. 旅游需要旅游歌曲

旅游歌曲从各方面展示了景区丰富的人文景观、优美的自然风光和独特的民俗风情、土特产品等方面的优势，这些歌曲的流传大大提高了这些景区景点的知名度，提升其旅游品位。在古代唐诗宋词中，就有许多描绘山水、赞美大自然美景的作品，它们的流传提高了那些地方的知名度，使其成为非常好的旅游资源和旅游景区。唐朝诗人张继的一首《枫桥夜泊》，使苏州寒山寺名扬海内外，当代的一曲《涛声依旧》成为寒山寺的旅游形象歌曲，慕名而来者络绎不绝。

20世纪80年代，一首名为《请到天涯海角来》的歌曾经风靡神州大地，"请到天涯海角来，这里四季春常在；海南岛上春风暖，好花叫你喜心怀……"优美动听、沁人心扉的歌曲使人们开始知道美丽的"天涯海角"在"四季如春"的海南岛上。郑绪岚的一曲《太阳岛上》同样使得哈尔滨的太阳岛名震四海，每年接待旅游者达到300万人次。一首优秀的旅游歌曲，不仅唱红了一个时代，更唱出了千万人心中最美的风景。

2．旅游歌曲也需要旅游这个新平台

有了景区美丽的景色，才有美丽的歌曲；有了旅游这个新平台、新载体，旅游歌曲才大有用武之地，得以迅速发展，日益壮大。如广东省音乐协会组织众多知名词曲家深入广东各地采风，为"唱响家乡"系列活动创作出《梅开盛世——梅州组歌》《追春——阳春组歌》《天风海韵——虎门组歌》《鹏程万里——深圳组歌》四大组歌几十首歌曲，成绩斐然。这正说明音乐在旅游界开拓了新的领域，以推介旅游为出发点，宣传了音乐的功能，并形成了文化产业，以后还要做大做强。

3．旅游歌曲带旺了旅游市场

广东阳春地区是"唱响家乡"旅游歌曲组歌的受益者。创作者通过歌曲形式把当地最有特点的八大景点和特产展示出来，用主题歌《追春》作为总的形象歌曲。《追春——阳春组歌》带动了阳春的旅游文化产业，带旺了阳春的旅游市场，2004年阳春的旅游收入增加了一倍多。

4．旅游歌曲促进旅游事业发展

越来越多的事实证明，旅游歌曲对推动和促进旅游事业的发展起到了相当重要和积极的作用。仍以广东为例，广东梅州已经通过全国优秀旅游城市的验收，进入优秀旅游城市的行列。这个成绩的取得与把旅游歌曲和地方文化结合起来的《梅开盛世——梅州组歌》密不可分，是旅游歌曲提升了梅州旅游景点的知名度，提升了梅州的旅游品位。2004年，虎门举办服装节也是以旅游歌曲《天风海韵——虎门组歌》为主打，老百姓反映十分热烈，人数也是历年最多的一次。这个组歌的5000套VCD也被抢购一空，成效显著。深圳是全国知名旅游城市，旅游收入占到全国旅游总收入的1/16，达360亿元，每年接待游客人数为广东省的 1/3，外汇收入占全国的 1/12，有 17 亿多元。但他们并不满足，还是请专家创作旅游歌曲《鹏程万里——深圳组歌》，进一步挖掘深圳旅游的文化内涵，突出深圳旅游的鲜明特征，提升深圳的旅游整体形象，希望为深圳量身打造的旅游歌曲能够让美丽的深圳、欢乐的深圳，随着优美动听的歌声，走进千家万户。《欢乐深圳》《鹏程万里》《梧桐烟雨》《梅沙踏浪》《锦绣中华我的家》等旅游歌曲使深圳的旅游事业更上一个新台阶。

二、旅游歌词的含义

什么是歌词？它和歌曲是什么关系？

歌词和音乐相伴而生，便产生了歌曲。歌词是诗歌的一种形式，在我国文学史上占有一定地位。其历史源远流长，广为传播。如《诗经》《楚辞》和汉魏乐府的一些篇章，原本就是远古民间歌谣的记录，或专为歌唱而写的歌词。今天的歌词，是从五四新文化运动提倡的新诗歌基础上发展起来的，它继承和借鉴了前人作品的精华并有极大的发展。特别是现代歌词，多是先写词后谱曲，这与历史上的曲谱填词有根本的不同，从而为歌词创作提供了更广阔、更自由的驰骋天地。

旅游歌曲由歌词谱曲而成。因为旅游歌曲以旅游事业为背景，所以，其歌词也必须以旅游内容为背景。我们给旅游歌词下这样的定义：是以旅游活动为背景，以宣传旅游服务、提高受众的旅游兴趣、促进旅游消费为目的的歌词文本。

现代旅游诗歌与旅游歌词同出一源，有许多相通之处。二者都从很多方面突破了传统诗歌格律的限制，形式和内容更自由。从本质上说，歌词具有诗歌所具有的艺术特质、表现技法和情感特征，但它和诗之间还是有着明显区别的。首先，歌词为了配上曲子唱，在结构、语言、韵律等方面要受到音乐旋律的影响和制约，同时，它又反过来影响和制约着音乐旋律。所以，歌词没有诗歌自由，不能随心所欲海阔天空地写。其次，歌词的语言要求简练浅显、通俗易懂，便于记忆和流传，特别要避免容易产生歧义的谐音字。如一句歌词"你知道我在等你吗"中的"吗"和"妈"同音，容易产生歧义，将一首好歌毁了。

常有人问歌曲是先有词还是先有曲，应该说两种情况都有。一般情况下先有歌词，作曲家根据歌词提供的信息文本进行再创作。所以，歌词创作显得尤为重要，它是歌曲的灵魂。如《我爱五指山，我爱万泉河》（郑南词/刘长安曲）作于 1971 年深秋。当时两位作者初到海南渔村体验生活，充满南国风情的景色和海防战士的英姿使他们的创作激情油然而生。郑南很快写出歌词，刘长安在油灯下连夜谱出初稿。也有先有曲才填词的，根据民歌记录下曲谱（也作改编）再填入新词。如《在那遥远的地方》《新疆好》便是如此。

当代歌词界泰斗乔羽说过："歌词最容易写，因其短小；歌词最难写，也是因其短小。"歌词要达到内容与形式的完美统一，不是件容易的事。

三、旅游歌词的特点

旅游歌词有以下几个特点。

（一）音乐性

音乐性是指歌词的节奏感和内部所蕴含的韵律。歌词谱曲是要唱的，如果没有一定的节奏和韵律，就显得很生硬、呆板，无法谱曲，或者有的即使谱了曲，唱了也不会好听。

音乐性通过语言讲究平仄和押韵、反复吟咏、重叠等手法来表现。如马寒冰作词的《新疆好》第一段词："我们新疆好地方啊，天山南北好牧场，戈壁沙滩变良田，积雪融化灌农庄。来……我们美丽的田园，我们可爱的家乡。"押"江洋"韵，第二段"香""羊""藏"押"江洋"韵，第三段韵"歌""东""乡"从"波梭""中东"转"江洋"，仍然符合内部韵律。

如故事片《我们村里的年轻人》续集插曲《人说山西好风光》的歌词（乔羽词）：

> 人说山西好风光，地肥水美五谷香，左手一指太行山，右手一指是吕梁；站在那高处望上一望，你看那汾河的水呀，哗啦啦啦流过我的小村旁。
>
> 杏花村里开杏花，儿女正当好年华，男儿不怕千般苦，女儿能绣万种花；人有那志气永不老，你看那白发的婆婆，挺起那腰板也像十七八。

第一段"江洋"韵，第二段"发花"韵。

金沙作词的《我的张家界》副歌是"我的张家界哎美丽的张家界，土家人就在这里住。我的张家界哎神奇的张家界，神仙也就在这里住这里住"。两句歌词的句式基本相同，内容递进，只是在个别字略做改变，这样反复地咏唱，起到一唱三叹、余音绕梁的功效。

（二）文学性

文学性是指歌词要运用形象化的手段来表现主题、抒发感情。好的歌词意境深远，诗意浓烈，语言优美，情感饱满，将叙事、描写、抒情完美地结合起来；好的歌词有耐人寻味的感情外延，引发人们的想象、联想，以获得对生活的感悟和审美享受。

著名词作家乔羽一再说，歌词最好写，但写好也最难。就是因为歌词不但要求精练短小，而且要在有限的篇幅内展现丰富的内容，既要有形象，又要有意境，最好还有故事、有细节等，要写好自然不易。如《太湖美》（任红举词）：

> 太湖美啊太湖美，美就美在太湖水。
> 水上有白帆，水下有红菱，
> 水边芦苇青，水底鱼虾肥，
> 湖水织出灌溉网，稻香果香绕湖飞，
> 哎嗨唷太湖美呀，太湖美。
>
> 太湖美啊太湖美，美就美在太湖水。
> 红旗映绿波，春风湖面吹，
> 水是丰收酒，湖是碧玉杯，
> 装满深情盛满爱，捧给祖国报春晖，
> 哎嗨唷太湖美呀，太湖美。

这首被称为无锡市歌的歌曲，歌词就十分具体形象地描绘出江南水乡的美丽景色，开头一句"太湖美，美就美在太湖水"点出主题，从水入笔，接着写水上、水下、水边、水底的景物：白帆、红菱、芦苇、鱼虾，全是江南特有产物和景色，且色彩缤纷，美不胜收。第二段写红旗、绿波、春风、丰收、美酒，进一步描摹江南的秀美、富饶，人民生活美满，唱出对家乡的赞美、对祖国的热爱。该歌词具体形象，抓水乡特征描写，且语言浅显简洁，一听就懂，容易流传。2005年10月23日晚，第十届全国运动会闭幕式上有《太湖美》载歌载舞的表演，可见它深受人们的喜爱。

又如《吐鲁番的葡萄熟了》（瞿琮词）文学性特点就更明显了。歌词里讲了一个故事，小伙儿去参军，临行种下一棵葡萄，姑娘精心培育着葡萄，等待着葡萄熟了，同时也收获了爱情：

> 克里木参军去到边哨，
> 临行时种下了一棵葡萄，

果园的姑娘阿娜尔罕,
精心培育这绿色的小苗。
引来了雪水把它浇灌,
搭起藤架让阳光照耀,
葡萄根儿扎根在沃土,
长长蔓儿在心头缠绕。

葡萄园几度春风秋雨,
小苗儿已长得又壮又高,
当枝头结满了果实的时候,
传来克里木立功的喜报。
姑娘遥望着雪山哨卡,
捎去了一串串甜美的葡萄。
吐鲁番的葡萄熟了,
阿娜尔罕的心儿醉了。

歌词不但有情节有人物,叙事性强,而且用了一些文学创作方法,如环境描写、行动描写、细节描写,并运用暗喻与陪衬的手法巧妙地把对祖国、对生活的爱和对情人的爱融合在一起,构思新颖,生活气息浓郁,十分富有情趣。

（三）流动性

这个特点是旅游歌曲的特点,同时也是歌词的特点。流动性可用六个字来概括：流传、流动、流行。与报纸、电视和开推介会等其他宣传方式比较,旅游歌曲是一种更为新颖有效的宣传形式,它像是插上翅膀的鸟儿,自由地飞进每个游客的心中,将优美的旋律、深情的歌词永远留在他们的记忆里。到过这个景点的人会感到亲切,没到过的人也会因此产生旅游的欲望。比如《涛声依旧》《弯弯的月亮》《春天的故事》等歌,流传广泛,几乎人人都能哼上几句。从某些意义上看,旅游歌曲比其他宣传方式更具有流动性,而且更久远。著名作曲家陈小奇如是说："一首好歌,是千万人心目中珍藏的美丽风景；一首好歌,是千万次无偿传播的广告。"据报载,一首《情系峨眉》,峨眉山"买单"30万元。有人说不值,可峨眉山管委会有关负责人认为,在中央电视台黄金时段做15秒广告要十几万,一首音乐电视作品起码有五六分钟时间连续展示峨眉山一年四季的风光,配之动人的旋律、优美的歌词、深情的演唱,实现的是对峨眉山景区全面、生动、立体的宣传,又怎么会不值得？由此可见歌曲有强大的传播功能。

　　流动性指传播快。广东省举办的"唱响家乡"系列活动就是最好的证明。活动所到的梅州、阳春、虎门、深圳，无不产生巨大的轰动效应。为这些旅游城市量身制作的歌曲，如城市名片一样，除了视觉识别，还有听觉识别。音乐比文字传播的速度更快，范围更广，也更容易被人记住。"阳春组歌"中的《甜甜的马水桔》传唱后，马水桔由原来的每斤1元涨到每斤2.5元，老百姓可高兴了。

　　流动性还指流行面广，时间长久。一首为阳江写的《永远的眷恋》在当地几乎人人会唱，在公交车、卡拉OK厅等公共场所更成为热门歌曲。《神奇的九寨》《烟花三月》等歌曲一经推出就非常流行，一旦歌曲流行，好比滚滚浪潮，一夜之间就会席卷长城南北。即使是地域性很强的歌曲，也一样唱得全国皆知，比如为梅州写的《梅开盛世情》《家乡好梅州》《客家迎客来》《雁南飞茶歌》等，无不很快地流行开来。一曲老歌"我们新疆好地方，天山南北好牧场……"半个多世纪前就十分风行，一直唱到现在，提起新疆就会想起这首歌，流行时间不可谓不久远的了。

第二节　旅游歌词写作

一、立意与构思

（一）立意

　　写什么，这是写歌词遇到的第一个问题。

　　旅游歌词的题材很多，要写的东西太多了，是赞美景区的秀山美水，表现旅游城市的独特风貌，反映景区景点的民俗民情，还是描述该地的历史文化……总之，只要是对景区景点丰富的人文景观、优美的自然风光和独特的民俗风情等旅游产品进行宣传的内容都可以写。优美的歌词通过美妙的旋律可以陪伴旅游者完成轻松愉快的旅程，从中体会该景区景点的诱人魅力。先看一首深受海峡两岸人民喜爱的流行歌曲《橄榄树》（三毛词）：

　　　　不要问我从哪里来，我的故乡在远方。为什么流浪，流浪远方，流浪！

第十一章 旅游歌词

  为了天空飞翔的小鸟，为了山间轻流的小溪，为了宽阔的草原，流浪远方，流浪！

  还有还有，为了梦中的橄榄树，橄榄树。不要问我从哪里来，我的故乡在远方。为什么流浪，为什么流浪远方，为了我梦中的橄榄树。

  作者根据自己飘零他乡的经历和感受，使歌词立意在游子的思乡之情上，词中流露出流浪者的沧桑感，抒发出心底的希望和期盼。所以，一个好的立意必须建立在对旅游生活有深切感受和体验的基础上。

  立意首先就是要确立主题，歌颂什么，赞美什么，以什么为动情点、出发点。这个主题往往是歌词的题目。

  美丽的山水给了创作者灵感。2002年，武夷山旅游局组织专业乐队创作旅游歌曲，创作人员走进武夷山采风。经过多次修改，才摆脱原先为表达武夷山而写武夷山的思维定式，改变视角，确立自然与人和谐相处的主题，完成了"来不及抓住你的气息，情不自禁我靠近你的神秘，抛不开原始的吸引，好像被许多爱包容，忘了身边，还有时间，还在累积，似一种魔力，奔跑不曾休息，看见了奇迹，就在绿色山顶，有了你，才有了等待，有了爱，才有了现在，任何时间，任何地点，不能替代……"的情景再现，这是他们对武夷山一片执着的心灵感悟。

  彩云里飘来一条江，飘向云南方，飘过我家乡；多情的鹭鸶鸟在飞翔，衔来一片云，水绕在我身旁。听你把传说讲了又讲，五彩斑斓故事多，我的澜沧江；听你把情歌唱了又唱，温柔绵长歌声远，我的澜沧江……

  这首《澜沧江之魂》的词作者王持久、方兵，2003年再次来到澜沧江的上游西藏后，摆脱了为表达澜沧江而写澜沧江的桎梏，立意是流域两岸各民族和谐自然的生活状态，写出了"摆渡的竹排摇波光，牵动我的心，你在水中央，过江的姐妹巧梳妆，银铃般的笑声荡漾水一方……"歌中没提一个具体地名，但澜沧江边的人民都知道，这是描写他们家乡的一首歌。

  立意后要选择能感动自己的材料，然后才能引起他人的共鸣。比如要赞美一个地方优美的山水，就要选择有当地特征的景色来做具体描述。《乌苏里船歌》（郭颂、胡小石词）是写乌苏里江和赫哲族人的生活情景的，作者抓住富有特征的"江水""船帆""大顶子山""白桦林"来写，就有了下面的歌词：

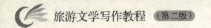

乌苏里江来长又长，蓝蓝的江水起波浪，赫哲人撒开千张网，船儿满江鱼满仓。

白云飘过大顶子山，金色的阳光照船帆，紧摇桨来掌稳舵，双手赢得丰收年。

白桦林里人儿笑，笑开了满山红杜鹃，党领咱走上幸福路，人民的江山万万年。

阿郎赫尼那，阿郎赫尼那……

在"阿郎——赫尼那"的婉转激昂声中，创造出清新淡远的山水画般的艺术意境，把人们带到乌苏里江上，听赫哲人傲立船头放声歌唱。

(二) 构思

有了主题和材料，怎样切入呢，也就是如何用这些材料来表达这个主题，就需要构思。歌词从内容上分，一般有叙事、抒情、说理、写景、对唱五种，旅游歌词最常见的是"叙事+抒情"和"写景+抒情"两种。或者从故事（情节的碎片）切入，如《吐鲁番的葡萄熟了》《三峡情》（湛明明、湛泉中词）；或者从写景切入，如《洞庭鱼米乡》（叶蔚林词）。

《洞庭鱼米乡》，写景+抒情：

洞庭湖上好风光，
东风吹送稻花香。
电力排灌马达轰鸣歌声响。
农业渔业胜利红花开水乡。

千张白帆盖湖面，
金丝鲤鱼装满仓。
机器耕作丰收喜讯传四方。
支援国家粮船结队下长江。

红太阳光辉照洞庭，
千里湖区换新装。

《三峡情》，叙事+抒情：

> 三峡雨，三峡云，
> 故乡的景，故乡的情。
> 从小爱在云里走，口吹叶笛赶羊群，
> 从小爱在雨里淋，手挥竹篙驾船行。
> 三峡雨，三峡云，
> 细如丝，柔如绵，
> 牵动儿女思乡情，
> 牵动儿女思乡情。
>
> 三峡雨，三峡云，
> 如梦的景，如痴的情。
> 几时再登上山顶，唱支山歌唤羊群，
> 几时登夔峡门喊，一声号子驾船行。
> 三峡雨，三峡云，
> 洁如玉，白如银，
> 恰似儿女思乡情，
> 恰似儿女思乡情。

构思贵在巧妙，富有新意。如《我的张家界》（金沙词）：

> 哦里也里喂，哦里也依也依喂
> 嗨……
> 一山的石头一山的树
> 一山的云彩一山的雾
> 一山流泉挂飞瀑
> 一山花香醉鸟语
> 一山明月照清风
> 一山阳光普万物
> 一山明月照清风
> 一山阳光普万物

哦里也里喂,哦里也依也也喂
一山的山歌一山的舞
一山的唢呐一山的鼓
一山的木叶吹恋曲
一山的竹篓背日出
一山美酒祝千年
一山神话传万古
一山美酒祝千年
一山神话传万古
(副歌)我的张家界哎美丽的张家界
土家人就在这里住
我的张家界哎神奇的张家界
神仙也就在这里住这里住

这首歌词发表在《词刊》2003年第1期,曾入选《世界汉诗年鉴·2003卷》。第一段以传神的手法,主要描绘了张家界神奇的自然景观;第二段则描绘张家界神秘的人文景观。全词的特点是:①与众不同地写山,不是空洞地说山的美丽,而是用具体形象说话;②节奏明晰,音乐性强,欢快热烈;③每句歌词里都用"一山……一山……"的格式,有一种排山倒海的气势;④突出张家界的美丽与神奇的主题。2005年10月27日,制成音乐电视作品的《我的张家界》在中央电视台第3套开始热播,奇美瑰丽的张家界山水人文风光随着优美动听的旋律一起走进海内外亿万观众的心里。

二、精心安排结构

经过立意和构思阶段,第二步就是要精心安排歌词的结构。歌词的结构多种多样,常见的有两种分法:一种是以节来分,分单节、多节和带副歌的歌词三种;另一种是以段来分,分一段式、二段式、三段式和多段式四种。歌词的段式安排完全根据内容和形式的需要而定。单节歌词或一段式歌词因为太短,难以很好地表现情景情感,所以多段式、多节和带副歌的歌词比较常用。一首歌曲的段式一般是由其旋律决定的。《谁不说俺家乡好》(吕其明等词)、《边疆处处赛江南》(袁鹰词)、《鼓浪屿之波》(张藜、红曙词)等都是多段歌词。

在写作多段歌词时,应该遵循后段比前段有所发展、有所递进、有所深化,或者从不同的角度议论和抒情的规律,副歌部分往往要进一步强调主题,把歌曲发展推向高潮。

　　大多数三段式和多段式的歌词，都经过起、承、转、合几个步骤。"起"，开头，歌词的开头和高潮一样重要，应该把词中比较精彩的句子放在开头，奇句夺目，如凤头一样，吸引人的眼球。"承"，承上启下，最不好把握的部分，是否能顺利过渡到高潮全看最后一两句。"转"，不一定有明显的标记，主要体现在旋律上，一般都是在第二段（承）的最后一句上出现向高潮过渡的旋律进程，这时的歌词也往往有比较明显的情绪和语气的变化，以配合旋律转到高潮。"合"，高潮部分。

　　假如歌词是"叙事＋抒情"的格式，有一个故事或故事的碎片，就能较好地进行起、承、转、合的变化。如《吐鲁番的葡萄熟了》：

　　　　起——克里木参军去到边哨，临行时种下了一棵葡萄，果园的姑娘阿娜尔罕，精心培育这绿色的小苗。引来了雪水把它浇灌，搭起藤架让阳光照耀，葡萄根儿扎根在沃土，长长蔓儿在心头缠绕。

　　　　承——葡萄园几度春风秋雨，小苗儿已长得又壮又高，当枝头结满了果实的时候，传来克里木立功的喜报。

　　　　转——啊……

　　　　合——姑娘遥望着雪山哨卡，捎去了一串串甜美的葡萄。吐鲁番的葡萄熟了，阿娜尔罕的心儿醉了。

　　这首歌词不但有故事，而且用细节描写来对人物进行刻画，巧妙地表达出内在的情感。如写阿娜尔罕怎样精心培育葡萄，有两个细节：引雪水浇灌、搭藤架照光。表达她对克里木的感情，也有两个细节：遥望哨卡、捎去葡萄。最后葡萄熟了，心儿醉了，自然地将感情推向高潮。

　　歌词的结尾一般有三种：一是将高潮的全部或部分反复到结束，如《吐鲁番的葡萄熟了》；二是从高潮过渡到一些虚词（"啊""啦"之类）上，如《三峡情》；三是重复开头部分，也可略做变化，让激昂的情绪慢慢平静下来，如《太湖美》。

　　《太阳岛上》两段歌词，第一段描写夏日人们去太阳岛游玩休闲。第二段比第一段有发展和深化，点出主题：劳动创造幸福，只有献出智慧和力量，明天才更美好。

三、把握好节奏

　　如果是填词，有原来曲子旋律参照，一般能把握好语言的节奏。如果先作词，就要为自己的词设想一种旋律，在此基础上创作。传统的歌词对句式有一定的规定，或 2+2+3 的七字句，或 2+3 的五字句。旅游歌曲相对自由一些，没有这些限制，在同段内句式中可以有较大的变化。但在不同的段落之间，尤其是旋律相同或相近的段式中相对位置上的句式，不能有太大的变化。如这些句式差别太大，就不好谱曲。比如《塔里木河》（陈克正词）：

　　塔里木河故乡的河，多少回你在我的梦中流过，无论我在什么地方，都要向你倾诉心中的歌。
　　当我骑着骏马天天巡逻，好像又在你的怀里轻轻地颠簸，当我穿过炽热沙漠，你又流进了我的心窝。
　　（副歌略）

两段之间相应的句式是一样的，只有个别句子不同，但这少许变化不但可以，而且是必须的，更便于谱曲。每一句字数都相同的歌词是非常难写的，而且如果每一句（或每一段相应的句）字数完全一样，在旋律上处理不好，就会给人呆板单调之感。因此，相应句式的少许变化反而会使整首歌显得更自然、更生动。

《延安我的摇篮》（付林词）句式就有变化，但内部的单独旋律，仍有节奏感。

　　　　数不尽的那沟沟，道不尽的湾，
　　　　望不断的延水，走不完的川。
　　　　阳婆婆开花红彤彤，难忘那朵山丹丹，
　　　　故事说了千万遍，句句都新鲜。
　　　　每次闭上双眼，你就在眼前，
　　　　忘不了你山疙瘩，还有山药药蛋。
　　　　风风雨雨过了，一年又一年，
　　　　半梦半醒的日子，一天又一天。
　　　　阳婆婆落山又上山，难忘窑洞灯闪闪，
　　　　故事传到今天，今天又传到明天。
　　　　每次闭上双眼，我就回到你身边，
　　　　哭的是你，想的是你，
　　　　延安我的摇篮。

四、语言简洁有音韵

(一) 语言浅显简洁

乔羽说他的歌词都是大白话,这也说明好的歌词要简洁明了、通俗易懂,让人一听就明白,才能易记易流传。那些字句生僻、咬字不清、易产生歧义、文绉绉的语言是不适合的。如郑南作词的《请到天涯海角来》就非常浅显简洁:

请到天涯海角来,这里四季春常在。海南岛上春风暖,好花叫你喜心怀。三月来了花正红,五月来了花正开,八月来了花正香,十月来了花不败。

请到天涯海角来,这里瓜果遍地栽。百种瓜果百样甜,随你甜到千里外。柑桔红了叫人乐,芒果黄了叫人爱,芭蕉熟了任你摘,菠萝大了任你采。

来呀来呀来呀……

文字朴实无华,通俗易懂,是真正的"大白话"。

(二) 要有优美的音韵

这是歌词的特点所决定的。与诗歌中的其他六类相比,歌词的语言更强调优美的音韵。这个音韵是由文字的平仄和辙韵构成的。

所谓平仄,指字的声调。普通话汉字有阴平、阳平、上声、去声四种声调,阴平、阳平为平声,上声、去声为仄声。不过,旅游歌词的平仄并不是很讲究,只要在创作时根据语感,随时调整歌词的平仄即可。

所谓辙韵就是押韵,辙韵与押韵是同一个意思。古代诗歌对辙韵和平仄有许多规定和限制,前人总结为"一三五不论,二四六分明",是说二四六句必须押韵,第一句也常押韵。辙韵有"十三辙"和"十八韵"之分,前者又是后者的基础。十三辙(韵母)为:

发花(a 啊,ia 呀,ua 哇)
梭波(o 喔,e 鹅,uo 窝)
乜斜(ie 耶,üe 约)
姑苏(u 乌)

一七（i 衣，ü 迂，er 儿）
怀来（ai 哀，uai 歪）
灰堆（ei 诶，uei 威）
遥条（ao 凹，iao 腰）
由求（ou 欧，iu 忧）
言前（an 安，ian 烟，uan 弯，üan 冤）
人辰（en 恩，in 音，un 温，ün 晕）
江阳（ang 昂，iang 央，uang 汪）
中东（eng 冷，ing 英，ueng 翁，ong 轰，iong 拥）。

歌词中不一定从头到底只用一个韵，有时需要转韵，有时第一段和第二段用的韵不一样，可以用"通韵"的手法，即利用韵母中主要元音相近、相似的字。但一定注意一首歌中的韵不要太多，超过三个韵就有些乱了。

以《太阳岛上》（秀田、邢籁、王立平词）为例：

明媚的夏日里天空多么晴朗，
美丽的太阳岛多么令人神往。
带着垂钓的鱼竿，
带着露营的篷帐，
我们来到了太阳岛上。
小伙子背上六弦琴，
姑娘们换好了游泳装，
猎手们忘不了心爱的猎枪，
心爱的猎枪。

幸福的热望在青年心头燃烧，
甜蜜的喜悦挂在姑娘眉梢。
带着真挚的爱情，
带着美好的理想，
我们来到了太阳岛上。
幸福的生活靠劳动创造，
幸福的花儿靠汗水浇，
朋友们献出你智慧和力量，
明天会更美好。

这首歌词第一段押"江阳"韵,第二段转为"遥条"韵。

五、修辞手法的运用

歌词既具有诗歌的短小凝练,又借鉴散文营造意境的手段,也融入小说中烘托、渲染、映衬、铺垫等文学技法,还运用想象、联想、比喻、夸张、拟人、复叠、对比等修辞方法,使歌词有意境、有诗意、有激情、有文采。

请看下面的歌词:

玉女之歌

黄建军词

有一位冰清玉洁的少女,
从武夷山远古的浪漫中走来。
黄岗山的绿涛,铸就你的纯真;
九曲溪的圣水,秀出你的线条。
啊,玉女峰,
再多的镜头也载不走你翩若惊鸿的眼神,
再多的竹筏也带不走三三六六的传奇。
啊,武夷山,
神仙洞府,人间蓬莱。

有一位玉洁冰清的少女,
从武夷山厚重的历史中走来。
朱熹的赞美,印证夫子凡心;
柳永的词章,咏唱千古恋情。
啊,玉女峰,
再多的笔墨也绘不出你飘飘欲仙的灵秀,
再多的导游也讲不完大王玉女的故事。
啊,武夷山,
世界遗产,人人向往。

词作者用想象和拟人手法,将玉女峰想象成一个少女,她的纯真、秀美、灵秀、眼神,实在令人难忘。她的传奇、故事成为人们永远的向往。

又如石岛赤山风景名胜区旅游歌曲应征的歌词:

心中有一个地方

苏苏铁木词

多少次梦见她在轻轻歌唱
那里的湖泊有着美丽的传说
就像天上的星星在不停闪烁

蝴蝶飞来飞往
船儿穿梭奔忙
渔火倒映海上
姑娘轻声歌唱
她正赞美她的家乡
碧海蓝天阳光沙滩
森林草原石岛赤山

心中有一个梦想
多么想走进这人间的天堂
那里的山是离海最近的地方
红色的石头布满山冈布满山冈
游人飞来飞往
船儿穿梭奔忙
同为友谊干杯
共把一首歌唱
这是我们相会的地方
碧海蓝天阳光沙滩
森林草原石岛赤山

  该词中的"蝴蝶飞来飞往,船儿穿梭奔忙,渔火倒映海上,姑娘轻声歌唱……","游人飞来飞往,船儿穿梭奔忙,同为友谊干杯,共把一首歌唱……"都营造了情景交融的情景,即优美的意境。
  下面两首歌词较成功地动用了复叠、排比等修辞手法,请大家欣赏。

我的江南
华也词

情也洒江南，
爱也洒江南，
这江南，绿水人家绕，
这江南，画船听雨眠，
这江南，日出江花红胜火，
这江南，稻花香里说丰年。
江南江南，我的江南，
一声声呼，一声声唤，
总是那么依恋。

醒也忆江南，
梦也忆江南，
这江南，播种着希望，
这江南，收获着香甜，
这江南，众手精心绘蓝图，
这江南，好似天堂在人间。
江南江南，我的江南，
一道道水，一座座山，
总是魂绕梦牵。

注：选自《歌海》，2004 年第 3 期。

丽江追梦
赵双吾词

啊！丽江，丽江，我的家，
啊！丽江，丽江，我的梦。

昨夜梦中见到你的芳容；
今日追梦访问你的仙踪。
我梦中的恋人啊，
你把我的魂牵到你的画中，

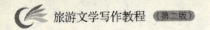

却让我在梦中与你相逢。

是谁擦亮天空为我接风,
是谁摇曳竹影撩我情衷。
我梦中的恋人啊,
你用花船迎我到你的怀中,
让我追寻一江流淌的梦。

啊!丽江,丽江,给我爱,
啊,丽江,丽江,圆我梦。
注:选自《中国歌海词丛》,2004年第17辑。

本章小结

本章两节。第一节首先概述旅游与旅游歌曲互相促进的关系,然后概述旅游歌词的含义,指出旅游歌词具有音乐性、文学性、流动性的特点。第二节讲授旅游歌词写作的要领。

本章的重点是第一节中关于旅游歌词写作特点的知识。

关键词

旅游歌词　特点　节奏　韵律

思考与练习

1. 旅游歌曲有助于宣传旅游,请说说你所知道的例子。

2. 好的歌词就是诗,这样的说法对吗?请从歌词的文学性、音乐性特点加以论证。

3. 试自选自编《中外旅游名歌10首》专辑,并说说你选录的原则,以及其歌词有什么特色。

第十二章 旅游对联

本章学习目标
- 了解旅游对联的形式和特点。
- 了解旅游对联的功用。
- 懂得对联写作的"三要"和"三忌"。

第一节　旅游对联概述

一、旅游对联的含义

对联又称楹联,俗称对子,就是写在或贴在门柱上的对偶句子,是用汉语描述客观事物、表达人们思想感情的一种特殊的诗歌艺术形式。

对联是我国独有的民族文学艺术品种,一般是用古典艺术语言造句和修辞的,所以它十分典雅、精练、优美,具有浓郁的诗情画意。同时,它又是与书法糅合在一起的综合艺术,两者互相映衬,更显出一种神采飞动、瑰丽典雅的艺术美。

旅游对联是对联中的一部分,它指与旅游活动和旅游内容有关的对联。旅游对联是旅游宣传的重要工具,它可为景区景点画龙点睛,调动游人的雅兴,启发他们领略美景和了解历史文化底蕴,对游客起着潜移默化的影响作用。

二、旅游对联的起源和发展

要了解旅游对联的历史,必须从对联的起源和发展谈起。

对联究竟产生于何时?最早可追溯到两千多年前的一种民间风俗。由于科学知识的限制,我们的祖先对一些自然现象难以解释,总以为是鬼在作祟,于是想尽各种方法驱鬼。把桃枝插在门上驱鬼并形成风俗,这从我国古代典籍《礼记》《左传》《山海经》等记载中可以看到。在汉代,饰桃人御邪避凶已成为一种制度,后来民间春节时,用贴"桃符"来驱避鬼怪。

一般都认为对联起源于五代时蜀主孟昶的桃符题词。宋人张唐英在《蜀梼杌》中记载:"孟昶命学士为题桃符,以其非工,自命笔题云:'新年纳余庆;嘉节号长春。'"相传,这是我国最早的一副春联。但这种春联在当时写在宽约一寸、长七八寸的桃木板上,仍称为"桃符"。到宋代,春节粘贴对联十分普遍。如王安石在他的《元日》诗中写道:"爆竹声中一岁除,春风送暖入屠苏。千户万户曈曈日，总把新桃换旧符。"这里说的"桃符"，其意还是孟昶当时所书写的春联。

和旅游有关的最早一副对联，当数五代吴越时契盈和尚撰的一联。据张伯驹编著的《素月楼联语》载："吴越时，龙华寺僧契盈，一日侍吴越王钱俶游碧波亭，时潮水初满，舟楫辐辏。王曰：'吴越去京师三千里，谁知一水之利如此。'契盈因题亭柱云：'三千里外一条水；十二时中两度潮。'"这一联主要说水运之利，却可算开启了旅游对联的先河。到了唐代，随着格律诗的产生和兴盛，属对已成为文人墨客的雅兴。山水诗中对仗工整的对偶句为真正对联的出现准备了条件。如杜甫《绝句（其三）》中的"两个黄鹂鸣翠柳，一行白鹭上青天"，孟浩然《宿建德江》中的"野旷天低树，江清月近人"，王维《过香积寺》中的"泉声咽危石，日色冷青松"，等等。对联一开始并非单独的文学样式，后来诗文中对偶句的独立性逐渐加强，直至从诗文中剥离，到唐代才真正走向独立。

北宋以后，对联推广到宫廷之外，引起朝野上下的兴趣。由于梅尧臣、晏殊、王安石、苏轼、黄庭坚、杨万里、朱熹等不少学者文士的参与，使旅游对联得到充分发展。如苏轼题黄鹤楼联：

爽气西来，云雾扫开天地撼；
大江东去，波涛洗尽古今愁。

元代，对联的发展相对平缓，但也不乏优秀作品。如赵孟頫题扬州明月楼的名联：

春风阆苑三千客；
明月扬州第一楼。

明、清是旅游对联繁荣和鼎盛的时期，涌现出一批对联大家，如明代的祝允明、杨慎、徐渭、董其昌，清代的徐文长、解缙、纪晓岚、孙髯翁、钟云舫等都极有影响。乾隆皇帝也深谙此道，巡游之处，都有他题写的"御联"。旅游对联在此时更有了飞速的进步和丰富的成果。如林则徐题镇江焦山联：

江水不随流水去；
天风直送海涛来。

又如邹福保题苏州寒山寺联：

尘劫历一千余年，重复旧观，幸有名贤来作主；
诗人题二十八字，长留胜迹，可知佳句不须多。

这副对联把长留人世的寒山寺与脍炙人口的《枫桥夜泊》互为因果地紧密结合在一起，全联无一字直写寒山寺，而又字字离不开寒山寺，可谓匠心独具。

了解旅游对联的历史，对认识和了解我国优秀的民族文化遗产是大有益处的。了解旅游对联的历史，也为我们在游览活动中欣赏这些对联和学习创作对联打下坚实的基础。

三、旅游对联的分类

根据不同的标准，可将旅游对联分成不同的类别。

（一）按字数多少分类

根据对联字数多少，可分为超短联（1至3字）、短联（4至7字）、中联（8至19字）、长联（20至99字）和超长联（100字以上）五类。我们只举超短联和超长联两个例子。

岳峻；
湘清。

——湖南长沙城南书院的题联

此超短联语以一山一水、一峻一清，适度地概括了书院的景色，也深含育人如山之峻、如水之清的意思。

五百里滇池，奔来眼底。披襟岸帻，喜茫茫空阔无边！看东骧神骏，西翥灵仪，北走蜿蜒，南翔缟素。高人韵士，何妨选胜登临。趁蟹屿螺洲，梳裹就风鬟雾鬓。更苹天苇地，点缀些翠羽丹霞。莫辜负四围香稻，万顷晴沙，九夏芙蓉，三春杨柳。

数千年往事，注到心头。把酒凌虚，叹滚滚英雄谁在？想汉习楼船，唐标铁柱，宋挥玉斧，元跨革囊。伟烈丰功，费尽移山心力。尽珠帘画栋，卷不及暮雨朝云。便断碣残碑，都付与苍烟落照。只赢得几杵疏钟，半江渔火，两行秋雁，一枕清霜。

——昆明大观楼联

此超长联由清代著名长联圣手孙髯翁所作，描写景物，陈述史实，有景有情，有叙有议，反复低回，一咏三叹，情景交融，浑成一体，有"古今第一长联""四海长联第一佳者"之美誉。大观楼也因此联而闻名海内外。

（二）按修辞手法分类

从采用的修辞手法看，对联的特点是对仗，其本身就是一种修辞格。汉语各种修辞格如比喻、拟人等都可入联。下面以常用的修辞手法来分类。

1. 复字联

复字联，指按一定的规律重复使用某个字，使所表达的主题更为深刻。复字联形式整齐，产生声律上的回环往复的艺术效果。如：

笑古笑今，笑东笑西，笑南笑北，笑来笑去，笑自己原本无知无识；
观事观物，观天观地，观日观月，观上观下，观他人总是有高有低。

——四川乐山凌云寺山门联

2. 叠字联

叠字联，指把某个字紧相连地叠用。如：

花深深，柳阴阴，听别院笙歌，且凉凉去；
月浅浅，风翦翦，数高城更鼓，好缓缓归。

——贵阳九华宫联

佛脚清泉，飘飘飘飘，飘下两条玉带；
源头活水，冒冒冒冒，冒出一串珍珠。

——济南趵突泉联

3. 嵌名联

将一个人名、地名、店名等拆开分嵌在上下联中，因所嵌位置顺序不同而产生多种变化。较多的是分别嵌入上下联的第一个字，也有分散嵌入联中的。如：

花学红绸舞；
径开锦里春。

——杜甫草堂花径联

此联为郭沫若所题，联首分嵌"花径"二字。

常德德山山有德；
长沙沙水水无沙。

——湖南长沙沙水亭名联

嵌常德、德山、长沙、沙水四个地名，综合运用叠字、复字、嵌字等修辞手法。

4. 连珠联

连珠是在联中前半句的末字为后半句的句首，上传下接，好像一串连珠，使邻接的短语头尾蝉联，饶有趣味。如：

大肚能容，容天下难容之事；
开口便笑，笑世间可笑之人。

——北京潭拓寺弥勒佛殿联

5. 绕口联

绞连即将声母、韵母或声调容易相混的字，组成反复、重叠、拗口、绕口的句子，造成文意错综，如层层浪澜，像绕口令那样生动有趣。如：

望江楼，望江流，望江楼上望江流，江楼千古，江流千古；
印月井，印月影，印月井中印月影，月井万年，月影万年。

——成都望江楼联

联中"楼"与"流"、"井"与"影"交错运用，读快了，容易搞混，趣味盎然。

6. 回文联

回文也称回环，运用词序回环往复的语句，表现某种事物或情理的相互关系。回文顺读、倒读都可成文，有的下联是上联的颠倒，有的上下联各自可颠倒。如：

客上天然居，居然天上客；
人过大佛寺，寺佛大过人。

——浙江新昌县南明山大佛寺联

（三）按写作对象分类

1. 名胜联

名胜联，指悬挂、雕刻在风景优美的名胜地或历史名人、历史遗迹纪念地的对联，包括楼阁殿堂、寺庙祠馆、名人墓碑和故居等处的对联。名胜联与旅游的关系最密切。古代的名胜联记载了古代旅游者在游览观赏过程中的所见、所闻、所感。有的流传于口头，有的记载于书籍，有的镌刻悬挂在风景名胜区。名胜联可分为三类。

一是人文景观联。历史古迹、历代名人纪念地所构成的景观，谓之人文景观。人文景观的对联述史怀古，抚今抒情，颇富哲理启迪，引发旅游者追寻历史足迹，缅怀先哲前贤，感受祖国历史文化的悠久，从而增强旅游的文化内涵。如：

八百里秦川，文武盛地；
五千年历史，古今名城。

——西安钟楼联

俯瞰桑乾，滚滚波涛荧似带；
遥临恒岳，苍苍岫嶂屹如屏。

——山西应县佛宫寺释迦塔联

二是园林景观联。指古典园林和现代园林中的对联，对景观起到了画龙点睛的作用，为景添色，给人解颐，助人游兴。如：

曲曲弯弯，前前后后，花花叶叶，水水山山，人人喜喜欢欢，处处寻寻觅觅；
年年岁岁，暮暮朝朝，雨雨风风，莺莺燕燕，想想来来往往，常常翠翠红红。

——甘肃兰州广武门外的仰园联

胜赏寄云岩,万象总输奇秀;
青阴留竹柏,四时不改葱笼。

——中南海静谷园联

三是宗教景观联。指各种教派的建筑物、庙堂寺宇刻挂的对联。如:

吉祥妙德相难穷,有作何能尽至功;
唯有菩提心界里,一轮秋月下寒空。

——山西五台殊象寺联

兜率娑婆去来不动金刚座;
琉璃安养左右同尊大法王。

——台湾佛光山大雄宝殿联

2. 状景联

状景联,指自然山水景观的对联,这些对联往往点缀在名山胜水、楼阁金碧之间,增添游览胜地的诗情画意。如:

九匹白练出奇观,连续奔腾,远观如八骏骅骝添赤兔;
三岭松涛鸣爽籁,抑扬起伏,乍听似千军健卒赴疆场。

——安徽黄山九龙瀑联

九龙瀑、人字瀑、百丈瀑是黄山有名的三大瀑布。九龙瀑在黄山苦竹溪到云谷寺的路上,流泉自香炉、罗汉两峰之间,分九叠而下,居黄山三大瀑之首。上联写飞瀑的形态,通过"白练""骅骝""赤兔"等比喻生动形象地描绘了九龙瀑如骏马奔腾,给人以美感。下联写飞瀑的声音,以"三岭松涛"为衬托,将涛声与瀑声融为"爽籁","似千军健卒"奔赴战场的声音。上下联呼应结合,读后如见其形,如闻其声。

又如:

翠色千重包楚塞;
黄河一线下秦川。

——嵩山绝顶联

玉镜静无尘，照葛岭苏堤，万顷波澄天倒影；
水壶清濯魄，峙六桥三竺，九霄秋净月当头。

——杭州平湖秋月联

本章中所讲述的旅游对联主要是指名胜联和状景联。

四、旅游对联的形式和特点

对联是一种独立使用的文体。其之所以称对联，主要体现在它的对称上，要成双成对，由上下联两部分组成，故俗称"对子"。对联的本质特征是对仗，基本特点是上下联字数相等、语式（语法结构）相同、词性相应、平仄相对、内容相关。具备这几个特点才算是对联。也正是因为这些形式和特点，才使对联写起来美观，看起来养眼，读起来赏心，听起来悦耳，成为人们喜闻乐见的文学样式。

（一）上下联字数相等

对联不论长短，字数一定相等，"句句相衔，字字相俪"，才能形成对仗。字数相等，这是对对联的起码要求。

（二）上下联句式相同

上下联句式相同有两层意思，一是结构要相同，即主谓结构对主谓结构，动宾结构对动宾结构，如是偏正、动补、联合结构，也要一一相对；二是构成上下联的词组节奏要相同。如辽宁朝阳凤凰山联，上下联结构相同：

终冬杨柳 ｜ 梳风绿；——主谓结构
（偏正） （动宾）
夹岸桃花 ｜ 蘸水开。——主谓结构
（偏正） （动宾）

上联节奏为2-2-3，下联也必须是2-2-3。

（三）上下联词性相应

上下联相对应位置的词类要相同或相近，原则上名词对名词，动词对动词，形容词对形容词，副词、数词等也要一一对应。如扬州史公祠联：

数　点　梅　花　亡　国　泪；
（数）（量）（名）　（形）（名）（名）
二　分　明　月　故　臣　心。
（数）（量）（名）　（形）（名）（名）

（四）上下联平仄相对

人们常把"吟诗""作对"连在一起，原因之一是两者都可吟咏诵读，都具备有声语言艺术的特征。为了朗读起来抑扬顿挫、和谐悦耳，就要讲求平仄相对。

什么是平仄？汉字读音有四声，古代汉语声调分平、上、去、入四声，第一声为平声，其余为仄声。现代汉语声调是阴平、阳平、上声、去声，阴平、阳平为平声，上声、去声为仄声。

在对联中运用平仄规律，主要表现在两个方面：一是每一联中各字之间平仄安排应是有规则地交替，不能连续几个字都是平声或都是仄声，一般两个音节一转换；二是上下联之间，对应的音节，一般应该平仄相对。一副对联平仄协调，读起来抑扬顿挫，有节奏感才有韵律美。如：

急水与天争入海；（平仄仄平平仄仄）
乱云随日共沉山。（仄平平仄仄平平）

——广州越秀山的镇海楼联

花香鸟语无边乐；（平平仄仄平平仄）
水色山光取次回。（仄仄平平仄仄平）

——北京北海公园静斋画峰室联

总的来说，一句之内平仄相谐，两句之间平仄相对。长联也可由几种句式组成，如三言、四言、六言句，长联中一般长句少短句多。

（五）上下联内容相关

对联是单独使用的对仗句，对仗的特点表现在上下两联之间。上联与下联不是孤立的，在内容上是相联相关的，即上下联要围绕一个主题，有机联系。对联可分为正对、反对和串对。

1. 正对

正对，也称同类对，指上联与下联内容上基本相同，从不同角度表现主题，互为关联，互为补充结构方式是并列。如：

> 桂馥兰芳，水流山静；
> 花明柳媚，月朗风清。
>
> ——上海豫园点春堂联

以"桂馥""兰芳""水流""山静"……八个主谓词组并列，对仗工整，点出堂前动人的"春"色。其中有扇对（隔句对），第一句对第三句，第二句对第四句；有当句对（一句中自成对偶），如"桂馥"对"兰芳"，"水流"对"山静"。

2. 反对

反对，指上联与下联在内容上一正一反，相互映衬，形成鲜明对比的艺术效果。如：

> 文章草草皆千古；
> 仕宦匆匆只十年。
>
> ——南京随园联

随园为清代文人袁枚的别墅，上联颂扬其文章千古，下联慨叹其仕途短暂，只匆匆十年。再如成都杜甫草堂的陈毅集杜诗句联"新松恨不高千尺；恶竹应须斩万竿"，也是反对。

3. 串对

串对，又称流水对，上下联之间紧相衔接，或连贯，或递进，或选择，或转折，或因果，等等，像流水一泻而下，一气呵成。通俗的说法就是把一句分成两句来说。如：

> 高山仰止疑无路；
> 曲径通幽别有天。
>
> ——昆明龙门达天阁联

如果上下联不围绕一个中心思想，各说各的就叫"对开"，这是作对一忌。假如上下联意思完全相同，称"合掌"，也是作对的一忌。如："云泽清光满;洞庭月色深。"写晴朗的洞庭湖夜景,"云泽"就是"洞庭(湖)"的古称,"清光"本身就是指"月色","满"与"深"用词不同却同义,这里都表示月朗光足,意思一样,犯了"合掌"的毛病。

五、旅游对联的功用

(一)点睛、导游、添色

许多名胜古迹,美景美点都有对联,缺了对联,就缺了文化品位。旅游对联的点缀,恰到好处地对景区的自然美和建筑美进行全部或局部的描写概括,与景点融为一体,起到画龙点睛的作用。其情感真挚,书法美妙,为景点添色增彩;其文辞隽永,想象奇特,令人一唱三叹,徘徊不已。有的对联运用多种修辞手法来概括景色特征,由景发情,抒发景物所包含的深层意韵。请看下面的对联:

> 扶大厦之将倾,此处地灵生人杰,解危济困,安邦柱国,万民额手寿巨擘;
> 挽狂澜于既倒,斯郡天宝蕴物华,治山秀水,兴工扶农,千载接踵颂广安。
>
> ——邓小平故居联

1904年,邓小平诞生在四川省广安市协兴镇。在邓小平故居悬挂着两副对联,上面那副镌刻在邓小平故居门前,为著名作家马识途所撰;另一副500字长联悬挂在邓小平住宅门槛左右,系四川楹联协会会员刘利撰写。两联高度概括和热情颂扬当代伟人邓小平一生的丰功伟绩和高风亮节。在纪念邓小平百年诞辰之际,两副对联特别引人注目,不仅具有点睛增知的作用,而且为故居增光添彩,成为邓小平故居的亮点,吸引千万游客前去瞻仰。

再看另一副对联:

> 一弹流水一弹月;
> 半入江风半入云。
>
> ——福建乌石山琵琶亭联

乌石山,福建福州三山之一,山上筑有琵琶亭。上联"一弹",指弹琵琶。下联出自唐代杜甫《赠花卿》诗:"锦城丝管日纷纷,半入江风半入云。

此曲只应天上有，人间能得几回闻。"联语"一弹"和"半入"在联中间隔反复运用了两次。紧扣琵琶亭，形象地描绘动听的琵琶声。体现点睛作用的对联于名胜古迹比比皆是，再看下面一副对联：

晓起凭栏，六代青山都到眼；
晚来对酒，二分明月正当头。

——江苏扬州平山堂联

此联中"青山到眼""明月当头"正点明了"一堂高视两三州"，江南诸山，正与堂栏相平，所谓"远山来与此堂平"。一副特色鲜明的旅游对联就是游人最好的导游。

（二）解颐、增知、助兴

旅游对联能帮助游者更深刻地了解景观的主题特色和对联作者应时应景的心理状态，并能给人知识，引人遐想，助人游兴。请看下面几副对联：

一楼何奇？杜少陵五言绝唱，范希文两字关情，滕子京百废俱兴，吕纯阳三过必醉。诗耶？儒耶？吏耶？仙耶？前不见古人，使我怆然涕下！
诸君试看：洞庭湖南极潇湘，扬子江北通巫峡，巴陵山西来爽气，岳洲城东道崖疆。渚者！流者！峙者！镇者！此中有真意，问谁领会得来？

——岳阳楼联

岳阳楼在湖南省岳阳市，与黄鹤楼、滕王阁齐称为江南三大名楼，素有"洞庭天下水，岳阳天下楼"的盛誉。相传此楼为三国东吴鲁肃所律，我国历史上许多著名诗人曾在此吟咏，而范仲淹的《岳阳楼记》更为之生色。此联100多字，回顾人事，领略地势，而句式又灵活多变，极富情趣。"五言绝唱"指杜甫的五言律诗《登岳阳楼》。"两字关情"指《岳阳楼记》中"忧""乐"二字。"百废俱兴"指滕子京重修岳阳楼事。"吕纯阳"句：相传八仙之一吕洞宾三过岳阳楼，在楼上饮酒而醉。读此联，收获了不少知识。

风风雨雨，暖暖寒寒，处处寻寻觅觅；
燕燕莺莺，花花叶叶，卿卿暮暮朝朝。

——苏州网师园联

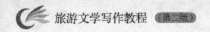

上联写气候,既写了一年四季的风雨、冷暖变化,也写了作者的主观感受,结尾四字直接引用宋代李清照《声声慢》词的首句。下联描绘春光,园中莺燕贪花恋草的情景,结尾四字直接引用宋代秦观《鹊桥仙》词中的末句,抒发了一种豁达的情怀。全联先抑后扬,从沉闷阴晦中看到明媚的春光,使人精神为之一振。还有,全联均由叠字组成,又给人一种反复咀嚼回味无穷的美感。又如:

> 奇山列远天,薄雾蒙嘉树,堤岸缀新花,雨纱横白鹭;
> 秀水流长韵,轻舟荡碧罗,昼晴传巧笑,神女浴清波。
> ——桂林山水诗联合璧

此联为浙江联家施子江先生所作,他极力提倡回文联,曾在《对联》杂志发表启事,征集回文联,引起联友的热烈响应。他的作品出语自然,词雅意丰。读了这样的对联,一定会十分助添游趣的。

> 邻碧上层楼,疏帘卷雨,幽槛临风,乐与良朋数晨夕;
> 迷青仰灵岫,曲涧闻莺,闲亭放鹤,莫教佳日负春秋。
> ——上海豫园卷雨楼联

该联语高度概括地描绘了微风细雨中的亭台楼阁和曲槛假山间的鹤语莺鸣,抒发了莫负眼前良辰美景的怡然情怀。作者笔下的景物像一幅五彩画卷,似一曲无声的乐章,充满了诗情画意。"疏""幽""曲""闲"四字,恰到好处地形容景致的状态,起到了借景传情的妙用,也为游人添趣助兴。

(三)抒怀、言志、启思

旅游对联一般粘挂在某一处所或景点,所以文人们触景生情,借景抒情,或羁旅之困顿,或思古之幽情,或怀才不遇,或踌躇满志,都可借对联来抒发。如:

> 夕阳虽好近黄昏,白日依山,莫若晨曦出海;
> 秋气从来多肃煞,丹枫如画,何如红芍飘香?
> ——岳麓山爱晚亭联

爱晚亭在湖南长沙湘江西岸岳麓山清风峡峡口。清袁枚取唐杜牧诗:"停车坐爱枫林晚,霜叶红于二月花"之意将原亭改为爱晚亭。此联唱了一下反调,说晚不如朝,秋不如春,在联中直接发表不同意见,既能抒怀言志,又颇能给人以启思。

有些对联是一些有思想的文人借一事、一人、一物、一景做由头,回顾历史面对现实,深刻思考多面透视,悟得人生真谛,评点世态炎凉。这些对联往往蕴含哲理,给人启迪,发人深思。

烟雨楼台,革命萌生,此间曾著星星火;
风云世界,逢春蛰起,到处皆闻殷殷雷。

——南湖烟雨楼联

南湖在浙江嘉兴。党的一大在上海召开,后移到南湖一船上举行,宣告中国共产党成立。此联是董必武所撰,回顾党的历史,歌颂革命的发展,有很深的现实意义。

又如:

耿耿孤忠,为民族复兴斗士;
铮铮大笔,亦诗坛崛起人豪。

——仓海亭联

仓海亭在台湾省台北市新公园,为纪念丘逢甲而建。丘逢甲,别号仓海君,清乾隆进士。甲午战起,他与台湾军民抵抗侵入日军,抗战20昼夜。此联是于右任所撰,很切合丘逢甲的两重身份,因丘既是抗日的义军领袖,也是我国近代的一位著名诗人。此联能引人沉思,激人振奋。

第二节 旅游对联写作

一、怎样学写旅游对联

山川名胜的对联对游人来说,更多的是鉴赏价值和导游价值。在赏景赏联之余,我们不妨也参与创作,只要具有一定的文学知识和表达能力,又掌握了它的基本格式规律和创作方法,就能写对联。

（一）立意新颖主题积极

旅游对联是一种精练的特殊艺术形式，它要求主题积极，立意新颖。它或褒贬，或抒情，或言志，或谐趣，或怀旧，或娱乐等，都应该是作者有感而发。千万不要做无病呻吟，或者是咬文嚼字故作风雅。

请欣赏湖南长沙天心阁联：

> 天心阁，阁落鸽，鸽飞阁未飞；
> 橘子洲，洲停舟，舟行洲不行。

此联以湖南两处名胜下笔，立意新颖，主题积极。它的特点是融嵌名、同音、顶真为一体。动静相间，别具情趣，唯"不"与"未"、"行"与"飞"平仄不谐。20世纪50年代，毛泽东主席与周恩来总理视察长沙时曾属对："橘子洲，洲旁舟，舟走洲难走；天心阁，阁中鸽，鸽飞阁不飞。"与长沙天心阁联有异曲同工之妙。

（二）精心对仗追求平仄

对联的最主要的特点就是平仄和对仗，因此在写作时也要把平仄和对仗放在最重要的位置上。这两点把握住了，对联就能写好。

1. 讲究对仗，字数工整

就对联形式而言，它的基本格式是律诗（五言、七言）的中心部分，无论五律、七律，全诗共八句，中间四句（第三、第四句和第五、第六句），是两副规范的对偶句（或称对仗句、对联句），而且对得工整、恰当。写好对联的关键是掌握平仄和对仗。

求对仗表现在对联的上下联要求字数相等、字词相对，并做到形、声、义左右相对，达到形式上完全对称；同时，虚实相对，远近相映，正反相生，使对联的含义丰富而多变化。请看下面一副对联：

> 雪里白梅，雪映白梅梅映雪；
> 风中绿竹，风翻绿竹竹翻风。
>
> ——米芾写景咏物联

米芾是宋代著名书画家，他撰写的此联字数相等、字词相对，讲求对仗，完全符合写联的要求。且上联中"雪""白梅""梅""映"，下联中"风"

"绿竹""竹""翻"等词语反复交错出现，描绘了雪映梅、梅映雪、风翻竹、竹翻风的生动画面，颇具特色，给人以美的享受。

对联中使用数字的地方很多，有一至十相对或百千万亿相对。这些数字，是平声的只有"三""千"二字，其余的都是仄声，大都放在第一、第三、第五字的位置上，因为七律对偶句中的平仄可以"一三五不论"。如：

三面湖光，四围山色；
一帘松翠，十里荷花。

——杭州三潭印月联

七十二峰青未了；
万八千树芳不孤。

——无锡浒山梅园联

另外，对联中可以用红、黄、蓝、绿、青、橙、紫等颜色词来增强景点的色彩感和意境美，因此，颜色相对在名胜联中很是常见。如：

开半亩红莲碧沼，烟花象外；
坐一堂白月清风，好韵成诗。

——北京陶然亭公园陶然亭联

2. 注意平仄，错落有致

上下联的字词，要求平仄相对，只有平仄交替使用，读起来才能铿锵有力、错落有致。一般平仄有固定的格式，我们应该记住它的规律，才能调好平仄音韵。下面以五言联和七言联为例：

五言平起式：
云来山补缺；（平平平仄仄）
月静水无痕。（仄仄仄平平）

——广东黄婆洞联

五言仄起式：
净地何须扫；（仄仄平平仄）
空门不用关。（平平仄仄平）

——福州鼓山联

七言平起式：

无求便是安心法；（平平仄仄平平仄）
不饱真为却病方。（仄仄平平仄仄平）

——北京故宫养心殿联

七言仄起式：

万树梅花一潭水；（仄仄平平仄平仄）
四时烟雨半山云。（仄平平仄仄平平）

——昆明黑龙潭联

好的对联平仄相对，错落有致，读起来体现出音调的韵律美。当然，在实际写作中，并不要一个字一个字地去"抠"，平时读得多了，琢磨多了，就掌握了平仄的规律，自然可以熟能生巧，应用自如了。另外，为了准确表达感思，不要过于受平仄的束缚，有时也可突破一些，不能因文害义，这是允许的。

（三）不因律害义，适当放宽对仗

七言对联的平仄，同七言诗中的对偶句一样，可以"一三五（字）不论，二四六（字）分明"。这里的"不论"，指平仄从宽，"分明"指平仄从严。有时在不"因词害意""因韵害义"的情况下，对"二四六"（字）的个别平仄，还可以适当放宽。如桂林独秀峰联：

一千铁笔千钧重；（仄平仄仄平平仄）
四字丹书五丈长。（仄仄平平仄仄平）

例联中字外有圈的是可平可仄，即"一三五不论，二四六分明"。当然，形式要服从内容，有时为了准确表达意思，偶尔出现不协调的地方也不能过于苛求。正如曹雪芹在《红楼梦》中借林黛玉与香菱谈诗时讲的那样："若果有奇句，平仄虚实不对，都使得的。"

实际上，初学撰联者可多多利用"宽对"。"宽对"是针对"工对"而言的，并不是不要讲究格律，而是对仗要求可以适当放宽一些。况且古今旅游对联中也多宽对，如：

槛外远山排闼绕；
楼前积水当湖看。

——北京梁家园看云楼联

该联中"远"是形容词，"积"是动词，不对仗；"排闼"是推门的意思，和"当湖"也不对仗。

怎样放宽，放宽到什么程度，大致有以下几种情况：

1. 只要词性相同即可对仗

如扬州南门城楼联："东阁联吟，有客忆千秋词赋；南楼纵目，此间对六代江山。""客"是人伦类，"间"是方位类，"词赋"是文学类，"江山"是地理类，都不合对仗，但在宽对中，一般名词都可以对仗。

2. 只要字面相对，不求句法结构相同

如新都桂湖公园联："桂蕊飘香，美哉乐土；湖光增色，换了人间。"上联"美哉乐土"和下联"换了人间"（动宾）语法结构不同。但此联嵌入"桂湖"二字，又盛赞桂湖风光，歌颂祖国变化，立意和内容都很好，因此也是佳对。

3. 上下联可以用同字对仗

如湖南岳阳楼联："洞庭天下水；岳阳天下楼。"上下联以相同的"天下"二字对仗，严格来说是"失对"，但此联不仅没有给人重复之感，反而更突出了岳阳楼的非凡气势。

4. 允许一小部分词性句式不对仗

在上下联大部分对仗的情况下，也适当允许一小部分词性句式不对仗。如陶行知墓联："千教万教教人求真；千学万学学做真人。"上下联后面四字句式就不对仗。

（四）上下联尾字平仄严格

无论对联长短，它的上下联尾字必须是"上仄下平"。就是上联最后一个字必须是仄声，下联最后一个字必须是平声，不得违反和通融。这样吟诵起来十分顺口，念完上联，仄声收尾，一个停顿略作休止，再念下联，平声收尾，音调延绵，余音袅袅。知道这个规律，拿到任一对联，即使不看内容，只看最后一字的平仄，就能分辨出上下联。如台湾台南四大古寺之一的开元寺联：

暮鼓三通，惊动灵山方外客；
晨钟一响，唤醒苦海梦中人。

"客"是仄声,"人"是平声。

（五）挂贴对联时选用横批

对联是挂贴在墙壁或楹柱上的，写、读、贴都用直行，自右至左。右是上联，最后一字仄声；左是下联，最后一字平声。挂贴时一定不要把上下联次序弄错。

因为对联直书竖挂，有的对联在顶部往往配以横书平挂的横批，除了点出主旨的作用之外，与上下联配合还可以增强形式上的完整、协调的美感。

横批又称横幅或横额，横批是对联的一个特殊组成部分，与对联的内容密切相关，有机结合。横批主要是对对联的内容起突出、深化和补充的作用，一般由四个字组成，要求凝练准确，多用成语或炼语。横批在平仄上没有严格要求，但应高度概括。

有的横批直接点明对联所写的地点、名胜古迹、景观或建筑物的名称，起到画龙点睛的作用。如绍兴鲁迅故居的三味书屋对联是："至乐无声惟孝悌；太羹有味是读书。"横批为"三味书屋"。杭州西湖十景之一的断桥残雪联："断桥桥不断；残雪雪未成。"横批点明景观名"断桥残雪"。

有的横批道破对联主旨，收到画龙点睛之效。如郭沫若题四川中江县黄继光纪念馆联："血肉作干城，烈慨在火中长啸；光荣归党国，英风使天下同钦"，横批是"凯歌百代"。此横批与对联珠联璧合，烈士的"英风"鼓舞着一代又一代去创造新的胜利。

二、写旅游对联的几种方法

（一）借用修辞拟新联

自己构思创作对联是最基本的创作方法。要写一副好对联，除了注意要有积极的主题、健康的格调、精练的语言外，还可以借用各种修辞手法，如夸张、比喻、拟人、对比、用典、复叠、衬托、借代、双关等。请看下面的几例对联：

问花笑谁？
听鸟说甚？

——昆明西山华亭寺联

水从碧玉环中去；
人在苍龙背上行。

——河北赵州桥联

一曲高山一曲流水，千载传佳话；
几分明月几分清风，四时邀游人。

——古琴台联

华亭寺联用拟人，赋花鸟以人性，只问不答，别有情趣。该联重点不在于"笑谁""说甚"，而在于"花笑""鸟说"，巧妙地描绘出一个花香鸟语的意境。赵州桥联用比喻，将桥拱喻碧玉环，将桥面喻苍龙背，形象传神。古琴台联用典。用典就是使用古代故事、民间习俗、警句、传说来表达一定的意义。古琴台在武汉汉阳城北龟山尾部月湖侧畔。相传战国时晋大夫俞伯牙曾在古琴台鼓琴，钟子期识其音律，两人遂结成知音之交，此联就叙述了这一故事。一曲高山一曲流水：伯牙初弹一曲，子期赞："美哉，洋洋乎，大人之意，在高山也。"伯牙又弹一曲，子期又赞："美哉，汤汤乎！志在流水。"几分明月几分清风：伯牙与子期结为至交，约定再会于第二年中秋明月清风时。

（二）集句成联再创作

集句即摘取他人的诗词曲文中的成句组合成联。集引成句"信手拈得俱天成"，是一种再创作。如郭沫若集毛泽东诗词所成的联语很有特色：

江山如此多娇，飞雪迎春到；
风景这边独好，心潮逐浪高。

再看另一联：

愿天下有情人，都成了眷属；
是前生注定事，莫错过姻缘。

——杭州西湖月下老人祠堂联

此联集曲成联，脍炙人口，各处的月下老人祠常能见到。上联集自元王实甫《西厢记》，下联集自元末高则诚《琵琶记》。

广州白云洞山有一副集句联：

海上生明月；
山中有白云。

上联集自唐张九龄《望月怀远》诗："海上生明月，天涯共此时。"下联集自梁陶弘景《诏问山中何所有赋诗以答》："山中何所有？岭上多白云。只可自怡悦，不堪持赠君。"集句联改为"山中有白云"，嵌"白云山"名。

（三）仿联也能添新意

仿联即模仿现成的对联句式或格调而撰写的对联。如济南大明湖有联"四面荷花三面柳；一城山色半城湖"，把大明湖的风景描绘得十分生色。各地状景联中，仿此联者不计其数，但必须添出新意才是佳联。苏州拙政园就仿此联：

四壁荷花三面柳；
半潭秋水一房山。

江西庐山御碑亭联也仿它：

四壁云岩九江桴；
一亭烟雨万壑松。

（四）改联要别出心裁

改联即将现成的对联或改字，或改词，或改句，或增减字句而成新联。民间流传一段改联佳话，说苏轼与弟弟苏辙、佛印和尚三人同游巫山，面对巫山美景，佛印随口占一上联，苏轼应对："无山得似巫山好；何叶能如荷叶圆。"苏辙改联为："无山得似巫山好；何水能如河水清。"佛印、苏轼同声赞好。佛印与苏轼兄弟对句中的"无、巫""何、荷""何、河"皆同音异字，正是联语精妙所在。

唐代诗人王之涣《登鹳雀楼》中有一名句"欲穷千里目，更上一层楼"，清代鄂容安将此诗稍一改动，遂成新联：

到此已穷千里目；
谁知才上一层楼。

——北固山甘露寺联

三、旅游对联的写作要求

对旅游对联写作的要求可以归纳为"三要三忌"：要有个性，要有新意，要贴切；忌"合掌"，忌重复用字，忌轻重失调。

（一）三要

1. 要有个性，抓住景物特点

比如同是写亭，不同的作者抓住景物不同的特点写出不同个性的对联。先看钱塘江观潮亭联：

声驱千骑疾；
气卷万山来。

此联抓住钱塘江潮水涨潮时的雄伟气势与非凡景象来写。再看肇庆鼎湖半山亭联：

到此处才进一步；
愿诸君勿废半途。

半山亭在广东省肇庆鼎湖半山腰，此联安在此亭，劝人别半途而废，可谓恰到好处。

2. 要有新意，构思贵在新和巧

每进庙宇，弥勒佛旁均有"慈颜常笑""大肚能容"一类对联，大同小异，似成俗套。请看北京玉泉山卧佛寺楹联：

还不起来么？此等功夫，怕是懒人都借口！
何妨睡着了？这般时代，倘成好梦亦欢心！

此联虽也写大佛，却另辟蹊径，颇有新意。一声吆喝，充满嬉情，读来趣味横生。然大佛卧得得意，睡得朦胧，哪里闻得凡间人语？

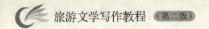

3. 要情词贴切，恰到好处

描写风景或状物用词既要藻丽又要贴切，使形象生动的景物能更恰如其分地表情达意。如北京西北居庸关联：

万壑烟岚春雨后；
千峰苍翠夕阳中。

此联既写出了居庸关的峰壑屹立，地势险要，也透露出一种沧桑感，情词都十分贴切。又如扬州个园楹联：

月映竹成千个字；
霜高梅孕一身花。

个园内种竹千竿，上联写月下竹林，下联写霜中梅花，全联咏竹赞梅，以虚补实，以形写意，情真意切，烘云托月点染出一幅情趣盎然的园林美景。

（二）三忌

1. 忌"合掌"

上下联语义雷同或内容重复，前文已讲过，这里不再赘述。

2. 忌重复用字

上联用过的字，下联不宜再用。如"红梅笑迎春，绿柳舞春风"中上下联"春"字重复，把下联的"春"改"东"即可。

3. 忌轻重失调

上下联涉及景物或事情要轻重协调，不能头重脚轻。如"青山横北郭，白水绕家园"中，"北郭"和"家园"轻重失调。

本章小结

第一节为旅游对联概述，内容包括含义、分类、形式和特点等，还特别简单介绍了旅游对联的起源、发展和功用。第二节主要说明对联写作的要求。

第一节中关于"形式和特点"的知识，是本章的重点。上下联字数相等、句式相同、词性相应、平仄相对、内容相关，这"形式和特点"，也是对联制作的基本规则。

关键词

旅游对联　形式　特点　写法

思考与练习

1. 举例说明对联上下联字数相等、句式相同、词性相应、平仄相对、内容相关的形式和特点。

2. 谈谈对联在旅游景点中的地位和作用。

3. 在旅行中注意收集优秀的名胜联、状景联,并做赏析。首期目标:30 副。

第十三章 旅游报告文学

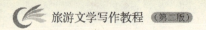

本章学习目标
- 了解旅游报告文学的含义和种类。
- 掌握旅游报告文学的特点。
- 学习旅游报告文学选择写作题材和获取材料的方法。

第一节　旅游报告文学概述

一、报告文学简说

（一）年轻的文体

报告文学，顾名思义，是报告（新闻）和文学的联姻，既具有报告（新闻）的特点又具有文学的特点，介于报告与文学之间的文体。具体说，它是用文学手法，对当前现实生活中具有典型意义的真人真事做形象化的报道，是真实性和艺术性相结合的一种边缘性的文体。

报告文学是文学门类中较年轻的文体，它起源于欧洲第一次世界大战后。当时无产阶级革命风起云涌，报告文学为配合现实斗争应运而生。美国记者约翰·里德的《震撼世界的十天》向全世界报告了十月革命的见闻，受到列宁的高度赞扬。因此，有人称报告文学是"战斗的文学""时代的号角"。20世纪20年代，这种文体在我国已经出现，如瞿秋白的《饿乡纪程》《赤都新史》、陆定一的《五卅节的上海》。30年代，报告文学日趋成熟，《包身工》（夏衍）、《一九三六年春在太原》（宋之的）等影响较大。中华人民共和国成立后报告文学得到繁荣发展，出现了《谁是最可爱的人》（魏巍）、《为了周总理的嘱托》（穆青）、《为了六十一个阶级弟兄》（中国青年报记者）、《创造奇迹的时代》（巴金等）等大量佳作。新时期报告文学最为活跃，优秀作品如雨后春笋般涌现，如《哥德巴赫猜想》（徐迟）、《扬眉剑出鞘》（理由）、《大雁情》（黄宗英）等写时代英雄的报告文学轰动一时，还有《走下神坛的毛泽东》《唐山大地震》《中国农民大趋势》《大兴安岭大火灾》《历史沉思录》《祖国高于一切》《马家军调查》《强国梦》《神圣忧思录》等影响巨大的长篇报告文学。至于旅游题材的报告文学，更是新兴品种。笔者近十多年来努力进行创作实践，纪实作品《鸿雁飞越加勒比》获《中国作家》第二届"中山杯"

华侨华人文学奖,被评委定为"长篇报告文学";《古巴随笔》书中的短篇作品和《故园呼唤伍冰枝》《中西合璧的台山侨乡文化》等也陆续见诸国内外报刊①。

(二) 与通讯、小说的区别

报告文学是用文学形式写的具有新闻价值的报告,它和新闻报道有密切关系,但又有区别。二者都以真人真事为写作对象,区别之一是新闻通讯总是以事件为出发点,人与事的关系是"以事带人";报告文学是以人带事,事是背景,甚至是朦胧的远景,而把人物推向前台。区别之二是新闻通讯文学性较差,报告文学有更多的文学色彩。它与小说有类似之处,都叙事,有事有人物,但又是完全不同的文体。美国有"非小说文学"或"非虚构文学",与报告文学相似。这说明报告文学在表达方法上是类似小说的。它和小说相比区别明显,报告文学不能虚构,小说却允许虚构。

二、旅游报告文学的含义

旅游报告文学是报告文学在旅游领域中的一支生力军,报告的范围和内容与旅游活动有关。它是以文学表现手法对旅游领域中发生的真人真事做形象化报道的一种文学样式。旅游报告文学虽然刚刚起步,但已显示出蓬勃生长的苗头和态势。长篇报告文学如卜翌和舒明的《上海面孔》、何建明的《告别热土家园》、徐歌的《闯进南非——一个中国记者的冒险之旅》等,短篇报告文学如陈祖芬的《小小世界》、闾丘露薇的《阿富汗战地日记》等。

三、旅游报告文学的分类

按描述对象不同,可把旅游报告文学分为事件报告文学、人物报告文学和纪游报告文学三大类。

(一) 事件报告文学

事件报告文学就是以写旅游领域中发生的事件为主的报告文学。其可以反映旅游重大事件,也可写一般事件甚至小事,但这些事件必须具有新闻和文学的典型性特点。

---

① 黄卓才著:《鸿雁飞越加勒比——古巴华侨家书纪事》,暨南大学出版社2016年版;《古巴随笔:追寻华人踪迹》,广东高等教育出版社2017年版;散篇作品分别载于2017年7月28日《北美时报》及《中华瑰宝》2017年第12期。

所谓新闻和文学的典型性,除了事件本身具有时代性、代表性和普遍的社会意义之外,还要求它是值得用报告文学的形式进行报道并加以文学描述的。这类作品往往详细描述事件的来龙去脉和问题的发生发展过程,通过事件本身及作者对事件的态度来体现主题思想,并深刻挖掘事件的本质和意义。如何建明的《告别热土家园》、周益和殷晓章的《河南内乡:古县衙被"卖"风波始末》、陈磊的《惊世瑰宝洛阳大劫难》、渐飞和张辰的《"天堂寨",安徽之痛》等都是写事的旅游报告文学。它们或写旅游建设,或写旧城改造,或写旅游重大事故,热情歌颂新事新风新面貌,批评揭露矛盾和不良现象,对现实社会起到警示作用。

《告别热土家园》满腔热情地歌颂了千万移民为了国家利益,舍小家为大家,怀着复杂心情挥泪惜别热土家园的迁移场景和悲壮画面。《华山庐山为何落选"中国最美的地方"》写"全国最美的地方"评选标准之一是少污染少开发,而华山、庐山落选提醒人们,当你去那些风景最美的地方旅游时,"需用自己的足迹丰富美景,而不是掩埋葬送它们"。《〈无极〉把香格里拉变成了垃圾场》写陈凯歌导演的《无极》剧组在云南香格里拉县碧沽天池拍外景,留下大量建筑垃圾和生活垃圾,美丽的天池犹如遭遇一场毁容之灾,至今面目全非无人问津的现状,揭露了人为破坏自然景观的危害以及政府监管不力等问题,提出的问题尖锐而深刻。《来也苏州河,去也苏州河》写上海城市改造,一条又脏又臭污染严重的苏州河终于变成清澈的河流,老百姓得到了实惠,苏州河也成为上海旅游观光的一大看点。

需要指出的是,事件报告文学离不开写人,因为"事在人为",有人才会有事,人是事件的主体。上面提到的《告别热土家园》中写三峡移民搬迁的事件,但文中着重刻画了王作秀、付绍妮、韩永振、江三、吴爱军等一系列个性鲜明的移民形象。事件报告文学中写人完全是为写事服务的。事件贯穿全文,而人物刻画则要服从于事件的展示。当然,也要注意抓住人物精神闪光点和性格特征,写好人物形象的光彩。

(二) 人物报告文学

写好旅游领域中的英雄模范人物和先进典型,是旅游报告文学的一个重要任务。旅游报告文学写人,就要着力刻画典型化的人物形象,充分揭示人物的个性特点和精神面貌。

写人,可以写英雄人物、先进模范的事迹和壮举,也可写平凡的普通人的追求和奋斗;可写人物一生的光辉业绩或坎坷经历,也可只写人物一生中的一个阶段、一个侧面或一个片段;可集中写一个人,也可写一组人或一个群体。

如《追寻郑和航迹的生死历程》既写一个人也写一组人。作为第一位寻访郑和下西洋主题的女记者范春歌，2000年7月11日（郑和下西洋595周年纪念日）循着郑和航海路线出发，走陆路历时两年先后抵达越南、柬埔寨、泰国等18个亚非国家，只身独行进行采访。2004年一艘小帆船从水路重走郑和的海上之旅，参与的有船长、摄影师、领队等多人，这次远航走了200多天。《真心英雄，义薄云天——记舍身救游客的张家界农民赵明健》《车轮上的女行侠——廖佳》《航鹰，你的名字叫天津》都是写一个人的报告文学。

（三）纪游报告文学

一般报告文学分写事和写人报告文学两类，而旅游报告文学则分三类，增加了纪游报告文学，这是旅游报告文学所独有的，也是有别于一般报告文学之处。

纪游报告文学与游记的不同在于前者内容有新闻价值，时效性较强；后者不在乎新闻性和时效性。

纪游报告文学是描绘自然景观和人文景观的报告文学。这类作品向读者推介旅游城市的风貌，描写国内外景区（点）自然风光的亮点，记录各地风土人情，写新开发的旅游胜地的特色，把最新最快的旅游信息报告出来，带领读者进入一个个美丽动人的旅游天地。

如《退休了到世界屋脊去转转》《和歌山，第一次的亲密接触》两篇，前者记一次青藏高原之旅；后者写行走在日本和歌山县的高山、大海、河川之间，深入了解和歌山地理风物的经历。长篇纪游报告文学《奔向拉萨》记述由6辆车23人组成的进藏车队从长春出发，经辽宁、河北、北京、山西、内蒙古、宁夏、甘肃，直奔青藏高原，穿越可可西里无人区，翻越海拔4500米的昆仑山和唐古拉山，胜利抵达拉萨，然后登上珠峰大本营。作者真实地记述了这次历时22天、行程12300多千米的自驾车东西大跨越的全过程，既有沿途的所见所闻所感，更有一路上惊心动魄的历险以及迷人的风光……

纪游报告文学既能让读者了解、欣赏祖国大好河山的风采及其文化历史渊源，不由自主地激发爱国主义豪情，又能引起人们畅游这些风景名胜的浓烈兴趣。在旅游报告文学中，纪游报告文学占有重要的地位。

需要特别指出的是，虽然旅游报告文学只是刚刚起步，作品数量也不多，但它的创作天地是无限广阔、大有可为的。我们期待着今后有更多作家和文学青年投身到旅游报告文学的写作中来，为旅游报告文学的发展添一份力量。

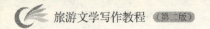

四、旅游报告文学的特点

报告文学用文学手段及时反映和评论真人真事,有人把它称为"文学报告"或"文学新闻"。旅游报告文学是旅游新闻与旅游文学相结合的产物。旅游报告文学有较强的文学色彩,通讯稍差些;有的通讯也有一定的文学性,但比起旅游报告文学,还是略逊一筹。

旅游报告文学的特点表现在以下几个方面。

(一) 鲜明的新闻性

这是旅游报告文学最基本的特点。报告文学的新闻性涉及两个问题:第一是有新闻价值,报道要快速及时;第二是真实性。

1. 时效性

时效性指作者具有敏锐的新闻目光,迫切地将旅游领域中最新发生的事实报告给读者。及时反映旅游事业的飞速发展,及时记录历史沧桑、山川巨变,及时揭露旅游活动中出现的矛盾和弊端,这是报告文学吸引读者的一个要素。

时效性表现在"快"和"新"两方面。

"快",就是要迅速、及时。最近刚刚发生的事,人们迫切关注的问题,报告文学马上反映出来,就是一个"快"字。比如2004年奥运会即将在奥运会的故乡雅典举行,《探访奥运会的故乡——雅典》以最快的速度向世人报道了奥运会召开前雅典的最新动态。记者一行刚到雅典就碰上了"山火",政府派出的飞机正忙于"灭火";奥林匹克竞技场是奥运会会址,如今成了一个乱哄哄的"大工场",离奥运会开幕不到20天,希腊人还在紧张地翻修地板……这些既紧张又忙乱的次序真切生动地表现了希腊人的风格和奥运前夕的气氛。《欧洲游为何怨言频频》写欧洲游中出现的问题。2005年9月1日,中国公民可持旅游签证畅游欧洲了,但也出现了一些问题和矛盾:语言沟通、安全保障、服务到位、购物回扣、价格泥潭、走马观花式旅游,花钱买罪受,等等,这些问题有待有关部门认真解决,才利于欧洲游健康发展。从暴露出问题到报道出来,只经过一个多月时间,可谓迅速及时。

"新",就是要新鲜、新奇、鲜为人知、为世人少见的题材。《惊世瑰宝洛阳大劫难》一文是写周王墓葬群遭遇广场工程的报告。笔者于2015年春赴美探亲旅游,与亲属到西雅图星巴克总店去喝咖啡。我们找到了新开张不久的"原生态焙烤咖啡体验馆"。西雅图是个以波音、微软、亚马逊为标志的创新型城市,它不产咖啡,却是世界咖啡之都。"原生态焙烤咖啡体验馆"在实体店营销方面又是一个新的创意案例。我想,中国读者尤其是商家、啡友对这个题材一定感兴趣，于是写了短篇报告文学《在西雅图体验星巴克》①。果然，作品发表后反映不错。

有些题材因为历史的原因沉睡多年不为人知，现在有条件拿出来发表，对今人来说，也是"新"的。

2. 真实性

"真实性是报告的生命，是它得以独立存在和发展的条件。报告文学贵在真实也难在真实。唯其真实，因此它在读者中产生一种特有的亲切感、可信性和由此而来的激动力量。"真实性是报告文学的生命所在，严格地忠实于事实，不允许有任何虚构、造假，是报告文学最本质的特点。

旅游报告文学为什么能吸引人，首先是因为它写的是真人真事，真实的东西有强大的可信性和说服力。真实性特点具有特殊的艺术魅力和感人的力量，是任何虚构的文学样式所不可能替代的。例如《告别热土家园》中真实地描述付绍妮对三峡河卵石的那份执着和痴迷，她多年拾石头，苦心经营，将"石头小摊"变成"奇石馆"。特大洪水冲到她家门口，她不抢粮食抢石头。尤其难得的是她珍藏的"2008"和"中国石"两组奇石，分明就是这位"三峡女"对家乡、对三峡的赤热之心。

夏衍对报告文学真实性如是说："我始终认为，报告文学的真实性的原则是不能动摇的。如果说真实是艺术的生命，那么在报告文学领域中尤其如此。"他还进一步说："报告文学最可贵之处就在于真实，在于时代精神，而不在其他。"

报告文学的真实性不是一个单一的概念，而是复合的概念，它包含着几个层次。

第一个层次，材料的真实性。作者采访的材料都应是真人真事，是现实生活中确实存在的，这是报告文学真实性整体的前提和基础。

第二个层次，材料的准确性。关于准确性可用新闻理论中的新闻五要素（也称五W）来阐述：人物、时间、事情、经过、原因。其中缺一不可，不可调动和扭曲。如《保卫可可西里》一文中两名志愿者死亡的突发事件，五个W完备。文章准确地报道了这一个突发事件的来龙去脉。

何时：2002年11月30日12时40分左右出发，13时40分，吉普车抛锚。

何地：距青藏公路约十千米的一条小河边，高原风口。

何人：索南达杰保护站负责人志愿者冯勇和该站志愿者李亮等六人。

做什么：前往保护区外围以东野鸭湖一带捡拾白色垃圾。

---

① 参见黄卓才主编《一路春色——明湖四子作品选》，安徽师范大学出版社2016年版，第143页。

何因何果：车抛锚后，冯勇等二人找车来帮助拖吉普车，其他四人晚上平安返回保护站。冯勇二人的车也陷在河边，12月1日凌晨两三点钟，气温下降到零下三十五六摄氏度，又遭遇狼群对峙，不能离开车子。据医生分析，要么在车内因窒息而死，要么就是冻死。

第三个层次，本质的真实性。本质的真实性总是表现在一个作者调动有限的素材、有限的例证（包括情节、细节、背景及其他）去描述生活、刻画人和事、揭示本质的。本质的真实应该是主流的真实，而不是表面现象的真实。比如英雄人物也许不拘生活小节，也许在生死面前有过迟疑，但他最终战胜自我做出舍己救人的壮举，思想境界主流是高尚的。本质的真实经得住时间的考验，经得住众多读者的考验。

（二）浓郁的文学性

旅游报告文学的文学性指它多种表达方式齐下，叙事和描写并重；它能动用文学表现的各种技巧来写人叙事记游；它可以在真人真事的基础上进行艺术加工，巧妙选材、剪裁、提炼主题，精心谋篇布局；可以用人物刻画、景物描写、环境气氛烘托……除了虚构和夸张外的一切文学手段来表现人物，再现事件等，使报告文学成为如散文一样的美文，在文坛上施展自己独特的魅力，征服读者。比如《情归梅里雪山》[①]中西藏的自然景色描写富有诗情画意，非常迷人：

> 这里大多为陡峭的悬崖，如刀削斧砍，尤为险峻，抬头仰望，晶莹剔透，轻纱一般的瀑布如梦如幻，飘飘洒洒从高耸的悬崖顶端缓缓落下，它来自神山冰雪融化之水，故被称之为神瀑。

有的报告文学运用小说中意识流的手法刻画人物的心理活动，有的运用影视的技巧对时空画面进行快速切割和闪回，还有对各种文体和艺术风格（如日记体、书信体、诗意化、散文化、戏剧化）的借鉴，充分体现了作者在语言运用上的自主性和随意性。这些尝试无疑为施展报告文学的文学魅力拓展了新的平台。

《阿富汗战地日记》用的是日记形式，每日开头写明日期、天气、地点、活动要点或事件简介：

---

① 曹国忠：《情归梅里雪山》，载《时尚旅游》2005年第9期。

2001年11月29日　巴格兰省　我们去拍扫雷

一大早，像前几天一样，和香港通电话。……

2001年12月1日　喀布尔　晴　我们眼前是被炸毁的军用飞机，还有埋着炸弹的跑道……

"9·11事件"之后，美国正式展开对塔利班政权的反恐怖战争，喀布尔国际机场成为美军攻击的主要目标。我们从北方联盟外交部取得了许可证，终于可以开车进入了机场。……

2001年12月9日　喀布尔　联合国派发粮食，我们的摄影队受到骚乱民众的围攻。当地的民怨可谓一触即发

联合国世界粮食组织设在喀布尔的粮仓，专门负责向喀布尔以及阿富汗中部地区的民众提供粮食援助……

这篇战地日记有几个特点：一是战争环境，紧迫与危险，主要记述每天采访活动的具体内容，情节性强；二是内容庞大而复杂，语言密集而容量大；三是叙述语言运动感强烈。同样用日记体形式的报告文学《雷克雅未克的七个春日》①是和平的环境，旅游内容节奏舒缓，语言随意自如，用诗歌分行排列的形式：

2004.3.20/大风/荒岛博物馆里的女人

清晨的风强劲无比，尽管我穿着风衣，但仍然被吹得特别难受。

这是海边的一座白色的建筑物，四周在海天之间矗立着一些雕塑，空无一人。

昨夜刚刚下完雪，这是我第二次来到此地。

这是怎样神秘的地方？

我刚准备离开那里时，一位老年人在寒风中从屋里走出来拿报纸，我上前与她打招呼，告诉她我来自中国。

她转身进去，打开大门，让我进去参观。

哗，里面是一家雕塑博物馆。我成为了唯一的参观者。

它像电影分镜头脚本，有环境描写，有人物活动的镜头慢慢摇过，有空间

---

① 程萌：《雷克雅未克的七个春日》，载《旅游天地》2004年第6期。

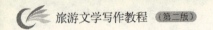

的转换，还有人物之间的动作、对话等。这种写法是比较创新的、现代的、超前的，与传统写法有很大区别，给人耳目一新之感。

（三）强烈的政论性

报告文学政论性的特点是先天的，是由它的任务和作用决定的。

政论性是报告文学的灵魂，是其水平和价值决定性因素。报告文学实际上是一种强有力的宣传工具，以明显的社会作用为目的。作为时代产物的报告文学应当强烈地体现时代精神，把具体事实放在全中国、全世界的大局中衡量，反映当代人民的意志、愿望和要求。优秀的报告文学是时代的号角、历史的见证。它总是要针对着现实生活，大声"发言"的。同时，报告文学的作者在满腔热情地向读者报告现实生活中的先进人物和重大事件时，常常要在作品中抒发感情、发表议论。为了使人物形象更鲜明、事件的意义更突出，有时作者要直接站出来"报告"。作者直接发议论在其他文体尤其小说中是最为忌讳的，而在报告文学中，议论却不可或缺。作者在向读者报告时，必须旗帜鲜明地表明自己的观点和倾向。作者的这种观点和倾向性，往往就是作品的主旨。

政论性特点非常鲜明地表现在作者对所报告的事、人、景的评价上。这种评价不是抽象空洞的，而是以生动的艺术形象为基础的。因此，它是文学性的议论、形象化的议论。

报告文学的议论放在什么地方为好？

1. 在叙事写人关键之处

此时作者若站出来对人物和事件直接进行议论，能起到画龙点睛的作用。如人物报告文学《真心英雄，义薄云天——记舍身救游客的张家界农民赵明健》中，对赵明健舍身救人之后的一段议论：

> 如果说，英雄救人的壮举让我们感动，让我们充满了崇敬的话，那么，英雄的默默无闻，英雄那颗可以用生命去捍卫游客利益的心灵便是让我们最难忘的！

赵明健明知自己被蛇咬伤的手再不医治就会有生命危险，却仍奋不顾身地搭救外地游客，直到救出他们才匆匆向医院奔去。英雄的壮举和崇高的思想境界使作者抑制不住激动的心情发表议论，而这些议论往往说出读者心里想的，因此能与读者产生共鸣。

2. 在一件事情叙述完毕之后

读者将要从感性认识向理性认识飞跃的时刻，恰到好处的议论可以帮助读者认识的飞跃。《北纬30°线上的三个城市》一文中的"苏州：当园林卖给了商人"篇讲述了自苏州出台《苏州古建筑保护条例》后，苏州园林古建筑"上市"，卖给商人后的古建筑结果如何呢？是变味、变异、尴尬、空寂。作者由此进行大段议论：

  据了解，目前尚有200多处破旧古典园林建筑散落在苏州的大街小巷。而正是这些散落在古城中的破旧古典园林建筑，支撑着苏州古城独有的江南遗韵，解读着苏州悠久的历史；它们当中绝大多数挂上了"控制保护建筑"的牌子，但由于经费缺乏等多种原因，始终处于"控而不保"的局面，目前的处境是非常令人担忧的。

  就目前来看，一种情况是散落的古建筑得不到有效保护，另一种情况是"上市"后卖出的几处苏州园林古建筑，保护得也不尽如人意，这可能直接导致了"上市"计划的夭折。那么，对于亟待保护的苏州园林古建筑，苏州有关部门何时能拿出"有效疗法"？日渐破旧的苏州园林古建筑在风雨中期待。

作者指出文化名城古建筑保护的迫切性和必要性，呼吁有关部门尽快拿出有效措施。这样的议论能够帮助读者认清事件的本质，在认识上进一步飞跃。

除了上述有关政治性、时事性评论之外，有的报告文学中还常常插入一些"非叙事性话语"来表达作者对文中事件及人物的主观评价、抒发、揭示和解析。如《阿富汗战地日记》中对事件中的城市和民众的注释和评价：

  喀布尔，这个有着三千年历史的城市，见证了阿富汗历经沧桑的历史。这个曾经辉煌过的国家，在抵抗了来自英国以及前苏联的侵略之后，现在却又要遭受内战的洗劫。那些典雅的建筑，似乎在提醒我们，喀布尔曾经是平静和繁华的城市……

  阿富汗的民众对于中国人民一直保持很好的印象，就像我们所到之处，一知道我们是来自中国，他们都显得特别热情。当地人告诉我们，在他们的脑海中，中国作为阿富汗的邻国，从来没有像有的国家那样，对于阿富汗的内政指手画脚。

第二节　旅游报告文学写作

一、材料的选择和获取

（一）精心选择材料

写旅游报告文学的第一步是精心选择材料。报告文学要求写真人真事，但现实生活中不是所有的真人真事都可以写成报告文学的。必须对材料做认真的选择，舍弃那些不典型、干巴的、无新闻价值的材料，留下有用的、可塑的、生动的材料。材料选好选对了，作品也就成功了一半。什么样的材料才有利用价值呢？

1. 选择反映时代精神的材料

报告文学的材料必须能揭示时代本质，体现时代精神，处处洋溢时代气息，充分传达出时代的声音。一篇优秀的报告文学，应该是现实的聚焦、群众关心的热点。反之，那些远离现实生活、没有一丝时代气息的报告文学是苍白无力的，是没有市场的，也就没有了生命力。

比如《真心英雄，义薄云天——记舍身救游客的张家界农民赵明健》一文，问到为什么选择不救自己先救别人。赵明健说："我只知道游客是客人，我是主人，我应该先帮助他们摆脱险境。"朴素无华的语言折射出一个普通农民高尚的思想品德。近几年来，全国优秀旅游城市张家界一直努力塑造文明景区形象，"做一个文明的张家界人，做游客的亲人"的意识已深入人心。在呼唤诚信的21世纪的今天，如何做到把游客当亲人，"游客至上"就是一个明确的标志。该文主人公赵明健用生命换取游客利益，充分体现出一个文明张家界人应有的主人翁意识。赵明健的事迹为什么感人，为什么引起巨大反响？就是因为英雄的壮举集中反映了当今的时代精神。从这篇报告文学中，可以听到时代脉搏跳动的声音。

又如《上海新潮滚滚来》《老地方不是老辰光》等报告文学中也处处闪现着高速、疾变、时尚、新潮等充满时代气息的情景和画面，让人振奋，让人震惊。

2. 选择形象鲜明生动的材料

有些先进人物的事迹，即使运用了文学手法，也只能写成消息或通讯，而写不成报告文学，这是由材料本身的内涵和质量决定的。报告文学对材料的要求较高，要有生动的细节，人物经历要曲折，要有矛盾，等等，即要求材料生动鲜明，能构成文学形象。

如《追寻郑和航迹的生死历程》一文中的范春歌，用了两年时间来重走郑和下西洋的路线，穿越近20个国家，而且是一个女记者单枪匹马的行动！这需要足够的勇气和毅力。范春歌一路上碰到无数想象不到的困难，甚至离死神只有一步之遥。在印度尼西亚时很不安全，时时要提防抢劫；在也门时，也感到死亡的威胁。恰时震惊世界的"9·11"事件爆发，也门是恐怖分子的下一个目标。她住在旅馆，半夜被爆竹般的枪声惊醒，感到从未有过的恐惧，范春歌写下"遗书"，继续前行，绝不轻易放弃……这些生动鲜明的材料很好地表现了人物的个性特点和精神境界。

3. 选择具有新闻价值的材料

因为报告文学的时效性强，要及时抓住生活中最新的东西，及时回答读者的问题。特别是"突发事件"，如果报道不及时，就会失去它原有的新闻价值。如《〈无极〉把香格里拉变成了垃圾场》《绍兴：目击古城消亡》《蟠滩古街：以保护的名义毁坏》（揭露问题和矛盾）和《惊世瑰宝洛阳大劫难》（突发事件）。

选好材料后，还需要做提炼主题和精心剪裁材料的工作。

对材料具体分析时，要透过表面看本质，透过现象看内在意义，突破具体事件、具体矛盾所表现出的一般性意义，而挖掘出其中最本质的意义，这就是开掘主题。剪裁应围绕主题、人物性格和中心事件来进行。就像一个雕塑家，用手中的刀——砍去他不需要的东西。虽然砍下的材料也是真实的，但为了突出主干，必须砍去枝蔓。

（二）深入调查采访

真实是报告文学的生命，报告的内容必须是真人真事，而且是最近发生的与人民生活密切相关的具有新闻价值的事情。这是我们必须认真遵循的原则。

报告文学内容的真实，不仅只是指其符合艺术真实，而且指人物事件、环境及其生活细节也要符合生活真实。如《阿富汗战地日记》中的两段文字："在喀布尔通往马格兰省的这条主要公路上，可以看到布满黄色和红色的石头标志，也就是说，这里可能埋有地雷。""走进难民营，迎面而来的是一阵扑面的臭气。这里没有电，也没有水，在这些用塑胶胡乱封起来的房子里面，住的全部都是逃避战乱的家庭，有的已经在这里住了三年多。"这些社会环境描写反映出战争给阿富汗人民带来的深重灾难，十分真实。

为了获取丰富的材料和保证内容的真实性，必须深入调查和采访。

1. 要深入调查

只有素材足够多了，才谈得上过滤筛选，去芜取精；也只有材料足够多了，才谈得上比较鉴别，去伪存真。正如夏衍所说："报告文学失去了真实，就不成为报告文学。求真，就必须亲自去采访、调查、研究。""写报告文学要比写小说散文花更多的体力，那是非跑、非听、非看不可的。"一位著名报告文学作家也说过，"报告文学的生命在于奔跑"，要写好一篇报告文学，必须是"六分跑，三分想，一分写"。"勤跑"是经验之谈，绝非虚言。为弄清一件事的来龙去脉或一个人物的事迹跑上多次，走许多路是常事；写纪游报告文学更是要到几百里甚至几千里外的景区景点进行实地考察。调查是个苦差事，报告文学作者要有"踏破铁鞋"不怕吃苦的精神准备。

调查的方式，可以开小型调查会，也可找知情者做个别调查。对一些关键问题，要反复核实，直到准确无误为止。调查时不能偏听偏信只听一方面意见，正反两方面都要听一听，第三方面的也听听，这样才能得到比较真实全面的材料。20世纪30年代的夏衍化了妆冒着生命危险深入现场找包身工调查，用了三个月的时间观察包身工的生活，才写出《包身工》这样的不朽之作，所以"这里的人和事都是真实的，没有一点虚构和夸张"（夏衍语）。前辈文学大师身体力行，为我们做出了榜样。应该牢记，假如你采访不深入，或者不愿去深入，对要写的人和事不熟悉，即使有妙笔生花的本领，作品也难长久。

2. 要认真采访

开座谈会、听介绍获得的是第二手资料，实地考察、现场采访获得的才是第一手资料。采访有预约采访、现场采访等多种方式。

预约采访。这类采访常用于人物报告文学。预约采访要注意几点：①做好准备。采访前做好充分准备，一是资料收集：通过各种渠道收集有关采访对象的各种资料，大体熟悉采访对象的性格、特长、爱好、个人经历、工作、生活方面的情况。二是知识准备：学习理论知识有助于掌握方针政策，确立正确的主旨；了解熟悉有关的专业知识有利于采访时与对方有共同语言，避免说出外行话。②列出提纲。采访什么内容、提几个问题，都要列一个提纲，做到心中有数，采访时不至于"跑题"或被人家"牵着鼻子走"，而达不到预期效果。③讲究采访艺术。采访可以采用漫谈、拉家常的方式开始，先营造一种轻松愉快又相互信任的氛围。提问既要紧扣人物的主要特点、主要事迹，又要从具体问题入手；题目要小，便于对方回答。要注意观察，关注人物的言行神态和周围环境等细节。对不同的采访对象要随机应变，区别对待。提问过程中要善于探索对方心理状态，对方一时回答不上或不愿说（涉及个人隐私）时不要硬追问。出现冷场要设法打破僵局活跃一下气氛，对方不愿谈的又非要了解的问题可以换个角度提问或通过侧面来了解。另外,采访时一定要做好记录,尽量记下人物的原话,如需要录音录像,应事先征得对方的同意。采访是一门学问,涉及许多问题,限于篇幅不展开说。

现场采访。重大事件和突发事件往往都要奔赴现场采访,一是可以获得大量与事件有关的详细材料;二是有现场感,可进行环境描写、人物肖像描写、气氛烘托,增强文章感染力。纪游必须到现场做实地考察,写人物有时也要到现场去。香港凤凰电视台为及时报道阿富汗战争情况,派摄影队赴阿战地采访。记者冒着生命危险深入阿富汗腹地喀布尔,了解采访到大量第一手资料:美军的连续轰炸、难民营情况、国际扫雷组织安排扫雷、战后女大学生回校注册、医院缺少设备和药品、美军占领飞机场地的情况、联合国发粮引起骚乱等最新事实,甚至还采访到北方联盟代言人阿卜杜拉。这些新闻都用卫星传回香港及时报道。记者的采访资料变成《闾丘露薇采访手记》一书,并获"中国报告文学第二届正泰杯大奖"。

要注意,现场采访时一定要搞清事件发生的过程(如时间、地点、原因、涉及人等)及有关细节,人物的主要事迹、经历及基本情况(如姓名、年龄、单位全称、职务等),具体的数据更是要认真核实。因为许多采访是"一次性"的,过后也无法补救,也许"事过境迁"再难有采访的机会。所以,要珍惜每一次调查采访的机会,关键材料要反复核实,以免造成差错或遗憾。

(三)坚持正确立场

坚持正确立场就是站在党和人民的立场,有胆量有拼劲,坚持原则,敢于斗争。旅游报告文学要及时、迅速、真实地反映伟大时代的现实生活,歌颂旅游领域中的英雄模范人物,描绘祖国山河的崭新风貌,并敢于揭露旅游领域中种种假、丑、恶现象。有正确立场就是要处理好歌颂与暴露的关系,以歌颂光明为主,在揭露矛盾时,也要注意写出光明必须并必定战胜阴暗的本质。

作者只有通过学习和实践提高自己的政治素质,掌握党和政府的方针政策,加强社会责任感,才能站稳正确的立场。

二、着力刻画人物

人物报告文学以写人物为主,因此要着力刻画典型化人物形象,充分表现人物的个性特点以及精神面貌。

(一)突出人物个性

人物报告文学要运用各种手段来写好人物的行动、语言和心理活动。人的行动，总是从一定立场出发，受一定思想支配的。行动描写是刻画人物、展示人物精神面貌的重要手段。鲜明的个性化语言也能突出人物的性格和思想。

《航鹰，你的名字叫天津》中的著名作家航鹰为创建近代天津与世界博物馆呕心沥血，奔波忙碌。她把女儿从留学的德国拉来为她打工；把儿子派出去为她跑腿，自驾车跑美国23个州采访天津的洋老乡；让丈夫改行搞研究；举家为她打工，而她为社会公益事业打工。这些描写充分表现了她执着、忘我的崇高品格和为公益事业献身的精神。

朱红的《唐师曾：旅行是我的救命稻草》中唐师曾感叹说："过去中国人看到的国际新闻都是从那些国际大通讯社转发过来的，那么多大事怎么就没有中国人到现场？你说中国那么多记者，很多人也有条件，怎么就那么面瓜呢，他们怎么就不着急往上冲呢？"这番具有个性化的语言，反映了唐师曾作为摄影记者的社会责任感和敬业精神。

人物心理活动在特定环境中最能展示出人的精神境界。

> 这一带很少有人来，路也是荒路，经常十天半月都没人从这里过，如果我不去拉他们上来，他们不知道要在断崖上等多久，如果长时间没人来的话，不知会有什么样的结果。

这是《真心英雄，义薄云天——记舍身救游客的张家界农民赵明健》中的英雄赵明健听到求救声后的一段心理活动。赵的手指被毒蛇咬伤，他咬咬牙剁下两个手指，现在他的手指在滴血，但他想到这里是荒路，少有人迹，若自己不去救人，那后果不堪设想。一事当头，他首先考虑的是他人的安危，于是果断做出抉择。这段描写真实地表现了人物心理活动的轨迹和做出义薄云天壮举的思想基础。

（二）选择典型环境

为了突出作品的文学魅力，报告文学作者除了要进行艺术构思外，还要运用典型化的手段，选择典型环境、典型细节来刻画人物，表现主题。如《寻找沙滩雕塑家史蒂文》中对史蒂文的两次出场，经过作者精心策划和巧妙安排，对史蒂文的外表、经历、个性、追求、精神面貌做了充分的展示。

人物第一次出场似乎是偶然的："我"在沙滩上发现了一座沙的城堡，它的主人在哪里？

> 沙堡的主人来了，他很瘦很高，挺热的天戴一顶毡帽，太阳镜下露出

他腼腆的笑容。他并不着急，继续雕他的城堡，拿着一包土豆条慢慢地吃着，馋得我的肚子也咕咕地叫了起来。

这段肖像描写只给读者一个初步印象。然后作者简介史的经历：上大学时就有畅游澳大利亚的心愿，后来开始环球旅行，边打工边旅行，再后来迷上沙雕。他说："我从中发现了自己的能力，我能雕刻，而且雕得很好。我的沙雕创作给他人带来了美感和幸福，这成为我最大的乐趣。我的环澳旅行的初衷不就是为了这个目的——发现自身价值。"

一年后，作者与史蒂文网上相约沙滩，主角第二次出场却姗姗来迟。经过一个星期的苦苦等待，"他来了，他从天边掉下来！"接着从容地描写了典型的环境：

很多游人停在城堡旁品评着，有人停下来买他的沙滩作品明信片，有人往他的小盒子里放钱。这些行动如同过眼的烟云，没有扰乱沙地雕塑者的创作，史蒂文说一声谢谢后，又专心致志地雕起来。

他拿出了蜡烛插在城堡四周，点上。整个沙堡在蜡烛的火光中膨大起来。沙堡的墙壁烛光中显出一间间洞厅，很有层次，更加立体。摇曳着的烛光让我们感动，温馨浪漫的一天接近尾声。史蒂文自己也久久注视着沙堡。

他的工作环境如此（环境），他对自己作品"久久注视"（细节），从中我们已对人物有了比第一次更立体的了解。作者继续他构思的意图，让史蒂文用自己的话来表现自己的思想。"天色不同，游人不同，阳光不同，心情不同，都能给他很多灵感，沙滩上每一天对他都是新的 天——一天一座沙堡。"史蒂文悠悠地说"沙地城堡无用，所以就更美"，如此这般一番，人们对这位"另类年轻人"有了较全面、较深刻的认识和理解。

（三）写好典型细节

典型细节就是那些具有鲜明特色、能揭示事物本质、展示人物精神面貌的细节。

典型细节最能准确生动地突出人物的个性和思想，是小说中常用的刻画人物、叙述事件的方法。报告文学作者也同样应该十分注重从现实生活中选取典型细节，做生动细致的描绘，以达到传神地刻画人物、表现主题的效果。《阿富汗战地日记》中有许多细节令人难忘。如作者在难民营看到"不少老人手上拿着鲜红的玫瑰",孩子追逐作者他们的车"洒一路的笑声"。"红玫瑰"和"笑声"两个细节十分典型,它们是饱受战争灾难的阿富汗人民热爱生活、热爱家园、热爱美的真实写照,尽管环境这么恶劣,生活这么贫苦,但是他们并没有失去对美的欣赏,失去对生活信心,失去对未来的企盼。

典型细节描写不仅能通过人物的言行表现出来,而且在环境、人物肖像、心理活动等方面也能得到有力的表现。

三、巧妙安排结构

根据主题表达的需要,报告文学在组织材料安排结构时可采用多种多样的方式。

(一) 顺序式结构

顺序式就是以时间推移为顺序,比较完整地叙述事件的全过程。这种安排线索分明,情节连贯。如写突发事件的《惊世瑰宝洛阳大劫难》就是按时间顺序来安排结构的。《阿富汗战地日记》也如此,其以日记形式,按时间顺序写人记事,写众多的人和众多的事。

(二) 转换式结构

转换式就是将大量材料按时间与空间的转换进行描述。如《浮士德的德北双城记》就是转换式结构。该文对德国第一大城市柏林和第二大城市汉堡做了全面的介绍。柏林既还原过去又享受着快乐的现实;汉堡更是气度非凡,富有旺盛的生命力。文章内容由"柏林的乐与痛""柏林的冷与热""汉堡的忙与盲""汉堡的癣与痞"四大块组成,通过时间和空间的频繁转换,从两大城市历史和现实、光荣和伤痕、乐与痛、癣与痞等的对比中表现出双城最真实、最本质的面貌。

(三) 归纳式结构

归纳式就是把众多材料按性质特点等加以分类,边叙边议,从不同角度不同侧面揭示主题。《追寻郑和航迹生死历程》就是这种结构,全文分两大块叙述:一大块是范春歌,独行郑和路的女记者,她走陆路,从2000年7月开始,历时两年,途经18个国家,遇到无数困难;另一大块是翁以煊为船长的凤凰号小帆船,走水路,从2004年8月开始,走了200多天,经历的艰险不比范春歌少。两大块的人物、线路、旅程并不相连,但他们做的是同一件事,沿着郑和下西洋的旅迹，追寻回顾解析下西洋的这段历史及深远影响。目标是一致的，材料性质相同，从不同线路揭示同一个主题。

（四）全景式结构

这种结构方式就是对现实生活采用进行立体的、多元的、广角的描绘。作者站在时空纵横之中来透视事物的历史、现状、发展和走向，对其做全景式扫描，往往更适合于跨度大、容量大、内蕴深、气势恢宏的题材。

如《上海新潮滚滚来》一文中有四个小标题分别讲述了四大块内容：①"到浦东，去金茂喝咖啡"，描述了金茂大厦的骄傲屹立带来浦东新区的新气象，飞速发展的浦东已成为上海滩的时髦新贵。②"大马路的红尘和Plaza 66"，讲上海最有名的大马路（南京路）几十年的历史沧桑和巨变。③"一百年海派一百年洋派"，讲淮海路今昔，原来的老房子烟消云散，代之而起的是一座座高耸云天的新大厦；高级娱乐和夜生活的"新天地"叫淮海路想不热闹想不红火也不行。④"徐家汇忘了徐光启"，写让人神往亢奋的徐家汇样样都有，要什么有什么，喧闹乐翻天，但它的历史却渐渐被人淡忘。在四大块内容之间，又穿插着"南京路四大公司""法租界和淮海路"的背景资料，历史和现实结合，资料数据和描写议论结合，对新上海做了全方位立体化的描绘，勾勒出一副副崭新、时髦、繁华、"领引世界新潮流"的上海面孔。

全景式结构有时还借用小说的意识流手法和影视的蒙太奇技巧，以时间为经、空间为纬，画面任意流动、灵活跳跃。陈祖芬的《小小世界》对北美洲做全景式扫描，社会动荡，经济萧条，人心惶惶像得了恐怖后遗症。仅以"迷彩世界"一节为例，从2001年流行迷彩服，写到张柏芝举行最新形象签唱会，王菲新碟有迷彩照订单大增，进入阿富汗的美军迷彩装迷彩妆，飞机连连失事，海关严查"高危旅客"，中国足球队出线，"9·11"事件出现后遗症，数字的联想，郭富城演唱会推迟，电视屏幕上行进中的美军，叠影一行大字：美军反击了……将无数信息、新闻、画面密集地投放散发开来，其容量之大，时空转换之快、语言之多变令人目眩，应接不暇。加上蒙太奇、意识流等手法的运用，给读者视觉上、感情上强烈冲击力和震动感。全景式结构的旅游报告文学因其跨度大、容量大、内容富有厚重感和深邃感越来越受到人们的欢迎。

四、刻意描绘景物

纪游报告文学是以报告自然景观、人文景观、建设飞速发展、城市面貌日新月异的最新信息为主要内容的，其中很大部分内容离不开对景物的描写。描绘景物要注意以下几个方面。

（一）抓住景物的特征和变化

《小小世界》里对加拿大枫叶的描写，抓住景物特征，细腻地写出了同一棵树上枫叶的不同颜色，观察可谓细致入微。

> 同一棵树上，枫叶正在这儿那儿由红转黄，红黄、黄绿、绿红，高高的枫在蓝蓝的天空上，编织着红黄绿的梦幻。又觉得是参天的枫，把红黄绿的色彩送上天空，织进霞光。或许那七彩霞光就是由枫发散开去、汇聚起来的？

《来也苏州河，去也苏州河》也是通过突出景物不同的特点来写苏州河的巨大变化：

> 在过去的世纪里，苏州河是一条没有诗情画意的河流。水底的淤泥翻腾起汹涌的暗流，水面依旧不动声色，黑色的波澜在阳光下微微抖动，嘲笑着这座爱面子的城市。河边仅存的树木算是最顽强的种类，纤弱的枯黄簌簌摇动。而阳光下的路人，宁可掩鼻而去，不想闻到时光的陈腐气息。
>
> 不知道从哪天起，河岸两边冒烟的工厂全搬走了，普陀和闸北区河边破房子都席卷而去，腾出大片的河畔空地，居然还冒出了一点树，苏州河愈来愈摩登。……
> 昔日备受冷落的地方，忽然成了最时尚、最前卫、最IN的地方。

苏州河今昔对比明确无误地向世人传达上海在大起飞年代里的惊人变化，一条秽气难闻路人摇头的臭水河竟成为令人赏心悦目的风景河！

（二）运用多种文学手段

在描写景物时，可以运用白描、细描、想象、联想、比喻、细节等文学手段，使景物活灵活现，生动形象。请看两段描写：

> 瀑布从天而降，哗哗的水流声响彻谷底，湿雾扑面而来。我们顿时觉得四周一片清凉，扔掉背包，捧起泉水浇到脸上，路上的疲劳顿时散尽。入眼便是那道天斧劈过一样的峭壁，凛凛然耸峙如巨神驻守。一道近80

米高的飞瀑自长奇山巅倾泻而下，朗朗然一路欢歌，青山相称白水，黑石碎击玉声，水雾飞扬，如歌如画！

花溪的夜晚看星星，繁星灿烂，似乎伸手可及整个星空。几十年前的一个夏夜，巴金不是也携着新婚妻子萧珊的手，一同仰望星空呢？憩园旁的河水在一旁静静流淌。

告别湖上小学准备离开的时候，阳光一下子灿烂起来，还没有散尽的浓雾缠绕在船边，船浜犹如在天上一样。远处水天一色的地方，小学的放学铃声响起，船浜的家长开始撑起小船去接孩子，老师也驾着小船载着十几个学生驶向朦胧的前方。

以上第一段运用了比喻、细节、创造意境等手法；第二段描写运用了联想与想象；第三段用比喻，清晨的雾、阳光、水天一色写静景，铃声、船行写动景，动静完美结合。

五、写好精彩议论

报告文学担负着向读者"报告"的任务，它可以也应该向读者表明自己对人物和事件的褒贬态度，而且要观点明确旗帜鲜明。作者的议论往往起到画龙点睛的作用，引起读者共鸣。

（一）在叙事写人达到高潮时，作者情不自禁站出来议论

如《小小世界》中写到"9·11"后的各种怪现象，中国足球出线世界杯，"中国官方禁庆祝"时发表议论：

有些事情的灾难性、后遗症，可能延续十几年、几十年甚至更久。谁都知道"文革"是一场灾难，但是"文革"式的思维、"文革"中的习惯用语，至今还在延续。我真不敢想象"9·11"到底会给世界带来怎样的变化，好像更多的人开始相信自身以外的不可知不可测的因素。

（二）在景物描写关键时，适当地配以议论与抒情，点活景物

在《探访奥运会的故乡——雅典》中，作者先对雅典的新体育场进行了描述："远远望去，这座新体育场就像一只张开两只翅膀的'大碗'，这是西

班牙建筑师圣迭戈·卡拉特拉瓦受雅典文化创意的启发而设计的创新理念的屋顶结构,该体育场位于雅典北郊马罗西,是雅典奥林匹克体育中心的中心部分,这里可容纳55000名观众,将进行2004年雅典奥运会的开闭幕式、田径和足球比赛。"紧接着就发表了以下议论:

> 至此,想象中美丽的雅典却给我们留下了这样的印象:由雅典旧机场改建的棒垒球场看起来依然是一片乱糟糟的工地;连接雅典各体育场馆的轻轨虽然刚刚在两天前通车,但似乎"开张不利":第一天就发生故障,第二天则撞了摩托车;而为雅典奥运会专门修建的高速公路在通车的首天也出现了大塞车,因为希腊人从来没有见过如此现代化的高速公路而全都拥到那里,为了缓解奥运会的交通拥挤问题,据说希腊已经决定在奥运会期间没有特别通行证的私家车一律不许走这一高速公路。
>
> 不过即便如此,希腊人却一点都不着急。有消息说,如果不是希腊足球队意外地夺取了欧洲杯冠军,他们还不会对奥运会有如此的热情。一方面,源自于希腊人对自己充满自信,他们认为在奥运会开幕时,一切都会"搞定",世界肯定能看到令人耳目一新的雅典;另一方面,他们也希望显示希腊的与众不同——这里也许不是最好的,但却是唯一的,这就是希腊人的风格。

把描写景物和议论完美地结合起来,既对雅典给远访者留下的"忙乱"印象做一评述,又很好地点明了希腊人从容、自信、努力的民族风格,使人们对希腊人和雅典奥运会有一个较全面的认识和理解。

(三) 在文章结尾时,常常用抒情议论

如《赵本山和他的东北二人转》在结尾处的议论抒情:

> 二人转,实在太独特了!因为有了这独特的二人转,才哺育出了巨星赵本山;赵本山哪,也实在太独特了!而因为有了这独特的赵本山,咱东北人有理由相信,二人转的一个新时期又将开始,一出出好戏、奇戏、热闹戏、意想不到的戏,还都在后头呢。

本章小结

第一节在对旅游报告文学做了概括介绍之后,即说明旅游报告文学的含义、分类和特点。第二节讲授了旅游报告文学写作材料的选择和获取、人物的刻画、结构的安排、写景、议论五点要诀。

本章重点是第一节中关于旅游报告文学鲜明的新闻性、浓郁的文学性、强烈的政论性特征的知识。调查和采访方法,对于缺少新闻采写经验的读者也很重要。

关键词

旅游报告文学　特点　采访　写作

思考与练习

1. 怎样理解旅游报告文学的时效性和政论性等特点?
2. 旅游报告文学的人物刻画要注意些什么?
3. 赏读一两本新近出版的优秀旅游报告文学作品,试写学习心得。

第十四章 旅游传记文学

本章学习目标
- 了解旅游传记文学的含义和特征。
- 知道应当为哪些旅游人物立传。
- 懂得如何精心刻画传主的形象。

第一节 旅游传记文学概述

一、传记文学的渊源

传记文学是游走在历史与文学交界线上的一种文体,它是历史与文学相结合的边缘文体,是一种用形象化方法,真实记述传主生活经历、精神面貌以及历史背景的叙事性文学体裁。传记文学是对传主的生平历史做真实记载的文字,因此也称人物传记。

传记文学在我国有着悠久的历史。古代的传记往往"文史不分",先秦时期的《左传》《国语》《战国策》等中有不少记人的篇章。西汉司马迁的《史记》既是纪传性的通史,又是我国文学史上第一部传记文学巨制。它叙述了我国上古至汉初三千年的历史,涉及经济、政治、文化等广泛的社会生活,它所表现的中心却是人。全书130篇,其中,12本纪、30世家、70列传记载了各个阶级各个阶层形形色色的历史人物。通过写人来写史,其以"传""纪"作为主要体裁,标志着传记文学趋向成熟。后来的《汉书》《三国志》《后汉书》中也有大量的人物传记。

由于各种原因,近现代没有出现与之相应的传记文学,直到中华人民共和国成立初期,传记曾有过一度辉煌,涌现出《红旗飘飘》《星火燎原》《把一切献给党》等优秀传记文学作品,影响巨大,感染和教育了整整一代人。"文革"之后,社会环境宽松,名人伟人的传记纷纷面世,其涵盖面之广、类型之多令人眼花缭乱,如《孔子》《纪晓岚全传》《扬州八怪传》《冰心传》《宋美龄传》《周恩来》《齐白石》《巴金自传》《梁实秋自传》《胡适自传》等。进入21世纪以来,传记文学悄然勃兴,且硕果累累。优秀传记文学作品如《开国领袖毛泽东》《张爱萍传》《苏东坡传》《你是一座桥》《高原雪魂——孔繁森》《一个革命的幸存者——曾志回忆实录》《钱学森》《郎平自传》等,对于传记文学写作都有借鉴意义。青年作家、媒体人胡子华著《人间旅历》

为世界上 30 多位著名旅行家写传，引领读者跟着旅行家去旅行，是一本可读的旅游传记文学作品。

二、旅游传记文学的含义和分类

（一）含义

旅游传记文学是传记文学中的一支突起的异军，它有特定的范围，即传主和传记内容必须与旅游有关。简言之，旅游传记文学就是记述传主旅游生活经历、精神面貌以及历史背景的传记文学。

（二）分类

传记文学分他传、自传、回忆记三种。根据传记文学的分类，旅游传记文学也相应分为他传、自传和回忆记三类。

（1）他传。由他人所作的传记，记传主一人一生的大事。如"人与自然旅行家传记系列"丛书。

（2）自传。由自己所作的传记，写自身经历，可记一生，也可记人生中的一段。

（3）回忆记。由他人或自己所作的回忆记。对一时一事一特殊方面的片段回忆。

就传记本身而言，其真正的范围是很狭小的，人物传记必须要以传主为中心，才能算是真正意义上的传记文学。

传记文学与报告文学都是纪实文学，但两者之间有很大的区别。

从材料来看，传记文学是记历史的、曾经存在过的事实，是从记忆或历史的沃土里挖掘出来的；报告文学是记现实的、刚刚发生过或正在发生的事实。

从发表时间来看，传记写昨天或前天的事，经历岁月的冲刷而沉淀下来的，时间性不强；而报告文学写的是今天的现实，有新闻性特点，要求快、新，要及时报道出来，时间性较强。

三、旅游传记为谁立传

因为旅游传记的范围特殊，传主必须与旅游有关，传记内容必须与旅游有关，所以，先要界定一下谁能做旅游传记文学的主人公。我们认为传主大致有下面几类人。

（一）旅行家、探险家

这是指一生从事旅游活动的人，有的是职业旅行家和探险家，有的是一生中相当长时间在进行旅行或探险活动。如探险家余纯顺，计划走遍全国，曾徒步探险西藏、新疆等地区，后来在罗布泊沙漠中遇难。又如著有《大唐西域记》的唐代高僧玄奘，一生最重要的活动就是西去印度求法，因此他也是一个旅行家。东渡的鉴真也是如此。

（二）兼职旅行家

许多文人志士都有曲折的旅游经历，或出国求学，或四海漂泊，或周游世界。春秋时期，孔子周游列国宣传儒家思想。20世纪初去东瀛留学的郁达夫、郭沫若、成仿吾、田汉等，都有国外旅游的经历。台湾著名作家三毛周游世界，余秋雨足迹几乎踏遍五大洲，他们可谓兼职旅行家。

（三）名人伟人的旅游经历

指名人有一段难忘的旅游经历，或者说一段旅游经历造就了名人，有人因为旅游而成名。

孔子是我国古代著名的思想家、教育家，但他有过14年周游列国的流浪经历，也是个旅行家。匡亚明的《孔子评传》[①]中对此有详细记载："自鲁定公十三年到鲁哀公十一年（公元前497—前484年），孔子离开祖国，在外到处奔走了十四年，希望能实现自己仁政德治的政治理想，结果是在到处碰壁之后，结束了流浪生活，现在又回到了鲁国。时年六十八岁。"从事媒体工作的香港凤凰电视台记者闾丘露薇、新华社摄影记者唐师曾，都冒着战争炮火奔赴阿富汗、伊拉克等国进行战地采访活动。后来，他们的战地采访经历成了畅销书，也使他们成为名人。

（四）与旅游有关的"小人物"

"小人物"即平民百姓，在此是针对"名人伟人"来说的。这类人是指有过长期旅游经历的人，或是与旅游家、探险家有密切关联的人，抑或对旅游事业有杰出贡献的人。如第一个探险家的经纪人莲子，她既是诗人，但又是探险家余纯顺的经纪人，和旅行探险密切相关；为旅游而写作的作家吴韦材也是与旅游有关的人。

---

① 匡亚明：《孔子评传》，齐鲁书社1985年版。

四、旅游传记文学的特征

(一) 真实性

真实是传记文学的生命,传记文学是记实文学的一种,对真实性的要求特别严格。传记文学写的是真人真事,作品中所写的传主生平、事迹、事件、人物言行、交往,都必须与历史上或现实中的人物、事件相一致,不允许胡编乱造,无中生有。

真实性包括历史真实和生活真实。在写传记文学时,作者应严格遵循历史的真实和生活的真实,才能写好传记文学。如《开往硝烟中的巴格达》一文的真实性特点就十分突出。它有历史真实:记述2003年美伊战争的这段历史;也有生活真实:再现当时的战争现实画面。下面几段文字就真实地描述了战争的残酷和血腥:

> 我终于明白,原来就在这天的白天,美国的轰炸机袭击了三辆来自叙利亚的巴士,结果造成五十多人死亡,一百多人受伤。这些人被送到了这家医院,但是这所位于边境的小医院,除了简单的医疗设备,什么都没有。……
>
> 我们来到了病房,在我们面前的那些伤者,有的已经奄奄一息。简陋的病房,很多人就这样躺在血泊当中。
>
> 边境关卡没有了伊拉克人,取而代之的是美军还有美国的坦克。萨达姆的雕像已经面目全非。就这样,这一次,我们只用了几分钟的时间,就回到了伊拉克。
>
> 整个城市到了夜晚就沉入深深的黑暗中了……这次的枪战实在太靠近我们,原本靠着发电机发电的酒店,很快停止了供电。
>
> 一声巨响,我只觉得自己的心脏停顿了好几秒。等我回过神来,赶紧和摄影师一起找爆炸的方向,才发现,爆炸就在距离我们二三百米的地方——过后知道,那里是伊拉克电视台的一个演播室。
>
> 每天天黑之后,总是会在不同的角落,传来枪声。距离我们最近的一次,站在露台上,可以闻到硝烟的味道,然后感觉到子弹在我们的周围,

但是又不能够判断出准确的方位。①

(二) 文学性

传记最突出的特色就是文学性。传记文学，顾名思义，应该既是传记，又是文学。"作为传记，它应该完全忠于史实，不容许虚构，更不能随意编造……作为文学，它不仅要有一定的文采，更重要的是要抓住所写的人物的特征，生动地刻画出人物的性格和形象。"林默涵这段话充分说明传记的文学性的特点。文学性就是不死板地直录史实，而可以通过各种文学手段将当时发生的事实变成"实况录像"，有生动的人物语言行动，有人物外貌神态描绘，也有环境描写、背景交代；有个人的特写镜头，也有众人的衬托，"众星托月"；有人物出现的现场记述，也有人物的精神面貌表现……总之，要生动形象地写好传主的一生（或片段），聚焦他性格的闪光点以及人格魅力。如《沈从文自传》中的《湘行书简》写了沈从文在湘西的经历。作者生动细腻地描绘了船行之难、过急流险滩时的挣扎、弄船人的豪气神勇，文学性特点特别鲜明，请看下面几段文字：

> 我的小船在一个滩上挣扎，一连上了五次皆被急流冲下，船头全是水，只好过河从另一方拉上去。船过河时，从白浪里钻过，篷上也沾了浪。（过滩时的惊心动魄）

> 小船这时虽上了最困难的一段，还有长长的急流得拉上去。眼看到那个能干水手一个人爬在河边石滩上一步一步的走，心里很觉得悲哀。这人在船上弄船时，便时时刻刻骂野话……（水手的形象）

> 我赞美我这故乡的河，正因为它同都市相隔绝，一切极朴野，一切不普遍化，生活形式生活态度皆有点原人意味，对于一个作者的教训太好了。我倘若还有什么成就，我常想，教给我思索人生，教给我体念人生，教给我智慧同品德，不是某一个人，却实实在在是这一条河。（对河的赞美）

> 我的小船已到了一个小小水村边，有母鸡生蛋的声音，有人隔河喊人的声音，两山不大而翠色迎人……

---

① 闾丘露薇：《我已出发，闾丘露薇》，北京出版社2003年版。

我小船已把主要滩水全上完了,这时已到了一个如同一面镜子的潭里,山水秀丽如西湖,日头已出,两岸小山皆浅绿色。(对两岸景色的描绘)

这种多数人真是为生而生的。但少数人呢,却看得远一点,为民族为人类而生。这种少数人常常为一个民族的代表,生命放光,为的是他会凝聚精力使生命放光!我们皆应当莫自弃,也应当得把自己凝聚起来!(对"生存"问题的议论)

以上摘录中有描写,有议论,有写人,有写景,语言清新隽美,生动形象地描绘出湘西船行的惊险场面和两岸的瑰丽风光。

在遵循真实性原则下,适当的虚构是允许的。因为历史久远,当时现场情况、人物对话、服饰穿戴、表情动作都无人所见,无人所闻,无人记载。为了突出人物性格,可做合理想象,允许适当虚构,但必须符合历史背景真实和人物性格真实。比如《玄奘法师》中,玄奘到了高昌国,受到国王的热情招待和挽留,高昌王想留下玄奘但遭到多次拒绝,终于脸色往下一沉,大声地说:"我一定要留你,不然,我可送你回国,你怎么能去,请你想一想,两相比较,还是留住为好!"玄奘不客气地答道:"玄奘西来,为求大法,现在遇到障碍,那么只有骨头留在这里,心神未必会留!"两人的对话及动作神情,作者做了适当的虚构,更好地突出玄奘西行的决心,符合人物一贯性格,因此也是真实的。

(三)记述中蕴含褒贬

传记作为介于历史和文学边缘的一种文体,其历史性是不容忽视的。在写作传记时,一定要坚持文学性和真实性,并将历史糅合其中,做到历史地客观公正地去评价人物,不能扭曲历史,篡改历史,要将历史性与真实性、文学性三者有机结合起来。他人所写的传记,在记述中应对传主有所评价,表露作者的褒贬。少溢美、多公允,不过分贬低,也不刻意拔高。传主本人所写的自传,也要对自己有一个客观的评价,正确对待自己的缺点或失误,正确分析在特定历史背景下自己的言行和思想轨迹,做到实事求是,不回避矛盾,直面人生。

如《孔子评传》,作者对孔子访问列国诸侯的行动持何态度呢?文中写道:

但在二千年前的时代,孔子为实现自己的主张("行道"),在交通十分不便利的条件下，带着数十个随从弟子，走走停停，花了十四年工夫，访问了六国国君，虽然经历艰险，到处碰壁，仍不灰心，姑不论其主张是否切合实际，这种奋斗不懈的精神，至今仍令人敬慕不已。

孔子听到后，对子路说："由！（子路名）尔何不对曰：'其为人也，学道不倦，诲人不厌，发愤忘食，乐以忘忧，不知老之将至'云尔。"这倒是一幅很形象的孔子自画像。这种积极进取精神，是值得后人仰慕和学习的。

很明显，作者对孔子访问列国的行动是肯定的。

又如《郁达夫评传》写郁达夫从1913年跟随长兄出国赴日本读书，到1922年在东京帝国大学毕业，结束留学生活，整整经历了十年的岁月。作者如实地记述了郁在异国的生活，他在宝贵的青春时代捧饮人类知识的清泉，他饱览富士山下旖旎的风光，他尝试过爱情的酸果，他感受过民族歧视的寒风……但作者并不回避异国他乡的郁达夫的恃才不羁，他在感情上的"泛爱"、他回国参加外交官和高等文官考试两次不第所带给他的巨大打击，思想极度苦闷等事实。在《冰心评传》中也有作者对冰心"爱的哲学"所做的历史的评价。

《郭沫若评传》中写到郭沫若在日本求学时推崇段祺瑞，并对造成他这种看法的原因进行分析："郭沫若之所以这般推崇段祺瑞，主要由于段氏当时把自己打扮成再造共和的英雄，而郭沫若对于辛亥革命后的共和政府又怀着盲目的信赖。"另外，郭沫若的世界观还处在形成阶段，热切期望祖国独立富强又尚未找到正确出路等。这也是对郭沫若历史而全面的评价。

传记的褒贬一般有两种写法。

1. 通过人物形象来褒贬

就是所谓的"太史公笔法"。司马迁在《史记》中记人并不去论断人物的是非功过，而是通过人物形象来说明谁好谁坏、谁忠谁奸、谁蒙受不白之冤……这种在记述中表达出自己的思想观点的方法受到后人的推崇："古人作史有不待论断而序事之中即见其指者，唯太史公能之。"

2. 直接议论

就是作者在记述中直接加入自己的议论。请看《冰心评传》中的一段议论文字：

冰心笔下的母爱、童心、自然是她的"爱的哲学"之鼎的三足。但是我们不能因她的"爱的哲学"的唯心主义的色彩,而将母爱、童心、自然都作简单化的一概否定。这三者有支撑她的"爱的哲学"的一面,同时也有本身独立的一面,带着积极作用的一面,而应给予恰如其分的评价,以便吸取其中的精华和营养。

《开往硝烟中的巴格达》中有对华人媒体报道的大段议论:

> 我想应该来想想华人媒体未来在参与战争报道方面应该做些什么。我想,除了参与意识,还应该在物质上和基本功上有充分准备,特别是记者的战地采访培训。这一点,西方的传媒机构做得非常专业,而华人媒体,由于条件的限制,做得并不足够,反过来也限制了华人记者的采访机会。

另外还有一种"春秋笔法",即在字里行间暗示作者褒贬的方法,出自古代《春秋》,因社会环境的限制所产生的一种曲折隐晦表达观点的笔法。在今天,我们可以直接表明态度,不需用隐晦的笔法。

总之,褒贬涉及立场观点,无论用人物形象来表达还是直接议论,都应该站在历史唯物主义的高度,对历史人物或今天的英雄人物做客观公正且全面的评价。

第二节 旅游传记文学写作

一、材料的获得与取舍

(一) 材料的获得

大量地尽可能地占有材料,是写好传记的前提。传主的材料有两类:一类是历史背景材料,要研究熟悉传主所处时代的政治、经济、文化等情况,一方面传主受时代的制约,另一方面,传主也将对那个时代产生影响。这类材料包括民情、风俗、时尚、服饰、礼仪、建筑、饮食等细节。还有一类是传主生平、主要事迹、重要活动、家庭、外貌、生活习惯、性格爱好等一切详细资料,这些材料虽然琐碎,却是立传的根据。

材料来自文献和传说。文献指那个时代的各种记录,地方典籍、历史记载、野史正传、文学作品、图片实物等。所谓"传说",诸如街谈巷议、秘闻逸事、口头流传的新闻等,要取其实说。

材料获得方法有三种。

1. 广泛收集各类史料

从官方文件(包括县志)、报刊专著中收集抄录,也可从图书馆、档案室、史料馆甚至博物馆中收录有关资料、图片与实物。

2. 重点翻阅文学作品和回忆录

可从有关传主的历代文学作品中寻找有用的材料,尤其要注意搜集传主亲朋好友的回忆录和回忆文章。《孔子评传》中有关孔子周游列国经历出自《史记·孔子世家》,在卫国五年,陈国四年,又回卫国五年,共14年,而去曹、宋、郑、蔡几国都碰壁而回。《冰心评传》中许多内容出自冰心选集中的《往事》《寄小读者》和《冰心诗集》。1923年夏冰心从燕京大学毕业,准备赴美国威尔斯利女子大学留学。1923年8月3日,冰心乘车南下。直到火车慢慢开行,她在车上翻阅《国语文学史》时,才从书页空白处发现几个字"别忘了小小",这是小弟冰季的笔迹,使冰心沉沉如死的心感到十分酸楚。这段内容出自《寄小读者·通信三》。冰心8月19日抵日本神户,8月21日游览横滨,被那里的美丽景色所陶醉:海水"蓝极绿极,凝成一片。斜阳的金光,长蛇般的自天边直接到栏旁人立处。上自穹苍,下至船前的水,自浅红至于深翠,幻成几十色,一层层,一片片的漾开了来"。这段写景出自《寄小读者·通信七》。冰心是于1923年9月1日踏上美国的土地的,到9月17日来到了威尔斯利。"从此过起了异乡的学校生活。虽只过了两个多月,而慰冰湖及新的环境和我静中常起的乡愁,将我两个多月的生涯,装点得十分浪漫。"这些情节出自《寄小读者·通信十八》。

3. 深入采访与调查研究

许多历史或现实人物的实际经历和生活是丰富多彩的,往往有惊心动魄的事迹和充满神奇色彩的情节,可以通过采访传主本人、知情者、传主后代、故居现场(遗址)等获取这些有价值的第一手资料。

占有了大量材料后要进行研究分析,去伪存真、去粗存精,留下可用的能反映传主基本性格和主要事迹经历的材料。有一点值得注意,收集资料和调查采访,作者必须摒弃个人好恶、先入为主等态度,站在历史唯物主义的正确立场上来对这些材料进行取舍剪辑,历史地、客观地、立体地了解传主,还传主以历史真面目。

（二）材料的取舍

人的一生要经历许许多多的大事小事，但作者不可能把传主一生经历过的大事小事都写出来，因此需要对它们进行取舍剪辑。应该选怎样的材料呢？

1. 有利于突出人物个性特点的材料

如豆豆的《莲子：中国首位探险家经纪人》中有莲子做的几件事：以诗人的激情理解支持探险家余纯顺徒步走访全国的壮举，主动承担经纪人事务；积极帮余纯顺筹措经费，组成"雄风诗歌朗诵团"广做宣传；到上海为余纯顺筹措钱大败而归；为余纯顺写报告文学；写传记找出版商，拉赞助；为余纯顺四处奔走，捐得资金全交给余本人，自己返回时蹭车吃盒饭，只剩两元钱……这些材料突出了莲子的热情、执着、关心探险事业。最近几年，她数次长途旅行，重走余纯顺走过的路，深入新疆，采访认识余纯顺的人。她认为，"真正的探险是精神的"。这些材料对突出人物个性特点和人格魅力是十分有益的。

2. 有利于表现人物主要事迹和人格魅力的材料

《玄奘法师》（释海山著）中，贞观元年，玄奘从长安出发，绕过玉门关，越过五座要塞，踏上了所谓莫贺延碛的大沙漠。历尽千辛万苦终于走出沙漠，绝处逢生。几次遇盗，险些丧命。他求道的决心，只可日日坚强。他共访问了110多个国家，据说到过28个国家，后著的《大唐西域记》共12卷，有着不可估量的价值。其西行求法的事迹及舍生忘死的坚强意志，在艰苦条件下毫不动摇的惊人毅力以及巨大贡献都是表现传主人格魅力的最好材料。

3. 有利于展示人物行为背后的精神境界的材料

《郁达夫评传》里写到《沉沦》，这是郁达夫第一个小说集，也是五四新文化运动后出版的第一部小说集。《沉沦》等三篇小说都是1921年作者在东京帝国大学读书时创作的，都以日本的中国留学生的生活为题材，反映在异国的留学生所受的屈辱和内心的苦闷。小说的出版引起许多非议，为了使读者更好地了解《沉沦》的写作背景、思想内容和艺术特色，书中引用了郁达夫《忏余独白》一文作为写作材料：

> 所以写《沉沦》的时候，在感情上是一点儿也没有勉强的影子映着的；我只觉得不得不写，又觉得只能照那么地写，什么技巧不技巧，词句不词句，都一概不管，正如人感到了痛苦的时候，不得不叫一声一样，又哪能顾得这叫出来的一声，是低音还是高音？或者和那些在旁吹打着的乐器之音和洽不和洽呢？

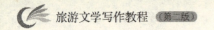

这些材料对揭示人物创作时的心情和了解其精神状况是有积极作用的。

4. 有利于全面而真实反映人物历史真实面目的材料

既要表现人物的崇高品德，又不回避缺点和失误，才能表现传主的真实经历和真实思想。如《莲子：中国首位探险家经纪人》中，写1996年春，余纯顺从上海打电话给莲子要改变计划去新疆罗布泊，莲子告诉他不要更改计划，余执意要去。结果余再也没有从"死亡沙漠"回来，这是余纯顺本人的失误，但作为经纪人的莲子却"陷入深深的懊悔，她后悔自己当初没有好好劝说余纯顺放弃罗布泊计划。在这样的自责中，她一直保持缄默"。"她看到余纯顺死后受到的误解并不亚于生前受到的误解。然而，除了沉默，她说不出一句话"。其实"保持沉默"也是莲子的一个失误，传记作者并没有回避这一点。

二、合理想象与适当虚构

传记应该真实，但历史真实和文学真实是相对的。真正的历史真实是历史本体存在，而历史本体不可能完全复原，不可能分毫不差地记录下来；而且人物所有的语言行动和外貌心理也完全不可能重复和重演。所以，人物传记的真实性只能是相对的，就是尽可能地接近历史本体，接近人物的本来面目。因此，传记文学不仅要写出特定的、确实存在过的人物生平，而且要写出人物独特的形象。有多少位作者，就有多少种传记。由于作者的立场、观点、思想、感情及审美观的不同，以及所掌握的材料、表现手法、写作风格等的不同，所写的传主形象也不会相同。没有想象力，作者无法把自己观察、调查、采访以及查阅资料而收集得来的材料联系组织综合起来，形成一个艺术整体。光有材料而没有想象和虚构，就不可能写出有血有肉丰富真实的人物来。同样，没有适当的虚构，零碎分散的材料也不可能联系集中起来。因此，传记文学从根本上讲是离不开合理想象和适当虚构的，尤其是写历史人物。

如《玄奘法师》中一人在茫茫沙漠中孤行，有一段幻觉的描写：

> 由于初涉沙漠，孤单无伴，再加上人们传说的鬼话，使他在极度惶惑不安的心情下，眼前产生了一幕幻觉：他忽然见满沙碛间都是军队，乍行，乍息，又有无数裘褐驼马，旌旗大舞。移形换貌，倏忽千变，远看极为显著，渐近则归微灭。初疑遇到强盗，后觉遇到鬼怪。这自然影响到他心情的不安，但他想到自己的宏愿，重新抖擞着精神，心也就安定了下来。

在他进入大戈壁时,因水袋中水都流失,引起他的恐慌,又有大段心理描写:

> 觉得道路盘回,不知向着那面走才是。因想重回到第四烽去,可是回头走了十余里,思前想后,觉得自己一再表示,不到天竺(印度),决不东归一步,怎么自己回头走呢?还是应该抱定决心,宁可西进而死,决不东归而生。于是他又口念观音,转身向西北前进。……不禁口干腹焦,痛苦欲死,再也不能前进一步,不得不倒卧在沙漠中,心想:这回可真完了。在无可奈何中,只好默默念佛,自觉此行不求财利,非为名誉,一心只在求得佛教真理,总不会真的死在这里吧。

这些心理活动以及后面两次遭遇强盗抢劫时的心理描写,都是作者为了表现玄奘法师个性特征和西行决心而想象加工的。没有这些描写,人物形象只能是干巴巴的毫无生气而言。

三、精心刻画传主形象

(一)突出人物独特个性,写人物"做什么"

传记文学中的人物或主角就是传主。要突出人物的独特个性必须要写好人物的主要经历和主要业绩。如间丘露薇的《行走中的玫瑰》[①]中写了人物在关键时刻的选择:对中学、大学、专业、职业以及理想的选择,充分表现作者的独立思考的个性、自强的风格,认准的事她会坚持去做,她想做自己爱做的事,选择做适合自己的职业,执着地追求理想。她大学毕业找工作并不顺利,"我对自己说,我没有一个好爸爸,在这样一个不公平的竞争环境下,还是算了吧,不要和自己过不去。而且,托人办事不是自己的性格,因为我一向不喜欢欠别人的人情"。

她做过许多工作,靠自己实力,并预先做了充分准备,迂回地接近自己的目标。比如她想去媒体供职,却先做白领,先做会计师;去了媒体并不是一下子就得到自己喜爱的职位,而是先当翻译;她先进小电视台,是为了跳槽到大电视台。所有这一切选择和结果都在于她能正确地对待自己,了解自己的优势和劣势,从宏观上把握自己的命运,抓住机会紧紧不放。这是她个性的一个独特方面:自信,来自实力。时间和实践证明她的每次选择都是正确的。

---

① 间丘露薇:《行走中的玫瑰》,上海文艺出版社 2005 年版。

如在2003年北京"两会"期间的采访,她形容自己就像蜜蜂,从一个角落,扑向另外一个角落。在巴格达,美伊战争打响了,作者在外面观察枪声从哪里来,完全忘了个人安危,是翻译把她拖进屋内。人物的这些行动很好地表现了传记作者的敬业精神。

(二)突出行为背后的精神境界,写人物"为什么做"

不但要写好人物的言行,而且要展现人物行动背后的精神境界。

香港记者的敬业精神是有目共睹的,作为香港最有名的凤凰卫视的一线记者,更是如此。闾丘露薇事事处处出现在新闻第一现场,2001年10月反恐打响后,她进入阿富汗腹地喀布尔;2003年美伊战争爆发,她立即前往硝烟弥漫的巴格达,可谓敬业之极。可是她对敬业有另一番看法:

> 虽然我们努力工作,是为了保住这份饭碗,是为了钱,但是除了这些,我们还有一份责任心,一种职业的道德感。

> 很多人想不通,我和我的摄影师为什么决定在战争爆发的时候去了巴格达。很多人用了很多美丽高尚的词句来赞美我们。于是每次我都需要和大家解释,我只是做了记者应该做的事情而已,充其量只是敬业,提升不到其他的高度。

这样的思想境界使作者不怕苦、不怕累、不怕死地奔赴现场,从不放弃采访机会。

> 还好,到现在,我没有因为自己放弃了努力而出现错漏。更多的是花费了时间和精力,却什么也做不到,但是我没有后悔,因为我觉得对得起自己的工作,对得起自己。

这样的思想境界,又决定了她必定会那么做,自然地那么做。旅行、冒险、战地采访不是一种负担,而是一种享受,一种幸福。

闾丘露薇还是一个善于自我反省的人,她说:"敬业是很容易做到的,但是专业,需要不断地学习,自我增值,自我反省。"不断提高自己的素质,不断地积累,使作者越来越自信,当记者也当得越来越如鱼得水。她"做人"的原则是诚实和独立,懂得尊重别人。她在自传中袒露心胸:"真正的尊重别人,是基于自己对于一个人的尊重,从心里产生的。这需要一个人有良好的修养，有人生的历练，这样才会真正相信，人生来就是平等的，尊重别人就是尊重自己。"(《行走中的玫瑰》)这就是"玫瑰"所作所为背后的真正境界。

四、细节描写是传记的法宝

在小说创作中，成功的细节描写在突出主题、推动情节发展、塑造人物形象、渲染气氛等方面都能起到特殊的作用。细节描写也是写好传记的法宝之一，许多传记作者都十分重视运用细节描写。如闾丘露薇的《开往硝烟中的巴格达》中就有众多的细节描写。

约旦边境一个有意思的现象："战争爆发，没有一个伊拉克难民出现在约旦，反而是一批又一批在约旦境内的伊拉克人带着大包小包返回自己的家乡。"这个细节既说明战争对伊拉克带来的灾难，也说明伊拉克人对故土家园的热爱，哪怕那里有战争，也要回家乡，他们并不害怕战争。

经过关卡，伊拉克人要被严密检查，巴勒斯坦酒店汽车排起长龙，每辆车接受仔细检查。这个细节既说明酒店受到伊拉克武装分子袭击，也看出美军内心紧张、草木皆兵的心理。

伊拉克酒店爆满。说明这场战争受到全世界各媒体的高度关注，记者蜂拥而入，大小酒店都爆满，即使停电停水也阻挡不住记者的勇敢和敬业。

开枪已成为当地人的一个习惯。这个细节起码说明几点：一是战争使伊拉克陷入极端混乱的无政府状态；二是人们需要自我保护，进行自救；三是武器的泛滥也会对别人产生威胁，由自卫变攻击，使整个社会更动荡不安。通过细节描写，既揭示了战争的残酷无情，给人民带来无穷的灾难，也反映出渴望和平、消灭战争已成为世界人民共同的愿望。

《沈从文自传》中有一节是写他在湘西坐船过滩的经历。其中细节描写多不胜数，仅举几例（画线为笔者加，表示细节描写）：

鸭窠围是个深潭，两山翠色逼人，恰如我写到翠翠的家乡。吊脚楼尤其使人惊讶，高矗两岸，真是奇迹。两山深翠，惟吊脚楼屋瓦为白色，河中长潭则湾泊木筏廿来个，颜色浅黄。地方有小羊叫，有妇女锐声喊"二老""小牛子"，且听到远处有鞭炮声，与小锣声。

这滩太费事了，现在我小船还不能上去。另外一只大船上了将近一点钟，还在急流中努力，毫无办法。风篷、纤手、篙子，全无用处。拉船的在石滩上皆伏爬着，手足并用的一寸一寸向前。但仍无办法。

这时船已到了大浪里，我抱着你同四丫头的相片，若果浪把我卷去，我也得有个伴！三三，这滩上就正有只大船碎在急浪里，我小船挨着它过去，我还看得明明白白那只船中的一切。我的船已过了危险处，你只瞧我的字就明白了。船在浪里时是两面乱摆的。……好厉害的水！吉人天佑，上了一半。船头全是水，白浪在船边如奔马，似乎只想攫你们的相片去，你瞧我字斜到什么样子。但我还是一手拿着你的相片，一手写字。

第一段写鸭窠围的景色，写翠色用了"逼人"二字，逼真形象，给人视觉上的震撼。又写两山皆翠，唯有吊脚楼屋瓦是白色，这个白色正说明吊脚楼令人惊讶之处，高矗、白顶，在一片翠色中特别显眼。深潭、翠山、吊脚楼、湾泊木筏，都是湘西滩上的特色，这幅迷人的风景画本来已十分动人，后又加小羊叫、妇女喊，呈现山村河滩一派祥和的晚景。更有远处的鞭炮声（谁家正办喜事?)、小锣声（戏班子正开唱?)。山、水、人、色彩、声音，种种元素构成的生活图景魅力无穷。

第二段是写拉纤的皆伏爬于地，手足并用，寸寸前行的细节说明过滩之难，拉船之苦。

第三段前面"抱相片"，既说明滩险浪急，要把人卷去；又表明与家人感情之深，什么都可以舍去，唯独相片不能丢。后面船头全是水，浪如奔马，船乱摆，字斜，一手拿相片，一手写字都是细节描写，作用和前面一样，既表现出浪大、浪凶、浪急，又表达出亲人和写字在作者心中的重要位置，一手一个，永远不会放弃。

本章小结

全章两节。第一节是概述，介绍传记文学的渊源、含义与分类，说明旅游传记的立传对象和文体特征；第二节是旅游传记文学写作指导。

本章重点是第二节。关于材料的获得与取舍、合理想象与适度虚构、精心刻画传主形象、细节描写技巧等知识对于旅游人物传记写作非常重要。

关键词

旅游人物传记　立传标准　传主刻画

思考与练习

1. 传记与报告文学有什么区别？
2. 在你周围有没有可以立传的旅游人物？他（她）为什么可以立传？
3. 赏读一两本新近出版的优秀旅游传记文学，试写学习心得。

第十五章 旅游小小说

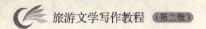

本章学习目标
- 了解什么是旅游小小说？
- 掌握旅游小小说的特点。
- 学习旅游小小说的构思方法。

第一节　旅游小小说概述

小说是与散文、诗歌、戏剧相并列的一种文学体裁。小说的基本特征是通过对人物、情节和环境的具体描写来反映社会生活。旅游小说真实反映旅游生活，往往影响非凡。《在路上》是美国"垮掉的一代"作家杰克·凯鲁亚克创作于1957年的长篇旅游小说，风行一时。日本首位诺贝尔文学奖作家川端康成于1926年发表的短篇小说《伊豆舞女》，描写20岁的"我"（似乎就是作家本人），一个日本旧式高中的学生，在去伊豆天城山旅行时，与一位14岁的舞女发生的初恋故事。后拍成同名电影，由名影员山口百惠和三浦友和主演，在日本文学史上留下浓重的一笔，吸引了许许多多的人到伊豆旅游。近年描写旅游中爱情故事的小说颇为行时。不过有些网络作品杜撰"艳遇"故事，容易陷入低俗的泥潭。

小说分为长篇、中篇、短篇小说，小小说过去归在短篇小说中，后来才发展成为独立的文学形式。有人说它是"介于短篇小说和散文之间的一种边缘性的现代新兴文学体裁"。初学旅游小说创作，可从小小说起步。

一、旅游小小说的含义

（一）小小说溯源

小小说又称微型小说，还称千字小说、一分钟小说、超短篇小说。它是一种篇幅短小、情节简单、对人和事不做完整描写和叙述的新兴的小说体裁。

超短篇小说源于美国，其创始人是被世人推崇的美国作家欧·亨利。他的近三百篇作品情节生动、笔调幽默，代表作就是脍炙人口的《麦琪的礼物》。

我国的传统是喜欢短的，小小说的源头可以追溯到古代文学中的《山海经》，之后的唐宋传奇、明清笔记小说，以及新文化运动中产生的叙事性小说，都是小小说的前身和基础。中国作家协会副主席王蒙说："中国古代文学，像笔记小说，那可以说已经是非常精粹的，而且比现在咱们的小小说篇幅还要短，《聊斋志异》里的许多作品，就只有几百个字，或者是千把字。"小小说这种具有鲜明时代特色的文学新品种，从弱小到健壮，从幼稚到成熟，以自己独特的身姿跻身于中国文学的神圣殿堂，是在20世纪80年代以后。小小说是大多数人都能阅读，都能参与创作，都能从中直接受益的艺术形式。它反映了当前的读者对文学的兴趣，对文学作品快速阅读的需要，是时代生活与现代人审美心理变化的产物。

（二）旅游小小说的含义

旅游小小说以旅游活动为背景，以旅游生活为内容的小小说。小小说中出现的人物和事件，都必须与"旅游"两个字有关。随着时代的发展和社会的进步，旅游已越来越成为现代人社会生活中一个不可或缺的组成部分，以旅游为内容的各种文学作品如雨后春笋般蓬勃疯长，旅游小小说当然不例外。事实上，从小小说新兴的第一天起，就和旅游结下不解之缘。一大批构思新颖、立意高远、结局奇巧的旅游小小说佳作涌现，受到广大读者的喜爱。如《同舟渡》（梁晴）、《小镇奇遇》（谢志强）、《艳遇》（何洪金）、《裸泳》（欧湘林）、《爱之水》（周海亮）、《威名》（李庆钢）、《美人鱼》（陈毓）、《一张风光照》（陶今）、《张广》（何立伟）、《行囊如纸》（陈融）、《错过》（贺子）、《杰克的奇遇》（绍森）、《开往春天的火车》（吕清明）等。

二、旅游小小说的特点

不管旅游小小说有几种称呼，也不管它如何千变万化，它仍是小说，因此它具有小说的一般特征，但又因为它受到字数和篇幅的制约，故而又具有自己独有的特点。

小小说顾名思义，就是写得精短的小说，它的最根本的特点就是"短"和"精"。它的所有与众不同的特征也都是因为"短而精"而造成的。

（一）旅游小小说的"短"

短就是短小。我们从下面几个方面来理解这个"短"字。

1. 篇幅短

"中国传统的笔记，都是短短的，比现在的小小说还要短，有很多，二三十句话就完了，留下的是一段思考。小小说是传统的延续，不是天上掉下的林妹妹，不是空穴来风。"小小说的字数很少，几十字、几百字或者千把字，一般不超过1500字。小小说字数的限定比短篇小说严格，这个严格限定的本身就是小小说的魅力。如佚名的超短小小说《目击者》：

客车上，两窃贼猖狂，众目睽睽之下把手伸进别人的口袋。"抓小偷！"一眼镜先生喝道。一贼挥拳给了眼镜一记嘴巴。"谁看见老子偷了？"眼镜捂着满是鲜血的脸望着众人，所有的人把目光转向了车外。两窃贼胆气顿生，一个扯住眼镜的头发，一个没命地打着眼镜。"今天找不到第二个证明人，老子就让你永远闭上嘴巴！"

这时，突然一声断喝："我看见了！"——"黑墨镜"叫道。两窃贼终于住手，盯着"黑墨镜"半晌，乖乖退到门口，仓皇跳车。到站了，"黑墨镜"站起来，手里拿着一根拐棍颤颤地向门口走去，竟是个盲人。

这篇小小说只有200多字。某客车上小偷猖狂，当众作案，有人指责横遭窃贼毒打。车上所有人皆"把目光转向了车外"，小偷狂叫谁敢作证，气焰嚣张之极。关键时刻有一个勇士站出来作证，小偷退走，作证人原来是个盲人。小小说令人震惊的正是这点：一个盲人竟比明眼人还勇敢，还正气浩然！虽然众人混沌，但毕竟有不怕死的，正气总会压倒邪气。该文虽短，主题、情节、人物、细节诸要素俱全。其主题鲜明，情节有波澜，人物突出，细节有力，文字简约，结局出人意料，是一篇难得的佳作。

2. 选材小

小小说的材料非常广泛，但它取材小，往往撷取旅游生活中的一鳞一爪，如一个镜头、一朵浪花、一个画面、一个记忆碎片，甚至可以是一个印象、一种感觉、一种气味、一抹色彩、或者是一段音乐、一个感慨、一缕心绪、一种臆想……总之是片段的、瞬间的、零碎的、稍纵即逝的那些东西，作者立即抓住了它，于是有了小小说的智慧、美丽、耐人寻味，以及新鲜的思想。

小小说的题材小，入题角度自然就小，它并不完整地描写和叙述人物，而是通过这些瞬间印象和感觉，来反映人物在某件事或某个场景中的片段行动，勾勒出人物的精神面貌，折射社会的巨大变化。它所反映的也不是人的精神全貌，而只是特定环境中的人物性格的某个侧面。

3. 情节简单

小小说的情节简单，因为其篇幅限制了它不可能有太复杂的情节，但情节简单并不意味着没有矛盾冲突。作者往往选取富有典型特征的瞬间或镜头来表现人物特点，有很多时候，将许多情节都省略了，留下让读者想象的空间，造成令人久久回味的效果。举个有趣的例子，马克·吐温的《丈夫支出账单中的一页》全文只有七行字：

招聘女打字员的广告费……（支出金额）

提前一星期预付给女打字员的薪水……（支出金额）

购买送给女打字员的花束……（支出金额）

同她共进的一顿晚餐……（支出金额）

给夫人买衣服……（支出金额）

给岳母买大衣……（支出金额）

招聘中年女打字员的广告费……（支出金额）

这篇著名的小小说虽然不是写旅游内容，但是它的特色值得借鉴。作品的篇幅极短小，情节极简单，内涵却极为丰富。读者可以想象：一位老板，招聘了年轻的女打字员，喜欢上她，给她预支薪水，送花，共进晚餐，被夫人发觉，闹起来，为平息风波，为夫人买衣服，为岳母买大衣。夫人还是不依不饶，最后只好辞了年轻的，重新招聘中年女打字员。可是这些情节全省略了，包括人物之间的矛盾冲突，只剩账单中的一页。可是这样写的效果比全部写出来还好，可以让人自由想象，久久咀嚼。

再看刘国芳的《蛇》：写某单位的旅游活动，走在前面的领导发现路边有一条蛇，叫大家当心。后面的人都重复着领导的话，只有张三说不是蛇而是一截枯树枝。后来张三当了领导，带部下去旅游，同样看到一条蛇，叫大家小心，只有一个年轻人说，这是一截枯树枝。这篇小小说的情节非常简单，但是内涵很丰富，揭示出的道理也十分深刻。

4．人物集中

小小说中的主要人物通常只有一两个人，次要人物很少，人物之间的关系也不复杂。通过人物的语言、动作、心理活动来展开故事情节。如王培静的《幸福的感觉》中写了两个人，一个旅行家、一个藏族老妈妈。幸福的感觉是什么？各人的经历不同、追求不同，看法当然各异。对旅行家来说，是有家，有热的奶茶，还是继续冒险，追求刺激，征服大自然？这只能由旅行家自己来选择了。杜文娟的《亲爱的，我也要去拉萨》中只有一个人物，情节也非常简单。娟儿赶到机场急找男友李漠。因为他秘书说总经理要去拉萨。他为什么要去拉萨？难道是爱上了从西藏来联系业务的那个女人？娟儿一边在想这些问题，一边在候机大厅找李漠，想进安全通道被拦住，想到广播室广播找人也被拦，娟儿没办法，只得给工作人员写了一张"亲爱的，我也要去拉萨"的广播纸条。正在此时，李漠发来短信，问晚上吃什么。原来是一场虚惊！

（二）旅游小小说的"精"

"精"就是凝练、高度概括。没有对社会生活的深刻剖析、高度概括，没有生动形象、准确简洁的笔墨，是写不出短小精悍、深刻隽永的小小说来的。小小说的"精"表现在以下几个方面。

1. 以小见大

这是就它反映的内容和意义而言的。"小"是所选题材小，"大"是指有丰富的意蕴，有一定的生活容量，它反映的内容和意义并不小。任何一个事件、任何一个人物，都蕴含着这样或那样的社会意义，体现在小说中，就是作品的主题。因为篇幅短小，小小说要去完成一个宏大的主题表达，是先天不足的。它只能从小角度入手，用独特的视角引导读者对人生的某个侧面进行透彻的思考。"以小见大"就是要用最少的信息来展示丰富的内容，用小题材表现大主题。

一篇优秀的小小说往往包含了作者对生活的哲理性的思考、对人生意义和价值的探索。如吟秋的《一诺千金》，写"我"到陕西出差时面对一群农村小孩子，许诺回北京后给他们寄连环画故事书，还记下了地址，回去一忙就两个月过去了。后来想起这件事，赶忙从同事那里收集了几十本儿童读物寄去。结果孩子们马上回了信，告诉姐姐他们如何盼书，收到书后如何兴奋，这些书带给他们如何欢乐如何帮助，等等。后来又寄去文具，农村寄来了甜甜的大红枣。这件事让"我"明白什么叫"一诺千金"，什么叫"言而有信"。事情虽小，讲的道理却大，从小事反映出深刻的主题，是"以小见大"。

2. 构思奇巧

要在有限的篇幅里写出特定环境中的典型人物，一定要以奇巧构思取胜。

安勇的小小说《西双版纳》，故事发生在"五一"假期，魏小湖一连接到两个电话。第一个是大学同学何为约她去云南旅游，她说没钱，何为说他报销，她有点心动。第二个电话还是何为邀她一起去西双版纳，说不见不散。随后小湖急忙把儿子送到娘家，买了飞机票，踏上去昆明的旅途。第二天当她站在昆明大街上发呆时，得知何为正在南京一个酒店陪客户吃饭，气得她直骂——原来昨晚说的只是酒场的一句玩笑话！这个构思很新鲜，为什么小湖会上当，事出有因。她的轻信与草率能给人们一些启迪。

3. 结局意外

结局意外就是事情发生发展的结果与开头形成强烈反差，是出人意料，却又在情理之中。陶今的《一张风光照》，写朋友旅游归来，拍了不少风光照，当编辑的"我"帮他发了一张风光照并领到20元稿费，朋友请客庆贺。一张

第十五章 旅游小小说

风光照惹出一场尴尬:"我"不但没有维护住朋友,反而埋单垫付138元,还落得私吞"余下稿费"的恶名。小小说结局出乎意外:好事真的变成了坏事,吃了个哑巴亏,这是"我"始料不及的,也是读者所始料不及的。意外结局好像在和读者开玩笑,它总是在叙述接近尾声,都以为故事平稳结束时,突然大逆转,好像"咸鱼翻身",使故事山重水复,读者眼前一亮:别有洞天。

意外结局与人们的求新求奇心理因素有关,追求意外结局的阅读,其实是追求创新,追求变化,追求不满足。

为了更好地理解旅游小小说"短"和"精"的特征,我们分析一下周海亮的《爱之水》。

一个矿产勘探队在茫茫戈壁滩上考察,由于途中出现意外,一男一女迷路了,与队伍失去了联系。他们是一对恋人,确切点儿说,他们只是彼此暗恋,在这之前,两人仅仅是从对方的眼神和谈吐中捕捉到转瞬即逝但确凿无疑的恋人间所独有的羞涩。

他们相互搀扶,说着鼓励对方的话,在戈壁滩上不停地走。可是到了第三天,周围仍然是一望无际的戈壁滩,太阳在头顶上恶毒地烘烤着,生存的希望正在一点儿一点儿地萎缩,尽管他们都朝对方微笑,但两人都意识到死神正一步步逼近。

傍晚,女人在经过一片乱石时扭伤了脚,每走一步都揪心般疼痛。极度疲惫的男人已经背不动她了,而女人也拒绝他背。她说,那样的话,两个人将会一起死在戈壁滩上。

他们的面前只剩下两条路:一,男人和女人不再试图走出戈壁滩,只是守着对方和几乎为零的生存的希望,熬到生命的最后一刻;二,男人先安顿好女人,然后独自前行,寻找队伍或救援,找到后再回来救女人。两人斟酌再三,觉得第二条路也许能够增加一些活下去的机会,尽管这样做的后果极可能是一转身便成为永别。

直到此时,他们仍然没有向对方明确表达心中的爱恋,两人都认为,表白之日也许便是永别之时,无疑太过残酷。假如自己死去而对方活下来,那么,何必要让对方用一生的时间来忘掉一个早已不在的深爱着自己的人呢?

男人为女人支好帐篷,扶她躺下,说:等着我,寻找到救援后,我马上回来。他们检查了对方的干粮袋,彼此的干粮最多还能维持两天。

你的水呢?女人问。男人把水壶递给女人。女人掂了掂,凭感觉,那里面还有小半壶水。女人笑了,她说,够了,这些水肯定能让你找到救援队的。男人反问，你的呢？女人说，一样。男人也掂了掂女人的水壶，同样感觉到还有小半壶。他们对视了一会儿，又握了握对方的手，然后，男人站起来，转身离去。他们就这样分开了。

每走一段路，男人便扔下两块矿石，以此作为他和女人之间的联系标志。暴烈的太阳不断炙烤着男人的生命，他越走越慢，越走越慢，终于走不动了。他在茫茫的戈壁上缓慢地爬行，最后连挪动身体的一丝气力也没有了。失去知觉前，他再一次想起女人。他想，她的水，还能让她挺多久？

醒来已是第二天黄昏，他发现自己躺在救援队的帐篷里。他艰难地扭动脖子，看到女人静静躺在另一侧，她的嘴唇裂开了一道道血口，却在均匀地呼吸。男人长舒了一口气，幸福地睡去。

救援队其实并没有发现男人，他们先是找到女人的帐篷，然后顺着一路的矿石寻找到奄奄一息的男人。那时，女人和男人的身体极度缺水，活像两枚风干的果儿。

让人们纳闷儿的是，他俩的水壶竟然都不是空的，拿在手里同样是小半壶水的感觉。已经到了生命的极限，他俩为什么不肯喝一口壶里的水呢？

有人将壶塞拧开。然后，每个人都落泪了。

没有一滴水！两个水壶倒出来的，同是晶莹的细沙。

(《家庭》2005年9月上半月版)

《爱之水》字数少，不足1200字。它具有以下的特点：

取材小。戈壁滩上两个迷路的勘探队员，绝处逢生的故事。

入题快。开门见山，没有枝蔓，第一句就切入画面，引入故事："一个矿产勘探队在茫茫戈壁滩上考察，由于途中出现意外，一男一女迷路了，与队伍失去了联系。"

情节简单。迷路，陷入绝境（缺水、伤脚、分开、留守和寻找），最后获救。

人物集中。主要人物只有两人，甚至连名字也省略了，只称"男人"和"女人"。通过"半壶水"的细节来刻画人物高尚的思想境界：只为别人着想，虽然暗恋对方，却从不挑明，尤其在绝境中，更只有默默地爱对方，支持对方，接受生死考验。

以小见大。虽是写迷路，但实是一曲爱之歌，只有心灵美的人才能有纯洁真挚的爱情。

构思奇巧。用半壶水做道具贯穿全文,既推进情节的发展,突出了人物性格和精神境界,又很好地表现了主题。

结局意外。既然两人都有半壶水,为什么在生命极限时不喝一口呢?这个悬念在最后打开水壶才真相大白,原来不是水而是沙,"每个人都落泪了"。相信这个意外的结局一定使读者受到震撼,惊诧不已,回味不尽。

《爱之水》较典型地表现了小小说"精"和"短"的特征,做到了篇幅短小与内容博大、意旨深远的完美统一,是一篇优秀的旅游小小说。

第二节 旅游小小说写作

一、立意要新

立意就是作品的主题,通过作品作者想表现什么、反映什么、赞美什么、批评什么,每一篇小小说都能反映出作者对现实生活的独特感受和领悟。小小说具有鲜明的时代特色,它深刻的思想性表现在给人思考生活、认识世界的思想容量。有作家说:"小小说应该写出出其不意的大气,不能以小写小,不能过多地表现小感情、小志趣、小境界、小心态、小人生……不应在这样严峻的现实面前把脸扭过去。"

立意新就是大胆创新,不人云亦云,不重复别人说过的话,贴近现实直面人生,写出新意,做到立意新颖、高远。如《旅行》是写在列车上车厢里发生的事,这是一篇用象征手法写的小小说。作者赋予的象征命意是人的一生。文中描述了两个不同却又和谐的艺术境界。上了列车象征旅行的开始,下车象征结束。在列车上的活动被细腻地描写:"我"初上列车的欢快心情,看风景的贪婪,与人聊天,寻找伴侣,见异思迁,一节车厢一节车厢地挤来挤去,挤掉别人的卑鄙……为什么要在列车上挤来挤去?这里包含着丰富的意蕴,即人生如旅行。匆匆而来,匆匆而去,挤来挤去,争来争去,爱来爱去,恨来恨去,人生大抵如此。风景未看完,我你情未了,最后都会到站下车……结果"我"下车了,走进白色墓碑后的门。这个结尾,是画龙点睛之笔,让人震惊,使人猛醒。

旅游小小说由于具有精短的特点,在反映和表现社会生活和人们深层心理时,有着相当大的灵活性,也就是说,当它以机巧灵活的艺术形式来负载起新奇深刻的立意时,它对生活本质的那种深刻穿透力便豁然显现了。

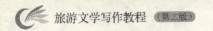

立意的方法有以下两种。

（一）对接法

对接法就是通过两个生活片段的巧妙对接来揭示出深刻的生活本质。这两个生活片段可以有一定联系，也可以是互不相关的，巧妙地将它们联接在一起，成为一个艺术有机体。

如陈毓的《回家》，写男人感情的出轨，与网络情人在海滨城市的一次浪漫经历，然后回家，再一次体会家的感觉。海滨三天的片段是这样描写的：

> 海滨城市的三天是快乐的。那女孩子用她饱含激情的双脚把他迅速引向这个陌生城市的角角落落。在她的热情感召下，他似乎找回了久逝的青春。他们在海里游泳，埋在沙子里晒太阳，她闪着珍珠光泽的半裸的身子叫他怦然心动。他们在海潮退后爬上滑溜溜的礁石，跟那些贼头贼脑的小沙蟹捉迷藏。夕阳西下，他们在丝绸般的海风里吃她早早备好的晚餐，她沐着余辉的笑靥叫他心动。……当她剥了湿淋淋的牡蛎填进他的嘴里，都叫他心旌摇动，血脉上冲……

另一个片段是他回家后，一切如故："他的拖鞋安静地泊在门边，静候他的回家"，妻子接过他的包，去为他放洗澡水，晚上，妻子熟睡的脸静如莲花，可是她从来不问他出去做什么，这次也同样不问。

一个是海滨，激情，虚幻；一个是家中，温馨，实在。两个截然不同的生活片段对接在一起，引起了男人内心的波澜。"家中红旗不倒，外面彩旗飘飘"是当今社会存在的相当一部分爱情婚姻的真实写照，我们的主人公在反思，他会不会迷失自己？家是平静和安宁的港湾，回家才是婚姻的主旋律。

（二）对比法

对比法通过开头与结尾精彩的对比来揭示深刻的生活本质。

李庆钢的《威名》写一趟长途汽车一天一夜旅程中发生的事。开车前5分钟，司机向大家宣布车上有便衣警察，身份保密，还带着"家伙"，负责看管钱袋子，请大家放心睡觉。所有的旅客都欢呼起来。车的性能特好，司机的技术高，似乎一切与便衣警察有关。"我"一直在排查谁是便衣，可一直猜不出来是谁，结果和大家一样，踏实地睡去。车安全到目的地，大家各奔东西。

谁是神秘的便衣呢？结果便衣的身份没有公开，"我"却被很多人认为是"便衣"。这个结局虽然意外，但说明了一个问题，就是便衣警察的威名远扬，小偷闻风丧胆，不敢轻易动手。这位长途车司机十分聪明，用了一个小小的"空城计"，保证了旅途的安全。作品的开头和结尾形成强烈的艺术反差，从这种强烈的艺术反差中，读者感到了这篇小小说那种新奇机智的立意。当然，新奇精深的立意往往立足于精巧的艺术构思中，想得巧，想得绝，让读者拍案叫绝。

二、选材要精

小小说要想用最少的信息展示出丰富的内容，构思时必须选准角度，精选细小而有代表性的事件，从中折射出重大的主题。

小小说要选什么样的题材呢？应该是典型性程度达到完美形态的精粹的典型题材。因为小小说的精短特征，容不得水分和浅薄。所以，小小说选择的题材不仅要求真实和生动，而且要求是精粹的典型题材。只有精粹的题材，才能容纳它丰富的审美信息，并在特定的艺术时空中带给读者"审美速率刺激"。

精粹的典型题材体现在以下几个方面。

（一）抓住事件的聚焦点

小小说在精短的篇幅里不可能叙述多个复杂事件，往往情节简单，只写一个具体事件，所谓"单一事件"。但是要指出，并不是所有的"一个具体事件"都能成为小小说的描写题材。只有那种包孕着这个具体事件的前因后果，又汇集凝聚着许多生活内容的事件，才是小小说选择表现的"单一事件"。

如沈宏的《走出沙漠》叙述了一支风俗民情考察队在沙漠迷失了方向的故事。矛盾冲突发生在考察队走出沙漠前的最后一个半天，全体队员和干渴做生死搏斗。这半天的高潮事件凝聚了考察队员工作条件艰苦，与自然拼搏、与死亡对峙的整个工作情景与生存状态，是事件的焦聚点。最后他们靠着一只装满黄沙的水壶战胜了自然和死亡。这壶"水"是由一个没出场的教授精心设计的。他在临死前想到的是整个考察队如何摆脱绝境走出沙漠，这壶"水"凸显了教授伟大的人格力量、高尚的献身精神和超常的智慧，也表现了人在绝境和死亡面前，最可怕的是丧失了希望和信念的主题。

小小说写的是一个具体的事件，但从这个事件中，汇聚着丰富的生活内涵，揭示了生活的本质，这就是所谓精粹的典型题材。

（二）抓住人物的闪光点

小小说写人必须要抓住人物性格中的一个闪光点，并用若干个精彩生动的细节来表现这个性格闪光点。正如"窥一斑略知全豹，描一目尽传精神"，只有抓住人物性格的闪光点，才能把人物写活了。

有论者说："作者在占有的生活素材中，敏锐准确地采撷到人物的闪光点，把这光点放在作品构图的中心，让一切作品的因素围绕这个点，从这个点辐射出去，又从各处向这个光点完成。"这也是强调抓住人物性格的闪光点，并通过这个点来完成人物的刻画。这个人物性格的闪光点，是体现人物性格的所有材料中最精粹的闪光点，也是小说中刻画人物最精粹的典型题材。如赵宏欣的《家乡情感》写列车上一个少尉三年没回家了，为了从窗户往外看家乡与"我"换座，后来家乡到了，他看到远处柿树下站着一个老人，不禁流泪了，原来那是军人的白发老母亲。部队原来安排军人探亲，可是突然来了任务，只好不回家，但他固执地要看看那贫瘠的山峦、那片黄土地，因为那里是他的家乡，有他的母亲。这就是人物的闪光点：服从部队安排，以革命事业为重，舍小家顾大家。这也是一个军人的崇高思想境界和难以割舍的家乡情感。

又如《幸福的感觉》中的藏族老妈妈，她一个人住在荒无人烟的地方，生活非常艰难，她对陌生人却热情招待，让进简陋的毡房内，敬上热乎乎的奶茶，听他讲旅行生涯。虽然不懂，心却被感动了。她见旅行家一辈子在外漂泊，诚挚地要求他留下，把这里当成自己的家。一个几乎与世隔绝的老妈妈，却毫无保留地对待陌生人，这就是人物性格的闪光点。从这个闪光点，我们可以看出老妈妈那颗金子般仁慈的心和无私的母爱。

（三）选取给人深刻启迪的材料

即使是稍纵即逝的、片段的或零碎的材料，只要对推进情节、刻画人物性格有用，都可以选取。如丘晓兰的《为期七天的爱情》，写一个去云南七日游的旅行团在云南旅游的各种琐事。其中一对男女互相钟情，他们人到中年又各有家庭，可是却感觉回到了18岁，心中充满了青春激情，除了"求之不得，辗转反侧"，什么都记不得了。虽然心中如火，可六天旅游只能平淡相处，在第六天晚上，两人心有灵犀终于走到一起，他们牵着手自然地走进一个酒店一个房间……他们这夜做了什么？没有写。七天的感情是不是爱情？说不清。以后能否维系这段感情？更说不清。构成以上小小说的材料里有许多发人深省的东西，通过"七天的爱情"向人们揭示一个问题：如何对待"艳遇""一夜情"？提醒人们在短期的旅途中要慎重处理好偶然出现的"青春欲望"，在漫长的人生旅途中更应如此。

（四）选取表现人物的典型细节

在小说中，细节是作品中最小的构成部分，是事件或人物的细枝末节。它虽小，却极为重要，起着突出主题、推动情节发展、渲染环境、刻画人物性格等作用。小说中常用细节描写，小小说中也是如此。

如陈毓的《美人鱼》，是写在一次旅游中邂逅的爱情故事。男主角是个摄影记者，晚上他给"我"捎来水果，"见我没有留他坐下的意思，他道了声'晚安'，走了。出门时顺手把我的房门关上"。"关房门"这个细节说明男人的修养、习惯和心细。"不久我听见隔壁哗哗的流水声，夹杂有唱歌的声音。一个在洗澡时唱歌的男人，不知道为什么，我的心猛烈地跳了几下，一个很深的地方被震痛了。""洗澡唱歌"这个细节说明男人性格开朗，心地宽阔。而"我的心猛烈地跳了几下"这个细节表明唱歌声震动了女人的心。后来男人在女人门上留纸条，约她到更远的海滩去玩。这个留纸条的细节，既写出了他对她的爱慕，也推动了情节的发展，是架设在他们两人面前的一座爱情的桥梁。像这样的细节在作品中还有很多。

三、构思要巧

小小说的高远立意、精致的情节设置、典型人物的塑造、缜密的结构形式等都全凭作者的巧妙构思才能完成。艺术构思考验着一个作者的才华和文思，构思越是精巧，作品越能体现它独特的情节趣味和艺术魅力。

（一）设计精巧的情节，在单一中表现丰富曲折

小小说的情节一般由"一个具体事件"构成的单一情节。单一情节比起两个以上的事件构成的复杂情节来说，先天就缺乏一种曲折和波澜的效果，但是巧妙的构思恰能弥补这个缺憾，这要在单一情节中追求一种丰富和变化。创作实践证明，越是在单一中表现出了丰富和曲折，它对读者"审美速率刺激"就越强烈。

（二）巧妙设置情节，制造意外结局

因为情节简单，难以形成一波三折、曲折复杂的变化，只能在情节结局上下功夫，通过意外结局构成开头与结尾的强烈反差，体现精巧构思，形成对读者瞬间的速率刺激，这就是以意外结局为内涵的所谓欧·亨利式结尾在国际风行的原因。

意外结局就是制造一个"既出乎意料，又在情理之中"的情节效果。制造意外结局的方法有下面两种。

1. 通过情节的反转和曲转来制造意外结局

就是抓住人物或事件的一个元素，向上做一种延伸发展和不断的渲染，最

后突然来一个大逆转,形成作品情节开头与结尾的巨大反差,由此实现了作品的意外结局。

如何洪金的《艳遇》,小说的主人公"我"是个大龄女青年,因长得不太好看,所以从来未有过白马王子的追求,于是用浓妆艳抹穿金戴银来达到内心的平衡。作者抓住这个特殊的元素进行铺垫和渲染,为她以后的所作所为打下可靠的基础。故事发生在她外出旅游的火车上,遇到一个热情帅哥主动搭讪时,受宠若惊的她立即产生好感,和他有说有笑,有一种酒醉的感觉。火车在不断行进中,两人的感情也在直线上升。后来到了西安,这位帅哥竟离不开"我"了,要跟着旅游,并和我们住一个旅馆。帅哥在天快亮时到"我"的房间里,"哀求"同室离开,拥着"我"一起进入梦乡……正当读者为两人一见钟情的奇遇欣慰时,突然出现意外结局:原来那个帅哥溜了,房中所有钱物和"我"的首饰不见踪影,可怜的"我"被骗财又骗色,昏倒在地。对此结局读者也大吃一惊,但细想也在情理之中。这个结局也提醒旅游者要善于识别旅途中各式各样的人,不要和陌生人说话,以免上当受骗,给愉快的旅程蒙上阴影。

2. 通过误会和巧合制造意外结局

往往用一个美丽的误会或巧合来制造悬念,一旦消释了这个悬念,我们会惊奇地发现原来悬念和谜底是截然不同的两回事。如《旅游纪念品》这篇由日本著名作家写的小小说,用误会和巧合来制造悬念。在秀丽如画的景色中,小旅馆老板向投宿的客人兜售旅游纪念品,客人不愿买,结果他在幽静的林间小道上巧遇一头大黑熊,为保命和黑熊奋力搏斗。回到旅馆,客人惊魂未定,可老板的回答却出乎意料:他把刚才客人与熊搏斗的情景摄入胶卷,要客人买下。而且黑熊也是人装扮的——原来这是一个圈套!结局同样出人意料。这样的结尾给读者留下了想象的空间,体现了小小说的艺术魅力。

还有在本节中提及过的例文《西双版纳》《亲爱的,我也要去拉萨》和吕清明的《开往春天的火车》也用了误会法。

四、语言要简洁

雍容华贵是美,平凡质朴也是美;精雕细琢是美,简洁自然也是美。

篇幅的精短,对语言概括力的要求很高,不能泼墨如云,只能删繁就简,惜墨如金。现在是社会高速发展的时代,高效率快节奏,谁有空为连篇累牍的废话、可有可无的套话、拖泥带水的空话而浪费时间呢?所以,小小说的语言要求特别简洁,少绕弯子,尽快入戏,一针见血,先声夺人。

简洁的语言包括大容量、快节奏的叙述,特征突出、形象鲜明的白描,以

第十五章 旅游小小说

及包含潜台词和兼有动作性的对话。

对话是小小说里人物性格的直接显露，人物情绪的波动、心理变化、切实感受、情感抒发的外部反映，不可等闲视之。托尔斯泰说过："人是不能用警句交谈的。"著名作家汪曾祺说过："对话要和叙述语言衔接，就像果子在树叶里。"写对话一定要注意符合人物身份，要生活化、简洁平常、自然亲切，像一个活生生的人在说话，从中能看出一点人物的性格和神态。如马铁峰的《爱情密码》① 中的语言就十分精彩传神，是真正的小小说精美的语言，尤其是对话，简洁、生动、深刻。让我们来欣赏一下：

提起高干事，在支队机关可算是小有名气。小伙子长得帅，工作能力强，又写一手漂亮文章。可快奔而立之年了，还是一个单身汉。

一天，高干事坐火车回家探亲。他正躺在下铺看《解放军文艺》，突然，上铺掉下来一个苹果，幸亏有那本杂志的防护，不然就砸中了他的头。

这时，从上铺探出了一张文静、清秀的脸庞，连声说："真是对不起，解放军同志，我不是故意的……"女青年真诚的道歉使他只好显示绅士风度。高干事说："好啊，既然你要送我苹果，那我就不客气了。"说着，做出张嘴便咬的动作，这一举动令女青年忍俊不禁。

女青年发现了他看的杂志，说："你吃了我的苹果，得把你的杂志给我看一下。"高干事把杂志给了她。

女青年看杂志时突然叫起来："你叫高文？这篇文章是你写的吧？"

怪啊，她怎么知道？高干事这一次真是吃惊不小。

"哈，奇怪是不？刚才你的帽子掉在地上，上面写有你的名字。"

"噢，你真厉害，我怎么称呼你呢？"

"我叫梅雪。"好美的名字，高干事马上想到"踏雪寻梅"这个成语，并脱口吟出两句诗："梅须逊雪三分白，雪却输梅一段香。"女青年一听高兴地说："你的文采真棒，我得向你好好学习呢。"说完便自报了家门，原来她是复旦大学中文系的在读研究生。

以一个苹果和一本杂志为载体，两人逐渐熟了起来，有了共同的话题，聊起来就显得非常投机，从文学到艺术，从理想到人生，从校园生活到部队生活，那真是一次愉快的旅行。

---

① 载《解放军报》2005 年 1 月 17 日第 6 版。

这是小小说的前半部分。从以上文字中，已经充分体现出整篇小小说在语言上的特点：简洁，容量大，节奏快；有概括叙述，有具体叙述；有符合人物个性特征的描写，有表现人物性格特点的语言，更有包含潜台词和动作性的精彩对话。比如第一自然段，是概括叙述语言，三言两语对人物的身份、外貌、特长、爱好及个人问题做了简要介绍。第二自然段是具体叙述，写明高干事在做什么（坐火车），什么原因（回家探亲），发生了什么事情（上铺一个苹果掉下），后果（差点砸中他的头）。没有一句多余的话，每句话都干净利落，节奏很快，像正行进中的火车；容量也极丰富，不知不觉中拉开了一场爱情的序幕。

下面几段文字主要对人物外貌神态和个性做了白描式描述，如女青年"探"出一张"文静、清秀"的脸，连声道歉，后又为高干事幽默风趣的话语和动作"忍俊不禁"。后面因看杂志而引起的对话，既符合人物身份特点，又包含着潜台词，动作性极强。这样你来我往的，两人很快有了共同语言，同时也表现出高干事的才华和深厚的文学知识，梅雪的聪明好学，性格真率真诚、活泼开朗，毫不忸怩作态。最后一段"以一个苹果……那真是一次愉快的旅行"是概括叙述，也包括了作者评论性的语言。

语言的好坏直接影响阅读，好的语言语感好、养眼，让人不忍释卷。阅读和练笔是提高语言运用能力的最佳手段，当你写出语言精美的小小说后，也不要离开这副"拐杖"。

五、巧妙选用技巧

小小说创作的技巧很多，光是叙述方面的技巧就有叙述视角、叙述形态、叙述转折、叙述空间、叙述节奏、叙述疏密、侧面叙述、重复叙述等，整体上有悬念、伏笔、对比、反衬、铺垫、烘托等技巧。选择适当的技巧并运用在写作中，能使作品增加丰厚感、节奏感和韵味。下面我们介绍几种常用的技巧。

（一）重复的叙述

重复叙述就是叙述了第一个事件后，在第二个事件中进行重复的叙述，格式如鲁迅的名句"一棵是枣树，另一棵还是枣树"。重复叙述绝不是简单地重复，而是要通过重复，对某件事、某个人做充分强调，达到预期的艺术效果。如刘国芳的《蛇》中就有许多重复叙述，请看第一个事件：

张三跟单位同事出去旅游，一行十多个人。在一条山路上，走在最前面的领导忽然发一声喊："路边有一条蛇，当心哪！"

领导后面一个人，看了看路边的蛇，也跟后面的人说："路边有一条蛇，当心哪。"

再后面一个人，也看了看蛇，仍跟后面的人说："路边有一条蛇，当心哪。"

一行十多个人，都重复着，唯有张三没有重复。张三走在最后面，他听前面的人说过后，认真看了看蛇。张三发现那不是一条蛇，而是一截枯枝。张三把枯枝捡起来，往前面跑去，一边跑一边跟人说："这哪里是一条蛇呀，这是一截枯树枝。"

在这个事件中，后面的人重复着前面的人的话，实际上都是在重复着领导的话。只有张三没有重复领导的话，说了真话，结果得罪领导，后果严重。由此张三吸取教训，不敢再说真话，不敢坚持真理，慢慢地，他和大家一模一样了。后来他当了领导，心里仍然怕蛇。这"蛇"有象征意义，是私心，是患得患失的心理。因为心中有蛇，心中有鬼，所以不能正大光明，不能心地坦荡讲真话，这种现象十分普遍。作品旨在剖析一种从众、随大流的心理，而运用重复叙述的技巧恰到好处地表现了这种人云亦云，宁说假话也不愿得罪领导的现象。最让人叫绝的是第二个事件的叙述，几乎重复第一个事件：

这天，张三带着单位的人去旅游，在一条山路上，走在最前面的张三忽然看见路边有一条蛇。张三吓得浑身一颤，然后发一声喊："路边有一条蛇，当心啊！"

张三后面一个人，看了看路边的蛇，也跟后面的人说："路边有一条蛇，当心哪。"

后面一个人，看了看蛇，仍跟后面的人说："路边有一条蛇，当心哪。"

一行十多个人，都重复着，只有一个人没有重复。这是个年轻人，走在最后面，他听前面的人说过后，认真看了看蛇。年轻人发现那不是一条蛇，而是一截枯枝。年轻人把枯枝捡起来，往前面跑去，一边跑一边跟人说："这哪里是一条蛇呀，这是一截枯树枝。"

人们不禁担心这个敢讲真话的年轻人的命运，是重蹈张三覆辙，还是做一个独立思考的人？要注意重复叙述绝不能机械地将事件堆积，要找出重复材料内在的逻辑联系，而不是数量上的累加。它要求重复的事件要与前面有照应。重复用得不好，则有单调之嫌。

（二）精心埋伏笔

伏笔是一种结构技法，即对将要出现的人与事，预先做出暗示或提示，到了适当的时机给予呼应，以收到前后连贯、结构严谨的效果。明末清初文艺理论家李渔说："每编一折，必须前顾数折，后顾数折。顾前者，欲其照映；顾后者，便于埋伏。"（《闲情偶寄》）小小说虽短，但也能巧妙地运用这种技法。如江薛的《寻找艾妮》在开头就精心地埋下捉迷藏的伏笔：①艾妮和新杰是一对恋人，艾妮脑子里永远有着千奇百怪的想法，曾对新杰说："我想去天涯海角，或许能摸到太阳呢。我也想去神农架，说不定碰到一个野人，他还送我一枚野果呢。我还想去青海湖，看那个红红的湖怪跳舞呢。"②艾妮最喜欢的游戏是捉迷藏，而且总是拖着新杰陪她捉迷藏。③她问过新杰："如果有一天我突然不见了，你会找我吗？"

后来艾妮果然不辞而别，什么也没说，什么也没有留下，好像"人间蒸发"。于是新杰就坐上飞机，踏上了寻找艾妮的旅途。

他的旅途有三站：天涯海角、神农架、青海湖。在青海湖，新杰有时"眼前一晃，就似乎看到了艾妮，在左边在右边或在某块大石上，等他扭头去看就换来一腔失望"——这其实也是一伏，为后面揭开真相埋下伏笔。

要注意，伏笔应与照应相结合。照应就是前面设伏，后面要提及，有所交代，前后照应。有伏无应也是败笔。在失望之余，新杰在酒馆喝闷酒，艾妮找到了新杰，对他笑嘻嘻地说在与他捉迷藏，她一直跟着他，一直在他的身边。这就较好地照应了前面埋下的喜欢"捉迷藏"和在青海湖"似乎看到艾妮"的伏笔。

结局也是出人意料的：新杰虽然找到了艾妮，但他几乎不认识她了。新杰在艾妮面前消失了，这场千里寻找的游戏结束了，他们的爱情迷藏也结束了。

（三）细节的魅力

细节就是从小处着眼，在小处用力。在不少作家眼里，小说都是由一粒种子生发出去的。不论是大树还是小草，都需要种子。小小说的种子有时就是一个细节，一个典型的艺术化的细节让很多小小说有了立足之地。

写人难在传神。细节能寥寥数笔写出一个活生生的虚构人物，使人物"活"起来。靠生动的细节，造就"活"的人物形象。如陈融的《行囊如纸》讲的是一次沉重的旅行，她从千里之外的小镇到上海的恋人那里取回几百封旧信，两人相恋9年，现在要分手了。作品写了这对恋人两次相会的情景。

第一次到上海：

　　正焦急着，背后伸来的一双大手猛地蒙住了她的眼睛，随即，她被抱了起来，她知道那是他，她兴奋得不知说什么好，只是一个劲地笑。

　　星期天中午，他的学生宿舍没有人。他们接长长的吻，吻吻停停，一直持续了一个小时，直到人进来，他们才分开。

最后一次去上海：

　　在等地铁时，他还是习惯性地将手搭在她肩上，她没有躲开，安静地靠在他身边。地铁"哐哐"开来了，他在她额头上轻轻吻了一下，她又闻到了那股熟悉的气息。有点眩晕。她还看见从他的眼睛里淌出一丝怜惜，她赶紧低下头，她不想让他看见她快要流出泪的眼。

　　最终，她还是冲他笑了笑，走进地铁。他还在挥手。然后他转身，消失。

两次叙述，两种景况，两样心境，用细节来表现他们感情上的变化。第一次用"蒙眼""抱她起来""接长长的吻"几个动作细节来说明他们正在热恋之中，迫不及待地亲密接触，沉醉在相逢的幸福甜蜜感觉中。最后一次是分手，用"习惯将手搭肩上""轻轻吻额头""挥手""转身"等动作细节恰如其分地表现出他们分手的事实，平静如水，弥漫着失落和解脱的情绪。

细节是小小说的亮点、智点。《回家》中有一个细节"他的拖鞋安静地泊在门边，静候他的回家"。"拖鞋泊门边"的细节表现了家的温馨和宁静，像温柔的心灵港湾等待着外出的人儿返航归来。家庭生活不会风平浪静，总会出现各种风波和插曲，可是这个细节表明安定和宁静是爱情婚姻的主旋律，就是作品中的亮点、智点。

（四）道具的妙用

道具在不同的作品中有不同的作用，有的道具推动故事情节发展，有的道具凝结着人物的感情，有的道具还能够帮助人物认识事理。因此，道具在小小说中的作用和力量是非常强大的，并成为作品中不可或缺的组成部分。善用道具的作者，会借助道具来推动情节的发展，含蓄、委婉地表达人物的心声，让读者受到震撼。

以杨清舜的《回归》为例，这是写一个畏罪潜逃的矿主在逃亡途中改变初衷，投案自首的故事。这个突然转折是借助道具来完成的。他已快到边境，几天的逃亡生活使他担惊受怕，他又乏又累，不安地敲开林边那间小木房。一对老人热情接待了他，端上热腾腾的饭菜，交谈中提到在海城打工的儿子。老人拿来儿子的照片——道具出现了，触动着他的心灵深处，牵动着他的思想和神情。下面略做排列：

（1）老人说拿照片时，"他莫名其妙地想起家中的妻子和儿子来，他发现其实自己也有许多放不下的东西"。

（2）接过照片一看，他"马上就呆住了。那照片上的人憨厚的目光，竟然那么的熟悉，却又是那么的刺眼"。

（3）看了照片的背面的地址，"他如电击一般打了个寒颤"。

（4）他知道照片上的人叫赵二憨，"他便从包中拿出一万元钱递给驼背老人"。

（5）老人夸儿子有出息，"他的眼圈红了"。

以上矿主的神情举止、心理活动全凭道具（照片）的牵引。作者尽情地发挥着道具的作用，让它推动情节的发展，并反映了人物心理活动的轨迹，表达那种稍纵即逝的感情。这个想逃亡出境的罪人，终于被老人的热情、善良、期待所感化，老人的儿子的照片让他心灵受到震撼，良心受到谴责，明白只有接受应有的惩罚才能使灵魂得到安宁，才能对受到伤害的工人和家属有所交代。于是最后，他弃暗投明，人性回归，向当地公安部门自首了。

（五）景物的点缀

景物描写是小说的一个重要的元素，它具有调节节奏、引入和过渡、烘托典型环境、表现人物心情的作用。不过，在小小说窄小的空间，容纳不了"张扬"的景物描写。景物描写往往是小小说中的点缀，但绝不是可有可无的。恰到好处的景物描写不仅可以营造氛围，更能烘托与反衬人物的内心情感，在悄然无声之中孕育作品的艺术美感。

如林俊豪的《海滨夏夜》，文中的景物描写有海滨夏夜的路灯，有汽车路过的闽丁丘陵山地，有盘山公路和林海，有夜幕中的峰峦，每处描写虽然只有寥寥几笔，但和情节发展、人物感情的变化相关联。司机从厌恶姑娘到同情到惦记，感情变化十分微妙而真实自然。结尾处"仰望深邃无际的夜空银河"一句景物描写，将人物从回忆中拉入现实，看到当年的女囚获得新生，开了水果店用劳动养活自己，并有了幸福家庭，感到欣慰，因此抬头看夜空，用景色来比喻人生之路漫长遥远，但每段路都泛着亮光……作品讲了一个道理，即人在处于困境的时候，更需要关心、爱护和理解，任何帮助都将使他终生难忘，甚至会改变他所走的路。

（六）悬念的运用

造成读者关心故事发展和人物命运的那种"急知下文"的心情，叫悬念。悬念在小说中经常使用。

悬念是引起读者阅读兴趣的最直接的手段，高明的小小说作者是不会放弃悬念这个有力武器的。如陋岩的《送你送到屠宰场》[①] 讲了这样一个故事：汪飞龙和李晓凤大学时曾经相恋，多年后在省城意外相遇，眉来眼去，旧情复燃。李晓凤说她老公上夜班，约汪晚上见，叫他等她的电话。两人"偷情"之欲十分迫切，事前又都做了充分准备，营造出一种"春心涌动""迫不及待"的氛围。读者此时十分想知道汪飞龙能否等到李晓凤的约会电话，希望马上知晓答案。这种心情就是悬念的作用。

后来汪终于接到期盼已久的电话，立即打的赴约。在车上他得意忘形，与的哥聊得投机。

（司机问）"哥们，有外遇呀！这么高兴。"

（汪飞龙）"是呀，今天碰到了老同学，还搞过对象，后来，毕业时没有分配在一个城市，远水难救近火就分手了。"

（司机）"遗憾呀，遗憾！……那今夜你们可得狂欢狂欢呀！我说，就你这像巩汉林一样单薄的身子骨，不怕被女同学的老公抓住后，揍成排骨饼啊！"

（汪飞龙）"女同学的老公上夜班，我们在一起最多几个小时，完事就散，不会有事的。"

……

（司机）"比方说你爱人和别的男人这样的话，你是什么感受？"

（汪飞龙）"她要敢那样，我非把她和奸夫大卸八块不可。"反问："你爱人要是和别的男人有了这事，你怎么办呢？"

（司机）"她要是敢出轨的话，我就直接把她和奸夫送到屠宰场去，将他们开膛剖肚。"

（汪飞龙）"哇噻！看不出师傅你比我还狠呀！"

以上对话一浪接一浪，环环紧扣，更引起读者的浓厚兴趣：汪、李二人是

---

① 载《微型小说选刊》2005 年第 15 期。

否会如愿,偷情的命运如何?这是作者带给读者的第二个悬念。

结果当然在人们意料之外又在情理之中:汪、李幽会未遂。原因很简单,因为这个的哥就是李晓凤的丈夫!

本章小结

第一节概述旅游小小说的含义和小而精的特点;第二节从立意、选材、构思、语言和技巧五方面指导旅游小小说写作。

本章重点在第二节。

关键词

旅游小小说　特点　情节　构思

思考与练习

1. 请举出一两篇优秀的旅游小小说,并复述它的主要故事情节。
2. 对旅游小小说的写作情节,应该有些什么要求?
3. 试写一篇旅游小小说,并与爱好者交流。

第十六章 旅游电视片解说词

本章学习目标
- 了解旅游电视片解说词的含义和特点。
- 理解旅游电视片解说词的作用。
- 知道怎样为旅游电视片配写解说词。

第一节 旅游电视片解说词概述

一、解说词的含义

(一) 什么是解说词

解说词是指对展览、实物、电视、图片、名胜古迹和历史文物进行解释说明的一种文体。它通过对事物的生动描述,用词语的渲染来打动和感染受众,使他们了解事物的来龙去脉和意义,收到很好的宣传效果。

解说词是一种文字语言,但它是以解说员播讲的形式出现的,是诉诸观众听觉的。

在日常生活中,我们会接触到许多解说词,比如游览风光时的导游解说词(导游词),参观纪念馆时对名人、先烈、英雄的解说词,参观博物馆时文物的解说词,观看电视风光片的解说词,等等。本章要讲的是有关旅游电视片的解说词内容。

解说词可以写得平实、直白、理性,也可以写得形象生动、富于感情。我们这里所说的解说词,是后一种。

(二) 解说词与电视画面

电视片是由电视语言完成的,它包括画面语言和声音语言(解说、同期声和音乐等)。解说词属于声音语言的一种,是电视片不可或缺的一个重要部分。

一方面,电视画面虽然生动形象,感性直接,对观众的视觉有冲击力;但另一方面,画面也局限了人们的想象与思维,有的画面含义模糊或者多义,不能使观众正确理解其实际内涵。尤其是一些抽象无形的东西(比如人的思想、心理活动,事物发展的本质规律等),用画面传出的信息是无法来表达的。所以需要富有文学性的解说词来解决这些问题,调动和刺激观众的想象力,达到电视片预期的目的。

（三）旅游电视片解说词的含义

旅游电视片解说词的范畴限定在旅游或与旅游有关的各种活动，它是对具有旅游内容的电视画面进行解释、印证、补充和说明的一种文字语言。

二、解说词的分类

（一）旅游专题片解说词

旅游专题片是指为旅游频道制作的以旅游活动为内容的专题片。

旅游专题片的内容包括对景区景点的介绍，对旅游事件和人物的讲述，对名胜古迹的游览，对庙宇殿堂建筑的描述，对文物遗迹的挖掘，对少数民族或边塞地区民俗民情的采风，对古镇故居的追寻，对某地某区历史沿革和文化的探究，或对百年老字号、千年名特产的观赏，等等。专题片的范围很广，类别繁多，涉及事件、事物、人物、风光多方面，换句话说，凡与旅游相关内容的，都可以归入旅游专题片之列，其解说词就是旅游专题片解说词。

早期的旅游专题片解说词有《长江行》《望长城》，后来又涌现出《最后的山神》《话说长江》《话说运河》《藏北人家》《西藏的诱惑》《民间剪纸》《泥魂》《人与自然》《庐山》《伶仃小岛》《追寻永乐大钟》等著名的旅游专题片解说词。近年来在各地旅游网站上发布的旅游专题片解说词就更多了，例如《乐清旅游》《寻觅格萨尔》《莫斯科的墓园》《探古览胜凉州行》《石蟆镇清源宫》《岱山夫如何，普迎天下客——首届泰山国际登山活动纪实》《金刚台地质公园》等。

（二）旅游风光片解说词

旅游风光片主要是对旅游景区景点风光介绍宣传的片子，内容单一、语言优美，充满抒情色彩。如《走进宣州》《天台山龙穿峡》《靖西县古龙山峡谷群风景区》《自然的回归——巫溪风光欣赏》《美丽的罗平》《洽川览胜》《山情海韵秦皇岛》《蒙顶山风景名胜》等。

三、解说词的特点

（一）对画面的依附性

解说词对画面的依附性是指解说词必须以画面为基础，对画面进行解释和

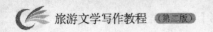

补充，来帮助画面完成编导的创作意图。

具体地说，解说词应该紧紧扣住画面上的实物和形象进行解说，忠实于实物与形象是解说词应该遵循的基本原则，绝不能游离画面之外。而且每一段解说词都要和画面相配合，与画面融合成特定的屏幕语言。那种"文不对画""声画两张皮"的现象只会破坏整体表现效果。请看下面的片段：

画面	解说词
龙王洞后宫，倒挂的管子。	这种白色管子是倒挂石钟乳的初步形成，科学名称叫"鹅管"，它和喝饮料的吸管一样，中间是空心的。水流就从这一根根的"鹅管"中沁出，水中的矿物质，慢慢的沉积凝结，最终形成形态各异的石钟乳、石柱。这里是人们探寻和考证石钟乳、石笋、石柱形成的最佳之地，您可以零距离目睹它如何形成。

(《地心之门——龙王洞》)

画面	解说词
草坝。绿草丛中百花摇曳。	甚至，有的阿须人还能指出当年格萨尔赛马时撑帐篷的地方。据说，撑帐篷的木桩痕迹至今还在；他们还能指出格萨尔给马喂草、饮水的地方。 不知是传说，还是真的遗迹。不知是神话故事，还是历史的真实。但我们却感受到现实中牧场上的生活场景，也就是当年格萨尔在人世间牧场的生活场景。

(《寻觅格萨尔》)

上面第一个例文中，水流怎样从白色管子里沁出，怎样零距离目睹水中矿物质的沉积凝结？第二例中历史上曾发生过怎样的征战，格萨尔马蹄的迹印又是怎么样的？这些问题观众仅从解说词中是不能找到答案的，不看画面，从解说词中得到的也许是比较模糊的信息。如果没有画面，这些文字语言也是无法

第十六章 旅游电视片解说词

独立存在的。所以说,解说词是离不开画面的。

(二) 说明性和补充性

解说词是依靠对事物、事件或人物的叙述与描述来打动人、感染人的,它起到对画面的说明、补充、印证、解释的作用。

解说词具有鲜明的说明性特点,但是它并不是画面的简单重复,而是要冷静客观地对画面进行说明和补充,介绍知识信息,补充画面的背景,成为认识事物最好的桥梁。如专题片《莫斯科的墓园》系列之《灵魂的归宿》中一段解说词:

画面	解说词
莫斯科反法西斯纪念馆大厅。墙壁上刻着数十万个获得苏联英雄称号人的名字。	人们忘不了在反法西斯战争中,苏联红军和各族人民所表现出的钢铁意志与大无畏精神。苏联人民承担了抗击百分之八十的德国法西斯武装力量的重任。苏联人民为胜利付出了2700万人的生命,损失了难以估量的国民财富。一个国家的人民付出如此惨重的牺牲而赢得了卫国战争的胜利,在世界史上是罕见的。苏联人民和军队的功勋将永载史册。

这段解说词对画面做了说明和补充,较好地说明了苏联人民和军队在反法西斯战争中付出的巨大牺牲,以及卫国战争胜利的来之不易。

另外,解说词不但可以对画面做出说明和补充,而且要和画面有机地联系起来。也就是从画面说起,告诉观众画外的信息。

(三) 语言平易通俗流畅

文字形式的解说词通过播音员播讲出来,就变成了口头语言。口头文字具有口语化的特征,它的语言通俗易懂、朴实平易,读起来顺口,听起来顺耳,更容易让观众接受。那些文言文、半文半白的语言或者使用生僻难解的文字,不但读起来佶屈聱牙,听起来也十分费劲,这就会影响收视效果。

解说词语言的另一个特点就是自然流畅,就如一溪碧水潺潺流淌,又像与你面对面交谈娓娓动听。尤其是旅游风光片,更需要优美流畅的语言。富有节奏感和音乐美的语言特别容易感染观众。

（四）浓厚的文学色彩

旅游专题片和旅游风光片都是介绍和宣传旅游内容的片子，尤其是风光片，直接描述和歌颂祖国大好河山旖旎风光，这就决定了它的解说词必定具有浓厚的文学色彩。

旅游电视片解说词文学色彩的表现是多种多样的。有的解说词用诗样的语言来营造情景交融的意境，有的用抒情的方式来表达作者对美景美色的深情呼唤，有的运用多种修辞手法和文学创作技巧使解说词披上五光十色的绚丽霓裳而步入文学的殿堂……优秀的风光片解说词就像散文诗，有的甚至本身就是一篇完整的散文。如赵致真的《追寻永乐大钟》，入选《2002中国年度最佳散文》（《散文选刊》选编，漓江出版社2003年版）。根据此文为解说词拍摄的电视专题片荣获1998年法国巴黎"第十五届世界科学与传媒大会"唯一的"专题节目奖"等多项国际国内大奖。这充分说明了旅游片解说词的文学色彩越浓郁就越能得到专家权威的认可，也越能受到观众的青睐。下面请看两个解说词片段：

画面	解说词
鲜嫩娇黄的柳花，酒坛装上船只，造酒师傅在酒坛的封泥上撒上稻壳，一担担黄酒被挑上船只，满载酒坛的船只在水面上行进。	当鉴湖水畔的柳枝注满了生命的浆，无数位百年师傅所酿制的绍兴黄酒，也就造成了。 一坛坛绍兴黄酒装上船头，运往水乡各地，运往四面八方。 为了保护酒坛，在装运的时候，造酒师傅们在酒坛的封泥上，逐一撒上了一把深情的稻壳。 壳和米，本是同粒生，本是一起长，而今日，稻壳完成使命，稻米酿成酒浆，一把花雨纷纷落，送你去小桥流水，伴你过百里湖塘，是几番祝愿的心情，是一曲离别的绝唱……

（《江南》之《千年陈酒》）

画面	解说词
青龙峡，到处是枫叶。	秋季的青龙峡，万山红遍，层林尽染，一簇簇，一丛丛，宛如红色的海洋。 青龙峡红叶与常见树种秋后枯叶不同，触摸柔绵松软，观之鲜红透亮，嗅之清香悠长。秋日阳光下，株株红叶如火似霞，娇艳浓郁；如果说香山红叶是小家碧玉，青龙峡红叶则堪称大家闺秀，她比香山红叶更大气，更艳丽。 （《云台山第一大峡谷——青龙峡》）

第一段解说词，不但描述了江南水乡的美景，而且用了造酒师傅撒稻壳的细节描写，表现了师傅精心呵护劳动成果的精神。壳和米的大段抒情，语言优美流畅，富有内在的韵律美。第二段解说词，用优美自然的语言，写出了青龙峡万山红遍的壮丽景象，让人不由得产生一种要立即扑入她的胸膛的冲动。这段解说词用了比喻、对比的手法，表明青龙峡的红叶红得夺目，红得大气，红得艳丽。

四、解说词的作用

（一）补充画面背景

专题节目画面受时空局限，不能表现过去与未来的时空，只能定格在"现在进行时"，因此对事件的发生时间、地点、来龙去脉、前因后果，对人物或事物的背景知识介绍，就有待于解说词来完成。如《寻觅格萨尔》中的一个片段：

画面	解说词
"嘎穷""嘎切"岩石。	格萨尔当时还小，他的叔父晁通老是变着法阻拦、刁难他，不让他参加赛马。聪明的格萨尔把两个石头变成牛，赶着牛进沟放牧，晁通没有认出他来。快到赛马地方时，格萨尔丢下石头变成的牛儿去赛

马。石头也就复原了。至今，那块叫"嘎穷"意为"大白脸牛"的岩石、那块叫"嘎切"意为"小白脸牛"的岩石都还在沟里。

画面给出的信息很少，只有两块岩石，解说词补充介绍了岩石的来历，反映了格萨尔的神奇经历——从小就聪明，神通广大，会把石头变成牛。当然这只是民间流传的一个故事。

（二）介绍知识信息

有些画面内容传达的信息，观众是陌生或知道得不确切的，需要了解。解说词便以有声语言的形式，告诉观众更多的知识，传达了更多的信息。如《石蟆镇清源宫》解说的片段：

画面	解说词
清源宫，石梯。	清源宫位于石蟆镇古场镇西北面，她是为纪念战国时期秦国蜀都太守李冰父子历尽艰辛、根治岷江水患造福川民而建，来历与都江堰二王庙同源。清源宫则以它别具一格的建筑风格，给人以更加丰富的联想和知识的启迪。她占地1700多平方米，是目前我国西南保存最完整、最具明清建筑特色的古道观之一。（同期声）首先映入我们眼帘的是清源宫山门前的这座石梯，它斜长17米，宽55米，高15米，在今天看来它非常独特，因它既没有用水泥也没有用沙灰——而是由一整块一整块的条石堆砌而成，每一步石梯就是一块整石。相传以前这里的石梯非常窄小……

这段解说词介绍了清源宫的来历（为纪念李冰父子）、它的价值（最完整、最具明清建筑特色）、石梯的长宽高度和建造的独特（不用水泥不用沙灰砌成），以及一个关于石匠为救妻而做善事修建石梯的美丽传说，给了观众画

面以外的许多知识与信息。

（三）连接整合画面

画面传达的形象信息，往往具有一定的含混性、多义性，解说词可以连接画面，并对处于无序状态的画面进行整合重塑，为那些具有多种解释可能性的画面创造一个明确的指示关系，为观众感受理解画面提供一个规定的通道，使画面传递的信息更加准确明白。如要表现马致远的词《天净沙》，专题片给出了一组画面：古道、西风、瘦马、小桥、流水、人家、枯藤、老树、昏鸦，给观众的感觉好像是众多具象的拼凑，让人摸不着头脑，不知电视要告诉人们什么？而一句解说词"断肠人在天涯"就点明了主旨，整合了画面，使上面那组画面有了明确的指向和合理的内在联系。

（四）升华画面深化主题

画面通过形象，可以给观众展示一个个具体生动的影像、事件过程；解说词凭借文字语言高度概括，能够深入到事物背后，揭示事物的本质和规律。一部专题片主题的深化，一个画面内涵的挖掘、升华，必须由解说词来完成。如《寻觅格萨尔》中：

画面	解说词
格萨尔的各种塑像。 唐卡像，木刻版印的像。 新唐卡上的像。	当这个世界上还有邪恶、狡诈、凶残、怯懦存在的时候，格萨尔以他的大智大勇，降妖擒魔为良善争得了一片生存的乐土，他理所当然被人们推崇备至，他也理所当然被人们永远传唱，永远顶礼膜拜。 不论格萨尔是藏族历史上的英雄，还是藏族民间传唱里的神话人物，但关于他的史诗、他的形象，已经成为藏族民族文化的一个组成，一颗闪烁在藏族文化大海中的巨大珍珠。格萨尔王这一艺术形象已经进入了全世界不分种族、民族的审美范畴，成为人类艺术宝库中光灿夺目的一部分，是藏民族对整个人类社会的又一重要贡献。

很显然，解说词讲述了格萨尔形象的历史价值和文化价值，他的形象已成为人类艺术宝库中的一部分，是藏民族对人类社会的贡献。画面的挖掘、升华和主题的揭示，是通过解说词来完成的。

（五）其他作用

解说词在电视片中的作用有很多，除了上面所讲的，还有其他一些作用，下面简述之。

1. 抒情

画面语言可以通过远景与特写来抒情，但画面的抒情是含蓄、隐晦的，而且比较模糊，不易让观众领会。解说词就不一样了，它可以淋漓尽致地抒发胸中奔涌的情感。在方式上可以有小桥流水春花细雨式的抒情，也可以有奔腾江河一泻千里式的抒情。

解说词的抒情主要是作者内心情感的流露，必须自然真挚，否则效果适得其反。如《话说长江》之"走向大海"中一段抒情：

画面	解说词
滚滚长江水，流向大海。	长江，伟大的长江，你的浩瀚而甜蜜的乳汁，养育着世世代代的炎黄子孙；
	儿女，伟大的中华儿女，必将以非凡的聪明才智，制定并实施治理长江的最佳规划。
	江河不废万古，不愧为世界巨川的长江，必将永远托举着一队又一队名副其实的巨轮，驶向世界五大洲四大洋！
	长江，伟大的长江，你流经神圣的中华大地，你奔流在亿万中华儿女的心上。

看到汹涌奔向大海的长江，作者激情澎湃，忍不住在解说词中直抒胸臆，对长江以及长江的儿女们做了最热情的礼赞。这种情感的直接抒发，给观众心灵的碰撞，这是画面不可能做到的。

又如《洽川览胜》中对秋天美景的大段抒情：

洽川的秋天是脱俗的，金灿灿的苇花和浓浓的水雾在定格为洽川秋季的同时,轻轻地给人诉说着有关母亲河的过去;洽川的秋天是空灵的,如油丝般的天籁之音,您都可以在这里用手去抚摸,用心去感悟;洽川的秋天是厚重的,就连悠久灿烂的黄河文化在这里都能得到很好的继承和升华;洽川的秋天是充实的,虽然秋的风脱去了绿的衣,但埋在地下长在奇泉里的芦苇之根是不会腐烂的,它将"岁岁发新芽,年年有新绿"。

洽川的秋天哪!你总能给人带来绵绵不尽的思绪、无尽的遐想、深深的依恋、久久的回眸。

2. 揭示哲理

哲理在专题片中出现,并不一定都是全片的主题。生活处处有哲理,哲理往往蕴藏在普通的客观事物中,它的"指点"必须依靠解说词。请看《石蟆镇清源宫》专题片对黄桷树的一段解说,其所揭示的哲理是显而易见的:

画面	解说词
山门左上方,一棵黄桷树。	我们再来看左山门上方这棵黄桷树,十分奇特,你看它扎根于墙头石缝中,枝叶如孔雀开屏,笑傲风月。别看它枝干不大,据老人们讲,它的树龄在百年以上。这让人想起毛主席倡导的扎根群众,密切联系群众为人民服务的精神,可墙上的黄桷树生存环境艰苦,但它把根须深深地扎进墙缝的泥土,历经百年而仍然枝繁叶茂。它似乎寓意着我们那些人民的公仆,不管他身居多高的职位,只要他深深地爱着人民,密切联系群众那就会青春永驻,事业长青的!

3. 表现细节

解说词可以对画面信息给予逻辑重点的强调突出,将画面中未曾强调、观众未曾留意的细节放大,起到比特写画面更明确的作用。如《探古览胜凉州行》专题片解说词片段:

画面	解说词
广场上的城标铜奔马。	凉州是一座既富历史文化底蕴又具现代都市风格的涵古纳今的城市。矗立在市中心文化广场上的城标铜奔马，体形矫健，三足腾空，一足踏鸟，神势若飞，似天马行空，精美绝伦。它是凉州历史文化的精髓，也是凉州城市的象征。自1984年铜奔马被定为中国旅游标志后，凉州的盛名，伴随着天马风驰电掣般的足迹，名扬五湖四海。

画面特写了三足腾空一足踏鸟的铜奔马。解说词对这个细节做了强调，点出了它是凉州历史文化的精髓，也象征着凉州这座旅游城市如天马神驰，名扬四海的蓬勃景象，起到了画龙点睛的作用。

4. 调动想象与联想

电视画面转瞬即逝，不可能让人们有长时间的停留和长时间的思考。而解说词可以用各种手法来引导观众的思路，让观众把画面和解说词结合起来展开丰富的想象和联想。比如巫溪风光片解说词里的片段：

画面	解说词
宁厂古镇，盐泉，吊脚楼，街道。	宁厂古镇，曾因其盐泉一股，造就了"一泉流白玉，万里走黄金"和"吴蜀之货，咸萃于此"的极端兴盛。然而它因盐而盛，因盐而衰，人事代谢，往来古今。当我们阅读厚厚的《大宁县志》并醉心于它的昔日繁华时，面对如今低矮的吊脚楼、荒凉的街道，更会唏嘘不已。有谁还能在这石级上看到商贾们漂浮而过的金缕玉衣？还会在这些寂寞中看到曾经有过的喧嚣，谁还能看到如雪白盐和含笑的红粉，谁还可想见当日随着这个大山深处盐泉的发现，鳞次栉比的盐厂夜以继日烧卤、蒸汽腾腾，

第十六章　旅游电视片解说词

还能想见两千年来长江中上游的产盐中心的威仪？

宁厂古镇有一股盐泉，曾经给古镇带来过辉煌，画面给出的信息显然是有限的，但是解说词运用了想象和联想，再现古镇当年众多盐厂热闹喧嚣，以及商贾往来的繁华盛景，也使观众从解说词中读懂了画面所传达的信息。

第二节　旅游电视片解说词写作

一、解说词的构思

电视片的总构思是对一部电视片作品的总规划和总设计，其中解说词的构思就是对作品中解说词所承担任务的规划和设计。这种规划和设计是总体规划设计的一部分，不能与作品的整体构思相违背。

解说词构思时要注重以具体画面形象为基础，但又不能局限于画面，构思它的内容应该联想到画面以外更多的内容、更深的含义和其他更多的信息。

解说词构思时还要注意和作品中其他视听元素之间的协调统一，比如字幕、同期声、音乐、音响等。只有这样，才能将自己融汇在作品的整体之中，达到编创者预期的立体效果。

要把作品总体设计好，首先要有一条清晰、明确的思路。思路是客观事物在创作者头脑里经过观察分析综合之后，形成的一条清晰的"线路"。在作品中，思路主要表现为作品的线索。线索是把作品的全部材料贯串成一个有机整体的脉络。解说词的线索脉络往往就是一部电视片的线索，也就是说，解说词总是围绕着电视片的主要结构线索来展开自己的叙述脉络的。

旅游电视片解说词的线索主要有游踪线索，人、物线索，情感线索三种。

（一）游踪线索

游踪线索就是根据旅游者的踪迹来贯穿全文，或者说是以旅游时间的推移和旅游景点的转换来作为贯穿全文的脉络。这种线索常用于旅游风光片。

专题片《乐清旅游》的解说词用的就是游踪线索。它介绍了乐清锦绣山水、雁荡山、中雁荡山和乐清全境，内容丰富，包括乐清的木雕、刻纸等民间艺术文化，摩崖石刻、庙宇等文物，杨梅、枇杷、柑橘、水产品、工艺草编等物产。这些介绍实际上是以旅游线路为脉络的,到乐清旅游可分为西部雁荡山带的山水生态旅游线、中部城市带的经济探秘文化修学旅游线和东部乐清湾的休闲度假旅游线。

《探古览胜凉州行》和《风光如此最多情》也是游踪线索。

(二) 人、物线索

串联一部作品以一个人或一件事为线索,常用于专题片。如《寻觅格萨尔》是以寻人为线索的。作品以寻觅格萨尔为线,去西藏阿须寻找格萨尔的出生地、英雄的成长和经历事迹、人们对他崇拜的原因、说唱《格萨尔王》史诗、塑像、唐卡,探求格萨尔演变成一种习俗、一种文化的根源。

(三) 情感线索

通过作者的情感变化组织安排材料,常用于散文化的旅游专题片或文学色彩浓厚的旅游风光片。以情感为线索的旅游片解说词,这种情感必须是作者发自内心的真挚的感情,而且它与作品内容要紧紧融为一体。如风光片《洽川览胜》解说词,自始至终贯穿一条情感线,从洽川四季的美景抒发出同一种情怀,那就是对洽川四季动态之美与黄河文化静态之美的倾情赞颂。

二、解说词的结构

结构就是布局。在理清思路、确立线索之后,如何把纷繁杂乱的材料根据一定主题的需要,按照一定线索恰当地组成一个完美有机的整体?如何合理安排结构,精心布局,编织和剪裁材料?怎样开头,怎样结尾,哪儿需要解说,哪儿需要充分表达,哪儿需要抒情,哪儿需要点睛之笔?段落之间、层次之间又如何转折和切换?这就要靠合理的布局来一一搞定了。

(一) 布局的要求

1. 从内容出发

布局要从内容的实际出发,大题材应做大布局,小题材只做小布局,绝不能小题大做或大题小做。如专题片解说词主要介绍事物、交代背景,而风光片解说词则要强调描述风光、抒发情感、营造意境。

2. 变化要多样

布局要求变化多样,就是说要主次分明、疏密相间、详略得当、张弛有致。各部分之间和谐统一,该渲染时就应该泼墨如云,淋漓尽致;该简略时则惜墨如金,点到为止。而且最好做到节奏和谐,一张一弛,不要一味紧张或一味松弛，要考虑观众心理的需要。

3. 要留有余地

解说词要虚实相生，留有余地。就是说要以少胜多、小中见大、含蓄有味，给观众留下思考的时间，留下想象的空间。千万不要喋喋不休，一说到底，不给观众丝毫喘息的机会。

（二）如何写开头与结尾

布局的具体内容有开头结尾、段落层次等，下面我们重点介绍开头与结尾的写法。

1. 开头

开头是整个作品立体结构中的一个组成部分，是给观众的第一信息，是电视片总体思路对观众的第一个亮相。作品能否吸引观众，开头很重要。

开头的写作要求有三点：第一，开头为整个作品定下调子，应是从作品内容中理出来的头绪，而不能游离作品之外；第二，开头要考虑好声画结合的问题，选用什么画面，与画面相配的声音是解说、同期声还是音乐，要与其他视听元素一起考虑；第三，开头是全文线索的起点，要抓住这个"线头"来开始叙述。总之，开头不仅指第一句解说词或第一个镜头，而是全片内容的起跑点。

安排开头的方法有多种，常用的有先声夺人法、开门见山法、营造意境法等。

先声夺人法。用声画的绝妙组合开场，给观众一个惊喜。

片头
（节奏较快）（配乐豪迈、雄壮）
（字幕：仙鹤飞临、世外桃源、百工之乡、海上牧场、流金之地）
解说词：这是鹤飞临的地方；
这是可以目空一切的世外桃源；
这是人杰地灵的百工之乡；
这是盛产生猛海鲜的海上牧场；
这是敢为人先魅力四射的流金之地。

（《乐清旅游》解说词）

这个片子开头不是靠惊人之语，而是靠绝妙的声画组合，有音乐，有字幕，有画面，加上解说词，声画结合，先声夺人，一下子吸引住观念的眼球。

开门见山法。直截了当地切入正题。

  雅安蒙顶山位于成都平原西部边缘的名山县境内，紧傍成雅高速公路和318国道，东距成都121公里，西距雅安15公里。1986年被四川省人民政府审定公布为第一批省级重点风景名胜区。2001年通过国家旅游局检查验收为国家AAA级风景名胜区。

（《蒙顶山风景名胜区》解说词）

  张家界不仅拥有举世无双的石英砂岩峰林峡谷地貌景观，也拥有内容丰富、钟乳石遍布、造景奇妙的溶洞景观，新近开发的地心之门、溶洞绝景——龙王洞便是其中杰出的代表。

（《地心之门——龙王洞》解说词）

营造意境法。用诗样的语言传达画外的诗意，营造情景交融的审美意境。

  君不见"黄河之水天上来，奔流到海不复回"。它以雷霆万钧的力量、浊浪排空式的咆哮奔流在黄土高原这连续不断的峡谷之间。在壶口形成冲天而起的狂涛怒浪，以磅礴千钧的气势冲出龙门后却不再直流而下，而是把身躯轻轻一扭，改道向南，款款而去。就是这一扭，将一个如诗如画、如梦如幻的洽川画廊凝落在陕西、山西两省交汇界的黄河古道上。

  千百年来，黄河像慈善的母亲一样，轻轻搂抱并呵护着这里高高的树、青青的草、灿灿的花、悠闲的鱼、多情的鸟、奇特的泉。

（《洽川览胜》解说词）

  以一句唐诗开头，用激情澎湃的语言描述了黄河在壶口形成的狂涛怒浪，然后话锋一转，马上出现一个如诗如画的美丽景象。这种激情、这种美景、这种意境，给观众带来一种"酒未沾唇人先醉"的感觉。

2. 结尾

结尾就是结束语。结尾是作品内容逻辑发展的必然结果，是全片内容的必然升华。

  写结尾时要做到三点：一是含蓄隽永。结尾不能拖泥带水，而应言尽而意未尽，隽永含蓄，让人回味。二是前后照应。与前面的内容有所照应回顾，进一步加深观众印象。三是配合画面。结尾要考虑与画面及其他声音元素的配合，也要注意其语言风格与全片解说词相一致，不要旁生枝节，画蛇添足。

第十六章 旅游电视片解说词

结尾方法也有多种，如抒情式、总结式、寓意式、展望式等。

《江汉朝宗》解说词用的是抒情式：

乘浩浩长风，破滔滔巨浪，云帆垂天，直济沧海！两江交汇的武汉，承载着千年梦想，埋藏着一时惆怅，驾驭着历史机遇，正奔赴更加富裕的小康社会！

听吧，月湖之畔的高山流水已叮咚奏响！

看吧，千古名楼上的黄鹤已冲天而起！

那翩跹的舞姿，是力与美的结合！

那美轮美奂的姿态，蕴含了刑天斗天的勇气与实力！

她荷载着江汉朝宗之地八百万子民的千年梦想，展翅腾飞……

《探古览胜凉州行》解说词用的是总结式：

凉州正以"丝绸之路"上景观丰富、环境优美、市容整洁、交通便利、居住舒适、经济繁荣、社会稳定的旅游城市风貌，敞开着热情的胸怀，欢迎四海宾朋。

《寻觅格萨尔》解说词用的是寓意式：

格萨尔说唱还在进行，绘制格萨尔唐卡壁画的画师正在成长，关于格萨尔内容的藏戏依然活在这山的怀抱中、雪的原野上，活在帐房的灶火边，人们的心田里。

《洽川览胜》解说词用的是展望式：

"放客手招擂首乐，谈情目送玉门船。"天上人间，地上洽川。如果说洽川的四季风光是洽川至柔至美的象征，那么，洽川塬上那秀若钟南的福山建筑群就是洽川至高至美的体现。如果说苍翠挺拔的梁山、武帝山是洽川帝王之威的展现，那么一风笏翠、万柏环青的福山还有始建于北宋大观年间的尊经阁是洽川历史文化的缩影。如果说洽川的四季美景是洽川动态之美，那么，由母亲河所孕育而成的黄河文化就是洽川静态之美，"静水无声，流水声音"。洽川的瀵泉很静，静得出奇；黄河的滔声很响，响得震天。和黄河一样悠久古远的百里洽川，在动静之间，在新的世纪里，

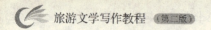

仍将同西部、同黄河、同新的一天、同太阳一起升腾。

三、借助文学修辞手法

解说词因为它依附母体电视片，所以，它先天就包含着浓厚的文学色彩和文学基因。在写解说词时，应该借助文学创作中的一些修辞手法和技巧，从画面出发，写出与画面配合密切的生动的语言。常用的修辞手法有比喻、反复、拟人、排比、对比等。

（一）比喻

比喻是变抽象为具象，变无形为有形的最直接的手段，在文学作品中经常运用。电视片解说词中用比喻，也可以使作者所表达的思想、情感、观念等抽象无形的内容变得形象生动、具体可感。主体和喻体之间看起来似乎没有关联，但实质上有内在联系，有相似相近的特点。如：

> 在秦皇岛绵延126公里的美丽海岸线上，景区自东向西排开，如一串珠玑光芒耀眼。
>
> （《山情海韵秦皇岛》解说词）

> "商者如云，肩挑手扛，摩肩接踵，喧嚣嘈杂"，这些描绘昔日商贸繁荣的形容词，犹如天际滑过的彗星一样，在当今的汉正街还能找到长长的尾巴。
>
> （《江汉朝宗》解说词）

（二）反复

为了突出某个事物、强调某种情感，就常常对某个词语或句子重复，以加强语言的表达效果。如《西藏的诱惑》解说词中：

> 我向你走来，捧着一颗真心，走向西藏的高天大地，走向苍凉与奔放。
>
> 我向你走来，捧着一路风尘，走向西藏的山魂水魄，走向神秘与辉煌。
>
> 令人神往的西藏啊，多少人向你走来——因为"西藏的诱惑"，因为

第十六章 旅游电视片解说词

那条绵延的雪域之路。

令人神往的西藏啊，多少人向你走来——因为"西藏的诱惑"，因为神奇的西藏之光……

（三）拟人

使事物具有人的特征叫拟人，目的也是将抽象的、枯燥的内容表达得更形象、更有趣。如《楠溪江》的解说词中身材特殊的船，通过拟人手法说出就非常传神：

这种首尾尖尖、身材修长的船，名叫舴艋船。世界上，好像只有意大利的威尼斯，才有类似这种身材和体型的船。

这种船之所以两头尖，大概是为了进退方便吧。然而，宋代大词人、典型的苦命人李清照却说，这种舴艋舟"载不动，许多愁"。

（四）排比

排比是用三个以上结构相似的并列语句，把相关的意思连续说出来。运用排比，目的是要使解说词形成一唱三叹的独特抒情意味，并能增加全片的气势。如《江汉朝宗》和《西藏的诱惑》的解说词中的排比句：

这，就是面对机遇，武汉的铿锵回应。
这，就是朝宗之地子民的心声。
这，就是小康路上的时代强音。
这，就是楚人一飞冲天之前的一鸣惊人！

引领与顺应之间，武汉的竞争活力正在迸发！
聚合与吞吐之间，武汉的个性魅力正在彰显！
顺天与应人之间，武汉的亲和之力正在凸现！
激昂与奋起之间，武汉的综合实力正在提升！

（《江汉朝宗》解说词）

西藏的诱惑，是那大自然动人的诗章，是那第三女神的圣洁，是那高山林海的苍茫，是那世界屋脊的满目纯澄，是离太阳最近的地方那一束奇光……

西藏的诱惑，是那西藏风情真切的吟唱，是那历史的流云涌向天边，是那高山的骄子走向山梁，是那心中的信仰，这般坚贞，是那圣山神湖之间升腾的太阳，这般慈祥……

西藏的诱惑，是一次次在这片古老而神奇的土地上纵马高山，是因为高原的生命这般顽强。

西藏的诱惑，是一次次在大山的怀抱里露宿长河，是因为遥远的天边，有过往日的辉煌。阿里旷野的荒城啊，古格王国的遗址，你是历史古道的风，你是千载流沙的浪……

(《西藏的诱惑》解说词)

四、巧用细节描写

细节，是指在电视屏幕上构成人物性格、事件发展、社会情境、自然景观的最小组成单位，细枝末节部分，是对表现对象的局部或细微变化的展示。在文学作品中，细节起到了塑造人物形象、推动情节发展、营造环境氛围、突出主题的作用。专题片可以无情节，但不可无细节。

细节也是解说词展开的支点，这个支点也许是处于画面上不被观众注意的一个小部分，也许是观众熟视无睹的一种现象。解说词此时就可以放大画面的信息，强化画面信息，给观众一种强烈的冲击，留下深刻的印象。

专题片解说词运用细节有三个作用：一是刻画人物性格，二是揭示人物情感世界，三是升华作品主题。因此，善于捕捉和利用细节是解说词作者聪明的选择。请看下面两段解说词：

画面	解说词
秦皇岛，碣石。	"碣石"，是秦皇岛享名最早的地理称呼。碣石地区的山海形胜之美，牵动过多少骚人墨客的诗情；咽喉防略之险，唤起过多少豪杰壮士的雄心！"东临碣石，以观沧海"，曹孟德横槊赋诗，为她的山岛洪波而动情；"之罘思汉帝，碣石想秦皇"，李世民披襟纵目，为她的翠岛春芳而吟唱；"大雨落幽燕，白浪滔天，秦皇岛外打鱼

船",毛泽东观涛怀古,为她的千年遗韵而聘怀。

(《风光如此最多情》解说词)

画面	解说词
雅砻江边,一个牛皮船的特写。	牛皮船,翻过来看,极像一个没有了内脏的人的胸腔。 其实,那是一个模样像人其实是魔怪的胸腔。因为要吃人、害人,格萨尔王杀了它,把它的胸腔用来做渡江的工具。从此,雅砻江上的牛皮船全照着这个模样缝制,直到现在。

(《寻觅格萨尔》解说词)

前一个画面上只有一个碣石的镜头,作者抓住了这个细节,回顾了秦皇岛历史文化的许多故事而引起下文。岁月逝去,涛声依旧,曹操观海作词,李世民远眺洪涛,毛泽东吟唱白浪,如今还是那样的摄人魂魄吗?后一个画面是一个牛皮船,从这个细节引起格萨尔杀魔怪用它的胸腔做成船来渡江的传说。解说词突出了这个细节,强化放大,歌颂了格萨尔英雄本色和为民服务的智慧。

五、解说词语言有特殊要求

解说词是观众观看画面时听到的文字语言,它和一般的语言艺术不一样。它要利于观众来观看画面,起到帮助和引导观看的作用,所以要结合解说词语言的特征来写解说词。写好解说词的语言要注意以下几个方面。

(一)要能引发人们想象

画面上的具体形象只是直观的感性的,不一定能被观众所正确理解和感受,解说词就要选择容易引起人们想象和联想的语言,来引导观众去理解和观看画面。如《寻觅格萨尔》中一个片段:

画面	解说词
雅砻江两岸的牧场。 沟岔，山头，平坝。 牧草茂盛，百花争艳。	阿须的牧民中流传着一种说法。他们说格萨尔其实也要转世，他的30员大将也要转世。转世后的格萨尔和他的大将们就生活在牧民中间。这听上去觉得荒诞的说法却源于一种格萨尔无时不在、无处不在的真实感觉。 在聆听艺人说唱时，在观看藏戏演出时，在面对壁画、塑像时，在经过一条河沟时，在翻越一个山包时，都会感到格萨尔的存在，就在身边，就在心中，每时每刻。

（二）要包含一定量的潜台词

解说词的潜台词就是在文字中没有直接说出来，但可以让观众体会到它已经包含在画面所表达的意思里了，从而把观众的注意力引导到画面上。如《世纪宣言》之《世纪新篇》中的一段：

画面	解说词
叠现出北京长安街、广安门、西直门的相隔百年的照片。	中国的发展变化是巨大的，也许，唯一不变的就是变化本身。

这段解说词虽短，但富有一定量的潜台词。它很好地诠释了跨越百年的照片。古旧与新鲜、黑白与彩色，巨大的反差造成了强烈的视觉冲击，使观众实实在在地感受到了中国的变化之大。

（三）要多用指示性代词

指示性代词是能指示、区别人或事物名称的代词，它有近指和远指之分。近指用这、这个、这些、这样、这种等，远指用那、那个、那些、那样、那种等。

第十六章 旅游电视片解说词

解说词中常用近指代词做主语和定语，来代替时间、地点、人物、事件、思想、状态。这样就可以吸引观众观看画面，避免或减少对画面的重复。如专题片《九问松涛》中的一段解说词："这里是位于儋州南丰镇的南丰码头，松涛水库的一个取水点就在附近。这三艘停泊在岸边的船只是由松涛水利工程管理局开发的旅游观光船。每天，游客们从这里上船，经过南丰洋、番加洋到达水库大坝。在大约四个小时的航程中，游客们在船上可以享受一顿松涛风味的鲜鱼火锅。这样的旅游安排显然还是很有吸引力的。事实上，'松涛水库观光旅游'已经成为儋州最'红火'的线路，据管理人员介绍，每年他们大约接待2万人次。"文中的"这里""这""这样"代表了码头、船和旅游安排。

（四）要简洁、精确，有节奏感

简洁是指解说词要用较少的文字勾画出复杂的场面，渲染出特定的气氛，刻画出鲜明的形象，表现出丰富的内容，概括成一句话就是"文约意丰"。

精确是指尽量少用同音不同义的词，要选择更确切的、不易被人误解的词句，避开消极的同音现象。如"为公"和"围攻"、"公式"和"攻势"、"全部"和"全不"、"致癌"和"治癌"、"油船"和"游船"之类同音，容易产生歧义。

节奏感是说一个句子的语调要有变化，一段话内，句子与句子之间要有起伏，形成一种流动感。另外，尽可能利用字的平仄和押韵，使解说词具有节奏感，达到韵味美、韵律美的艺术效果。如《美丽的罗平》中的一段解说词：

> 多依河水晶莹剔透，常年清澈见底，鱼虾蟹类嬉戏其间，千年古榕倒映水面，布依村寨环抱四周。河床起伏跌宕，错落有致，50余级钙华瀑布形态各异，美不胜收。沿河而下，在石板游道上轻松徜徉，幽谷香生径，翠竹绿满山，密林深处鸟语吱吱，稻花丛中蛙声连连，仿若安徒生笔下祥和、静谧的童话世界。板台瀑布群、一目十滩、雷公滩瀑布群、世界水车博览园等众多美景便沿着多依河的流向在这个童话世界里一一向你展现。

用了多处押韵，如"透""周""收"押"油求"韵，"间""面""山""连""现"押"言前"韵。整段解说词琅琅上口，富有韵律美。

（五）形象化处理数字信息

解说词中经常会运用一些数字来传达信息，但是让人听到的数字本身是很抽象、很生硬的，有时观众听起来比较费劲或难以理解。如何形象化地处理这些数字呢？可以给数字找一个可比量或参照物，通过日常生活中人们熟悉的、看得见、摸得着的事物来比较，使枯燥数字具有某种形象的感觉，这和文学创作中打比方是一样的意思。如："上海究竟新盖了多少高楼，新增了多少电梯？记者问了许多人，都说不清楚。不过，上海电视台的一则消息很有趣味：建于30年代的24层的国际饭店作为上海最高建筑独领风骚50年，而现在，却只能排在900名以后。"这段话中运用数字一对比，观众自会展开形象的联想，得出现在的上海高楼大厦林立，连原来最高建筑的国际饭店也只能排在900名之后了，可见发展之快、变化之大。

六、段落要短小

段落短小是要求解说词不能冗长乏味，喋喋不休，使人产生疲劳感。有时只需对画面"点到为止"，不必那么啰唆，拖泥带水。多用点睛之笔，少用添足之墨。结合下面一段例文就可以清楚段落短小带来的好处了：

> 常言道："三十年河东，四十年河西。"如同长江、汉水的河道变迁一样，岁月令世间一切事物悄然发生着变化。
>
> 当人们津津乐道于往昔的辉煌、祖先的荣光之际，长江与汉水却在一种空前的尴尬面前，心潮难收，愁思悠悠！
>
> 文明的久远，历史的辉煌，毕竟都是昨天的故事。
>
> 站在今天的基石上，我们却终归无法回避一个事实：武汉已经辉煌不再！
>
> 长江与汉水的全部惆怅就在于对朝宗之地的深深忧虑！
>
> 1992年以后，商业文明在武汉迅速复兴，"四大花旦""五朵金花"相继涌现。人们为之惊喜的同时，却蓦然发现这座城市的种种现实忧患：传统工业滑坡，知名品牌衰落。
>
> 一直是武汉重要财源的纺织工业，在近乎白热化的市场竞争中效益每况愈下。
>
> 更为严峻的是，数十万职工的再就业压力，像一个沉甸甸的包袱，压得人们气喘吁吁！
>
> 我们的优势和我们的劣势，常常就是一码事。
>
> 工业"门类齐全"，既是我们的优势，也使得资金投入不得不分散兼顾，因而除了武钢等个别企业外，都显得捉襟见肘。
>
> 1984年，武汉工业总产值还位居全国第四位，尚有75个国优名牌产

品驰骋大江南北。但时过境迁，武汉的地位已摇摇欲坠，到今天，遑论"世界500强"，甚至"国内100强"也将你拒之于门外。

兴衰，似乎就在一夜间。

莺歌电视、荷花洗衣机、希岛冰箱、长江音响，这些不仅令武汉人引以自豪，而且在全国也叫得响的品牌，相继淹没在无情的商海浪潮中，并从此销声匿迹。

……

以上引自大型专题片《江汉朝宗》第二集。每一个段落都非常短小，有的甚至一句话就是一个自然段。这样的段落处理较好地配合了画面的需要，表现了急促、回顾的惆怅情绪，也突出了武汉人急需面对现实，奋起直追的紧迫感。

本章小结

第一节概述旅游电视片解说词的含义、分类和特点，第二节从构思、结构等方面讲授旅游电视片解说词写作的知识。

本章重点在第一节中的"特点"部分——对电视画面的依附性、说明性和补充性、语言平易通俗流畅、浓厚的文学色彩，是旅游电视片解说词的基本特点。

关键词

旅游电视片解说词　特点　作用　写法

思考与练习

1. 试说旅游电视片解说词的作用。
2. 写旅游电视片解说词要注意些什么？
3. 欣赏《话说长江》电视片解说词，并试说它写作上有什么突出优点。

主要参考书目

[1] 沈祖祥. 旅游与中国文化 [M]. 2版. 北京：旅游教育出版社，2002.
[2] 韩荔华. 中国旅游文学与语言研究论丛：一 [M]. 北京：旅游教育出版社，2002.
[3] 侯玉珍. 阅读·鉴赏·评论 [M]. 北京：中国铁道出版社，2001.
[4] 李利君. 小小说的九十年代后 [M]. 北京：作家出版社，2004.
[5] 中国写作研究会华北分会. 写作论 [M]. 北京：北京师范大学出版社，1984.
[6] 甘栩. 楹联百话 [M]. 上海：汉语大词典出版社，2004.
[7] 华国梁. 中国旅游文化 [M]. 北京：中国商业出版社，2003.
[8] 曹文彬. 中国旅游文学 [M]. 北京：中国商业出版社，2003.
[9] 姚治兰. 电视写作教程 [M]. 北京：中国传媒大学出版社，2005.
[10] 高鑫，周文. 电视艺术概论 [M]. 北京：北京广播学院出版社，2002.